隋煬帝皇后
蕭草外傳
作者
張雲風

序言

高貴尊崇而又悲苦哀怨的傳奇女性

《蕭草外傳》主人翁蕭草，是一位高貴尊崇而又悲苦哀怨的女性。作者通過寫蕭草，寫隋文帝楊堅和隋煬帝楊廣，寫整個大隋國，寫其從創建到興盛，又迅速崩潰、滅亡的全過程，還簡略寫到大唐國的誕生及貞觀之治。小說正傳內容依據正史《隋書》、《北史》、《南史》、《舊唐書》、《新唐書》、《資治通鑒》的記載，事必有據；外傳內容重在寫「故事中的故事」、「故事外的故事」，除合理想像虛構外，參照野史《大業雜記》、《大業略記》、《大業拾遺記》、《通曆》、《海山記》、《開河記》、《迷樓記》的記載，選用了其中一些有價值的素材。眾多歷史人物閃亮登場，眾多歷史事件紛沓呈現。皇家氣象，宮廷鬥爭，麗姝粉黛，生死歌哭，農民起義，烈火燎原，世事滄桑，國家興亡等，構成一幅底蘊厚重色彩斑斕的歷史畫卷，反映那個時代的社會生活，展示華夏大地的風情風貌，讀來耐得咀嚼與回味。

蕭草的人生經歷很獨特很傳奇。她是南北朝末期、建都江陵（今湖北荊州）的梁國（西梁）皇帝蕭巋的女兒，剛出生就被視作「妖女」，而流落民間，隨了舅父的姓，名叫張草，一名張小草，樸實無華。北方大隋國和梁國聯姻。梁國的未婚公主命相皆「凶」，唯獨農家女張草命相「大吉」、面相「上佳」，因而得以返回皇宮，恢復蕭姓，封作公主，由此躋身於高貴尊崇行列。她有高貴尊崇的資本。第一，她的娘家和婆家都是皇家，家世顯赫；第二，楊廣從晉王到皇太子到皇帝，她也從晉王妃到皇太子妃到皇后，身分和地位顯赫；第三，她姿容美貌，性格溫婉，知書識禮，崇尚節儉，待人以善以誠，重親情重孝悌，人品人緣人望有口皆碑；第四，她婚後三年裡連生兩兒一女，兒女最受皇爺爺皇奶奶喜愛與器重。蕭草各方面皆為天之驕女，高貴尊崇理所當然。

中國古代女性尤其是宮廷女性，很多人都是既高貴尊崇又悲苦哀怨的，兩者往往互相轉化。蕭草就是典型的一例。她在為晉王妃時，故國梁國被廢除，發生江陵劫難，生母、舅父等跳江而死，她第一次嘗到了悲苦的滋味。她在為皇太子妃時，悲苦哀怨升級。楊廣矯情飾意，素有「不好聲色」美名，孰料他花心好色，在揚州總管任上就將妙齡美女陳嫺納為愛妾，瞞騙蕭草整整十年。事情暴露，蕭草的嫉妒憤恨可想而知。但生米已成熟飯，她又能怎樣？強勢婆母獨孤伽羅過問。她必須也只能故作高姿態和曠達狀，言不由衷地表現「寬宏大度」的胸懷。獨孤伽羅趁熱打鐵，又力主讓楊廣再納蕭薔、崔翠兩個美女為愛妾。韓信將兵，多多益善。楊廣納妾，也是多多益善。蕭草儘管滿腔嫉妒憤恨，但限於身分和地位不得不把嫉妒憤恨深埋在心底，還得裝出不妒不爭的樣子。悲苦哀怨，打落牙齒和血吞，是此謂也！

楊廣登上皇帝寶座，蕭草為皇后，長子楊昭為皇太子，加上封王的次子楊暕、封公主的女兒楊嘩，一家五口的天下第一家庭。蕭草感到幸福和榮耀，高貴尊崇達到極致，然而接踵而來的卻是綿綿不盡的悲苦哀怨。傳言：先帝死於凶殺，廢太子死於矯詔，柳述和元岩蒙冤獲罪，憑空冒出個先帝梓宮之謎，先帝梓宮裡未殮先帝遺體……傳言如果屬實，那麼楊廣就是靠血腥手段強行奪得皇帝大位的，大不忠大不孝。若此，蕭草的皇后名號也就得來不乾不淨，她接受不了這樣的事實，陷入噩夢般的悲苦哀怨之中。楊廣為了根除可能威脅皇位的隱患，將胞兄、廢太子楊勇的十個兒子多個孫子全部殺死；長期幽禁四弟楊秀和五弟楊諒（已死）之子楊楷兩家人。楊廣對胞妹蘭陵公主楊阿五的態度更是殘酷殘忍。蕭草高貴尊崇為國母，卻救不了幫不了老楊家任何一個人。長子楊昭英年病薨，撇下三個年輕的妃姬和三個年幼的皇孫。蕭草身心遭受雷擊般的打擊，撕心裂肺、肝腸寸斷，精神近乎崩潰。

楊廣坐穩皇位，所作所為是：「負其富強之資，思逞無厭之欲」。他恣意揮霍先帝積累的雄厚家底，逞好大喜功之欲，逞追求享樂之欲，逞窮兵黷武之欲，逞不惜民力物力財力之欲，營建洛陽，開鑿運河，巡遊江都（今江蘇揚州），征伐高麗，甚至命宮監宮女捕捉數十萬隻螢火蟲，隨心所欲，永不滿足。從而引發了蕭牆禍亂，引發了雁門險情，更引發了大規模的農民起義，以致天下大亂。蕭草是賢妻良母型皇后，無心干政也無力干政，對楊廣的所有作為管不著也管不了。她把「學會糊塗」當作座右銘，又作《述志賦》抒發志趣。楊玄感、李密的檄文揭露了楊廣罪行，其中「弒父」、「淫母」、「殺兄」三罪，坐實了楊廣強奪皇帝大位的罪惡，動搖了摧毀了楊廣在蕭草心目中的形象。楊暕驕恣輕浮，妄想「正位」，通敵謀逆，遭到懲治形同幽禁。蕭草怎麼也理解不了楊廣、楊暕父子的行徑，愛恨都不是，只能暗自憂慮焦灼、迷茫歎息。楊廣第三次巡遊江都，天下已是土崩魚爛的局面。李淵攻佔大興城（長安），立了留守大興城的楊侑為皇帝，遙尊楊廣為太上皇。楊廣奈何李淵不得，濫逞私欲變本加厲，最匪夷所思的是擢用鐵桿親信宇文述之子宇文化及，任右屯衛將軍，統領左、右屯衛，左、右備身衛，左、右監門衛屬下的十萬皇家驍果（衛士）。宇文化及本非善類，犯有前科險遭斬殺，驟然軍權在握，野心膨脹，糾合黨徒組成謀逆集團，謀劃兵變。兵變一觸即發。楊廣荒廢國事、草菅民命依舊，花天酒地、醉生夢死依舊。王義遺書痛陳社公痼疾和民生苦難，驚心怵目。蕭草表面上仍高貴尊崇，然其內心悲苦哀怨宛若潮水洶湧澎湃。她看透了楊廣，因此悲苦哀怨中多了一分冷靜。她比所有人都清楚：種瓜得瓜，種豆得豆，楊廣種下的是罪孽，收穫的只能是罪孽，亡國喪身勢在必然。大業十四年（西元六一八年）三月，宇文化及謀逆集團發動兵變，逆弒楊廣。蕭草見到楊廣遺體沒有哭泣，因為這一天的到來早在預料之中。令她心痛心碎的是，這一天，老楊家親人親戚，包括她的兒子、孫子、皇弟、皇侄、外甥、侄孫等，不知有多少人慘遭殺害，死後均無葬身之地！

蕭草已不是皇后，人稱夫人。她及一幫女人被叛軍當作人質劫持，飽受艱辛與屈辱。大唐開國，大隋滅亡。宇文化及殺楊浩。李淵殺楊侑。王世充殺楊侗。竇建德殺她外孫宇文禪師，宇文禪師年僅十歲。殺戮、血腥，蕭草麻木了，麻木後只有怨恨，怨恨楊廣一人失德，罪孽卻累及國人家人。

大隋老楊家原本人丁興旺，經自家人、外姓人殘殺，面臨著斷子絕孫的窘境。所幸楊暕有個名不正言不順的妻子懷有身孕，在劫持途中生了個男孩——楊暕的遺腹子。蕭草在悲苦哀怨中認可了這個孫子，取名叫楊正道，並決心保護他教育他，使之能傳承老楊家香火。她得到突厥可敦、義成公主楊嵐的幫助，攜領襁褓中的楊正道等流亡突厥。楊嵐仇恨大唐，欲立楊正道為隋王，伺機復辟大隋。蕭草堅決反對。因為她明白流亡突厥是為了保住老楊家一脈香火，而不是為了建立流亡政權；大隋已經滅亡，任誰也復辟不了！《隋書》評述蕭草云：「暨乎國破家亡，竄身無地，飄流異域，良足悲矣！」在長達十一年的流亡歲月裡，蕭草一面為自己竄身無地，飄流異域而悲；一面又惶惶惴惴，為孤苦柔弱的孫子而悲，生怕他遭遇不測丟了小命，那樣老楊家的香火就會斷絕。

唐太宗李世民雄才大略，即位三年後發兵攻滅突厥，親致信函歡迎蕭夫人及其孫楊正道等回國回家。山重水複，柳暗花明。蕭草喜悅、激動，急急回國回家——回到大唐長安。她為老楊家保住了香火，足以自慰。她趕上了政治清平的貞觀「治世」，過上了一直嚮往的凡人生活，高貴尊崇與悲苦哀怨皆成記憶。蕭草晚年最介意的事是葉落歸根，她從突厥回歸大唐，是葉落歸根的第一步。下一步，她希望死後能埋葬在自家地裡。長安城南韋曲鄉，有她表哥購買的十五畝地，買主名字寫的是「張小草」，「張小草」就是她蕭草！她去實地察看，確定了「根」的位置，叮囑死後就埋葬在那裡。蕭草七十七歲病逝。萬萬沒有想到，唐太宗偏偏詔令：恢復蕭夫人皇后身分，謚曰愍，禮部依禮治喪，其靈柩運去揚州雷塘，與大隋煬帝合葬。皇上詔令不容違抗，致使蕭草在死後又和生前一樣：既高貴尊崇又悲苦哀怨。她享受了皇后喪禮的高規格禮遇，然而葉落卻未能歸「根」。揚州是她的傷心之地，雷塘和她毫無關係，合葬也只是象徵性的。她的靈柩安葬在那裡，其魂只能是孤魂是遊魂！她的謚號曰愍，倒是貼切且準確。謚法中的「愍」，意為悲苦哀怨。蕭草一生固然高貴尊崇，但其悲苦哀怨是遠甚過高貴尊崇的。

大隋國三任皇帝，歷時短暫，僅三十七年，但在中國歷史上佔有重要地位。美籍漢史學家費正清在《中國：傳統與變遷》中指出：「在隋文帝和隋煬帝的統治下，中國又迎來了第二個輝煌的帝國時期。大一統的政權在中國重新建立起來，長城重新得到修繕，政府開鑿了隋唐大運河，為後來幾百年間的繁華提供了可能，建造了宏偉的宮殿，中華帝國終於得以重振雄風。」《蕭草外傳》運用豐富、詳實的史料，描繪了這個「重振雄風」的「中華帝國」，描繪了隋文帝和隋煬帝的是非功過。隋文帝時代和隋煬帝時代，是蕭草生活的大環境，她的高貴尊崇和悲苦哀怨皆由此而來。史家站在史學角度記載和評價人物，作家站在文學角度描寫和刻畫人物。在蕭草身上輝映著史學和文學的雙重光彩，輝映出她有陽光也有霧霾，有歡樂也有哀傷，奔波勞頓、五味雜陳的傳奇人生。小說中人物關係複雜。作者據史梳理，逐一釐清。一些人物如張雅、張軻、陳娴、蕭薔、崔翠、曹氏、楊正道等史籍中雖有提及，但未記載事蹟。作者因人制宜，為之編寫了簡明故事，他們有了音容笑貌，也就成了觸手可及的藝術形象。一些人物如沈琴、張槐、小菊、方姑、孔姑、姚姑、珠瑪、宋小月、雪鶯、高崇義等，是作者根據需要想像虛構的。有了他們，小說情節有序展開，既連貫又完整，同時為塑造主要人物形象，起到了綠葉扶花、眾星拱月的襯托和烘托作用。

目錄

楔子

中國歷史上的東晉建都建康（今江蘇南京），是個偏安江南，不求進取的王朝。北方的匈奴、鮮卑、羯、氐、羌等少數民族，合稱「五胡」，陸續崛起，先後在黃河流域建立了十五個國家——前趙、後趙、前秦、後秦、西秦、前燕、後燕、南燕、北燕、前涼、後涼、南涼、北涼、西涼、西夏。加上建都在成都（今四川成都）的成漢，史稱五胡十六國。東晉末年，中國政治格局又發生重大變化。南方，東晉滅亡，宋、齊、梁、陳四個國家更迭，統稱南朝。北方，鮮卑族人建立的北魏（建都洛陽），先統一其他小國，繼分裂成東魏（建都鄴城，今河北臨漳）與西魏（建都長安，今陝西西安）。進而，北齊取代東魏，北周取代西魏，北周再攻滅北齊。這樣的國家更迭，統稱北朝。南朝和北朝大體上隔長江相對峙，歷時一百七十多年，史稱南北朝。西元五八一年，漢族人楊堅奪得北周政權，建立隋國，八年後攻滅南朝陳國，終結了自東晉以來的分裂局面，中國重新歸於統一。

南朝第三個國家梁國，開國皇帝是梁武帝蕭衍，史稱南朝梁或蕭梁。太清二年（西元五四八年）暴發侯景之亂。蕭衍死於獄中，兒孫們爭奪皇位，骨肉相殘。太平二年（西元五五七年），權臣陳霸先強勢稱帝，改國號為陳。蕭梁滅亡。期間，蕭衍之孫、昭明太子蕭統之子蕭詧，依靠北朝西魏的支持，在江陵（今湖北荊州）即皇帝位，建立了一個國家，國號仍然稱梁，年號大定。這個梁國相對於蕭梁而言，史稱西梁或後梁。地跨長江兩岸，方圓約六七百里，人口約三四十萬。政體、官制、法律等沿用南朝蕭梁模式，因稱臣於北朝西魏，所以諸多方面，兼有南朝和北朝的雙重特點。大定八年（西元五六二年），蕭詧駕崩。二十一歲的皇太子蕭巋繼位，次年改元為天保元年（西元五六二年），立太子妃張雅為皇后，長子蕭琮為皇太子。本書主人公蕭草，就是梁帝蕭巋和皇后張雅的女兒，人生經歷很獨特很傳奇，獨特與傳奇的程度在中國古代女性中絕無僅有……

第一章 皇女革命

梁帝蕭巋是是個美男子。身材偉岸長相俊朗，言行舉止溫文爾雅。皇后張雅出身名門，姿容出眾，通情達禮。張雅生有兩兒一女：長子就是皇太子蕭琮，次子蕭瓛封義興王，女兒蕭金鳳封建昌公主。蕭巋另有多位妃嬪，妃嬪們生有兒子蕭瑑、蕭璟、蕭珣、蕭瑒、蕭瑀，女兒蕭銀鳳、蕭玉鳳等。兒子皆封王，女兒皆封公主，西梁第一家庭。蕭巋繼承皇位時，北周已取代西魏，皇帝已是雄才大略的周武帝宇文邕。蕭巋有心借用北周的力量打敗江南陳國，恢復祖上的蕭梁，所以稱臣於宇文邕。

天保八年（西元五七〇年），久未生育的張雅又懷孕了，預產期約在次年正月二十日前後。次年是干支曆辛卯年，俗稱兔年。整個正月，張雅滾圓的肚子毫無動靜，那麼臨盆時間就該在二月了。這使張雅感到焦慮與恐懼。為何？因為江陵一帶有個奇怪習俗：二月不能生女孩，生了女孩等同妖女會禍家禍國，必須溺死。張雅最親近的一名女官姓方，二十多歲，無意嫁人，人稱方姑。方姑寬慰皇后說：「皇后這回懷的是第四胎，或生皇子，或生皇女，五五開。倘若生的是皇子，不就萬事大吉了，何必憂慮？」張雅說：「不！憑感覺，我這回懷的必是女孩。若是女孩，偏偏生在二月就要溺死，我，我實在不忍哪！」這天，蕭巋來看望皇后。張雅試探著問：「皇上！臣妾第四胎若生個女孩，可否……」蕭巋板起臉，說：「二月生女，必是妖女，立即丟進馬桶溺死，沒有什麼可否的！」張雅立時住了口。

風俗習慣是社會生活的組成部分，體現一種文化，地域色彩很濃。江陵一帶，為何會有二月不能生女孩的習俗，起因誰也說不清楚，反正是一輩一輩傳下來的，上自帝王家，下至平民家都得遵循。詢問江陵女人，肯定無一人回答是在二月出生的。進入二月，張雅明顯感到肚裡的孩子很不安分。張雅想，肚裡的孩子如是女孩，那就是她的小女兒，作為母親，她不僅要生下小女兒，而且要保護小女兒，絕不溺死，絕不！可是有無情的習俗在，如果皇上又發了話，她該怎麼辦，又能怎麼辦？她的焦慮與恐懼與日俱增，坐臥不寧，寢食難安。方姑看在眼裡，急在心裡，建議把東平王妃張倩請來商量商量。張倩是張雅的堂妹，嫁蕭嶸六弟東平王蕭岌為妃，蕭岌四年前病故，王妃孀居，無兒無女，很想要個孩子。一句話點醒夢中人。張雅忙說：「對呀！那就快去，把王妃請來商量商量。」當天，張倩應請到了張雅寢宮。兩姐妹和方姑關門密商，很快商量出個瞞天過海的方案來。那幾天，張倩就住在皇宮裡。二月初九凌晨丑時，張雅肚痛一陣緊似一陣，卯初分娩，生下的果然是個女孩。女孩啼哭幾聲就睡著了。張倩和方姑手腳麻利地將女孩擦拭乾淨，用厚厚的襁褓包裹著放進一隻小藤箱裡，由張倩乘坐馬車攜帶出宮，順順利利回到東平王府。張雅筋疲力竭，緩過勁後命方姑取來黑筆，在一方白綾上鄭重記下小女兒的生辰八字。生辰八字係指一個人出生時的干支曆時間，包括年柱、月柱、日柱、時柱共四柱干支，每柱兩字，如甲子、乙丑等，共八個字，故簡稱八字。辰時，蕭嶸退朝來看皇后，知道皇后生了個女孩，已丟進馬桶溺死，說：「習俗不可違，溺死是對的。對了，馬桶在哪？朕想看看溺死的妖女。」張雅驚慌，說：「皇上貴為天子，龍目麟睛，哪能看馬桶裡的穢物？」方姑機敏地說：「每天卯正，宮監更換後宮馬桶。溺死皇女的馬桶早被宮監取走，皇上想看也看不著了。」蕭嶸一想也是，看妖女事作罷，微笑著離去。張雅長長舒了口氣，說：「方姑！虧你反應的快。皇上若堅持要看馬桶，我還真沒法應對！」

一個皇女，剛剛出生就到了東平王府。張倩決定收為養女，早就物色好乳娘給養女餵奶。張倩曾生過一兒一女，可惜雙雙夭折，她把養女當作第三個孩子，取了小名叫三丫。三丫三個月時會笑了，六個月時會爬了，一年後呀呀學語，光想下地走路。那年金秋的一天，張倩給三丫餵吃米糕。三丫吃著吃著，忽地一笑，脆生生地叫出一個字：「娘！」啊？三丫會叫娘了？張倩高興得要命，激動得要命，更幸福得要命，把三丫摟得緊緊的，熱淚盈眶地說：「好三丫！乖三丫！你真是娘的心肝寶貝呀！」方姑每個月都會光顧一趟東平王府，說是拜訪王妃，實是看望三丫。她向皇后報告三丫的所有訊息。張雅是喜極而泣，泣後更喜。她生了小女兒，未及給小女兒取個名字，未及餵一次奶，就讓小女兒離開了自己。她每每自責，深感愧疚。幸虧堂妹代替她撫養、呵護小女兒，給了小女兒最深厚最溫暖的母愛，才讓小女兒沒受苦沒受罪。

孰料人有旦夕禍福。天保十二年（西元五七三年），就是三丫虛齡四歲那年，年輕的東平王妃突然患了重病，發高燒，神志昏迷，僅僅三天竟至氣斷命絕撒手人寰。皇后張雅由方姑陪同趕到東平王府，顧不得尊貴身分，撲向王妃遺體失聲痛哭。乳娘抱著的三丫，烏黑晶亮的明眸撲閃撲閃，完全不明白發生的事情。方姑不想讓小孩看到眼前的景象，抱過三丫去到庭院裡。朝廷宗正署官員前來辦理王妃喪事，張雅回避，喚過方姑，帶領三丫回了皇宮。她目不轉睛地看著三丫，三丫可是她的小女兒呀！三丫還小，眉眼看不出美醜，但五冠端正，膚色白淨，粉雕玉琢，活像個瓷娃娃，招人喜愛。她想抱抱三丫，三丫小嘴一咧哭了。此時蕭歸忽然駕到，三丫見了皇帝皇袍上張牙舞爪的金龍嚇得大哭起來，方姑忙抱著三丫出了寢宮。蕭歸問：「這是誰家女孩？」張雅不敢說實話，只能說：「東平王妃收養的養女，名叫三丫，年方四歲。王妃一死，她成了孤女，怪可憐的。臣妾想把她留在宮中撫養，以慰王妃亡靈，懇請皇上恩准。」蕭歸皺起眉頭，說：「哦？此女就是三丫？朕聽王府人說，王妃猝死很可能是三丫命硬，剋死了養母。因此，皇后應盡快把她安置到宮外去，斷不可留在宮中撫養！」張雅叫苦不迭。若是這樣，三丫不果真成禍家禍國的妖女了？可是很多話堵在喉頭無從說起，只能應聲說：「是！臣妾遵旨！」

晚上，方姑哄三丫吃了點米粥，小孩隨後就睡著了。張雅在燈下看三丫，淚眼汪汪。小女兒由堂妹撫養，無疑是掉進蜂蜜罐裡，然而好景苦短，事情又成了現在這樣。唉！說到底，小女兒還是命苦啊！皇上命把三丫安置到宮外去，那麼安置到哪裡呢？方姑建議：「安置到蘆花寨，請國舅爺夫婦撫養。」張雅思忖良久，說：「看來也只能這樣了。」

江陵城東門外二十里，有一條蘆花河，河畔一個村落住著四五十戶人家，稱蘆花寨。方姑所說的國舅爺，名叫張軻，乃張皇后的胞兄，就住在這裡。張軻其人有些來頭。當年，蕭梁武帝蕭衍之孫蕭詧，出任雍州刺史，駐鎮襄陽（今湖北襄陽）。襄陽富紳張纘在財力上給予蕭詧極大資助，二人因此成為摯友。張纘有一兒一女，兒子名柯，因崇拜著名刺客荊軻，故把「柯」改作「軻」；女兒張雅，亭亭玉立，姿色可人。一天，蕭詧赴張纘家飲宴見到張雅，很是喜歡，於是兩家結為兒女親家，蕭詧第三子蕭巋和張雅訂了婚約。不久蕭詧當了皇帝，蕭巋成為皇太子。蕭巋十六歲大婚。張雅十四歲，一過門就是皇太子妃。張軻時年二十歲，沾上了皇親，在軍隊中謀了個衛官的差事。此人是個花花公子，吃喝嫖賭，劣跡甚多。尤愛喝酒，凡喝必醉，醉後總吹噓說：「我若是荊軻，刺殺秦王，絕不會失手。」一次軍隊集結，抗擊陳國入侵。張軻又醉了酒。軍士催他快醒醒。他爛醉如泥，還哼唧著說：「張軻來也！且看我怎樣刺殺秦王！」戰後，軍隊長官請求執行軍法將張軻處斬，蕭詧念其是張纘之子從輕發落，處以杖刑。施刑軍士下手太狠，打斷了他的左腿，不得不截肢。這樣，張軻就成了獨腿的殘疾人，走路要架雙拐。張纘大罵兒子不是個東西，又氣又恨，一命嗚呼。張軻樂得無人管束，花天酒地，數年裡把老爹留下的豐厚家產揮霍得精光。所幸已娶妻沈琴，沈琴生了個兒子叫張槐。蕭督病逝。蕭歸繼承皇位，張雅大富大貴地成為皇后。張軻窮得叮噹響，從襄陽尋到江陵，尋到皇后妹妹，讓跟皇帝妹夫說說給他個官做，給個縣令就行。蕭歸斷然拒絕，說：「自古以來，哪有縣令獨腿，架著雙拐升堂的？」張軻退而求其次，說：「那就給個獄卒做，看守牢房也行。」蕭歸還是拒絕，但顧及皇后面子，特賜予五十畝地和幾間房，讓他住到蘆花寨去。張軻一面罵罵咧咧，嫌皇帝妹夫看不起窮親戚；一面架著雙拐，領了妻兒住到了蘆花寨。他惡習不改迷上了賭博，賭輸了就賣地，五十畝地幾年下來僅剩下五畝。沈琴拼死覓活不讓再賣，再賣就得討飯了。就在這時，皇后張雅登門拜訪來了。

張雅是第二次到蘆花寨來。第一次來，張槐三歲；這次來，張槐已十歲。張雅見兄嫂的細節略過，開門見山地說有一事要麻煩兄嫂。何事？就是請兄嫂撫養一個女孩。她指著方姑抱著的三丫，說：「就是這個女孩，名叫三丫。」她不能明說三丫是自己的小女兒，只說是東平王妃的養女，王妃早逝，三丫成了孤女，無處可去，怪可憐的。她說，兄嫂反正還沒有女兒，可把三丫當作女兒，代為撫養數年，日後自己會把她接走。她說，她的皇后身分最好不要說破。張軻、沈琴同時看向三丫，三丫眉清目秀、白白淨淨，挺可愛的。方姑說出撫養三丫的費用標準：每月銅錢千文，穀米一石，絹一疋，布兩疋，而且會由她按時把錢物送到蘆花寨來。這個標準比五畝地的收入，高出百倍！沈琴不等丈夫答話就搶先表態，說：「行！這個三丫，我們撫養了！」張軻也點頭說：「行！行！」他還欠了一屁股賭債，每月銅錢千文，半年內便可把賭債還完。

方姑和沈琴耳語。沈琴會意，抱過三丫去看張槐餵養的兔子。張雅和方姑趁機告辭，悄悄離去。三丫看兔子，兩隻關在籠子裡，毛色雪白，長耳朵、紅眼睛，正吃菜葉，吃得飛快。她的注意力全在兔子身上，等到發現眼前全是生人時，不由得又哇哇大哭。沈琴哄她，餵她飯吃。她不吃，只是哭，後來哭累了，放在床上就睡著了。次日醒來，三丫看到兔籠就放在床邊，那個叫張槐的哥哥，往兔籠裡放菜葉，兩隻兔子搶著吃，還互相打架。她趴在床沿看，注意力又轉移到兔子身上。沈琴將剛蒸好的米麵餅掰成小塊，一塊一塊放進她嘴裡。她一面看兔子，一面吃麵餅，不知不覺地把半個麵餅吃了。沈琴放心了。小孩，只要吃飯，肚裡有食，怎麼哭也哭不出毛病的。三天後，三丫不哭了，已和槐哥一起餵兔子了。半個月後，她跟槐哥一樣，把那個架著雙拐走路的男人叫爹，把那個忙忙碌碌的女人叫娘了。

自從有了三丫，國舅爺家發生了很大變化。三丫有一張天真的小臉，有一雙無邪的眼睛，嬌嫩得像花蕊，純淨得像露珠。張軻每當面對三丫，心靈總會輕輕震顫，覺得自己再不能像以前那樣活法了。他還清了賭債，不再賭博，安安分分地經營那五畝地，打算再買幾畝地，每天起早貪黑，操心春耕夏耘秋收冬藏，像個莊稼人了。沈琴自是歡喜，說：「三丫給我們家帶來了福氣。」

三丫六歲時開始記事。她從記事之時起，記得自己姓張名草，又名小草，爹叫張軻，娘叫沈琴，哥叫張槐。她爹告訴她，她的名字是蘆花寨最有學問的人——庠序黃老師取的。黃老師六十多歲，面龐清瘦、鬍鬚花白、斯斯文文，常年穿一件灰色葛布長衫。黃老師解釋說：「女孩子名字叫草好啊！草的生命力最頑強，房前屋後、路旁渠邊、田埂上牆頭上，只要有土壤就有草。草的最大特點是不擇環境、不畏風雨、不怕踐踏，完全按照自己的生活習性，沒沒無聞地自生自滅，自生自滅後又自滅自生。秋天，人們常會燒荒——放火焚燒田野裡的荒草，留下黑黑的灰燼。越年開春，春風一吹，灰燼下的草根照樣會長出新草來，奉獻給大地一片蔥綠。」這解釋頗具哲理，又有詩意，給她留下深刻的印象。

小草原先是睡在爹娘大床裡面的，後來獨自睡一間房一張床了。左鄰右舍共有五個女孩，都姓王，以花名為名，分別叫小蘭、小梅、小荷、小菊、小莉。前三人屬虎，大她一歲；後兩人屬兔，跟她同歲。很快，三隻虎和三隻兔成了最要好的姐妹與夥伴，成天在一起玩耍。陽春三月，風和日麗。張槐等幾個男孩，領著小草等幾個女孩，到長江大堤上去放風箏。長江大堤很高很長，長滿青草像一條綠色巨龍不見首尾靜靜地臥著。小草登上江堤，第一次看到壯闊的長江。大江東去，江水滔滔，波浪層疊，浩浩蕩蕩流向天際。她聽說江水是流入大海的，但想像不出大海的樣子。江面上，有商船順流而下，駛得飛快，宛若脫弦之箭；有商船逆流而上，那得由十多名縴夫拉縴。縴夫都赤裸上身，穿著草鞋或麻鞋，沿著江岸邊的小道躬腰前傾，通過縴板、縴繩拉動船體，一步一步地緩緩前行。一人領頭，其他人附和，有節奏地呼喊著號子：「嗨喲嗨喲，拉縴！嗨喲嗨喲，合力！嗨喲嗨喲，莫停！嗨喲嗨喲，向前，向前！」號子聲深沉而凝重，讓人感受到縴夫拉縴，何其艱辛！男孩把風箏放上天了。女孩拍手歡呼：「呀！好高呀！」風箏是一隻蝴蝶，拖著長長的尾巴。小草不解，問槐哥：「蝴蝶沒有尾巴呀，蝴蝶風箏為何有尾巴？」槐哥答：「蝴蝶風箏不同於蝴蝶，必須有尾巴，這樣才飛得平穩，懂嗎？」小草不懂，弄不明白蝴蝶風箏為何不同於蝴蝶，為何必須有尾巴。忽聽得「啐」的一聲。女孩驚呼：「呀！風箏飛了！」再看，原來是風箏線斷，蝴蝶風箏和尾巴攪在一起，翻了幾個滾掉落江心，被江水吞沒了沖走了。張槐說：「回！明日再糊個大風箏，還來放！」

小草七八歲時，她娘老催她學女紅，可她總說有事，怎麼也閒不下坐不住。三月穀雨，四月立夏。柳綠花紅，麥苗青青，金色的油菜花結出細細的長莢。小蘭和小草等六個女孩身穿花布夾衣，頭髮紮成羊角狀，繫蝴蝶結或紅頭繩，手拿短把小鏟，挎了小籃，提了小袋，有說有笑地蹦跳著走向田間。她們當天的任務是挑野菜。道路兩旁、河渠邊、池塘邊，到處都長有野菜，女孩蹲在地上，小鏟一鏟，就是一棵野菜；小手一取一丟，野菜就落進籃裡袋裡。她們一邊挑著野菜，一邊唱起當地流行的《挑野菜歌》：

穀雨過，立夏來，天藍藍，雲白白
小姐妹，快快快，小姐妹，來來來
快快快，來來來，挑野菜，挑野菜
大葉菜，小葉菜，三角菜，四角菜
蓬蓬菜，芸芸菜，艾艾菜，薺薺菜
挑滿一籃籃，挑滿一袋袋
挎了籃，提了袋，去賣菜，去賣菜
賣錢買糖吃，賣錢買花戴
牡丹花，左鬢戴，芍藥花，右鬢戴
薔薇花和茉莉花，胸前戴，胸前戴
嗳，花好豔嗳，嗳，花好香嗳

臨水照一照，照出個美人來
丹鳳眼，柳葉眉，櫻桃口，胭脂腮
嘿，還瞇瞇笑哩
活像個剛過門的俏媳婦
哎喲喲
愛死人嘍，愛死人嘍

這是一首民歌。女孩們用江陵方言連唱帶說，唱出了她們的花季年華，唱出了她們的純真友愛，唱出了她們的鄉土情結，以及她們對美好未來的嚮往與憧憬。她們唱著說著，總會暫停挑菜，嘻嘻哈哈地鬧作一團。銀鈴般的歡聲，玉磬般的笑語，回蕩在明媚春光裡和廣袤田野間。

蘆花寨的夏天景色很美。尤其是夜晚，微風從長江上吹來，帶有江水的清涼氣息。蘆花河水靜靜流淌，偶爾有魚躍出水面，發出「啪啪」聲響。蘆葦長得比人還高，形成兩道綠色屏障。河上架有一座木橋。男人和女人勞作了一天，都會拿一個小凳和一把芭蕉扇坐到橋邊納涼。男孩追逐著捉螢火蟲，放在南瓜花裡。女孩聚在一起染指甲：原料是鳳仙花瓣加明礬，搗成糊狀塗在手指甲上，用豆葉包裹，睡一覺醒來，手指甲就會紅紅豔豔、漂漂亮亮。天空一彎新月，繁星閃爍。璀璨的銀河好像就在頭頂，只要一伸手就能摘下一顆星星來。庠序黃老師也到橋邊納涼，應鄉黨所請，講了很多神話傳說，如盤古開天闢地，女媧煉石補天，夸父追日，嫦娥奔月、精衛填海，牛郎織女等。黃老師還講了許多歷史故事，那可都是真人真事。小草八九歲時聽了這些故事，知道了秦始皇、漢武帝，知道了西施、王昭君，還知道了三百多年前的赤壁之戰。赤壁（今湖北赤壁）就在江陵東南方向長江邊上：北方的曹操大軍南下，大本營設在江陵；孫權和劉備結盟，少帥周瑜指揮孫劉聯軍實施火攻，打敗曹操，不久就形成了魏、蜀、吳三國鼎立的局面。

小草敬仰、崇拜黃老師，因為黃老師頭腦裡裝的知識太多太多。一個人為何會有那麼多知識？關鍵在於認識字，認識字就能讀書，讀了書就有知識。從這一刻起，小草也想認字識字，然後也讀些書。可是古代女孩特別是農家女孩，沒有上學讀書的權利，因而認識字的極少。小草十歲那年夏天，她娘晾曬衣物時，從箱底翻出一本舊書來。小草一把把書抓在手裡如獲至寶。她問爹：「這是本什麼書？」張軻看了看，說：「這是你槐哥上庠序時，我給他買的識字讀本，文人傳抄裝訂成的，叫《千字文》。」小草用手輕撫封面上的三個字，一字一字讀道：「千，字，文，千，字，文。」她連讀數遍，竟將三個字認識了。她大叫大笑，快樂至極，因為這天她認識了三個字！

張槐綴學，整天在自家五畝地裡勞作，已是個強壯丁男。小草讓槐哥背誦《千字文》首頁雙行八個字。張槐張口就來：「天地玄黃，宇宙洪荒。」她讓槐哥背誦多遍，自己跟著重複多遍，直到記住為止。晚上，她在油燈下，一邊背誦記住的那兩句，一邊對照讀本，將雙行八個字，一字一字讀出來：「天，地，玄，黃，宇，宙，洪，荒；天，地，玄，黃，宇，宙，洪，荒。」別人都是先認字識字後讀書。小草相反，先聽別人讀書，記住讀音，然後根據讀音，再認識書上的字。她小腦袋瓜記性好，運用這種方法，頭一天認識了首頁雙行八個字：「天地玄黃，宇宙洪荒。」第二天認識了次頁雙行八個字：「日月盈昃，辰宿列張。」第三天認識了第三頁雙行八個字：「寒來暑往，秋收冬藏。」這樣過了兩三個月，她竟認識近五百個字了。《千字文》的後半部分，張槐背誦不出，許多字也不認識。小草放大膽量去向黃老師請教，黃老師得知小草認字識字的方法及進度，異常吃驚，也很讚賞，一天見到張軻，說：「小草這孩子了不起啊！老朽敢說，像她這樣的女孩，全梁國乃至普天下，找不出第二個來！」張軻把黃老師的話告訴妻子。沈琴歡喜，說：「小草太聰明了，可惜是個女孩，若是男孩，日後定能當大官！」

小草認字識字入了迷。到年底，她把《千字文》上的一千個字全認識了。而且，她從黃老師口中知道了「中國」、「漢族」、「漢語」、「漢字」的概念。《千字文》上的字都是常用漢字，只佔漢字總數的一小部分。中國人主要是漢族人，說話用漢語，書寫用漢字。漢字與漢字搭配，可以組合成千千萬萬個詞語，每個詞語都有特定的含義。一個人認識字了，掌握的詞語多了，就更會說話。再進一步，學會寫字、讀書，日積月累，沒準兒還能著書立說和作詩作賦哩！小草喜悅、興奮，認識了字的感覺真好！

小草出身皇家，論血統算是高貴的。但她到了蘆花寨，實際上是流落到了民間，住農家房，睡農家床，穿農家衣，吃農家飯，交往農家小姐妹，完完全全已是一個農家女孩。從實而論，童年少年時代的張草就是一棵小草，或者說是草命，普普通通、樸實無華。但她的生活，她的心情是自由自在、快快樂樂。

第二章 隋梁聯姻

當張草在蘆花寨像田野間的小草一樣，經受風雨霜雪，沒沒無聞地生活，沒沒無聞地成長的時候，中國北方的政治格局又發生重大變化，主要是漢族人楊堅奪得北周政權，建立了隋國。

楊堅，弘農華陰（今陝西華陰）人，出身於名門望族。父親楊忠早在西魏時就任大將軍，北周時任大司空，封隋國公。西魏皇帝是鮮卑族人，給楊忠賜鮮卑族姓普六茹氏。因此，楊堅有個鮮卑族小名叫那羅延，成人後仍叫普六茹堅。楊堅依仗父親的功勳，十四歲進入官場，歷任散騎常侍、車騎大將軍、驃騎大將軍等職。十七歲時大婚，娶了北周大司馬、河內公，鮮卑族人獨孤信之女獨孤伽羅為妻。獨孤伽羅時年十四歲，婚後十多年裡為楊堅生了五個兒子和五個女兒。楊忠死後，楊堅嗣襲父爵隋國公，歷任定州刺史、隋州刺史、柱國大將軍等職，深得周武帝宇文邕的信任與重用。長女楊麗華嫁皇太子宇文贇，成為皇太子妃。北周攻滅北齊。梁帝蕭巋曾赴鄴城朝拜宇文邕，結識了楊堅，蕭、楊二人成為朋友。宣政元年（西元五七八年），宇文邕病逝。宇文贇繼承皇位，是為周宣帝，楊麗華成為皇后。楊堅身為皇帝岳父，官拜大司馬，權勢熏灼。宇文氏宗室諸王出於忌恨，合力詆毀楊堅。宇文贇受其蠱惑也疑忌起岳父來。一天，安排百餘名衛士當值，命召楊堅進宮，吩咐道：「楊堅前來，若神色有異，汝等即可殺之。」楊堅應召入見，跪拜女婿皇帝，自稱微臣，容色自若、畢恭畢敬。宇文贇見狀，反倒找不到殺害岳父的理由了，楊堅因此逃過一劫。

楊堅深知自己的危險處境，抓緊組建自己的權力中心。宇文贇因好色好酒摧垮了身體，於大成元年（西元五七九年）突然傳位給皇太子宇文闡，自為太上皇。楊堅輔佐年僅七歲的宇文闡繼位（北周靜帝），任左大丞相。宇文贇一年後病死。楊堅掌控了朝廷所有大權。相州總管尉遲迥久蓄野心，以反權臣專政為由，勾結南朝陳國發動叛亂，旬日之間，叛軍發展至二十萬人。鄖州總管司馬消難、益州總管王謙等公開支持尉遲迥，以致叛亂聲勢浩大，天下震動。宇文闡還是個不諳世事的孩子，楊堅擔負起平定叛亂、拯救國難的重任。他任用韋孝寬、王誼、梁睿為行軍元帥，統軍分別征討尉遲迥、司馬消難、王謙叛軍。歷時兩個多月，韋孝寬軍擒殺尉遲迥，梁睿軍擒殺王謙，傳首闕下。司馬消難兵敗，逃往陳國。叛亂悉平。楊堅平定這場叛亂，尤其要感謝一個人，就是梁帝蕭巋。叛亂正盛之時，尉遲迥、司馬消難、王謙都曾派出使者前往江陵，遊說蕭巋當高舉「義旗」，起兵加入「義軍」行列。梁國一些將軍也蠢蠢欲動，密請皇上興師趁機擴大梁國地盤。蕭巋審時度勢，認為叛亂會不得人心，尉遲迥等必敗無疑。他命把尉遲迥等派出的使者拘押，交給朝廷長駐梁國的江陵總管處理，同時致書朝廷，表明永遠稱臣的心跡。楊堅獲知這些情況至為欣慰，說：「梁帝蕭巋，患難真情，誠可貴也！」

楊堅功德巍巍，人望如日中天。文武百官用幼沖皇帝的名義，用最頂級的語言吹捧、歌頌楊堅，並給楊堅加官晉爵。楊堅升任相國，總百揆，封隋王，劍履上殿，入朝不趨，贊拜不名，備九錫之禮，封國多達二十個郡。楊堅在服飾、車馬、儀仗等方面，享受幾乎和天子一樣的待遇。再下來，就該是宇文闡「真誠」地「請求」禪位了，楊堅裝模作樣「三讓」後也就答應。大定元年（西元五八一年）二月甲子日，楊堅在長安臨光殿即皇帝位，改國號為隋，建都長安，改當年為開皇元年。北周滅亡，隋國開張。楊堅是年四十一歲。

楊堅開國，立即宣布廢棄鮮卑族姓普六茹氏，只姓楊；立獨孤伽羅為皇后，嫡長子楊勇為皇太子；另外四個皇子，楊廣封晉王，楊俊封秦王，楊秀封蜀王，楊諒封漢王。三月，梁帝蕭巋派五弟、安平王、太宰蕭岩為使者，到長安祝賀隋帝榮登大位及大隋國誕生，表示梁國將按先例臣服於大隋。楊堅大喜，熱情接待蕭岩，給予豐厚的賞賜，並決定隋梁聯姻，隋國晉王楊廣擬聘梁國公主為妃，以結秦晉之好。蕭岩回國。楊堅把隋梁聯姻事告訴獨孤皇后。獨孤后說：「這怕是政治聯姻吧？」楊堅說：「朕的心思總瞞不過皇后，朕要通過聯姻方式緊緊抓住梁國為我所用。梁國雖小，然扼長江中游，地理位置重要。隋國不日將對陳國用兵，要用水師，梁國是不可或缺的。」

蕭岩回到江陵。隋梁聯姻的消息傳遍皇宮。皇宮當時有兩位未婚公主，同為十二歲：蕭銀鳳，苗妃生，封平昌公主；蕭玉鳳，韋妃生，封陽昌公主。苗妃和韋妃樂得眉開眼笑，她倆的女兒將會有一人成為大隋國晉王妃，那是何等的榮耀！皇后張雅自然會想到小女兒，小女兒流落在民間已成農家女，皇宮裡包括皇上在內，無人知道她的存在，隋梁聯姻又怎會考慮到她呢？

蘆花寨的張草對外界事情一無所知。她一心想讀書，可是家中無書。小蘭說她家有一本叫《孝經》的書。小草忙去察看。那本《孝經》年代久了，缺頁少字，但畢竟是一本書。在小蘭閨房，小蘭忽然問：「小草！你說你是姓張嗎？」小草答：「我當然姓張呀！」小蘭說：「蘆花寨人都知道，國舅爺夫婦當初來蘆花寨時，只有張槐一個男孩，沒有女孩。後來，京城一位貴婦拜訪國舅爺，留下一個女孩，那就是你。可見你不是你爹的女兒，不該姓張。」小草說：「我爹我娘跟我說過，我最早是京城一個王妃的養女，王妃得病死了，我成了孤女。我爹的一個富親戚——就是你說的那位貴婦，見我可憐，就把我送來蘆花寨，託付給我爹娘撫養。我不知生父生母是誰，所以就隨了爹的姓。」小蘭問：「那麼那位貴婦姓什麼？」小草答：「我爹娘說我該把她叫姑母，家裡很有錢。常來我們家的那個方姑，就是她家的女僕。」小蘭默想片刻，又問：「你可知，蘆花寨人為何把你爹叫國舅爺？」小草搖頭，說：「這，我沒想過。」小蘭說：「皇后的兄弟才稱國舅，尊稱國舅爺。我猜想，那位貴婦必是你爹的妹妹，正是我們梁國的張皇后。你爹是皇后的哥哥，所以人們才把他稱作國舅爺。」小草大吃一驚，「啊」了一聲，小嘴張得老大。小蘭又說：「如果你們家的那個富親戚是張皇后，那麼張皇后和你之間肯定又有特殊的關係。這些年來，方姑每月都給你們家送錢送物，那定是張皇后送的撫養費。張皇后對你的關愛非同尋常，說明她和你的關係也非同尋常，說不定她就是……」小草急問：「就是什麼？」小蘭答：「就是你生母！」小草又「啊」了一聲，小嘴張得更大。梁國的張皇后就是自己的生母？怎麼，怎麼可能呢？

小蘭和小草這天的談話，觸及到了小草的身世之謎，但無答案。小草稚嫩的心靈受到強烈的衝擊，心思完全亂了。時間進入天保二十年（西元五八二年），於隋國為開皇二年。年初，小草來紅了。她娘告訴她說，這表明她已從少年時代進入少女時代，快變成大姑娘了；再過兩三年，她就會嫁人，和丈夫同床共枕，然後就懷孕，就生孩子，就當娘了。小草聽了，羞得面紅耳赤，心跳如鼓。接著，小草生了一場病，一場怪病。病狀：或發高燒，或發低燒，口乾舌燥，不吃飯，光喝水，迷迷糊糊，神志不清，昏睡十多天，全身脫了一層皮。張軻和沈琴嚇壞了，慌忙通知方姑。當天，張雅由方姑陪同，領了一位御醫來給小草診治。小草吃了御醫開的幾劑湯藥，病就痊癒了。痊癒後，她覺得神清氣爽，煥然怡然，身材驟然長高了兩寸，白嫩的皮膚變得更白更嫩，烏黑的長髮變得更黑更亮。她娘告訴她病中的情景，她全然不知。原來，她的病是姑母領來御醫給治癒的。那麼，她的姑母果真就是張皇后麼？張皇后果真就是她的生母麼？

煙花三月，鶯飛草長，隋國的聘婚使到了江陵。聘婚使由禮部尚書韋世康擔任，著名相面大師袁來和隨行，足見隋帝楊堅對隋梁聯姻事多麼重視。韋世康，五十二三歲，中等身材，八字鬍鬚，斯文儒雅。袁來和，年齡和韋世康相仿，身材偏矮，絡腮鬍鬚，雙眼老是瞇著，一副沒睡醒的樣子，一旦睜眼看人則目光犀利，彷彿能洞穿人的五臟六腑。蕭巋設宴，盛情接待聘婚使。太子蕭琮作陪。韋世康說：「隋帝共有五位皇子，皆獨孤皇后親生。長子楊勇已立為皇太子，但隋帝和獨孤后最喜歡最鍾愛次子楊廣。楊廣一名英，今年十四歲，長相俊偉，聰慧多智，上年封晉王，任并州總管，日前又兼任河北道行台尚書令，拜上柱國大將軍。隋帝決意要聘梁國一位公主為晉王妃，這對梁國對陛下可是一件大喜事哦！」蕭巋微笑，說：「那是那是！隋帝決意隋梁聯姻，梁國官民正為此歡欣鼓舞，盛讚隋帝恩德呢！」袁來和問：「聽說陛下僅有兩位未婚公主？」蕭巋答：「是的，僅有兩位：平昌公主蕭銀鳳和陽昌公主蕭玉鳳。」

古代婚姻的主導方在男方，通行六禮程序：納采、問名、納吉、納徵、請期、親迎。韋世康此行的任務是納采、問名，考察梁國公主的面相與命相，為晉王挑選王妃。聘婚使下榻於驛館。次日到皇宮甘棠殿，看兩位公主的面相與命相。看面相俗稱相面，就是看人的長相、容貌。普通人看面相，就是看人長得美醜，身材、五官有沒有明顯的缺陷。相面大師看面相，那是一門大學問，通過看人的長相、容貌，能夠預測、判斷這個人的未來與命運。蕭銀鳳和蕭玉鳳時年十三歲，穿綾羅衣裙，戴金玉首飾，還描了眉塗了唇，面相中等偏上，當王妃還是可以的。再看命相，包括合八字與占卜兩個環節。蕭巋命蕭琮呈上兩頁紅紙，紅紙上寫有兩位公主的八字。韋世康看過，遞給袁來和。袁來和一看，眉頭皺起。因為晉王生於北周天河四年（西元五六九年），為己丑年，屬相為牛；而蕭銀鳳、蕭玉鳳生於梁天保八年（西元五七〇年），為庚寅年，屬相為虎。年柱干支寅與丑相抗，屬相虎與牛相剋，犯了男女婚配之大忌。當然，八字歸八字，關鍵還要看占卜，通過占卜才能測判婚配的吉凶。古代的相面大師大多又是占卜大師。袁來和就是這樣的。占，意為觀察。卜，多是用火灼烤龜殼，聽其炸裂的聲響，看其呈現的裂紋。古人迷信，通常認為這種聲響是神靈的語言，裂紋是神靈的文字。神靈神通廣大，用特殊的語言和文字，兆示世人所占之事的吉與凶、福與禍。占卜大師能聽懂神靈的語言和認識神靈的文字，他們的職責就是，把他們所理解的神靈的兆示，加以詮釋並告知世人。袁大師先把蕭銀鳳八字和晉王八字放在一起占卜，結果是：凶。袁大師再把蕭玉鳳八字和晉王八字放在一起占卜，結果仍然是：凶。韋世康在一旁看得真切，相當失望，不得不把雙凶的結果告訴梁帝。蕭巋更是失望，說：「怎麼會這樣？」

隋梁聯姻事看來無望了。蕭銀鳳、蕭玉鳳告退。蕭琮恭送韋大人、袁大師回驛館休息，約定次日遊覽夷陵。夷陵位於長江上游與中游分界處，境內秭歸出了屈原、王昭君兩大名人，那裡很值得一遊的。蕭巋回皇后寢宮。兩位公主命相雙凶的消息不脛而走。張雅在第一時間就已知曉，立刻想到流落在民向的小女兒，胸中有一股力在湧動，有一股氣在升騰。她這個做娘的，此時此刻應當站出來為她的小女兒做點事，討個公道爭回尊嚴。恰好，蕭巋到來，悶悶不樂地坐於御榻上。張雅向前，「撲通」跪地，叩頭說：「皇上！臣妾犯有欺君之罪，特請罪請死。」蕭巋莫名其妙，說：「皇后說什麼？」張雅說：「說來話長。臣妾請皇上先看一物。」她轉向方姑說：「方姑！去我寢室將衣櫃底層那個紅木盒取來。」方姑答應，取來木盒。張雅打開木盒，取出一塊折疊的白綾，遞給皇上。蕭巋展開白綾，只見上面寫有文字：「小女，辛卯年二月九日卯時生，生後即由東平王妃攜帶出宮。張雅記。」蕭巋狐疑，說：「這是？」張雅伏地，說：「皇上！白綾上所記的小女，就是皇上和臣妾的小女兒呀！」

小女兒？蕭歸一頭霧水，滿臉問號。張雅於是一邊流淚，一邊敘說往事，從她懷第四胎身孕說起，一直說到把小女兒安置到宮外去，送去蘆花寨託付給兄嫂撫養，這事她一直瞞著皇上。蕭歸好像聽出一點頭緒，但仍是模模糊糊。方姑這時也跪到皇后身後，叩頭說：「皇后未提奴婢，但奴婢自知也犯有欺君之罪。皇后和王妃決定瞞天過海，主要是瞞過皇上，生下皇女並保全皇女，奴婢全部知情並全程參與其中。」她更詳細地敘說事情原委，再說：「東平王妃死後，皇上命皇后將皇女安置到宮外去，是奴婢陪同皇后去了蘆花寨，拜託國舅爺夫婦撫養皇女的。從那以後，皇后不宜拋頭露面，只能由奴婢每月去一趟蘆花寨，一是為了看望皇女，二是為了送些錢物作為皇女的生活費用。皇女原先小名叫三丫，到蘆花寨後隨國舅爺姓，名叫張草，把國舅爺夫婦叫爹叫娘。」

「張草？」蕭歸疑惑問了一句。方姑答：「是的，叫張草，當地人都叫她小草。小草今年虛齡十二歲，就是個農家女，身分微賤就像一棵小草，普普通通、平平淡淡，默默地生活著成長著。她有幾個鄰家小姐妹，相處得極好，生活還算快樂。小草很聰明，前年用一種很獨特的方法，把《千字文》上的一千個字全認識了。今年初生了一場病，全身脫了一層皮，病後身材長高了，長相更美了，跟朵花一樣，人見人喜，人見人愛。」張雅說：「小草生病，臣妾焦急，領了一名御醫前去給她診治。這事臣妾也瞞著皇上。」

寂靜。寂靜。蕭歸陷入沉思。他已毫不懷疑，那個先叫三丫，現叫張草的女孩，的確是皇女，是他和皇后的小女兒，只因自己篤信江陵習俗，才使她的出生、童年和少年如此曲折。幸虧皇后仁慈，冒著欺君風險保全了小女兒。這能怪皇后欺君嗎？不能。因為皇后若透露一絲絲真實訊息，那麼小女兒就不可能存活於世。直到今天，自己才知有這麼個小女兒，才知小女兒已十二歲，隨了她舅父的姓。唉！自己這個皇帝真是，真是……

「皇上！」張雅又伏地叩頭，淚水簌簌，說：「臣妾生了小女兒，沒給她餵過一口奶，皇上也沒給她取個名字，她就流落到宮外。十二年了，我們做爹娘的虧欠她，對不起她呀！那塊白綾上是她的八字。隋梁聯姻，平昌、陽昌公主的命相均是凶，那麼臣妾斗膽地懇請皇上給小女兒一個機會，讓隋國的聘婚使也看看她的命相。這是我們能為她做的唯一的事，至於結果如何就看她的造化了，誰也不能強求。」蕭巋再看白綾上的文字，凝眉沉思，說：「小草既然是皇女，那就該給她一個機會。朕同意讓隋國聘婚使也看看她的命相。如果命相是吉，再看面相；如果命相也是凶，那面相也就不用看了。」張雅既激動又感動，說：「皇上聖明！」這時，蕭琮步入正殿。蕭巋不待太子落座，說：「琮兒！你現在再去驛館告訴韋大人，就說朕還有個流落在民間的皇女也請看看命相，明天遊覽夷陵事後延。」蕭琮沒聽說過有個流落在民間的妹妹，略略猶疑。張雅說：「琮兒快去！等你回來，娘再告訴你關於你妹妹的事。」蕭琮應聲：「是！」轉身又去了驛館。皇后和方姑還在地上跪著。蕭巋說：「平身吧！」張雅、方姑謝恩，起立，雙膝疼痛，搓揉了好一陣才恢復正常。

次日，蕭巋由蕭琮陪同來到驛館，簡約說明自己還有個小女兒，因受江陵習俗影響而流落民間，現名張草，並遞上八字。韋世康看過，遞給袁來和。袁大師一看，先叫了個「好」字，瞇著的雙眼睜開了，炯炯若炬，說：「晉王屬相為丑牛，張草屬相為卯兔，丑牛與卯兔相和相諧。再則，牛吃草，兔也吃草，生性共通。張草是流落民間的皇女，那麼她實姓蕭，應叫蕭草。蕭者，亦草也，即艾蒿。據傳，神農嘗百草，嘗的第一種草就是蕭，其味香而苦，入藥可祛邪，消毒消災。晉王名諱為廣。廣者，廣大、廣闊、廣袤也。張草亦即蕭草，名草，草分布極廣，有土壤處就有草，恰好隱合了『廣』字。晉王一名英。英者，花也。草亦開花，又隱合了『英』字。所以從八字看，這位名叫蕭草的皇女，若嫁晉王必是絕配，絕配！」

袁大師看張草八字，說得雲籠霧罩、天花亂墜。韋世康說：「那就占卜，一測吉凶呀！」袁大師隨即把張草和晉王的八字放在一起占卜，仔細聽龜殼炸裂的聲響，仔細看龜殼呈現的裂紋，興奮得大叫起來：「啊！吉！大吉！大大吉！」韋世康滿心歡喜地對蕭巋說：「恭喜陛下！賀喜陛下！」蕭巋滿臉是笑，說：「太好了！」蕭琮說：「隋梁聯姻事，這就成了？」袁大師擺手，說：「不！還要看面相。大隋國的晉王妃必須命相與面相雙佳，二者缺一不可。」韋世康再對蕭巋說：「皇女張草命相上佳，但願她的面相也是上佳。」蕭巋沒見過長大了的小女兒，不知其面相如何，只能說：「但願但願！」韋世康和蕭巋於是商定於次日巳時看張草面相，地點仍在甘棠殿。

蕭巋和蕭琮回到皇宮。張雅已知看命相結果，喜極而泣。小草命相上佳，很有可能成為大隋國的晉王妃，多好啊！時間緊迫，如何把小草接回皇宮？蕭巋、張雅和蕭琮提出好幾種方案，最後決定採用方姑提出的方案，大意是：小草身世，隋梁聯姻，隋國聘婚使已看過小草命相等等情況先別跟小草說，講了會嚇著她的。這些年來，方姑一直以國舅爺家富親戚、小草姑母女僕的身分，出現在國舅爺家中。那麼，她就仍以這個身分去蘆花寨，隨意找個藉口把小草接來皇宮，讓聘婚使看到一個完全天然的真實的小草。方案合情合理而又周全。於是當天下午，方姑乘坐馬車到了蘆花寨。她要在蘆花寨住上一夜，許多事項要先和國舅爺夫婦溝通溝通。

第三章

喜從天降

黃昏時分，方姑出現在國舅爺家中，宣布自己這次來，是奉主人之命接沈琴和小草母女到江陵去，到小草姑母家去住些日子，明天早上動身。小草歡呼，笑著跳著說：「我去我去！我早就想去姑母家了！」她心裡還在說著另外兩句話：「我倒要看看：我的姑母到底是不是皇后？到底是不是我生母？」沈琴猶疑，說：「這？」張軻已經意識到了什麼，沒有吭聲。

晚膳過後，夜幕降臨。方姑和沈琴為小草收拾兩套衣裙，催促小草上床睡覺，說大人之間還有話說。在另外一間房裡，方姑面對國舅爺夫婦，壓低聲音，代表張皇后簡明扼要講述了小草的身世，講述了隋梁聯姻，講述了隋國聘婚使正在江陵，已經看過小草的命相，命相上佳，明天還要看小草的面相，如果面相也是上佳，那麼小草就將嫁給隋國的晉王成為王妃。這對小草說是一大喜事，對梁國說也是一大喜事，所以……

事情突然。張軻看沈琴，沈琴看張軻，久久無語。沈琴抹淚，說：「我們早把小草當作女兒，她，她……」張軻說：「我早猜到小草來歷不凡，不然，我那皇后妹妹，怎會這樣上心，多年如一日，關愛備至？小草既是金枝玉葉，成為王妃，應當的，我們不能阻攔，也無權阻攔。」方姑說：「國舅爺夫婦對小草的養育之恩，以及深明大義，皇上和皇后定會牢記和感激的。」其實，張軻並未說破心底秘密。他和沈琴曾暗暗商量過，打算再過兩年，讓槐兒娶了小草，小草將從女兒變成兒媳。現在看，不可能了。小草歸根到底是鳳凰，就不該在蘆花寨棲息，那就讓她高高飛翔，去搏擊雲天吧！

次日天明，風和日麗，鳥語花香，一輛豪華馬車停在國舅爺家門前。沈琴、小草和方姑洗漱，吃了早點，登上馬車。張軻為之送行。張槐也已意識到了什麼，刻意回避，一早就去了田間。小草是第一次乘坐馬車，這裡瞧瞧，那裡摸摸，興奮而好奇。途中，方姑告訴小草，說你姑母的家很大很大，你可別嚇著；還有，你到姑母家得先見見姑母的幾個親戚，他們都是大官，問你問題，知道的就回答，不知道的就說不知道，沒有關係，懂嗎？小草點頭，「嗯」了一聲。沈琴心酸心痛地看著小草，她和小草朝夕相處八年，如今小草將離她而去，她是多麼不捨啊！不捨又能怎樣？小草畢竟出身皇家，有父皇有母后，自己這個當舅母的決定不了外甥女的婚姻大事啊！

馬車進了江陵城東門，行進在城內街道上。小草第一次見到那樣高的城垣和城門樓，以及那樣多的房屋、商鋪和行人。前面就是皇宮。宮門衛士接到通知，不許檢查方姑乘坐的馬車。因此，馬車逕直駛進皇宮，直至甘棠殿前。時間剛好是巳正。蕭琮已在殿前等候。方姑、沈琴、小草下車。蕭琮迎向小草，笑道：「你就是小草。」小草見說話者二十一二歲，衣飾齊整，挺納悶：這人怎會知道我叫小草？方姑忙說：「小草！這位大哥哥會領著你先去見你姑母的幾個親戚，我和你娘在這裡等你，然後再去姑母家。」小草又「嗯」了一聲，跟隨蕭琮走進甘棠殿。

這是小草見過的最高最大的房子。房裡陳設華美，許多器物她從未見過，叫不出名字。蕭琮讓她坐在一張圓杌上。忽有三位大官前來，坐在她對面的錦榻上。中間那位身材偉岸者，是梁國皇帝蕭巋——她的生父；右側那位山羊鬍鬚者，是隋國的聘婚使韋世康；左側那位絡腮鬍鬚者，是著名的相面大師袁來和。三位大官的目光聚焦在小草身上，但見她身段苗條，五官端正，所穿的衣裙都是家織麻布縫製的，樣式淳樸，顏色淺淡，合身熨貼，看上去清爽俐落。烏黑的長髮自然垂髫，兩鬢處各垂下一綹編成辮狀，辮梢用花格方帕紮了個靈動的蝴蝶結。她柳眉杏眼、粉面桃腮，眉不描自黛，脣不塗自朱。全身無一金玉飾物，只有兩處日常裝飾：一處是潔白的手腕上，各繫一圈紅、綠、黃三色絲線；再一處是眉心處貼了花鈿，取自早晨綻放的玫瑰花，一圓鮮紅，透著朝氣與活力，更透著嫵媚與驚豔。小筍才現嫩嫩芽，小荷剛露尖尖角。在富麗堂皇的甘棠殿裡，她就像一抹晨曦一朵花蕾，清新、清純、清麗。她從田野間走來，帶著泥土和青草的氣息，還有各種草花的芬芳，真是人見人喜，人見人愛。韋世康和袁來和微笑，意思不言而喻：張草面相也是上佳。蕭巋歡喜，同時愧疚：自己的小女兒這樣大了，長得這樣美，昨日始知，今日始見！

韋世康、袁來和有意問了小草幾個問題，意在檢測她的知學。小草既不認生也不怯場，大大方方，有問必答。這使韋、袁二人更加驚喜。原來小草居然能背誦《千字文》，認識一千個字；而且她聽鄉村一位庠序老師講故事，知道秦始皇、漢武帝，還知道赤壁之戰；她想讀書，卻無書可讀，正讀著一本從鄰家借來的《孝經》。韋世康喜得直搓手，說：「芳草也！芳草也！」袁來和最後問：「小草姑娘！你知道長安嗎？知道隋國嗎？」小草搖頭，答：「不知道，沒聽說過。」袁來和輕輕拍手，說：「好！知之為知之，不知為不知，是知也！」小草晶亮的雙眸忽閃忽閃，什麼「知之」、「不知」、「知也」，這話繞口，她聽不懂。蕭琮告訴小草，看面相結束。小草都沒明白看面相是什麼意思，立即起身向著三位大官行鞠躬禮，燦然一笑，然後蹦跳著出了甘棠殿。沈琴和方姑在殿門前等候，已知小草的表現非常完美。小草一手拉著娘，一手拉著方姑，歡快地說：「走！這就去姑母家！」

甘棠殿裡，三位大官決定隋梁聯姻大事。韋世康對蕭巋說：「小草姑娘命相、面相、知學俱是上佳，難得難得。韋某和袁大師回長安覆命，隋帝和獨孤后肯定會贊同這門婚事的。隋梁聯姻絕處逢生，真乃可喜可賀！」蕭巋說：「全賴韋大人和袁大師成全。」袁來和說：「不！主要是小草姑娘太完美了。袁某相信她和晉王婚配堪稱是日月麗天、天下無雙！」韋世康再對蕭巋說：「當務之急，陛下須做兩件事：一是將小草的姓氏，正式恢復為蕭氏；二是封小草為公主，正式確定她的皇女身分。這樣，隋梁聯姻才算門當戶對。六禮程序，三曰納吉，韋某代表隋帝，按照時俗，贈送羊一隻，雁一對，酒、黍、稷、稻、米、麵各十斛，黃金五十兩，此禮即算進行了。如無意外，很快會進行第四道程序納徵，隨後便是請日，估計最遲明年開春就要親迎的。」蕭巋說：「這麼快？小草明年才十三歲。」袁來和說：「晉王明年十五歲，按皇家之禮，男十五女十三，大婚恰當其時。」

小草到了姑母家，終於明白姑母家其實就是皇宮，姑母其實就是皇后。皇后的寢宮叫乾陽殿，乾陽殿裡有個天香軒，精巧別致、清幽靜謐。方姑將小草、沈琴安排在這裡居住，由皇后的侍女伺候飲食起居、洗漱、用膳。方姑領小草、沈琴去看臥室，臥室窗明几淨、寬敞華麗。當天晚上，方姑在這裡給小草講了個流落在民間的皇女重回皇宮的故事。方姑講的，實際上就是小草的身世和經歷。小草意識到了這一點，但還是聽得很專注。故事講完，房門開啟，一位中年貴婦走進房來，伸開雙臂環抱小草，動情地說：「好女兒！娘想你想得好苦啊！」小草聽貴婦把自己叫女兒，嚇得不敢動彈。方姑趁勢說：「小草！我剛才講的其實就是你的故事。你就是那個皇女，這位就是皇后，就是你的親娘啊！」小草對此已有思想準備，但事到臨頭還是難以接受，面向沈琴，求助似地叫娘。沈琴雙眼含淚，說：「小草！方姑所言句句是實。你就是皇女，這位張皇后就是你的親娘。我，我是你的舅母。」小草定睛看貴婦。貴婦已是涕淚交加，痛哭失聲。

方姑請皇后落座，讓小草坐在皇后身邊。皇后緊握小草雙手，慈愛地看著女兒。方姑又說：

「小草！我是皇后身邊的女官。這些年來，我最清楚皇后對你的厚愛，也最清楚皇后對你的付出。現在風雨過後現出了彩虹，皇后和你母女團圓，這是喜事，大喜事啊！此時此刻，你當把皇后叫一聲娘或母后。」

事情太過突兀。小草有點暈眩，一時轉不過彎來，看了看皇后，又看了看自己一直叫娘的沈琴，嘴脣蠕動，但終究沒叫出聲來。張皇后善解人意，抹著淚說：「莫急莫急！待小草靜下心來，那時再叫不遲。」

那一夜，小草失眠了。她相信方姑的話，更相信沈琴的話，相信自己確實是流落在民間的皇女，流落多年後又回到皇宮，而且很有可能要成為隋國的晉王妃。一切都是難以想像，一切都是不可思議。她的心靈，宛若遭遇一場大地震，大地搖晃，山崩河決，她實在不知該如何應對。她恨那個江陵習俗，也恨那個皇帝，而那個皇帝恰是她的生父！她的生母確實是愛她的疼她的，像個慈母。沒有慈母的瞞天過海，就沒有她小草。沒有慈母的保護與關愛，她又何以能活到今天？慈母為自己確實付出了很多，自己為何就張不開口叫一聲娘或母后呢？小草失眠，輾轉反側，忽兒清醒，忽兒迷糊，朦朦朧朧，忽聽得沈琴叫她，說天明了，該起床洗漱了。而且，沈琴已採了幾朵鮮豔的玫瑰花來，供她剪製花鈿。

喜從天降。新的一天喜事更多。皇帝頒旨：流落在民間的皇女張草，恢復姓蕭，名叫蕭草，封江陵公主，賜府第一處，男傭、女僕各二十人。小草從此叫蕭草，因「蕭」與「小」讀音相近，所以人們依然多叫她小草。隨即，太子蕭琮偕太子妃、義興王蕭瓛偕王妃、建昌公主蕭金鳳偕丈夫王衮，到天香軒來看望蕭草妹妹，祝賀妹妹回到皇宮，封作公主。張皇后笑顏逐開，逐一介紹兒子、兒媳、女兒、女婿等。小草昨天見過蕭琮，原來他是太子，自己的嫡胞大哥。正熱鬧著，忽有宮監通報：「皇上駕到！」房裡的人包括沈琴在內立時都跪地迎駕，或叫「皇上」，或叫「父皇」。小草頭一天也見皇帝，就是三個大官中的身材偉岸者，原來他就是自己的生父。小草有點懵，不知所措。方姑輕扯她的裙擺，低聲說：「跪！叫父皇！」小草恨這個皇帝，勉強跪地，但閉口不叫父皇。蕭巋冠冕鮮麗，顯然是剛剛下朝就來到天香軒。他笑容滿面，落座，說：「平身！」眾人稱謝，起立。張雅說：「皇上！這是我們全家人第一次團聚，臣妾高興，高興哪！」蕭巋說：「朕也高興。」他特意看向小草，只見小草體態嬌柔、面容嬌美，眉心一圓花鈿更顯得她嬌豔嬌媚。蕭巋笑道：「小草！這些年，朕因篤信江陵習俗，讓你流落在宮外，受了很多苦吧？前天，你母后提說到你，朕方知你的存在，這才命接你回宮。所幸隋梁聯姻，你的命相和面相俱上佳，且有知學，所以隋國聘婚使非常滿意，如無意外，很快就會舉行納徵之禮，你將成為隋國的晉王妃，總算苦盡甘來，喜鵲登枝了。」

小草完全不適應不習慣當天的團聚，更不愛聽皇上這樣說話，心裡覺得發堵，遂直視皇上，自稱民女，說：「民女出生在二月，能活著能長大已是大幸。民女在民間蒙有多位長輩關愛，沒受什麼苦，挺好的。民女無意回皇宮，更無意成為什麼晉王妃。如果可以，請允許民女仍回蘆花寨，仍做農家女，民女感激不盡。」所有人都大吃一驚。張雅、沈琴、方姑同聲道：「小草！」小草則說：「我說的是實話心裡話。」蕭巋倒是能體諒小草的心情，既未怪罪，也未氣惱，依然笑道：「你呀！蘆花寨怕是回不去了。今早，朕已派人將你舅父接來江陵居住，他這時大概已到公主府第，正等著你呢！」蕭巋轉而面向皇后，說：「皇后！你可引領小草，去看看公主府第，同時看看

國舅爺，跟他說改日朕為他接風。」張雅忙說：「臣妾遵旨！」

江陵公主府第，獨立一個庭院，樹木蔥蘢，房屋錯落，荷池假山，花壇竹林，生機勃勃。小草下了馬車，一眼就看到架著雙拐的張軻，快步向前，叫道：「爹！」張雅向前叫哥。張軻拉起小草的手，笑道：「小草啊！現在該正本清源了：當今皇上和皇后才是你的親爹親娘，我和沈琴是你的舅父舅母，從今往後稱呼得改改了。」小草問：「槐哥呢？」張軻答：「他今日在田間育秧，明天或後天才能來。小草啊！你父皇說了，讓我和你舅母搬來江陵跟你同住，我倆可沾了你的光啦！」小草說：「誰沾誰的光？舅父舅母對小草的養育之恩，小草這輩子也報答不完。」這是小草首次改口，稱張軻為舅父，稱沈琴為舅母，意味著她已打算把皇帝叫父皇，把皇后叫母后了。

男傭女僕引著主人一行察看府第。後院三間正房安排給公主居住。小草反對，堅持讓舅父舅母住三間正房，自己住廂房。張軻、沈琴說：「這怎麼可以？」張雅說：「這是小草孝敬老人的心意，你倆就聽她的話，安心住吧！」男傭女僕得到指示，趕忙重新調整、收拾房間。小草手扶舅父登上馬車，回到天香軒用膳。膳罷，方姑講述了在小草出生的當日，皇后就把小草的八字記在一塊白綾上，這成了小草皇女身分最有力的證據。皇后對小草流落在宮外，一直心存愧疚，尤其是隋國聘婚使來到江陵，只看平昌、陽昌公主的面相與命相，沒有小草的份，皇后的愧疚更甚，曾表示願不當皇后，住到蘆花寨去守在小草身邊照顧小草。前天，皇后懇求皇上，讓隋國聘婚使也看看小草的命相。皇后說了，皇上若不答應，她會立刻離開皇宮去蘆花寨的，寧可不要榮華富貴也不能不要小女兒。這就是母愛，偉大、無私、深厚的母愛！小草深受震動與震撼，輕步走到張皇后跟前，突然跪地叩頭，流著淚叫道：「娘！母后！」張雅答應，隨即也跪地緊緊地抱著小草，淚水滂沱。母女倆的臉貼在一起，淚流在一起，心連在一起……

第二天，小草住進公主府第。張軻、沈琴指揮傭僕，府第運轉井然有序。張雅和方姑幾乎每天都來看望小草，每天都會帶來時興糕點和水果供小草享用。蕭歸也來看望過小草，並給予豐厚的賞賜。小草很想把這位皇帝叫一聲爹或父皇，但那兩個親熱而崇高的稱呼，怎麼也沒能叫出口。小草回到皇宮母女團圓、家人團圓，而且封作公主，快將成為隋國的晉王妃。常人都以為她肯定大喜大樂，睡夢中也會笑醒。其實不然，小草有了心事。數日之間，她從農家女變成皇女，變成公主，成了人上之人，但失去的卻是自由自在和隨心所欲，脖頸上好像多了一副無形枷鎖，使她感到悵惘與鬱悶。她再不能到長江大堤上看放風箏了；再不能到野外田間挑野菜唱《挑野菜歌》了。那個隋國在哪？那個晉王是誰？她一無所知。父母之命，媒妁之言，決定了她的婚姻。因此，小草喜不起來、樂不起來，笑的次數明顯減少，至於像過去那樣發自內心的毫無顧忌的大笑與甜笑更是從未有過。張雅考慮，小草將要嫁到隋國去，必須補上禮儀缺失這一課。為此，她指派一名姓丁的女官專門給小草教授禮儀。丁女官很是盡職，一邊講解禮儀，一邊比劃示範，說堂堂公主站要有站相，坐要有坐相，走路要有走路相，說話要有說話相，就連吃飯喝湯也要有相，主要是姿態要端正，動作要優雅，不快不慢，不露齒不出聲，尤其是使用筷子和湯匙時不能碰撞碗、盤、碟發出聲響，等等。這相那相，哎喲喲，小草聽得暈頭轉向，只是為了尊重母后，她才耐住性子、壓住火氣，沒將丁女官轟走。丁女官還給公主講琴棋書畫四藝。小草覺得琴、棋、畫三藝太複雜，自己學不了，書藝相對簡單些，倒可以試試。丁女官高興，次日便給公主帶來文房四寶。小草將一間廂房當作書房，擺上方桌，學習寫字。事非經過不知難。她一執筆，方知寫字也很不易，寫橫橫不平，寫豎豎不直，寫撇、點、鉤、捺，毛筆不聽使喚，還弄出幾處墨疙瘩。丁女官說：「學書藝跟學繡花一樣，關鍵是要心靜。心靜書正，說的就是這個道理。」當時流行的書體為隸書。丁女官在《千字文》裡找出十多個筆劃不多的字，用隸書寫在一張紙上，再讓公主蒙上白紙照樣描摹，稱作寫仿。小草天資聰穎，心靈手巧，寫了半個月的仿，然後就不再描摹，看字寫字，字很快地就寫得有模有樣了。小草又想讀書。丁女官給了她兩本書，一名《漢樂府詩》，一名《古詩十九首》。書中的詩大多是五言詩，通俗易懂，大多描寫普通人的生活。小草從此把很多時間花在寫字和讀詩上，精神有所寄託也就不那麼悵惘與鬱悶了。

仲夏五月，隋國聘婚使韋世康，又奉隋帝之命到了江陵，舉行納徵之禮。納徵就是男方家長向女方家長下聘禮，聘禮一下，婚姻關係就正式確定了。隋帝看重隋梁聯姻，聘禮下得闊綽，包括黃金三百兩，白銀一千兩，綾羅綢緞各三百匹，麻布葛布各六百匹，絲綿六十斤，金玉首飾各六十件。蕭巋命將聘禮直接送至公主府第。小草所住廂房對面的兩間廂房放置聘禮，堆得滿滿的。見者無不咋舌，稱讚隋國大方，稱讚公主有福。小草面對聘禮，心起波瀾。她已知自己將嫁的那個晉王叫楊廣，年長自己兩歲，官職大得嚇人，單不知長相如何，千萬千萬莫是侏儒，莫是駝背，莫是麻臉或獨眼啊！

納徵之後，張雅、沈琴和方姑，開始為小草張羅嫁妝和嫁衣。小草自顧寫字讀書，不管不問。八月的一天，她正在書房讀漢樂府詩《陌上桑》，忽聽得一陣腳步聲響，好幾人都大叫：「小草！」「小草！」她忙起身，那幾人已撲到她跟前將她抱住搖晃著、喊叫著。啊啊！她們竟是她的小姐妹——小蘭、小梅、小荷、小菊、小莉。六個女孩抱在一起，歡喜流淚，邊流淚邊笑，都說：

「想死我了！想死我了！」小草想問：「你們怎麼來的？」抬眼見張槐哥站在書房門前，手執馬鞭朝著她笑。小蘭解釋說：「你的事，蘆花寨人沒有不知道的。我等都想你，都想見你，便央求槐哥駕了馬車來到江陵。」小草引領小姐妹，去正房見過舅父舅母。張雅和方姑恰好前來。沈琴給小蘭等介紹道：「這位是張皇后，小草的親娘。」小蘭等慌忙跪地說：「民女拜見皇后。」沈琴還要介紹方姑。方姑說：「小草的小姐妹我都認識：小蘭，小梅，小荷，小菊，小莉。」張雅說：「多水靈的女孩！平身平身。」小蘭等起立。小草拉著她們去了自己的閨房。

五個女孩和小草分別數月，像是分別了十幾二十年，有多少親熱話悄悄話要說啊！互問互答，互答互問。小草得知，小蘭、小梅、小荷三個屬虎的都已說定了婆家，明年將成婚；小菊、小莉兩個屬兔的也有媒婆提親，一旦納徵，婆家也就定了。五人的婆家都在鄰村或鄰鄉，婚後若想回娘家，走不多遠就到了。五人都為小草遠嫁而感歎而惋惜。小莉很無知地問：「小草！你將嫁的那個隋國，在哪呀？距梁國有多遠呢？還有那個晉王，為何非要聘你為王妃？你，你不嫁他不行嗎？」小草搖頭，答：「我跟你一樣，全然不知。」小梅說：「我等好不容易見到小草，該說些高興的開心的事才對。」小荷說：「我等初夏挑野菜，缺了小草，都說沒勁。今日，我等當和小草一起，補唱一回《挑野菜歌》，可好？」小菊回應說：「好！好！」於是，小荷起頭，六個女孩拍著手，用江陵方言連唱帶說：「穀雨過，立夏來。天藍藍，雲白白……」歌聲清亮、甜美，就像在挑野菜現場一樣，聲情並茂，連唱三遍，然後互相擁抱著，且喜且悲，淚流滿面。她們都在想：如果時光停止流淌，永遠定格在那個春天裡那個田野間，讓她們莫要長大，莫要分開，整天快快樂樂，那才多好啊！小蘭對小草耳語：「怎樣？我上年說的那些話，全說對了吧？」小草點頭。小梅眼尖，問：

「你倆說什麼悄悄話？」小蘭笑答：「保密！」

中午，國舅爺夫婦設宴招待蘆花寨的小鄉黨。宴間，沈琴宣布：張皇后給五個女孩各賜一副玉製耳環，小草給五個小姐妹各贈三匹錦緞，作為她們出嫁時的賀禮。這是五個女孩前來江陵的意外收穫，五人羞羞怯怯地感謝皇后的恩典，感謝小草的情誼。傍晚，她們乘坐張槐的馬車返回蘆花寨。小草和小姐妹難分難捨，緊緊擁抱，互道再見，淚飛如雨。她們都明白就此一別將天各一方，恐怕再也不可能再見了。

十月底，隋國聘婚使韋世康再次來到江陵。這次的使命是進行六禮的第五道程序請日：通知梁帝蕭巋，隋帝在太廟占卜，占得個大大的吉日——次年二月初九，隋國晉王楊廣和梁國江陵公主蕭草，定在那日舉行婚禮。這一吉日是不容更改的。也就是說，小草距離大婚之日，只有三個月時間了。三個月時間，何其短暫與倉促！而且，韋世康向梁帝轉達隋帝和獨孤后的意見：長安和江陵相距一千四百多里，新郎不可能到江陵親迎新娘。怎麼辦？最佳方案是蕭草公主提前起程，於二月初抵達長安，住於驛館，新郎在大婚之日就到驛館親迎新娘。韋世康還說，隋國正在新建一座大興城作為國都；大興城的宮城、皇城已經竣工，晉王等諸王王府在皇城東側，亦已竣工；明年二月初九，晉王親迎公主，從大興城晉王府到長安驛館也就是十多里路程，很方便的。蕭巋只能同意，說：「隋帝和獨孤后考慮得周全，也只能這樣了。」

第四章 遠程婚禮

韋世康回了長安。張雅等叫苦不迭。小草二月初要抵達長安，那麼正月元宵節後就得起程。天哪！她在家中只能再住兩個半月了。置辦小草的嫁妝和嫁衣，進入衝刺階段。還好，年底之前全部齊備。接著便是新年——天保二十一年（西元五八三年），於隋國為開皇三年。年後，嫁妝和嫁衣裝箱。三個大紅木箱，裝四季床上用品；三個淺紅木箱，裝小草的衣裙鞋襪；三個精美木盒，裝首飾，金簪玉簪、金釵玉釵、步搖、耳環、手鐲之類。小草看著堆放得整整齊齊的木箱木盒，很是迷茫。二月初九，恰是她的生日。虛齡算十三歲，而實齡，她才滿十二歲呀！剛滿十二歲就大婚，她完全沒有這個思想準備。可是又有何法？隋梁聯姻是兩個國家之間的聯姻，是兩個國家的皇帝和皇后說了算，她只能乖乖服從。雖說此去隋國，婚後便是王妃，少不了榮華富貴。但是，這是她所嚮往的嗎？這是她所追求的嗎？她搖頭又點頭，點頭又搖頭。這個問題，一時說不清楚。

蕭巋決定由太子蕭琮任送親使，禮送小草前往長安。同時命建昌公主蕭金鳳同往長安，陪伴婚前的小草。蕭金鳳這年二十歲，能說會道，與人交際能力很強。梁國的土特產是燻鴨和醉蟹。蕭巋亦命各準備五千隻和三千罐帶去長安，作為他和皇后贈送給隋帝和獨孤后的禮物。那些日子裡，張雅異常心痛。流落在宮外的小女兒好不容易才回到皇宮，回到自己身邊，而現在又要遠嫁到隋國，她是多麼不捨啊！她乾脆也住到公主府第，只是為了能多看看多陪陪小草，因為小草一去隋國，相隔萬水千山，母女很難再有相見之日了。

正月十三日，隋國親迎使到了江陵。親迎使由隋帝親侄、邵國公楊綸擔任，韋世康為副使。隨從多人，馬車多輛。還有一名女官及四名侍女，負責照料江陵公主。定於正月十六日起程。方姑提醒皇后說：「小草尚未行及笄禮呢！」張雅手拍腦門，說：「瞧把人忙的，我怎把這事給忘了？」

古代女孩在童年和少年時代，頭髮隨意上綰或下垂，稱總角，稱垂髫。十四歲到了結婚年齡，開始結髮，用笄貫之，稱及笄。及笄禮主要是由母親或長輩女性給女孩梳理頭髮，盤髻，並在髻上插笄。笄，最早是指竹片製作的簪子，後來也指金、玉製作的簪子。小草才十二歲，本不該及笄，但她即將出嫁，出嫁後頭髮要盤髻插簪，所以及笄禮還是要行的。小草已是公主，及笄禮本應隆重舉行，邀請皇家女眷及朝廷命婦參加。但小草討厭張揚，力主由親人簡單地做個形式就足夠了。因此，她的及笄禮在她的閨房進行，焚一炷香，張雅眼含熱淚給她梳理頭髮，盤了髻插了簪。在場的只有沈琴、蕭金鳳和方姑。張雅還將一只祖傳的鳳凰玉佩戴在小草胸前。玉佩是玉質晶瑩的和闐玉，菱形，兩面浮雕，一面雕作鳳，一面雕作凰，工藝精湛、樣式精美。小草喜愛這只玉佩，此後一直貼胸佩戴用作對母后的懷念。忽然，蕭巋前來看望小草。張雅等慌忙跪地迎駕。蕭巋落座，抬眼看到小草頭上的圓髻及簪子，笑道：「我們家小草盤髻插簪顯得更美了。」小草跪視蕭巋，仍稱皇上，自稱民女，說：「皇上！民女即將遠嫁隋國，牽掛一事，不知當講不當講？」蕭巋說：「不論何事，但講無妨。」小草說：「是！民女要講的是江陵習俗，不知流傳了多少年，坑害了多少女孩！二月出生的女孩到底有何罪過？為何就是妖女？為何非要溺死？如果習俗成立的話，那麼民女的事例作何解釋？民女是妖女嗎？不是。民女禍國禍家了嗎？沒有。否則民女就不會擔負隋梁聯姻的重任了。習俗顯然是胡說八道，荒謬且不近人情。所以，民女在遠嫁隋國前夕，真誠地懇請皇上關愛百姓，宣布禁絕此習俗流傳。這樣，無辜的女孩及她們的爹娘定會稱頌皇上恩德的。」

小草的懇請太大膽了，無異於扳虎牙拔龍鬚，張雅等嚇得斂氣屏聲。奇怪的是，蕭巋看著小草沒有發怒，反而笑道：「好個小草，你這是為民請命哪！習俗問題，我已思忖許久，通過你的事例證明那確實是無稽之談。難得你有這樣的膽識提出懇請，那我就答應你：近日就頒詔宣布廢止習俗，禁絕流傳。」小草歡喜，臉上泛起笑容，伏地叩頭說：「小草感謝父皇！」蕭歸聽得真切，小草把他叫父皇了。張雅等也聽得真切，緊繃的心弦鬆了下來。蕭歸命眾人平身。他起身走近小草，伸展雙臂給了她一個緊緊的慈愛的擁抱。他的眼眶濕潤，他這個當爹的篤信江陵習俗，給女兒造成過極大的傷害。現在雨過天晴，終於得到了女兒的原諒。

公主府的人似乎忘記了元宵節，全部心思和精力都放在公主行程的準備上。十六日，正是公主起程的日子。公主府第門前，二十多輛馬車整齊排列，其中親迎使楊綸、副使韋世康帶來專供公主乘坐的兩輛豪華馬車，分外醒目。楊、韋的隨從和蕭琮的隨從牽馬佇立。梁國王公大臣站在一旁，有的還攜帶夫人和女兒等著為公主送行。辰正，蕭歸、蕭琮陪同楊綸、韋世康走出府第。緊跟著，以公主小草為中心的一群女人走出府第，還有架著雙拐的國舅爺張軻。小草這天仍是一身家織麻布衣裙，上衣下裳都是塞了絲棉的，暖和且輕巧。不同處在於罩了一件絳紅色繡花緞氅，顯得莊重和典雅。分別的時刻到了，那是生離死別、心痛情傷的時刻。小草跪地向父皇母后叩頭，說：「不孝女小草別過二老，父皇母后保重。」蕭歸含淚答應：「噯！噯！」張雅雙手抹淚，輕聲呼喚：「小草！小草！」小草起身，再跪地向舅父舅母叩頭，說：「二老的養育之恩小草銘記，舅父舅母保重。」張軻也是含淚答應：「噯！噯！」沈琴忙伸手扶起小草，淚飛如雨。小草還給方姑一個擁抱，感謝她多年來的關愛與呵護。方姑淚眼帶笑，說：「小草！你到了異國他鄉也要保重啊！」

小草站定，放眼看府第門前的人。她基本不認識他們，但還是朝他們微笑點頭，感謝他們為她送行。女官指揮四名侍女向前，引導公主登車。小草走近一輛馬車，轉身，凝視公主府第，凝視不遠處的皇宮，凝視整個江陵，再次跪地叩頭，並俯身熱吻腳下的土地。這裡是她的祖國，她的家鄉，祖國和家鄉的水土養育了她，這一吻，算是感激，也算是告別。侍女扶著公主登車。蕭金鳳已在車上。侍女登上另外的馬車。隨從們上馬。楊綸、韋世康和蕭琮最後上馬。有人發出命令：「起程！」馬隊前行，馬車啟動。小草把頭伸向馬車窗外，深情叫道：「父皇母后！舅父舅母！」蕭巋、張雅、張軻、沈琴齊聲答應，同時叫著小草的名字，淚眼模糊，聲音酸楚。他們明白，今日一別，怕是再也見不到人見人喜、人見人愛的小草了。

楊綸、韋世康帶來的兩輛豪華馬車一模一樣，一輛是正車，一輛是備用車。車廂外面包裹著堅實禦寒的氈革。車廂內部寬敞，設有軟榻，可坐可臥；備有糕點、水果等食品，還有一個炭火正旺的小火爐。時值初春，朔風凌厲，但車廂內卻是溫暖如春，乘者遠行，舒適快意。每天行程百里左右，晚上下榻於驛館，自有專人安排。馬隊車隊抵達襄陽，那裡已是隋國的疆域。從襄陽到長安有兩條路線：一是穿越秦嶺，經武關（今陝西丹鳳境）到灞上（今陝西西安東南），多是山路，稍近，但車馬顛簸；一是經宛城（今河南南陽）到函谷關（今河南函谷關）到潼關（今陝西潼關），多是官道，稍遠，但車馬平穩。楊綸、韋世康和蕭琮商定，走後條路線。小草從這時起始有一些地理概念，原來這個世界山山水水，很大很大，很難想像到底有多大。

小草、蕭金鳳共乘一車。蕭金鳳說這說那，小草卻很少附和，時時發怔。蕭金鳳看得出，小草是因為對不日的夫君以及婆家的情況知之甚少，所以對即將到來的婚姻心存疑慮與焦慮。她略一思量，便通過蕭琮把隋國的那位孔女官請到她們乘坐的馬車上來，並請孔女官講講隋帝和獨孤后，講講晉王楊廣，以利小草獲知更多的訊息。孔女官約莫三十歲，身材中等，眉目清秀，自稱侍奉獨孤皇后已二十多年，因讀書識字現任女官尚宮，職掌導引皇后及閨閣廩賜。孔女官非常健談，熟知隋國皇家的所有情況，凡有所問逐一回答，該簡則簡，該繁則繁，條理清晰。小草靜聽，看似隨意，其實用心。她想知道隋國的情況、隋國皇家的情況，尤其是晉王楊廣的情況，知道得越多越好。

孔女官講，隋帝楊堅心志專一、輕色重情。他和名門之女獨孤伽羅結婚時發誓：「今生今世，吾只愛汝一人，誓無異生之子。」其後，他一直遵守誓言，即便當了皇帝也只立獨孤氏為皇后，此外無一私寵。歷代帝王能如此者，恐怕再無第二人！獨孤后為隋帝生了五個兒子，長子立為皇太子，另四子皆封王，人人獨當一面，主軍主政，好生了得。隋帝曾對群臣自誇：「前世皇王溺於嬖幸，廢立之所由生。朕旁無姬侍，五子同母，可謂真兄弟也。豈若前代多諸內寵，孽子忿爭，為亡國之道邪！」小草聽著，心中暗暗欽佩。隋帝很快就會成為她的公爹，公爹品德高尚，真是難得！

孔女官講，獨孤皇后也是一位非凡的女性，全力支持隋帝的事業，同甘苦共患難。隋帝開國，獨孤氏尊為皇后，總是親自照料隋帝的飲食起居，每天風雨無阻地陪送皇帝上朝，迎接皇帝下朝。隋帝有言：「自古帝王，未有奢侈而長久者。」獨孤后因此崇尚節儉，最討厭最反對奢侈。獨孤后統領後宮，嚴禁假公濟私，常說：「國家之事，焉可顧私？」小草聽著，心中又暗暗欽佩。獨孤后很快就會成為她的婆母，婆母崇尚節儉，恰好跟她的志向不謀而合。人常說婆媳關係是世界上最難處的關係。她想，這話未必正確，婆媳雙方互相謙讓，關係還是能處好的。

孔女官講，隋帝和獨孤后的五個兒子，論長相論才學，最出彩的當數次子楊廣。楊廣一名英，身材偉岸、姿容英俊，是個標準的美男，而且聰慧多智、文武雙全，封晉王，任并州總管、河北道行台尚書令，拜上柱國大將軍。他的官署在太原（今山西太原），既管軍又管政，號令一方，等同歷史上的諸侯王。晉王為人低調，不愛奢靡。一次，隋帝和獨孤后不打招呼，駕臨諸王王府察看兒子們的日常生活。在晉王府，他們看到全府人員純樸厚道，無一虛華輕佻者，樂房裡的樂器弦多斷絕，久未使用蒙有灰塵，說明晉王心志高遠、不好聲色。還有一次，晉王射獵遇雨，隨從進呈油衣。他說：「士卒皆沾濕，我獨衣此乎！」命將油衣拿走，自己和士卒一樣淋成了落湯雞。因此，隋帝和獨孤后最喜愛最器重晉王，稱讚他年少仁孝堪當大任。孔女官講述楊廣，小草聽得最為專注。因為這個人將是她的夫君，她要和他同床共枕度過一生，還要為他生兒育女的。小草不解，楊廣只比自己大兩歲就管軍管政，怎會有那樣大的本事？她極想聽孔女官繼續往下講，誰知蕭金鳳卻問了個新問題：「獨孤后不是也生有多個女兒嗎？」

孔女官答：「是的，獨孤后生有五個女兒，存活四人：長女楊麗華，今年二十五歲，孀居，曾是北周宣帝的皇后，靜帝時為皇太后。大隋開國，封樂平公主，隋帝和獨孤后勸其再嫁，她執意不從。次女楊美華，封襄國公主，駙馬都尉是河州刺史、河陽郡公李長雅。三女楊豔華，封廣平公主，駙馬都尉是熊州刺史、安德縣公宇文靜禮。幼女楊小華，排行為五，暱稱阿五，年方十歲，封蘭陵公主。隋帝和獨孤后除愛晉王外，也愛這個小公主。小公主脾氣倔強，獨孤后常說她是倔驢犟，死心眼，一根筋。」小草暗暗吃驚，獨孤后共生了十胎，五兒五女，多麼辛苦啊！

馬車顛簸了一下。蕭金鳳伸了個懶腰，說：「這遠程婚禮可真麻煩。」孔女官笑著說：「麻煩是有的，但也是禮儀和規矩。歷史上有過許多遠端婚禮。比如戰國後期，秦國建都咸陽（今陝西咸陽東），楚國建都郢城，郢城就是今江陵。秦孝公時，太子嬴駟娶楚國公主羋月為妃；秦昭王時，太子嬴柱娶楚國公主羋瑤為妃。大婚之際，羋月、羋瑤都是先期到咸陽住於驛館，親迎之日，新郎就到驛館親迎新娘。羋月後來當上王后、王太后，稱宣太后，專斷秦國朝政二十多年；羋瑤後來也當上王后、王太后，秦始皇帝算是她的孫子。」小草聽著，敬佩孔女官還通曉歷史，思緒一動，忽然想到小蘭等小姐妹。小姐妹們的婆家都在鄰村或鄰鄉，新郎很快就把新娘親迎了。而自己呢？婆家在千里之外，大婚之際，她得像羋月、羋瑤那樣興師動眾，太麻煩了。不過她知道這個麻煩是少不了的，因為她畢竟不同於她的小姐妹，她是梁國的公主，她將嫁的是隋國的晉王，皇家對皇家，路程遙遙，禮儀和規矩多多，想不麻煩也不行哪！

自過襄陽之後，孔女官每天都登上公主乘坐的馬車，講隋國講歷史，減少了許多旅途的寂寞。曉行夜宿，關山等閒。二月二日，馬隊車隊如期抵達長安。小草、蕭金鳳和蕭琮等住進驛館。朝廷將驛館裝飾一新，只住準王妃等一行。隋國後宮實行六尚六司六典女官制度，女官統領千餘名宮女，加上宦者署管轄的數千名宮監，專門為皇帝、皇后及整個皇家提供服務，機構嚴密，分工明確。小草等住於驛館，女官帶領宮女精心伺候，驛館周圍有宮廷衛士日夜警衛以確保安全。

次日，蕭琮拜見隋帝和獨孤后及太子楊勇。孔女官陪同兩位貴客來到驛館看望江陵公主。孔女官介紹，小草吃驚，趕忙施禮，原來來者竟是樂平公主楊麗華和蘭陵公主楊小華。蕭金鳳也向前施禮。楊麗華看小草滿面笑容，心想韋世康和袁來和所言不虛，這位梁國公主確實是天生麗質，美豔動人。小草看楊麗華，衣飾華貴、氣度高雅，一個當過皇后和皇太后的女子依然這樣年輕！楊小華看小草，特意看小草眉心的花鈿，以為是看到了仙女，目不轉睛，小臉如花。小草看楊小華，總角垂髫、活潑可愛，就像數年前蘆花寨的自己。楊家姐妹和蕭家姐妹落座，侍女進茶，孔女官回避。楊麗華說：「我們四人都是公主，說話時沒有必要這公主那公主的，乾脆互稱姐妹，可好？我年齡居長，自然是大姐。」蕭金鳳說：「大姐說的是，恭敬不如從命。」楊小華說：「不！我得把小草姐姐叫二嫂。」二嫂？小草聽了這個稱呼，羞得面紅耳赤。楊麗華笑著說：「反正再過幾天，小草妹妹就是楊家人，就是晉王妃，阿五提前叫二嫂，叫就叫吧！」蕭金鳳也笑著說：「童言無忌，叫了也無妨。」小草暗暗埋怨：我的胞姐呀！你怎麼和楊家大姐一唱一和了？

楊麗華告訴蕭家姐妹，她是奉父皇母后之命來看望小草妹妹的，阿五急於看到小草姐姐也跟著來了。楊麗華說：「隋國正在建造大興城作為國都，大興城規模宏大，宮城、皇城和諸王王府先行竣工。父皇本打算先移住新都，然後為楊廣弟弟和小草妹妹舉行婚禮。母后提議把舉行婚禮放在移住新都之前。父皇同意了。因此楊廣弟弟和小草妹妹的婚禮，實是新都大興城迎來的第一件大喜事，可喜可賀！」楊小華插話道：「晉王府在皇城東側，二哥和二嫂的洞房已布置好了。」洞房？小草聽了更羞更窘，不過也很嚮往，那裡將是她的聖殿和天堂！

蕭金鳳問：「聽說晉王在太原還沒回來？」楊麗華答：「可不是！他太忙了。他是晉王，任總管任尚書令，拜大將軍，掌管黃河以北數十個州的軍政大事。他已定於二月六日下午到長安。」蕭金鳳說：「這倒辛苦晉王了。」楊小華又插話說：「廣哥哥樂意辛苦。二嫂美若天仙，心急如火地盼著當新娘入洞房，他若知道定會插上翅膀飛回來的。」楊麗華大笑，用食指輕點阿五鼻尖，說：「小鬼頭，什麼都懂！」楊小華得意地說：「就是嘛！」小草又是滿面飛紅，羞得窘得無地自容，直想辯白：「我何曾心急如火，盼著當新娘入洞房了？」可是這話怎麼說得出口？

二月六日，晉王楊廣果然回到長安。七日，蕭琮打算前往拜訪，沒料想楊廣先他一步到了驛館拜訪他來了。楊廣的理由是，蕭琮是梁國的皇太子、送親使，又將是自己的大舅子，理當先來拜訪。蕭琮看楊廣，雖然只有十五歲，然身高體壯、儀表俊朗、英氣武概、談吐不凡，其經歷和閱歷都在自己之上。蕭金鳳告訴小草說：「晉王來驛館拜訪琮哥了。」小草心跳如鼓，很想去瞧瞧那個人。可是不能，她是準新娘準王妃，她要自重！蕭金鳳出去轉了一圈，返回又告訴小草說：「我在遠處看到晉王的一個輪廓，他果真是個美男！」

小草上年回到皇宮，她的母后曾指派一名女官教授禮儀，給她補上禮儀缺失的課程，當時她有反感和抵觸情緒。時近一年，回頭再看，她得感謝母后和那名女官。正是禮儀在很大程度上改變了她的言行舉止，乃至她的心性。她不再是毛毛躁躁的農家女，她正向宮廷型淑女型女性轉變，變得內斂、含蓄、文靜、婉約了。她說不清這種轉變是對是錯，但可以肯定的是即將成為隋國的晉王妃，晉王妃就要有晉王妃的風度與氣質，各方面都要完美，無可挑剔。她目前還算不上十全十美，但她會努力不斷地充實自己，努力做一個稱職的合格的晉王妃，一個有威信有口碑的晉王妃。

二月八日是小草十二歲、也是她大婚前的最後一天。別人都在忙碌，她卻很平靜，還有閒心讀了古詩《冉冉孤生竹》：「冉冉孤生竹，結根泰山阿。與君為新婚，菟絲附女蘿。菟絲生有時，夫婦會有宜。千里遠結婚，悠悠隔山陂……」她很奇怪世人的婚姻：自己分明是江陵的「孤生竹」，而今卻到了長安，與一個原本毫不相干的男人，「菟絲附女蘿」，「千里遠結婚」，真是不可思議！

二月九日，天氣晴和。這一天，小草的身分是新娘——女人一生中最精彩最浪漫的身分。隋國遵行古俗，婚禮定在黃昏時分舉行。因此，新郎定在申未前來親迎新娘。凌晨，新娘起床沐浴，然後便是梳妝。孔女官領來一位黃女官幫助梳妝。黃女官任尚服，職掌服章寶藏。下屬有司飾、典櫛，都是梳妝行家。新娘梳怎樣的髮式，穿怎樣的吉服，戴怎樣的首飾都有規定。黃女官等審視新娘，雪膚花顏、珠眸桃腮，根本無須搽脂抹粉、畫眉塗脣，青春亮麗的自然美，美得無法形容。她們熟練地給新娘梳理長髮，盤髻插簪，試穿吉服，佩戴流蘇、步搖、耳環、手鐲等首飾。可憐小草被折騰苦了，滿頭珠翠，戴了耳環，且沉且墜，很不舒服。可是她是新娘，不舒服也得忍受，任人擺弄。中午休息。孔女官端來一碗荷包蛋和一碟蜂蜜糕讓小草吃。小草哪有胃口？吃了一小塊糕，喝了一小杯水。申正，黃女官等正式給新娘穿吉服，主色調是紅色，紅衣紅裳紅裙紅鞋，外罩玫瑰紅緋羅蹙金百鳥朝鳳紋緞氅。最後一個項目是貼花鈿，花鈿是用紅臘梅花瓣剪成的，還散發著芳香。明亮的穿衣鏡照出盛妝的新娘。小草恍恍惚惚：鏡中這個珠光寶氣、火紅欲燃的女子，難道就是她小草麼？

猛然間，鑼鼓聲嗩吶聲響起，人聲喧鬧。小草的心猛跳，知道是新郎親迎新娘來了。黃女官忙把一方彩繡鴛鴦圖案的紅綾蓋頭蓋在新娘頭上。兩名喜娘前來，笑嘻嘻地說：「恭喜恭喜！」庭院門外，典禮官高聲司令：「吉時到！新郎親迎新娘登喜車！」新娘向蕭金鳳行屈膝禮，算是向娘家人辭別。蕭金鳳又是點頭又是笑，直抹眼淚。喜娘扶著新娘緩緩步出房間，步出庭院。鑼鼓聲嗩吶聲響成一片。新娘蓋著蓋頭，看不到但能感覺到庭院門外人很多，車與馬也很多。她走近喜車，特別感覺到有一人立在車旁行拱手禮。她的心頭一熱，面頰一熱：那人就是新郎啊！

新娘登上豪華喜車。喜車披紅掛彩，駕雙馬。新娘坐定。典禮官又高聲司令：「新郎親迎新娘回府，起！」新郎上馬，喜車啟動。迎親的送親的或騎馬或乘車，前有晉王的儀仗開道，後有晉王的衛士警衛，還有運載嫁妝的馬車，隊伍綿延長約二里。鑼鼓聲嗩吶聲響得熱烈，觀看熱鬧的民眾成千上萬，許多人都在說：「皇家婚禮，好排場！好氣派！」喜車上就新娘一人，極想看看前面的新郎，遂將車簾揭開一縷縫隙。只見新郎身穿吉服、佩戴團花，騎一匹棕紅色大馬，果然身高體壯，儀表俊朗！蕭琮和新郎並馬前行。新郎好像在和蕭琮交談，忽然掉轉頭看向喜車。這一掉轉頭，使新娘第一次看到了新郎的長相，濃眉、寬額，陽剛、英武，片刻，新郎再次掉轉頭看向喜車。新娘慌忙收手合上縫隙，羞羞一笑，直覺得滿臉發燙，燙得像個火爐。

從長安到新都大興城，十餘里大道，寬闊平坦。酉正，隊伍到達晉王府。鑼鼓聲嗩吶聲響徹達到高潮，歡快喜慶近乎瘋狂。晉王府內外懸彩綢掛燈籠，花花綠綠、紅紅紫紫，重量級文武官員偕同夫人都來參加婚禮。典禮官司令：「新郎親迎新娘下喜車！」新郎再次立在車旁行拱手禮。喜娘向前，扶著新娘下了喜車。隨即就是拜堂。新娘由喜娘攙扶，跟隨新郎穿過庭院和長廊來到一處大廳。大廳很大，燭炬通明，賓客滿滿。賓客們看不到新娘的芳容，但從其身材、體態、步履能判斷出她是個絕色美人。

皇家婚禮的拜堂儀式和民間基本相同，主要是一拜天地，二拜高堂，夫妻對拜，同入洞房四道程序。當典禮官拖著長腔，高聲司令「同入洞房」時，喜娘將繫著大紅團花的紅綢，一端遞給新郎，一端遞給新娘。新郎通過紅綢牽引新娘，在賓客們震耳欲聾的歡呼聲中緩緩進入洞房。這一刻，小草內心有一種莊嚴感與神聖感。作為女人，婚禮拜堂是人生的一大標誌，標誌著「菟絲附女蘿」，她已從蕭家的女兒變成楊家的媳婦，她已是有主名花的有夫之婦，從此往後，不論經歷怎樣的風雨，她都得夫唱婦隨，跟隨和陪伴夫君堅定地走向未來。

第五章

金童玉女

新郎牽引新娘穿過彩繪長廊，進入五間大房，上樓，樓上又有三間大房，那裡便是洞房。新娘跟隨新郎進入洞房，跨上踏板在床沿上坐定。多名侍女向前伺候。她第一次聽到新郎說話，聲音磁磁的：「喜宴開始，我得去向父皇母后及賓客們敬酒。」這話好像是對新娘說的。新娘正考慮該不該回答，喜娘代替她回答了：「敬酒事大，去吧！這裡有奴婢等伺候，新郎放心！」新郎點頭，出了洞房。喜娘異常熱情，詢問新娘要不要喝點水？要不要吃點水果或點心？穿的吉服戴的首飾舒服不舒服？新娘很想回答「不舒服」，但自思是新娘終究沒有開口。兩名喜娘左看右瞧，無事可做，於是退到洞房門外等候傳喚。

新娘蕭草確信洞房裡就自己一人，伸手撩起蓋頭一角，打量洞房。呵！洞房真大，且富麗堂皇。地上鋪著絳紅色地毯。牆上掛著古人字畫。所有幃幔非綾即緞，飾有金絲、銀線和珍珠，閃閃亮亮。陳設簡潔。紅木大床，床架、床楣、床沿連同床前的踏板都雕著紋飾精美的花鳥。床帳紅色，薄如蟬翼。床上用品被子、單子和枕頭等都是嶄新的，繡著鴛鴦戲水圖案。一排紅木衣櫃，一張紅木梳粧檯，油光鋥亮。半圓形的梳妝鏡和長方形的穿衣鏡。六個燈座上點亮六盞大紅宮燈，紅光彤彤，映射出喜色的朦朧。中央一張圓桌配備四張圓杌，圓桌上放置紅、藍、紫、橙四色瓷瓶，瓷瓶裡插滿新鮮的紅臘梅花，花香馥郁。圓桌上還有幾個圓盤，分別堆放著各種點心和水果。有石榴，有橘子，還有一串串紫皮葡萄。小草看到誘人的橘子和葡萄，不由輕輕嚥了口口水。

小草正打量洞房，忽聽得房門響，慌忙放下蓋頭端坐成原樣。一個人走近，低聲說：「二嫂！是我！」小草心中一喜，說出蓋了蓋頭後的第一句話：「小妹！你怎麼來了？」她已舉行過拜堂儀式，對二嫂這個稱呼已能接受。楊小華說：「金鳳姐正在吃喜宴脫不開身，怕你寂寞，所以讓我來陪你。」小草說：「謝謝小妹。」小華說：「蓋頭蓋的時間太長，挺悶的不是？不如把它取了透透氣。」小草說：「這樣行嗎？」小華說：「怕什麼？反正這裡沒有外人。」小草確實感到胸悶氣堵也就把蓋頭取了，長長舒了口氣。小華細看新娘，驚呼道：「呀！二嫂真美，美得讓人直想抱你親你！」小草紅了臉，說：「小孩家，別胡說。」小華說：「二嫂！你知道我父皇母后怎樣誇你嗎？」小草說：「你父皇母后還沒見過我，怎會誇我？」小華說：「上次，麗華姐和我去驛館看望你了不是？我倆回宮向父皇母后報告，說你長得如何如何美。父皇說：『韋世康和袁來和多次稱讚梁國公主，面相、命相、知學都是上佳。看來，我們家廣兒娶了個好王妃。』母后說：『我看，我們家廣兒是金童，梁國公主是玉女，金童玉女婚配，天下無雙。』父皇重複母后的話，說：『金童玉女婚配，天下無雙。嗯！這話說得好！說得好！』」小草有點惶恐，說：「小妹的廣哥哥堪稱金童，我小草來自偏遠之地，土裡土氣，哪敢稱玉女？」小華說：「敢！敢！要叫我說，二嫂是玉女，更是仙女！」

小華很會替二嫂著想，認為床沿坐久了肯定不舒服，所以強拉著她坐到圓桌旁的圓杌上，二人緊挨坐著說話。她問了好多問題，如二嫂的花鈿為何這樣好看？二嫂的牙齒為何這樣潔白？二嫂七八歲時是怎樣度過的？二嫂怎樣學會認字寫字的？等等。小草喜愛這個純真爛漫的小妹妹小姑子，有問必答，笑意盈盈。小華覺得新鮮，聽得專注，心馳神往。小華看到桌上的點心和水果，忽然說：「哎呀！我忘了一事。」小草忙問：「何事？」小華說：「金鳳姐叮嚀，要我給二嫂吃點點心和水果，我把這事給忘了。」小草說：「忘了就忘了，我不餓也不渴。」小華說：「不行不行！我得完成任務。」她趕忙取了一粒葡萄，硬放進二嫂嘴裡，又剝了個小橘子，非要二嫂吃了不可。

盛情難卻。小草笑著吃了葡萄和橘子，甜甜的、酸酸的，吃了還想吃，只因她是新娘，所以打住沒敢再吃。

戌末亥初，喜宴結束。蕭金鳳來看洞房，楊麗華來接阿五回宮。聽到人聲，新娘忙又蓋上蓋頭坐到床沿上。兩名喜娘引領兩位公主進入洞房，楊小華銜著二人笑，還做著鬼臉。蕭金鳳正驚歎洞房的寬敞與富麗，新郎回來了，滿面紅光、滿面笑容。楊麗華打趣說：「噯！我說新郎！你沒醉酒吧？若是醉酒，可別碰新娘哦！」新郎憨笑。楊小華說：「哪能？二哥急著和二嫂親熱，哪能不碰新娘？」眾人大笑，笑得前仰後合。可以想像新娘的面頰肯定紅得跟紅蓋頭一樣。蕭金鳳說：「現在是新郎新娘的二人世界，我等該退了。」楊小華說：「不！我要看二哥給二嫂揭蓋頭，還要看二哥和二嫂飲交杯酒。」兩名喜娘笑呵呵地說：「這，值得看的！值得看的！」說著，將一把紅色玉如意遞給新郎。新郎手執玉如意走近新娘，有點不好意思。楊麗華和蕭金鳳說：「揭呀！」新郎於是伸出玉如意輕輕地挑去蓋頭。大紅宮燈紅光彤彤。彤彤紅光中，只見新娘嬌滴滴、羞答答、怯生生，像是一尊玉美人雕像端坐著，不敢看新郎，也不敢看眾人。新郎和眾人都在看她。她，太美太美，宛若嫦娥下凡、西施轉世。嫦娥和西施之美，誰見過？而新娘小草之美就在眼前，是真實的具體的。一名喜娘扶起新娘。另一名喜娘端來兩杯酒，一杯遞給新郎，一杯遞給新娘，說：「新郎新娘飲合巹酒。」合巹酒俗稱交懷酒。喜娘指點，讓新郎新娘手臂交叉，飲了各自杯中的酒，說：「合巹合巹，百年好合！」楊小華加了一句：「金童玉女，早生貴子！」眾人又是歡笑又是鼓掌，同聲叫好。

亥正，洞房真正成了新郎新娘的二人世界。新郎深情地看著新娘，新娘深情地看著新郎，四目相對，目光中有火焰在燃燒，有激情在噴發。新娘對新郎說了第一句話：「把宮燈吹滅吧！」新郎笑答：「不！洞房花燭夜，全仗花燭助興。」新娘又羞又窘，自恨愚蠢，說了一句不合時宜的蠢話。接著，新郎主動，新娘嬌羞，寬衣解帶，鴛鴦被裡鴛鴦戲，顛鸞倒鳳，山呼海嘯，風狂雨驟，酣暢淋漓。

春宵苦短。約莫卯初，新娘醒來發現赤身裸體地依偎在同樣赤身裸體的新郎懷抱中。她回想起夜間的情景，羞得滿面通紅，渾身灼熱。娉娉嫋嫋十三餘，豆蔻梢頭二月初。在這年的二月初九，一夜歡愛，她便從豆蔻少女變成了王妃。促成她發生變化的，正是睡在身邊的這個男人，她的夫君。她屏住呼吸，幾乎是零距離審視夫君。只見他眉毛粗黑，眉上雙骨隆起，額頭顯得高而寬；面龐方中帶圓，五冠端正，稜角分明；胸脯寬闊，臂上肌肉發達，很是強壯。她承認她的夫君確實是個美男，不由嘴角一揚笑了。自己從梁國到隋國，千里迢迢地從江陵到長安，嫁得這樣一個夫君該稱心該如意該滿足了。

新娘小草記起生母的告誡：「新娘婦要雞鳴即起，盥漱梳妝，斷不可貪睡懶覺。」因此，她輕輕地挪開夫君的手臂，輕輕地起身下床，輕輕地穿了衣裙，坐到梳粧檯前對著銅鏡梳理長髮。她端詳鏡中的自己，跟昨天的自己可有什麼不同？好像沒有什麼不同，若說有，那是她的內心。因為嫁得個好夫君，所以內心踏實了，有一種幸福感與甜蜜感。熟睡的新郎亦已醒來。他也屏住呼吸審視他的新娘、他的王妃。他的新娘他的王妃完美無瑕，恰如宋玉的一篇賦所描寫的那樣：「增之一分則太長，減之一分則太短；著粉則太白，施朱則太赤。眉如翠羽，肌如白雪，腰如束素，齒如含貝。」新娘感覺到了新郎的醒來與審視，掉轉頭朝他一笑。這一笑，百媚生。新郎腦際猛地跳出兩句古詩來：「巧笑倩兮！美目盼兮！」

新郎躺在床上，靜靜觀看和欣賞貌若天仙的新娘對鏡梳妝，那是一大快事，更是一大享受。新郎就這麼躺著，觀看著、欣賞著，直到新娘盤了髻插了簪，才穿了內衣褲下了床。他下床後第一件事是，從新娘身後抱住新娘共照銅鏡。銅鏡裡的兩個人，眉眼間全是幸福與甜蜜。新郎說：「今天的日程，主要是拜見父皇母后，拜見太子太子妃，參加家宴。」新娘說：「醜媳婦總要見公婆。我這個醜媳婦將見公婆，心中沒底。」新郎說：「放心，大膽去見！父皇母后早誇你是玉女了。」新娘已知玉女之誇並不驚訝，說：「拜見父皇母后，我當怎樣穿戴？」這時，她已是楊家的媳婦，把公爹婆母也稱作父皇母后了。新郎說：「父皇母后崇尚節儉，穿戴越簡樸越好。」新娘說：「我也是這樣想的。」新郎忽然壞笑，附在新娘耳邊說：「其實，你不論怎樣穿戴都好看，不穿不戴最好看。」新娘一愣，隨即反應過來，所謂不穿不戴，立時羞得面紅耳赤，很想狠狠掐那人一把。而那人已鬆開她，自去洗漱穿戴了。

新郎楊廣和新娘小草下樓用早膳。樓下五間大房，有一間是膳室。幾名男傭女僕恭敬周到地伺候著。這是小草第一次在新家和夫君共同用膳，吃的是桂圓八寶粥加米糕，就的是青筍絲、醬黃瓜等幾樣小菜，清清淡淡、爽口開胃。王府家令薛善前來稟報幾件事。楊廣一邊用膳，一邊決斷，最後說：「從今日起，晉王妃就是晉王府的女主人。考慮數日後我們將赴太原，所以王妃暫不介入王府的事。膳後，我和王妃拜見父皇母后，安排一輛普通馬車即可。還有，把昨日賓客們送禮的禮單給我。」薛善微笑點頭，連聲稱「是」。

楊廣和小草又上樓收拾一番，然後下樓來到庭院。庭院很大，剛栽了很多樹木花草。近處停著一輛普通馬車，只有一名車夫駕一馬。薛善招呼晉王和王妃上車，並將一冊禮單遞給晉王。馬車啟動。楊廣和小草並排而坐，一雙大手和一雙小手握在一起。楊廣悄聲告訴小草：「拜見父皇母后，節儉簡樸最能討得父皇母后的歡心。」從這一刻起，小草隱約覺得自己的夫君有點矯情飾意，某些言行舉止很可能是故意裝出來做給他人看的。

隋帝楊堅和獨孤后尚未移住新都，仍住在長安城臨光宮中的寢宮永安宮。長安城係大漢高祖皇帝劉邦建造的國都，規模宏大，建築雄偉，以長樂宮、未央宮、建章宮為中心的三大宮殿群金碧輝煌。魏晉南北朝時期，長安屢經戰亂遭到嚴重破壞，水皆鹹鹵。所以楊堅在開國的次年就決定由丞相高熲主持，建築大師宇文愷任總設計師，在川原秀麗、卉物滋阜的龍首原南側新建大興城作為國都。大興，因楊堅在北周時曾封大興公而得名。歷時近一年，大興城的宮城、皇城及諸王王府竣工。大興城迎來的第一件喜事，不是皇帝皇后移住宮城，而是晉王和晉王妃的盛大婚禮。馬車馳進長安城，馳進臨光宮，馳至永安宮門前。尚宮孔女官和蘭陵公主楊小華已在那裡等候。楊廣和小草下車。小華歡呼著叫著二嫂，握住二嫂一隻手步入寢宮正殿，叫道：「父皇母后！二哥二嫂到了！」楊堅和獨孤后端坐在錦榻上。楊廣和小草快步向前，跪地叩頭。一人說：「兒臣拜見父皇母后！」一人說：「臣媳拜見父皇母后！」古代習俗，新郎拜見父母，新娘拜見公婆，要敬一杯酒，叫孝親酒。一名宮女端來托盤，托盤裡兩隻玉杯裡斟滿酒。孔女官將一杯酒遞給晉王，一杯酒遞給晉王妃。楊廣和小草雙手將酒杯舉過頭頂，同聲說：「敬父皇母后酒！祝父皇母后安康吉祥！」楊堅和獨孤后微笑，分別接過兒子和兒媳的敬酒，飲盡，說：「平身！」楊廣和小草再次叩頭，說：「謝父皇母后。」起立，恭敬立在父皇母后面前接受審查和考核。當然，接受審查和考核的主要是小草，而非楊廣。

楊堅和獨孤后首次近距離審視兒媳。昨天婚禮，他倆見過身穿吉服、頭蓋紅蓋頭的兒媳，見到的只是她的身材、體態和步履。今天當面見到了真容，只見她上衣、下裳、裙子和披風都是家織麻布縫製的，樣式正統、色彩和諧，穿在她身上，怎麼看怎麼熨貼，清爽俐落，恰到好處。她沒戴貴重首飾，只在圓髻上插一支碧綠色玉簪，耳垂上戴兩隻粉紅色玉釘，手腕上繫了一圈紅、黃、綠色絲線。她橢圓形面龐，丹鳳眼、柳葉眉，眉心一圓花鈿，沒用脂粉化妝卻是膚色光潤，千嬌百媚，呈現出的完全是一種自然美。楊堅和獨孤后交換眼神，表示讚許。楊堅不便誇讚兒媳，獨孤后笑著說：「小草啊！你還是新娘，今天這身穿戴素氣了些。不過，你父皇和我喜歡，說明你也有節儉的美德。好啊！從此，我們就是一家人了！」楊小華拍手叫道：「哦呵！二嫂通過審查和考核囉！」楊廣憨笑。小草懸著的心回歸本位，粉臉紅暈，更添了幾分嬌羞與嫵媚。

楊廣和小草有資格落座跟父皇母后說話了。小華堅持和二嫂坐在一起，說：「父皇母后！二哥二嫂是乘坐普通馬車進宮的，馬車只駕一馬。」楊堅說：「是嗎？晉王有儀仗有警衛呀！」楊廣答：「父皇母后崇尚節儉，兒臣自當仿效。昨日親迎動用了儀仗和警衛，那是禮儀；今日拜見父皇母后，無須講排場圖闊氣。」楊堅點頭。獨孤后說：「廣兒做事，歷來低調。」楊廣取出攜帶的禮單呈給父皇，說：「兒臣大婚，許多賓客送了賀禮。王府家令薛善經手登記造冊，各種賀禮折合黃金千兩左右。兒臣已發話，賀禮上交國庫，不許截留。禮單在此，請父皇母后過目。」楊堅看看禮單，說：「賀禮屬私人所有，沒有必要上交國庫嘛！」楊廣說：「不！大隋開國，百業待興，且正建造大興城花錢很多。兒臣和小草商量，王府不缺賀禮這筆錢，上交國庫權當表表我倆為父皇母后分憂的一點心意。」楊堅再次點頭。獨孤后又說：「瞧瞧！廣兒心懷國事，不好私財，多有見識！」這事，小草原本一無所知，而楊廣卻說和她商量了，顯得她也是心懷國事，不好私財和有見識的。她溫情看了夫君一眼，並給了他一抹燦爛的甜笑。

說話中間，小草飛快打量她的公爹和婆母。公爹楊堅這年四十三歲，中等身材，身穿金黃色便服，頭髮盤在頭頂，八字鬍鬚修剪得整齊，皮膚微黑，面相溫和，很難想像他就是獨掌乾坤、主宰天下的大隋國皇帝。婆母獨孤后這年四十歲，身材偏矮、微胖顯富態，衣飾普普通通，但保養得好，又化了淡妝，目光犀利，彷彿能洞察秋毫，不怒自威。小草同時打量寢宮正殿。正殿不是太大也算不上富麗堂皇，陳設的器物多是年代久遠的，結實耐用。東面長案上放幾瓶紅色臘梅花，西面長案上放幾盤白色水仙花，花色相映，花香襲人，倒是頗有情韻。楊堅和楊廣父子，談起河北道各州的軍政事務。獨孤后則對兒媳說：「小草啊！我聽說了一些你的經歷。江陵怎會有那樣的習俗？你吃了不少苦吧？你的父親梁帝、母親張皇后，近來可好？」小草恭恭敬敬地回答婆母的問話，進而說：「母后！臣媳自小流落民間，上年三月，因隋梁聯姻才回到皇宮。臣媳能嫁到隋國，能做父王母后的兒媳，實是天大的造化，但也誠惶誠恐，惴惴不安。因為臣媳沒見過世面，無知無識，禮儀缺失，諸多生活習慣也不合潮流。比如穿戴，昨日大婚，臣媳第一次穿綾羅綢緞衣裙，第一次戴金銀玉製首飾，看似光鮮，其實很不舒服。哪像現在這樣的穿戴，簡單、隨意，但舒適、輕快！今後，臣媳為人處事肯定會有種種不是處，懇請母后和父皇多多教誨。」獨孤后笑道：「小草啊！看得出你是個單純誠實、表裡如一、心地透亮的孩子。這樣好啊！隨著年齡的增長、閱歷的豐富，你會成長成熟，變得有知有識的。至於禮儀，那是用來維護尊卑貴賤秩序的，該講的時候要講，不該講的時候就別講，別受它的束縛。你呀！進了楊家的門，任務只有一個：趕快生個寶寶。」小草驚駭：自己剛滿十二歲，哪能生寶寶？楊小華又拍手大叫道：「啊啊！二嫂生個寶寶，我就有小弟弟了！」獨孤后大笑，沖著女兒說：「錯了！你二嫂生的寶寶，不是你的小弟弟，該把你叫姑姑！」她把女兒的話告訴楊堅。楊堅也笑道：「這個阿五，把輩分弄岔了！」楊廣亦笑，還朝小草擠眉弄眼。小草又羞得面紅耳赤，拉了小華去看臘梅花和水仙花，還用紅臘梅花瓣給小華剪了個花鈿，貼在眉心。小華照鏡子，高興得大叫：「父皇母后！快看！我的花鈿跟二嫂的花鈿一樣好看！」

巳末午初，獨孤后對楊廣說：「今日，我們全家人團聚，舉辦家宴，你大姐二姐三姐和三個弟弟馬上就到。出於禮儀，你和小草可去拜見太子太子妃，並轉告我的話：歡迎他倆參加家宴，至於外人就免了。」

太子楊勇和太子妃元珠的寢宮在臨光宮東側，通稱東宮。楊廣和小草前往東宮，無須乘坐馬車，徒步片刻便到。途中，小草問楊廣：「我聽母后的話覺得怪怪的。『至於外人就免了』，這是何意？」楊廣答：「東宮的事，三言兩語說不清楚。所謂外人，就是說太子除太子妃外，還有別的女人，還不止一個。現在，我倆拜見太子太子妃純屬禮儀性質，見個面，問個好，少說話就行了。」小草隱隱覺得東宮可能是個是非之地，不宜靠近。東宮正殿，比永安宮正殿寬敞得多也豪華得多。宮女全都妙齡，花枝招展，搖搖曳曳。當楊廣和小草到來的時候，楊勇正專心地在一副鎧甲上畫畫。宮女通報，他才起身迎接客人。楊廣向前行鞠躬禮，說：「臣弟偕王妃小草拜見太子和太子妃。」小草亦行禮。楊勇說：「謝謝。」立命宮女道：「快請太子妃呀！」宮女答應。小草趁機打量太子。楊勇這年二十三歲，身材高而瘦，比楊廣高出一頭，但顯得文弱，遠沒有楊廣健壯。許久，太子妃由兩名宮女陪同，緩緩地進入正殿。楊廣再向前行鞠躬禮，說：「臣弟偕王妃小草拜見太子妃。」小草亦行禮，同時打量太子妃。元珠這年二十一歲，衣飾鮮麗、姿容美豔，但蛾眉不展、神情暗淡，似乎有滿腹憂傷和深深的怨恨。元珠看罷楊廣看小草，看罷小草看楊廣，勉強笑道：「近日，晉王和晉王妃成了人們的中心話題，都說一是金童一是玉女，金童玉女婚配天下無雙。此刻一見，名不虛傳，令人羨慕！」楊廣謙和地說：「太子妃過獎了。」楊勇招呼晉王和晉王妃落座說話，並命宮女上茶。楊廣笑著推辭，說：「不了不了！臣弟偕王妃拜見過太子太子妃，自家人就算認識了，日後還望太子多多關照。另外，永安宮舉辦家宴，母后命臣弟傳話：『歡迎太子妃參加家宴，至於外人就免了。』不知太子……」楊勇沉吟，然後說：「你可代為回稟母后：家宴，不孝兒楊勇本當參加，但又不能參加，參加了又會鬧地震的。」楊勇說這話時，元珠瞥了他一眼，眼神裡滿是嘲笑與鄙夷。楊廣點頭，隨即告辭。途中，小草又問「鬧地震」是何意？楊廣苦笑，說：「東宮的水很深，你不知道比知道的好，省得鬧心！」

永安宮正殿。樂平公主楊麗華，襄國公主楊美華偕駙馬都尉李長雅，廣平公主楊豔華偕駙馬都尉宇文靜禮，秦王楊俊，蜀王楊秀，漢王楊諒已經到達。楊俊是年十四歲，先任洛州刺史、河南道行台尚書令，拜右武衛大將軍，領關東兵，改任秦州總管，都督隴右各州諸軍事。楊秀是年十三歲，任益州總管、西南道行台尚書令，拜上柱國大將軍，都督巴蜀各州諸軍事。他倆都是專程回京，參加二哥二嫂的婚禮的，身體同樣壯實，性格同樣開朗。楊諒是年十二歲，尚無官職，靦靦腆腆。楊廣和小草跨進殿門，楊俊、楊秀同時向前。楊俊說：「哎呀！二嫂之美，果真如阿五所說，不是仙女，勝過仙女！」楊秀信口吟出兩句古詩來：「喲喲喲！窈窕淑女，君子好逑。」小草粉臉通紅，不知該如何應對。楊廣笑著說：「老三老四！你倆放正經點，別沒大沒小的。」楊俊說：「二嫂比我還小一歲呢！」楊秀說：「二嫂跟我同歲。」楊廣說：「小一歲也好，同歲也好，反正是二嫂。既是二嫂，你倆就得有禮貌，要敬重二嫂，懂嗎？」楊俊、楊秀頓時立定，面對小草，出其不意地行了個軍禮，說：「是！老二老三老四，老二說了算。老三老四聽從老二的，得有禮貌，要敬重二嫂，懂嗎？」他倆的怪模樣，逗得滿殿人都捧腹大笑。

當天的家宴進行得熱烈而酣暢。美酒佳肴，均是極品。兒子兒媳、女兒女婿等輪番向父皇母后敬酒。楊堅和獨孤后開心，凡敬酒必飲，沒多久便有了醉意。弟弟弟媳、妹妹妹夫等向大姐敬酒。楊麗華海量，敬者不拒，杯杯見底。弟弟弟媳、妹妹向二姐二姐夫、三姐三姐夫敬酒，楊俊、楊秀、楊諒、楊小華向二哥二嫂敬酒。小草哪能飲酒？楊廣代飲。楊俊、楊秀不讓。兄弟姐妹們笑著，爭著吵著鬧著，歡聲笑語，親情濃濃，其樂融融。誰也沒提說東宮，誰也沒提說太子太子妃。小草飲了兩杯酒，粉臉上紅暈如霞。她很是不解：皇家家宴偏偏缺了太子太子妃，這意味著什麼呢？

第六章 人妻人母

蕭草大婚，三日後將隨楊廣赴太原。送親使蕭琮完成使命，蕭金鳳完成任務，定於二月十二日返回梁國。十一日，楊廣和小草又去長安城，將二人接到晉王府設宴招待為之餞行。蕭琮告訴小草，說自己已面辭過隋帝和獨孤后，隋帝和獨孤后回贈給父皇和母后許多長安土特產，因此從江陵到長安的那些馬車還得滿載而歸。說到禮物，楊廣也有表示。他以他和小草的名義，贈給岳父岳母、舅父舅母各一支三百年的老參，每支價值二十兩黃金；同時贈給大哥一把并州彎刀，贈給大姐及大哥夫人、太子妃魏氏，金玉首飾各三件。蕭琮、蕭金鳳表示感謝，小草則是感動。她還不大懂人情世故，沒想過要給父母、舅父舅母、大哥大姐大嫂贈送禮物。而楊廣想到了，用他們的名義準備了禮物，這給了她多大的面子！她感到作為人妻的幸福與甜蜜，夫君這樣關愛她體貼她，真好。

十二日，楊廣、小草在長安東門外送別蕭琮、蕭金鳳。隨後前往永安宮向父皇母后告別。他倆現在見父皇母后，只需行家常禮。楊堅對楊廣說：「你大婚才三天，明天就回太原，太急促了吧？」楊廣說：「不！父皇把并州及河北道數十個州的軍政事務交給兒臣，兒臣理當忠於職守，時時在任，凡大事要事必親自過問與決斷，這樣才放心。」楊堅點頭，表示讚許。獨孤后說：「廣兒做事總是很認真的。」楊堅問：「廣兒！你可知父皇目前在謀劃何事？」楊廣答：「攻滅陳國，實現天下一統。」楊堅再次點頭。楊廣進而說：「兒臣在太原，一直在想父皇之所想，謀父皇之所謀，注重發展生產，加強軍備，願隨時聽從父皇召喚奔赴疆場創建功業。」獨孤后又說：「瞧我們家廣兒！志向高遠，胸懷寬廣。他的兄弟們若都能這樣，那麼老楊家的大隋國何愁不興旺發達！」她轉而面向小草，說：「小草啊！太原有個總管府，你到了那裡就是總管府女主人。男主外，女主內。你這個晉王妃對主內可有信心？」小草說：「不瞞母后，臣媳正為此犯愁呢！臣媳長這麼大，既沒做過家務，更沒管過家務，現在突然要主內，怕是難當此任。」獨孤后說：「嗯！你說的是實話，我早想到了。是不是這樣？我讓孔女官隨你去太原當你的幫手。孔女官跟隨我二十多年，為人忠誠幹練有知學，你有她相幫定能當好女主人的。」小草欣喜，說：「如此甚好，臣媳求之不得！」獨孤后說：「女主內，關鍵是兩條：一、遇事要有主見；二、馭下要恩威並施。」小草說：「臣媳謹記母后教誨！」楊小華坐在小草身邊，插話說：「我正打算跟二嫂學認字學寫字，二嫂去了太原，我跟誰學呀？」楊堅笑道：「你二嫂又不是你的老師！」獨孤后也笑道：「只要你學，我可派三名女官教你。」小華噘著嘴說：「女官哪及二嫂？那，那我想二嫂了，怎麼辦？」楊廣笑著說：「這好辦。待到夏天，我派人接你去太原住幾個月，陪伴二嫂，還讓你在草原上騎馬，怎樣？」小華高興極了，說：「你說話可要算數，不許耍賴！那，那我倆得拉個鉤！」她伸出小指，要廣哥哥也伸出小指，小指與小指相鉤，一邊拉一邊說：「拉鉤上吊，說到做到；君子既言，一萬年不許變！」楊堅和獨孤后見狀大笑，說：「這個阿五，哪來的這鬼花樣！」

十三日，晉王楊廣騎馬，晉王妃小草乘坐駕雙馬的馬車前往太原。孔女官已是小草的幫手，小草請她上了自己的馬車。孔女官謙讓，自稱奴婢，說奴婢和王妃共乘一車有違禮儀。小草說：「從今日起，你是我的幫手、我的長輩，且把禮儀放到一邊。我不再叫你孔女官，改叫孔姑。你也不必叫我王妃，直接叫小草，最好。」真情難卻。孔女官只得答應。小章略頓一頓，說：「孔姑！我現時就有一事請教：你說我平日裡該怎樣稱呼晉王？稱名諱？稱王號？好像都不合適，那又該稱什麼呢？」孔姑想了想，說：「晉王名諱為廣，一名英，你可稱他阿廣或阿英，就跟把蘭陵公主稱阿五一樣。」小草說：「孔姑就是有水準！一句話，解了困惑我多日的難題！阿廣，阿英，那我就叫他阿英吧！」孔姑說：「這是暱稱，妻子稱丈夫是很親熱很溫情的。」當晚下榻於驛館，小草第一次把夫君叫阿英。楊廣哈哈大笑，說：「阿英？好！這個稱呼好！」

小草在途中有孔姑陪伴也就不顯寂寞，她問了孔姑一個問題：「永安宮和東宮的關係好像不大和諧，這是為何？」孔姑壓低聲音，說：「這裡頭有文章。」接著用很簡潔的語言，講述了文章的梗概。原來，楊堅和獨孤后本來是很愛長子楊勇的。楊勇十六歲時，獨孤氏還是丞相夫人，一手包辦了長子娶妻元珠。元珠是北周鮮卑族權臣元孝矩之女，時年十四歲，姿容美豔，且是獨孤氏的一個遠親侄女。起初，楊勇和元珠相親相愛，但隨著時間的推移雙方的感情出現了裂痕。問題出在元珠身上。元珠生性古板、不苟言笑，還是個慢性子，凡事磨磨蹭蹭、慢慢騰騰，你急她不急。而楊勇率意任情，喜愛風流，最討厭拖拉，實在見不得妻子那張整天正正經經、火燒上房也不著急的冷漠面孔。楊勇已任大司馬、內史御正，拜上柱國大將軍，統領皇家禁軍。然而回到府中卻感受不到妻子的熱情與家庭的溫暖。元珠婚後數年，仍未懷孕生育，居然跑到婆母跟前告了黑狀，說自己沒有生育全是丈夫的錯。楊勇得知這一情況怒不可遏，對元珠更加反感，以致厭惡，再也不上妻子的床了，還發狠說：「吾當殺死元孝矩！」楊堅開國建隋，立楊勇為皇太子，元珠為皇太子妃。楊勇是年二十一歲，風華正茂，擁有僅次於皇帝的巨大權力。他的率意任情更甚，避過父皇母后擅自納了個愛妾，並給了昭訓的名號。這個昭訓姓雲名雀，十五歲，姿色妖冶、體態婀娜，最愛梳妝，每天都要換穿幾身衣裙，換戴幾套首飾。夏天穿戴，上衣領口開得很低，讓兩個乳房半裸著，聲稱那是風情，顯得性感。楊勇喜愛雲雀的風情與性感，大加寵幸。一年後，雲雀生了個兒子，取名楊儼。獨孤后歷來反對男人多妻多寵，認為楊勇冷落元珠不可原諒，擅納、寵幸雲雀更不可原諒。她見過雲雀一面，認定那是個騷狐狸。當雲雀生了楊儼，楊勇派人向父皇母后報喜時，楊堅說：「此即皇太孫也！」皇后則板著臉說：「太子妃元珠尚未生育，楊儼是庶出，老楊家尚無皇太孫！」獨孤后的態度表明了不承認雲雀是兒媳，也不承認楊儼是皇太孫。不過，她很愛小孩，決定將楊儼抱進永安宮由她找人撫養。誰知雲雀不從，大吵大鬧地逼著楊勇又將楊儼抱回東宮。這事加劇了獨孤后與雲雀的矛盾，也加劇了獨孤后與太子的矛盾。楊勇好像是故意跟母后嘔氣，乾脆又納了幾個美女愛妾均給了名號，她們是：高良娣、王良媛、成姬等。這樣一來，皇后和太子間的關係更僵了。

小草聽到這裡，說：「那天，母后讓阿英傳話：歡迎太子太子妃參加家宴，至於外人就免了。這裡的『外人』是指雲雀等人了？」孔姑說：「正是。對了，皇后那天還說了你的任務，你可別忘了。」小草沒反應過來，說：「什麼任務？」孔姑說：「瞧你，忘了不是？趕快生個寶寶呀！」小草記起來了，母后確實這樣說過。孔姑很鄭重地說：「這個任務非同小可。皇后既然不承認庶出的楊儼是皇太孫，太子妃元珠又生不出皇太孫，那麼你若生個男孩，就將是嫡皇太孫。嫡皇太孫意味著什麼？你該懂吧？」小草愕然。說實話，她對嫡皇太孫意味著什麼沒想過，也不是很懂。

從大興城到太原約六百里。兩天後，楊廣在蒲津關（今陝西大荔東）東渡黃河，進入并州地界。進入并州地界，就是進入楊廣管轄的地界，陡然冒出晉王的三百人儀仗和三百名騎兵，儀仗在前面開道，騎兵在後面警衛。小草環顧前後左右，莫名的虛榮心油然而生，覺得好威風好氣派哦！不日抵達太原入住總管府。小草嚇了一跳。因為這個總管府比大興城晉王府大得多，分南院和北院，南院由多個精巧、幽靜的庭院組成，這裡就是晉王和晉王妃的住所。讓小草喜歡的是，南院有三間書房，書房裡藏書很多，她閒暇之時就有書可讀了。

小草一直沒弄懂阿英的官職，什麼總管，什麼尚書令？到了太原，她逐漸明白了。公爹楊堅將全國劃分成若干個戰區，戰區的首長稱總管。并州北鄰強大的胡人國家突厥，地理位置十分重要，為全國第一戰區。所以楊堅任用最優秀最出色的皇子、晉王楊廣為并州總管。總管下設總管府，府中有文武官員三百多人，皆由朝廷任命。黃河以北，以并州為中心，共有數十個州。楊堅要讓這些州形成合力支持戰區，故又設行政機構道；道設行台省，簡稱行台；行台設尚書令，由并州總管兼任。所以阿英既是戰區司令，又是統攝河北各州政事的行政首長，統管軍事、政事、民事、刑獄等，權力大得驚人。總管府裡又有雇用的男傭女僕三百多人，由總管府令裴虔通管轄，職責是負責全府人員的日常生活。小草作為總管府女主人，唯一要操心的是阿英的飲食起居，每天吃什麼、穿什麼，外出歸來的洗漱休息等，她必親自過問。楊廣戲謔地把妻子叫小保姆。小草甜甜一笑，說：「作為人妻，我就是夫君的小保姆，今生今世都是。」楊廣感動得把嬌妻攬在懷裡。

長安方面，隋帝楊堅根據節儉的原則，於三月丙辰日，冒著霏霏細雨悄無聲息地告別舊都，移住新都大興城宮城。宮城核心部位是大興宮，其東為東宮，其西為掖庭宮。大興宮自南而北分朝區、寢區和苑囿三部分。朝區中央正南為宮城正門，稱承天門。承天門內建有主殿大興殿，是皇帝舉行朝會、大典和處理國政的場所，莊嚴神聖。大興殿兩側是武德殿和文思殿，布列著朝廷中樞三省——尚書省、門下省、內史省（後世稱中書省），以及弘文館等重要官署。朝區北側東西向一條橫街，街北為寢區。寢區又分作兩部分，南半部分建有兩儀、萬春、千秋三座大殿，皇帝日常在此會見大臣商討國事。北半部分建有甘露、神龍、安仁三座大殿，是皇帝和后妃及年幼子女生活的地方，大臣等未經許可，不得入內。獨孤后念舊，特意在安仁殿一側闢出個庭院作為寢宮，仍命名為永安宮。寢區以北便是苑囿，實是個大花園，其內景色優美，有亭臺有池沼。苑囿之北是宮城北牆，也是郭城北牆，中央正北有高大巍峨的玄武門。皇太子楊勇移住宮城東宮。尚書省所轄六部——禮部、吏部、民部（後世稱戶部）、刑部、兵部、工部等眾多宮署移住皇城。皇城在宮城南面，面積大於宮城。皇城中央正南為朱雀門。郭城城垣尚未來得及構築，但城垣位置、城門位置已經確定。郭城中央南門叫明德門，即將竣工。明德門——朱雀門——承天門——玄武門，同在大興城南北向中軸線上，遠望近看都雄壯宏偉、氣象崢嶸。

新國都新宮城。楊堅和獨孤后攜帶幼女蘭陵公主楊阿五居住在永安宮。四月的一天，楊堅夜間做夢，夢見一位仙人駕著祥雲對他說：「天神將生降也！」天明，他把所夢告訴皇后，繼召丞相高熲、蘇威解夢。兩位丞相肯定夢是瑞兆，至於兆示何事不日必有分曉。五月中旬，尚宮孔女官突然回到京城，報告說：「晉王妃有娠了。」楊堅一聽大喜，說：「好！朕的夢有解了。蕭妃有娠必是男孩，即天神將生降也！」獨孤后更喜，說：「天神生降，那才是真正的皇太孫，嫡皇太孫！」楊阿五歡呼說：「二嫂生下寶寶，那我就當姑姑囉！」孔女官向皇后彙報詳請，說晉王特派人護送她回京向皇帝皇后報告晉王妃有娠的喜訊。孔女官還說，晉王吩咐，他要兌現諾言把蘭陵公主接去太原住些日子。楊小華高興得一跳老高，說：「我去我去！廣哥哥說了的，我要陪伴二嫂，還要在草原上騎馬！」

獨孤后笑顏逐開，也把孔女官叫作孔姑，說：「孔姑！小草年輕，妊娠沒有經驗，所以你得趕快再回太原去，教她怎樣保胎養胎，有你在她身邊，我放心。告訴她，她懷的孩子非常重要，切不可有什麼閃失。」孔姑說：「奴婢遵命！」皇后又說：「阿五可以去太原，但告訴廣兒要好好管束她，不可由她太過任性。」孔姑仍說：「奴婢遵命！」孔姑在京城只停留兩天就又返回太原，楊小華同行。楊堅指派十名宮廷衛士，護衛小公主；獨孤后指派兩名親近宮女，伺候小公主。另有一輛馬車滿載人參、桂圓、紅棗等物，以供小草補養身體。不一日，孔姑回到太原。楊小華跳下馬車，飛快地跑向二哥二嫂住的庭院，大叫「二嫂二嫂」，撲到小草懷裡。小草驚喜，說：「你廣哥哥和我正盼著小妹哩！」小華要伏在二嫂肚子上聽聽，問問小侄兒：「知不知道姑姑來了？」小草笑道：「胎兒太小，還沒知覺，到底是你的小侄兒還是小侄女，還不一定呢！」小華說：「父皇母后說了，天神生降，肯定是小侄兒。」何謂天神生降？經小華解釋，孔姑說明，小草方知是公爹做的一個夢。楊廣外出歸來見到小妹，異常欣喜，笑著說：「怎樣？我說話算數吧？」小華說：「算數了一半，我還沒騎馬呢！」楊廣說：「這有何難？過幾天就讓你去草原上騎馬，騎個夠！」

小草親自安排讓小華住自己隔壁的三間套房，小華住裡間，兩名宮女住外間。入夜，小華熟睡後，孔姑彙報京城之行，著重彙報天神生降和獨孤后的叮囑。小草說：「父皇做夢，怎麼跟我有娠扯到一塊了？」楊廣說：「這事關係重大，也很敏感。皇太子是儲君，嫡皇太孫也將是儲君。因此父皇可以說天神生降，母后可以說嫡皇太孫，但我們不可以說，更不可以沾沾自喜，隨意傳播弄不好會惹出麻煩的。」小草意識到阿英考慮問題比自己周全、深刻得多。所謂天神生降，所謂嫡皇太孫，牽涉到東宮、牽涉到政治，複雜著哩！楊廣又說：「小草！遵從母后叮囑，你的首要任務也是唯一任務就是保胎養胎。你要做到四個不許：不許快跑，不許登高，不許勞累，不許摔交。」小草說：「我有那麼嬌貴嗎？」楊廣說：「凡事預則立，切莫出了事才後悔。」

小草有娠。楊堅和獨孤后派出信使把喜訊通知江陵的親家——梁帝蕭巋和皇后張雅。蕭巋和張雅，以及張軻和沈琴，蕭金鳳和方姑的喜悅可想而知。四個女人一合計，合力縫製了上百套小孩衣服、鞋帽，裝了兩隻木箱，派人專程送至太原。小草很感動，卻也哭笑不得，說：「這麼多衣服，十個小孩也穿不完呀！」楊廣說：「那你就給我生上十個小孩，就像我母后。」小草說：「我可沒那個本事。」楊廣說：「我有啊！」楊廣說著，伸手要拉小草。小草滿臉飛紅嬌羞地笑著躲開了。

小草妊娠，反應並不怎麼強烈，嘔吐幾次以後便正常了。孔姑沒結過婚，其實並無妊娠經驗，但知學豐富，認為孕婦生活，無非是三個注重：注重飲食，注重休息，注重活動。小草的身分是王妃，這三個方面均有充分的保障。飲食由總管府膳房指定一名技藝高超的廚師，按照孔姑制定的食譜，專為王妃烹飪飯菜。俗云：飯後喝湯，萬壽無疆。據此，小草每天都能喝到好幾種湯，主要是小公雞湯，或是黃河鯉魚湯。太原盛產山羊。孔姑和廚師商量，選用半歲左右的山羊，宰殺取肉，溫火籠蒸，放點綠豆或胡蘿蔔去除羯羶味。羊肉蒸得稀爛，蘸上少許鹽和蔥花、芝麻粉、胡椒粉等佐料，不油不膩，好吃，特香。小草每天吃上一小碗，胎兒的營養足夠了。楊小華跟著二嫂喝雞湯魚湯，也吃蒸羊肉，小臉吃得胖呼呼圓嘟嘟的。她已學會騎著小馬在草原上慢跑，而且跟隨二嫂認識不少字，並會寫字和讀古詩。她在太原比在京城快樂得多，很有點樂不思蜀了。

冬月和臘月，小草的肚子圓鼓鼓的。臘月二十五，誰也沒有想到獨孤后帶著兩名女官和多名宮女陪同，由三十名宮廷衛士護衛突然到了太原。楊廣大吃一驚，忙率全府人員行跪拜禮迎接。小草也要跪拜，獨孤后將她扶住，說：「你挺著大肚子，這跪拜禮就免了！」楊小華向前叫母后。獨孤后見女兒長胖了，粉臉紅撲撲的，黑眸亮晶晶的，沒好氣地說：「你個野丫頭，在這裡沒人管束，挺自在不是！」小華反駁說：「哪能？二哥二嫂管束我可嚴了，我才不自在哩！」眾人知她說的是反話，全都笑了。楊廣、小草要收拾府中最寬敞的三間大房供母后居住。獨孤后說：「不必了，我和阿五同住就成。」楊廣說：「快過年了，母后何必大老遠的跑到太原來？來前也該打個招呼呀！」獨孤后說：「怎麼？不歡迎我來？」楊廣滿臉是笑，說：「兒子哪敢？」獨孤后說：「太子妃至今沒有生育，小草即將臨盆，她若生個男孩就是嫡皇太孫，我能不來嗎？」楊廣說：「母后來太原，那誰照料父皇？」獨孤后說：「我讓你大姐住到永安宮，無妨的。」

小草肚子暫無動靜。獨孤后只能在太原過年。除夕晚上，全府人員歡聚吃年夜飯，美酒佳肴，喜氣洋洋。宴間，總管府家令裴虔通宣布：獨孤后給所有人發新年紅包，每人隋五銖錢三千文，錦緞三匹；晉王晉王妃也發新年紅包，每人隋五銖錢兩千文，錦緞兩匹。兩份豐厚而實惠的紅包。官員和傭僕群情振奮，感謝皇后的恩典，感謝晉王晉王妃的關愛。獨孤后其實並未說要發新年紅包。楊廣和小草這樣做，實是為了彰顯母后作為國母的仁愛之心。她感到欣慰，說明兒子兒媳心中是尊重和孝敬她這個老娘的，這就足夠了。

次日便是新的一年——開皇四年（西元五八四年）元旦。獨孤后告訴楊廣和小草，說他們的父皇已給他們的孩子賜了名字：男孩叫楊昭，女孩叫楊暕。他們的父皇把他們的孩子看得很重，因有天神生降之夢，故決定要把他們的孩子接到皇宮去撫養。她也是這個意思，所以才特地前來太原。小草暗暗叫苦，自己生了孩子卻要遠離生母，這？這？然而她知道，這是她的公爹和婆母的意志就是聖旨，違抗不得，只能遵從。楊廣倒是看得開，對小草說：「這樣也好。父皇母后替我倆撫養孩子，我倆樂得清閒。」裴虔通奉命，派出女僕尋找乳娘，條件是：十七八歲，長相出色，品行端正，頭臉乾淨，所生孩子剛剛夭折，奶水充足，要去京城居住，待遇優厚。第二天，乳娘就找到了，姓許。獨孤后親自審查，完全符合條件。丁卯日（正月初四）夜晚，小草肚子有了動靜。戊辰日（初五）丑時，臨盆在即。兩名穩婆洗手淨面，嚴陣以待。凌晨卯時，小草分娩過程相當順利。嬰兒落地，發出第一聲啼哭。一名穩婆跑出產房報告：「恭賀皇后，恭賀晉王：王妃生了個小王子。」獨孤后大喜，不由念了一句：「阿彌陀佛！」楊廣咧嘴而笑。楊小華歡呼說：「哦呵！我當姑姑囉！我當姑姑囉！」穩婆將嬰兒擦拭乾淨用襁褓包裹，先讓晉王妃看過，繼抱到房外讓皇后和晉王看。嬰兒已有名字——楊昭。獨孤后看楊昭，小腦袋圓圓的、胖胖的，雙眼緊閉，眉上雙骨隆起，活像楊廣剛出生時的模樣，笑著說：「果真天神生降也！」眾人爭看楊昭，讚美聲一片。楊昭忽然睜開眼睛，雙眸閃亮，打量這個陌生的世界，小嘴一張，哭了。皇后說：「他餓了，餵奶！」許乳娘向前抱過楊昭，撩起上衣給餵奶。楊昭小嘴噙住乳娘乳頭吮吸，享用出生後的第一頓美餐，吃著吃著又睡著了。穩婆把襁褓放到晉王妃身邊。小草側身端詳，只見小娃娃肉呼呼的，小眼睛小鼻子小耳朵小嘴，腦門上還有胎毛。她疑疑惑惑：這個小娃娃就是自己十月懷胎生的兒子？自己虛齡十四歲，實齡還未滿十三歲就有兒子了？兒子若開口叫娘，自己該怎樣答應？她這時才明白，她還沒做好當人母的思想準備啊！

獨孤后由楊廣陪同進房看小草，稱讚小草很能幹，生了個好兒子。皇后說，她定於正月十日攜帶楊昭回京，皇爺爺肯定急著要見到嫡皇太孫呢！皇后建議小草最好別給楊昭餵奶，母親給兒子餵奶，母子有了深厚感情，那麼分離之際是會加倍痛苦的。楊廣代替小草回答：「母后說的是！」小草又能說什麼呢？只能輕輕點頭。此後數日，只要楊昭在她身邊，她就目不轉睛地看著兒子，想入非非。當初她出生，就沒吃過生母一口奶；現在她的兒子出生，同樣沒吃過生母一口奶。這難道是她和兒子的共同宿命？正月十日轉瞬即到，獨孤后攜帶楊昭回京。楊小華不甚願意，但也得回京。小草尚在月子裡不宜下床，抱著襁褓百看千看，怎麼也看不夠。最後，她輕喚兒子的名字，摸了摸兒子的小臉小手，又在兒子面頰上親了幾口，眼含熱淚，讓孔姑立即將襁褓抱走交給母后。不然，她可能會反悔，不讓母后把兒子帶往京城的。

獨孤后攜帶楊昭走了。楊廣唯恐小草難受，整天守在府中陪伴妻子。七八天後，通過驛使收到母后來信：一行人平安抵京，小楊昭好乖，途中吃了睡，睡了吃，沒哭沒鬧。皇爺爺見了皇孫，歡喜至極，發下口諭：皇孫號稱大曹主，由永安宮撫養。小草問：「大曹主何意？」楊廣答：「大曹主係指權力和財富的擁有者。看來，父皇受母后影響，真把昭兒當作嫡皇太孫了。」小草又問：「那皇太子的長子楊儼呢？」楊廣再答：「楊儼不是太子妃所生，而是太子的愛妾生的，屬於庶出。而昭兒是你晉王妃所生屬於嫡出。皇子皇孫，嫡出與庶出的差別猶若天壤。父皇現在就把昭兒當作大曹主，實際上已把昭兒當作嫡皇太孫，而楊儼充其量只是個皇長孫。皇太孫與皇長孫，一字之差亦若天壤，是沒法比的。」小草說：「原來是這樣！」

正值荳蔻之年的小草已是人母，從此她有了牽掛，牽掛京城的兒子小楊昭。小楊昭的未來無法預測。她只求他在皇爺爺皇奶奶身邊，在頂級優越的環境裡，能夠健健康康、平平安安地長大，長成一個美男，一個堂堂正正、頂天立地的男子漢。

第七章

故國情思

通過驛使傳送的訊息，晉王妃蕭草又獲知，就在楊昭出生三天後，她的生父、梁帝蕭巋到了大興城。蕭巋此行，一是為了朝拜隋帝，二是打算赴太原看望女兒、女婿及外孫或外孫女。楊堅告訴蕭巋獨孤后近日將由太原返回京城，並帶回蕭妃所生的孩子，於是蕭巋下榻於驛館等待。數天後，獨孤后果然帶著小楊昭回京了。楊堅見到孫子，蕭巋見到外孫。兩位皇帝各抱了抱小楊昭，喜悅難以言表。楊堅當著蕭巋的面口諭：「皇孫號稱大曹主，由永安宮撫養。」蕭巋說：「小楊昭造化最大，一出生就蒙受浩蕩皇恩！」

楊堅設宴招待親家。獨孤后作陪。這是給予蕭巋最高規格的禮遇。梁國稱臣於隋國。楊堅沿用前朝做法，設江陵總管一職，常駐江陵監視梁國君臣。獨孤后有意抬舉親家，說：「梁帝親家，腹心所寄，何勞猜防也？」楊堅一想也是，遂在朝會上宣布：撤銷江陵總管，梁國事務皆由梁帝專制。而且宣布：梁帝在朝的位次在王公之上，賞賜縑帛萬匹，珍玩千件，此後每隔三年來朝一次。蕭巋感激，表示稱臣於隋國和隋帝至死不渝。他改變主意不去太原了，每天到永安宮看看外孫，抱抱外孫，也算是見到女兒女婿了。二月乙巳日，蕭巋回梁國。楊堅在灞上為之餞行。分別之時，楊堅握著蕭巋的手，說：「梁帝久滯荊楚，未復舊都（建康），故鄉之念，良軫懷抱。朕當振旅長江，相送旋返耳。」這話表明隋國將用兵陳國，攻取建康，幫助蕭巋復興祖上蕭梁國。楊堅還說隋梁可以二次聯姻，自己的小女兒蘭陵公主可以嫁蕭巋第六子、義安王蕭瑒為妃。蕭巋感激涕零，跪拜在地，一再稱謝，依依惜別而去。

蕭巋回到江陵，給女兒小草發了一封信，敘說了自己在大興城受到的禮遇，以及小楊昭的可愛。小草還在月子裡，滿心歡喜。她的娘家和婆家，彼此尊重、和睦友愛，多好啊！三月，她產後滿兩個月，身體恢復原樣。她已是人母，因身材和容貌如初，仍像個荳蔻少女，婀娜娉婷、美若天仙。楊廣深愛妻子，覺得妻子更有女人味了。金秋八月，小草發現又有娠了。小草有娠的消息報告到永安宮，獨孤后立即捎話：小草要像懷楊昭時一樣注意保胎養胎，還說他們的父皇給他們的第二個孩子也賜了名：男孩叫楊暕，女孩仍叫楊曄。小草有娠的消息傳到江陵。張雅、沈琴、蕭金鳳、方姑四個女人，喜呀笑呀，又縫製了一大堆小孩衣服，裝滿兩隻木箱，派人送至太原。小草再次懷孕，有了一些妊娠經驗，日常生活不外乎讀書、寫字、午睡、散步等。十月懷胎，一朝分娩。開皇五年（西元五八五年）五月，小草臨盆，順順當當地生了第二個兒子，名字是現成的：楊暕。喜訊飛快報告到永安宮，楊堅和獨孤后自然歡喜，同時又犯疑難。因為剛剛收到喪報：小草生父、梁帝蕭巋駕崩了。

蕭巋上年朝拜隋帝，滿懷喜悅回到江陵。他把見到外孫小楊昭的情況，告訴皇后、張軻、沈琴和方姑。眾人笑得嘴都合不上，張雅和沈琴還直抹眼淚。小草還是個孩子就已有兒子了，而且她的兒子由大隋國皇帝和皇后撫養，號稱大曹主，實際上就是嫡皇太孫哪！蕭巋把隋帝關於撤銷江陵總管的決定告訴王公大臣。王公大臣的態度卻大大出乎意料。很多人認為梁國應當就此發奮圖強，不再稱臣於隋國，謀求完全獨立。更有人說，梁國的根脈說到底是在江南，最好能和陳國結盟共抗隋國。蕭巋當時有兩個弟弟：五弟安平王蕭岩，任太宰；八弟河間王蕭岑，任太尉。蕭巋共有七個兒子：長子蕭琮為皇太子，以下是義興王蕭瓛、晉陵王蕭璟、臨海王蕭璟、南海王蕭珣、義安王蕭瑒、新安王蕭瑀。蕭巋召集弟弟、兒子商討國事。沒想到弟弟、兒子們，除蕭琮、蕭瑀外，均主張獨立，擺脫隋國的控制。蕭岩、蕭瓛尤為偏激，力主盟陳抗隋。蕭瑒年僅十二歲，也跟著喊叫「獨立」、「抗隋」。蕭巋見此情形，覺得大丟臉面，他根本沒法向隋帝交代呀！隋帝意欲隋梁二次聯姻的事，他絕口沒提，因為蕭瑒混帳，根本不配娶蘭陵公主為妃！蕭巋心情鬱悶且沉重。他生病了，飲食大減，睡不安寧。張雅焦急，命御醫全力診治。然而，蕭巋患的是心病，豈是御醫治得了的？就在小草生了楊暕的五月，蕭巋病情驟然加重，臨危之際特向隋帝上表，云：

臣以庸闇，曲荷天慈，寵冠外藩，恩踰連山，愛及子女，尚主婚王。每願躬擐甲胄，身先士卒，掃蕩逋寇，上報明時。而攝生乖舛，遽罹痾疾，屬纊在辰，顧陰待謝。長違聖世，感戀嗚咽，遺嗣孤藐，特乞降慈。伏願聖躬與山岳同固，皇基等天日俱永，臣雖九泉，實無遺恨。又，梁國現有暗流湧動，需要警惕。伏望仍設江陵總管一職，以保無虞。謹獻臣平日所佩金裝劍，以為紀念。

蕭巋寫完表章，似乎了卻一樁心事，當天安詳去世，死年四十四歲。皇太子蕭琮繼位，一面派出報喪使者，攜帶父皇的表章和金裝劍赴大興城報喪；一面辦理父皇喪事，葬於顯陵。楊堅對蕭巋駕崩表示哀悼，對新任梁帝蕭琮寄予厚望特賜璽書，云：

負荷堂構，其事甚重，雖窮憂勞，常須自力。輯諧內外，親任才良，聿遵世業，是所望也。彼之疆守，咫尺陳人，水潦之時，特宜警備。陳氏比日雖復朝聘相尋，疆埸之間猶未清肅，唯當恃我必不可干，勿得輕人而不設備。朕與梁國積世相知，重以親姻，情義彌厚。江陵之地，朝寄非輕，為國為民，深宜抑割，恆加饘粥，以禮自存。

楊堅和獨孤后頭一天收到梁帝駕崩的喪報，次一天收到楊暕出生的喜報，所犯疑難在於，要不要把梁帝駕崩的事告訴小草？商量來商量去，獨孤后決定：梁帝駕崩的事，只告訴楊廣和孔姑，先別告訴小草。因為小草正在月子裡，若過於悲傷會落下病根的。兩個月後再告訴她實情，相信她會體諒親人的用心。太原方面，小草已是兩個兒子的娘，整個身心都是甜蜜的。她本想自己給暕兒餵奶，可阿英和孔姑反對。理由是：「你虛齡才十五歲，抱著嬰兒撩衣敞懷給餵奶，多不雅觀！再則，女人給孩子哺乳太過勞累，也影響身材與容貌，無須多久就會變成黃臉婆的。」小草素來看重自己的形象，所以聽從勸告，找了個姓穆的乳娘給暕兒餵奶，並照料暕兒。穆乳娘奶水充足。小楊暕好像一天一個樣，天天在變化。小草欣喜、滿足，常想：若照這樣的速度生育，沒準兒還真能像阿英所說，每年都生出個小孩來呢！

七月，小草產後滿兩個月，身體恢復原樣。一天下午，楊廣和孔姑陪小草散步，鄭重把梁帝五月駕崩的事告訴了她，並解釋了兩個月後才告訴她的原因。楊廣說：「梁帝駕崩，我很難過也很自責，自責沒能和他見上一面，當面叫一聲岳父或父皇。梁帝駕崩後，朝廷有派遣使者弔喪。我呢？則派一名官員，以女婿和女兒的名義前往江陵弔喪，送了喪帳和喪儀禮金。」小草聽罷，並未痛哭也未流淚，只是平靜地看向遠方，看向江陵方向。她感激眾人為了她的身體，沒有及時告訴她實情；特別感激阿英辦事得體周到，使他和她盡到了禮數，也盡到了女婿和女兒的孝道。夜間，她躺在床上回想起生父。從實而論，她對生父的感情並不怎麼深厚，她把生父叫作父皇的次數屈指可數。生父在不惑之年就辭世，最大的遺憾莫過於沒見過女婿阿英。女婿阿英年輕有為，傑出優秀，堪稱人中之龍。他若見過，定會引以為榮的。那些日子裡，小草格外疼愛暕兒，也格外想念昭兒，每見到暕兒必提說昭兒。孔姑建議晉王，應當申請入朝使小草能夠見到小楊昭。古代皇子封王在地方任職，是為封疆大吏，只有在兩種情況方可暫時離職，逕往京城：一是皇帝和朝廷有事相商，予以宣召；二是個人申請，獲得皇帝和朝廷批准。入朝時，所帶衛士、兵仗及停留的時間等皆有限制。楊廣聽從孔姑建議提出申請，理由是想念父皇母后。申請獲得批准。十一月上旬。楊廣、小草、楊暕、孔姑，連同穆乳母等，一起回到大興城，直接到了永安宮。皇帝皇后見到兒子兒媳，見到又一個皇孫子小楊暕。楊廣、小草見到父皇母后，見到兒子楊昭。楊昭和楊暕成了中心，連崇高的皇家禮儀都不講了。獨孤后抱過楊暕端詳，對楊堅說：「瞧！暕兒的眉眼更像廣兒。」小草抱過楊昭，親著兒子的小臉，說：「昭兒昭兒！想死娘了！」這是她第一次自稱娘，情不自禁流淚了。那是母親想念兒子，終於見到兒子的喜悅之淚、至親之淚、至愛之淚。楊小華從母后手中抱過楊暕，說：「小侄兒！快叫姑姑！」楊暕出生才五個月，哪會叫姑姑？眾人都笑了。這時，樂平公主楊麗華也到了永安宮。小草婚後聽阿英說過，這位大姐孀居其實是假的，府中蓄養有兩三個英俊美男面首，床笫間並不寂寞，所以性格開朗、愛說笑，從來不知愁滋味。她這一到，整個永安宮更加熱鬧。

小草回到京城，心情大好。昭兒已學會走路，而且開始ㄚㄚ學語，最早學的詞語是爺爺和奶奶，而不是爹和娘。楊廣入朝的時間，限定為半個月。小草和阿英抓緊這段時間，每天都到永安宮，皇家三輩人歡聚，享受天倫。獨孤后在楊廣、小草跟前從不隱瞞觀點，朝著東宮方向呶嘴說：

「那邊，什麼雲昭訓又生了個兒子，叫楊裕；什麼高良娣也生了個兒子，叫楊嶷。」楊廣笑著說：「太子哥哥和侍妾們正年輕，讓他們放開生吧！」獨孤后說：「哼！那邊生的，我不稀罕！他們生上十個二十個，也不及昭兒一個。昭兒號稱大曹主，誰可比得！」獨孤后還對兒子兒媳說：「梁帝上年來朝時，你們的父皇有意隋梁二次聯姻，將阿五許配給梁帝之子蕭瑒為妃。那只是一句話而已，沒有六禮程序，隨著梁帝駕崩，此事也就黃了。黃了最好。聽說蕭瑒那小子，小小年齡，就仇恨隋國，豈有此理！阿五今年十三歲。你們的父皇給她另外選定了駙馬都尉叫王奉孝，是平定尉遲迥叛亂的功臣、襄州總管王誼的兒子。」楊廣問：「王奉孝是幹什麼的？」獨孤后說：「王奉孝今年十五歲，能幹什麼？還在太學讀書。說實話，我不看好這門親事。可阿五那丫頭是倔驢犟，說她就喜歡讀書人，同意去做王家的媳婦。唉！」這一聲歎息，表明獨孤后對她倔強的寶貝女兒也無可奈何。東宮的事複雜而敏感，阿五的事關乎到小妹的一生，小草有意回避，緘口不語。

半個月時間眨眼即過。楊廣、小草等還得回太原去。回到太原，小草發現自己又有娠了，心想：難不成真如阿英所說，每年都要生出個小孩來？開皇六年（西元五八六年）閏八月，小草預產期將到，楊廣再次申請入朝，立即獲得批准。小草挺著大肚子又見到昭兒了。昭兒已經斷奶，在皇奶奶和許乳娘引導下，第一次把小草叫了一聲娘。小草答應，激動得熱淚橫流。月底，小草順順利利地生了個女孩，名字是現成的：楊嘩。小草接受阿英和孔姑的意見，找了個姓衛的乳娘給楊嘩哺乳，並照看楊嘩。小草生了兩個男孩又生個女孩，稱「花生」——男孩女孩插花著生，這是古代人最推崇最嚮往的生育觀。楊堅和獨孤后開心，小楊嘩滿月，皇爺爺就封她為南陽公主。

楊廣這次入朝懷有私心，要說動母后，希望在朝廷也能任個職務。這樣他才不至於遠離最高權力中心，小草也能留在京城。楊廣說動母后並不困難，自責不孝，說遠在太原無法做到晨昏定省。小草經阿英鼓動也自責不孝，說自己生了昭兒，卻讓父皇母后勞心費神撫養，很不安很愧疚。獨孤后說：「這事好辦！」僅過一個多月，楊堅就頒詔：晉王楊廣兼任內史令、雍州牧，原任官職不變。內史令是內史省的首長，丞相之一。雍州管轄包括京城和關中在內的廣大地域，治所在長安城。雍州牧是雍州的行政首長，地位重要。楊廣兼任內史令、雍州牧，每年中有半年在太原，半年在長安。小草則常年在京城，再不用車馬勞頓來回奔波了。小草進入角色，真正成了大興城晉王府的女主人。獨孤后有言：女人主內，關鍵是兩條：一、遇事要有主見；二、馭下要恩威並施。小草依靠孔姑和薛善的幫助，把偌大的晉王府管理得井井有條。施恩是她管理的訣竅。她對薛善說：「王府的官員和傭僕為王府做事，都得養家糊口，切莫虧待他們。從現在起，所有人員只要誠實本分、勤謹做事，每月均額外補助兩千文錢。」每月兩千文錢可不是個小數目，可以買二十石穀米。因此，官員和傭僕全都稱頌晉王妃。晉王府人心齊、風氣正、辦事效率高的名聲傳遍京城。

開皇七年（西元五八七年）開春，十四歲的蘭陵公主楊阿五大婚，喜喜慶慶地熱鬧了數天。親迎之日，楊廣全程參加婚禮，給足了小妹的面子。誰知兩個月後喜事變成喪事，王奉孝患了一種怪病死了。可憐小公主剛剛大婚就守寡，失魂落魄、悲悲切切地回了永安宮。獨孤后埋怨皇上選錯了女婿，楊堅也覺得對不起女兒。阿五心情憂鬱，悶悶不樂。小草徵得父皇母后同意，把阿五接到晉王府居住，給她做好吃的，陪她繡花、說笑、玩耍，教她認字寫字讀古詩。時間、關愛慢慢地熨平了不幸者的心靈創傷。

四月己酉日，楊堅和獨孤后領著楊昭駕幸晉王府看望阿五，楊廣和小草率全府人員恭迎皇帝皇后。阿五也跪地叫父皇叫母后。皇帝皇后見女兒面色紅潤了，眼睛明亮了，且有笑容了，不禁喜上眉梢，大放寬心。楊堅詢問阿五每天都做些什麼？小草代為回答：「阿五每天都讀書，可勤奮刻苦了。」是的，阿五在此後數年裡與書籍為伴，讀書之多超過小草。皇帝皇后再看孫子孫女，楊暕已斷奶，學會了走路，一顛一顛地追著楊昭哥哥滿庭院跑，上樓下樓捉迷藏。楊曄也嗚嗚呀呀，會對皇爺爺皇奶奶笑了。皇爺爺皇奶奶抱過小孫女，親她粉嫩的小臉，怎麼也親不夠。

楊堅和獨孤后這次駕幸晉王府留下深刻印象。晉王府嚴整、乾淨，樹木花草很多。王府官員和傭僕踏實、勤快、懂規矩。府中沒有歌伎和舞女，樂房門常年不開。楊廣和小草設宴招待父皇母后，菜品多是富裕人家的家常菜，不鋪張不奢侈，但做工精細，色、香、味俱全。皇帝皇后由此得出結論：楊廣和小草都崇尚節儉，而且楊廣不好聲色的優點至今沒變。這個結論對楊廣來說非常重要，不日將成為他奪取太子大位的有力資本。

就在這天晚上，楊廣告訴小草一件大事。梁帝蕭巋臨終之時給父皇上表，表章裡寫道：「梁國現有暗流湧動，需要警惕。」父皇不解。派遣一位侍郎前往江陵調查，結果令人震驚：梁國以安平王蕭岩、河間王蕭岑、義興王蕭瓛等人為首，公然仇恨、反對隋國，主張完全獨立，甚至鼓吹、煽動和陳國結盟共抗隋國。楊廣說：「梁國暗流湧動的形勢異常嚴重，父皇即將採取行動。父皇考慮到梁國是你的故國，要我跟你打個招呼，故你要有心理準備。」小草聽後也很震驚。蕭岩、蕭岑是她的叔父，蕭瓛是她的胞兄，她的生父屍骨未寒，他們怎能這樣？他們怎敢這樣？小草問：「我大哥蕭琮已是梁帝，他是何態度？」楊廣搖頭，說：「大舅子蕭琮是個好人，但過於柔弱，很難鎮住局面。」小草點頭，她了解她的大哥，他是控制不了更駕馭不了他的皇叔和皇弟的。小草不由擔心起她的母后、舅父舅母、胞姐蕭金鳳和方姑等親人來。她正擔心著，楊堅已採取行動了。

第一個行動：六月，宣召河間王蕭岑入朝。此人任太尉，掌握兵權，離開梁國將使湧動的暗流大大減弱。第二個行動：七月，宣召梁帝蕭琮入朝。蕭琮離開梁國，梁國群龍無首，朝廷任命官員去管理梁國就順理成章。第三個行動：八月，命武鄉公崔弘度率兵馬三千開赴梁國，崔弘度將為新一任江陵總管。九月辛卯日（二十五日），楊堅採取第四個行動，頒詔宣布：廢除梁國，劃歸隋國，設為江陵縣，隸屬於荊州。蕭詧建立的梁國，經蕭詧、蕭巋、蕭琮三代三任皇帝，歷時三十四年，至此壽終正寢。小草驚愕，梁國是她的故國，她在那裡長大，她從那裡出嫁，她的親人還在那裡，怎麼一下子就廢除了呢？十月初，小草的胞姐蕭金鳳偕丈夫王衮領著一兒一女，還有蕭瑀，突然到了晉王府，出現在小草面前。小草大驚失色，忙問出了何事？蕭金鳳也顧不得什麼公主體面放聲痛哭，哭訴了十多天前江陵發生的一場腥風血雨、驚心怵目的劫難。小草因此明白了公爹皇上廢除梁國的原因。

原來，蕭琮應召入朝，梁國事務由皇叔蕭岩和皇弟蕭瓛代管。蕭岩趁機自稱「監國」，發起了號令。此人懷有野心，歷來仇恨隋國，親近陳國。他偵察到崔弘度的兵馬將抵梁國，十分恐慌，忙和蕭瓛密商，決定劫掠官民投降陳國。為此，他命人大肆造謠，謊稱隋國大軍到來將見房就燒、見人就殺、見財物就搶。若要活命，只有跟隨他到陳國去避難躲禍。江陵頓時大亂，人心惶怖。九月乙酉日（十九日）是江陵歷史上最黑暗的一天。蕭岩調動軍隊兩萬人，強令江陵及周圍三十里內的官民全部撤到和江陵僅一江之隔的陳國公安（今湖北公安）去。蕭瓛負責撤離皇宮人員，包括他的生母皇后在內。張雅正為蕭巋守喪，堅決不撤。那天，蕭金鳳、王衮夫婦領著兒女，恰好在母后處，還有方姑也堅決不撤。蕭巘窮凶極惡，一面命人放火，焚燒皇宮；一面命士兵強拖強拉把皇宮所有人員押上馬車，送到江邊船上，隨即開船送往公安。秋風微微，江水滔滔，天色陰沉。張雅立在船頭，痛罵蕭岩和蕭巘，罵二人叛國投敵、認賊作父，毀掉蕭家基業，該天打雷劈！她回望烈火熊熊的江陵，義憤填膺地高聲喊道：「我張雅生是梁國人，死是梁國鬼，絕不離開江陵！」喊罷，縱身一跳，跳進惡浪翻滾的長江中。方姑亦喊道：「皇后！你這一去，奴婢哪能苟活？」隨即也跳了江。蕭金鳳說到這裡已泣不成聲，抓著小草的手，說：「小草！我們的母后，還有方姑，就這樣死了呀！死了連個屍首也沒落下呀！我當時也想跳江的，可我有丈夫有兒女，我不能那樣做啊！」

小草彷彿看到了母后和方姑跳江的情景，滿臉淚水，心如刀絞。眼前她得安慰金鳳姐，遂把淚臉緊貼金鳳淚臉，輕聲喚道：「金鳳姐！金鳳姐！」王袞，一個斯文書生，接著講述那天的劫難。蕭岩、蕭巘出動軍隊兩萬人，劫掠官民一萬多人，共三萬多人聚集到公安。沒住的地方，沒吃的食物，老人謾罵，小孩啼哭，混亂不堪，當天就死了上百人。蕭岩放話，說要把三萬多人分批送到建康去安置。分批？哪要等到猴年馬月？官民於是紛紛逃亡。他和金鳳一商量，便領著兒女加入了逃亡者的行列。途中遇到孤零零的蕭瑀把他也帶上了，兩個大人和三個孩子逃到江邊，金鳳用一支金簪雇了一條漁船，先到漢口，再到襄陽，然後改走陸路，千難萬險才到了大興城。危難時刻，他們除了投奔小草，又能到哪裡去呢？小草抹淚，說：「你們平安到此就好，這裡就是你們的家！」她忽然想到另外兩個親人，急問：「哎呀！舅父舅母呢？他倆怎樣？」蕭金鳳仍淚流不止，說：「我聽母后說，舅父舅母那幾天回蘆花寨看望張槐，或許……」王袞說：「蕭岩下令，江陵及周圍三十里內的官民，全部撤離。蘆花寨距江陵二十里，我估計舅父舅母和張槐，也是被劫掠了的。」小草芳容變色，說：「天哪！這……」她聲音哽咽，說不下去了。

孔姑代替小草，吩咐趕快收拾幾間房供蕭金鳳一家人居住。洗漱，用膳。天黑時分，楊廣從雍州官署回府，見到了大姐和姐夫。大姐和姐夫又講述了江陵劫難。楊廣從容鎮定，舉重若輕，說：「江陵劫難是蕭岩、蕭瓛發動的叛亂，叛國投敵殃及官民，性質和後果都很惡劣。正因為如此，父皇才決定廢除梁國。現在，崔弘度的兵馬已進駐江陵，準備重建江陵。」這時，蕭金鳳、王袞方知梁國被廢除了，他們的故國已不存在了。小草面向阿英，說：「母后和方姑跳江而死，舅父舅母還有張槐哥不知下落，如何是好？」楊廣說：「你別著急，這事我會派人查問的。」蕭金鳳和王袞看妹夫楊廣，年僅十九歲，但氣度非凡、英武果毅、沉穩幹練，好生欽佩，他不愧為大隋國位高權重的晉王！

小草陷入極度悲痛之中。夜晚，她一身縞素，擺出香案，供奉貼胸佩戴的鳳凰玉佩，跪拜叩頭，焚燒冥錢，祭奠母后和方姑，泣不成聲。母后和方姑跳江而死，故國不復存在。故國情思，絲絲縷縷地浮現腦際、縈繞心頭。儘管故國流傳江陵習俗，傷害過她及很多女孩，但她還是愛它的，這大概就是俗語所說的兒不嫌母醜，狗不嫌家貧吧！她愛故國，尤愛蘆花寨，愛蘆花寨的蘆花河。河水清澈，常年流淌。河邊的蘆葦，夏天長成兩道綠色屏障，秋天變成金黃色。蘆葦開花，花色雪白，那是一種夢幻般的奇麗風景。她愛蘆花寨的草，各種各樣的草，知名的不知名的草，她的名字正是受草的啟示而取的。她更愛蘆花寨的人，舅父舅母、張槐哥、黃老師，還有小蘭等小姐妹。當然，故國也有惡人，比如蕭岩和蕭瓛。正是這兩個惡人叛國降陳而毀了故國，也害死了她的母后和方姑。

楊堅對已亡梁國的君臣相當寬宏。蕭琮拜柱國大將軍，封莒國公；蕭岑亦拜柱國大將軍，封懷義郡公。蕭金鳳丈夫王袞係東晉丞相王導第十代孫，當過縣令。楊堅任用他為任城刺史，蕭金鳳因此封任城郡夫人。蕭金鳳將攜帶兒女及蕭瑀隨丈夫赴任城（今山東微山），前一夜悄悄告訴小草一個秘密：小草十一歲左右時，舅父舅母曾打算讓她和張槐結為夫妻，把她從女兒變成兒媳，這事因隋梁聯姻而胎死腹中。小草驚詫，說：「這事我一無所知。那麼槐哥呢？他知道嗎？」蕭金鳳說：「張槐為人粗中有細，我想他是知道的，他是不聲不響地愛著你。」小草沉默，想起槐哥來，想起槐哥和她之間純真的兄妹情誼。在蘆花寨，她一直把槐哥當作親哥哥，她這個小妹妹得到了親哥哥全方位的保護。她和槐哥最後一次見面，好像是在江陵公主府第，他那天趕著馬車，載著小蘭等進城看望自己，吃了一頓飯就又回蘆花寨了。還有，那年正月十六日，起程前往隋國時，很多人為她送行。她是希望送行人中有槐哥的，可是她沒有見到他。現在看，他是在刻意回避呀！他私下愛戀著的小妹妹要遠嫁他國，他哪有心情為她送行？這個秘密，不說破還好，一旦說破，小草的故國情思增添了幾分苦澀與感傷。她遙望江陵方向，無聲地說：「對不起，槐哥！這是命，命中注定你我無緣成為夫妻。而今江陵劫難，你在哪裡？舅父舅母在哪裡？但願蒼天保佑，保佑你們平安無恙……」

第八章

晉王功勳

蕭岩、蕭瓛製造江陵劫難，叛國降陳那年，於江南陳國為禎明元年（西元五八七年）。陳國皇帝是誰？就是那個臭名昭著，史稱陳後主的陳叔寶。陳叔寶對二蕭率眾來降自是大喜，命將三萬多人分散安置在江南各地，任用蕭岩為平東將軍、東揚州刺史；蕭瓛為安東將軍、吳州刺史。蕭岩、蕭瓛在梁國都是封王的，投降陳國只任個掛名將軍與州刺史，心中未免落寞。但事已至此，又能如何？隋帝楊堅早就謀劃用兵江南了，這時決定抓住時機攻滅陳國，一統天下。

開皇八年（西元五八八年）三月，楊堅頒布伐陳詔令，接著便挑選伐陳戰爭的統帥。這場戰爭的統帥將建立蓋世功勳，誰都清楚意味著什麼。皇太子楊勇、晉王楊廣、秦王楊俊、蜀王楊秀均上書請纓，願任統帥統兵伐陳，飲馬長江，直搗建康。四個兒子心雄志壯，豪氣沖天，楊堅深感欣慰。他想了想，還是把楊勇的請纓放在一邊。為何？因為他心存疑慮，不想也不敢把重要的軍權交付給太子。兩年前即開皇六年（西元五八六年）三月，朝廷收到一封信，內容是請皇上傳位給皇太子，自為太上皇，信末署名：洛陽男子高德。楊堅讀信，赫然震怒，自己才四十六歲，哪有退位自為太上皇的道理？他說：「朕承天命，撫育蒼生，日旰孜孜，猶恐不逮。豈學近代帝王，事不師古，傳位於子，自求逸樂者哉！」於是派人赴洛陽，調查那個名叫高德的人。洛陽共有三百多個成年男人叫高德，可認識字會寫字的只有十人，而這十人跟朝廷跟官府毫無關係，根本寫不出那樣的信來。最終認定那是一封匿名信，寫信人居心叵測。那麼寫信人是誰呢？沒有證據，只能靠推理。假若匿名信內容得以實現，那麼誰將得利？無疑是太子，太子將是大隋第二任皇帝。這樣一推理，有了結論：匿名信出自東宮，太子逃脫不了干係。獨孤后恨屋及烏，因恨雲雀也就恨太子，說：「這事，除了東宮，別人幹不出來。」楊勇跟那封信到底有沒有關係，無從得知，反正他因此背上了黑鍋，跳進黃河也洗不清。時過兩年，楊堅仍耿耿於懷，哪敢任用楊勇為伐陳戰爭統帥？老大不行，還有老二。這樣，晉王楊廣就成了統帥的當然人選。

那些日子裡，楊廣矯情飾意，每天都往永安宮跑。說是看昭兒，實是討好母后，央求母后在父皇跟前美言讓他出任統帥。小草再次被鼓動起來，只要見到母后必說伐陳之事。特別說到，阿英平時最崇敬歷史上的少帥霍去病與周瑜，渴望能像霍、周那樣統兵征戰，創建功業；還說阿英從太原到大興城，一直在研讀《孫子兵法》，目的只是為了能在戰爭中派上用場。在隋國，皇后等於半個皇帝。十月，由於獨孤后的干預，楊堅頒詔，在壽春（今安徽壽縣）設淮南行台，楊廣任尚書令。數天後祭祀太廟，又頒詔任命晉王楊廣、秦王楊俊、清河公楊素同為行軍元帥，統兵伐陳。其中楊廣為統帥。丞相高熲任元帥長史，輔佐統帥，號令全軍。參加伐陳的還有韓擒虎、賀若弼，劉仁恩、王世積、燕榮等五員大將，各領一支兵馬。所有兵馬，皆受統帥晉王節制。

秦王楊俊是楊堅第三子，原任秦州總管，調任荊州總管、山南道行台尚書令，出任行軍元帥，不足為怪。怪的是那個楊素，怎麼也當上行軍元帥了？楊素字處道，弘農華陰人，和楊堅同鄉同族，論輩分是楊堅之侄，姿容俊美，通曉經史，早就追隨楊堅，常把楊堅叫叔，把獨孤伽羅叫嬸，因而任御史大夫，拜上柱國大將軍，封清河公。他的妻子鄭氏生性奇妒。楊素忍受不了，氣憤地說：「我若做天子，你定不堪為皇后。」這本是一句氣話，鄭氏卻報告了皇上。楊堅擔心楊素沒準兒真能「做天子」，立即免其官職。楊素閒居仍然關心國事，上書陳述伐陳方略，說隋國攻滅陳國，必須建立一支強大的水師。楊堅覺得這個建議極好，遂又起用他為信州總管，交給的任務就是建造艦船，組建水師。楊素還真有本事，建造最大的艦船稱五牙艦，高十餘丈，起樓五層，可載士兵八百人，前後左右置六根檣竿，均高十五丈；次大的稱黃龍艦，可載士兵二三百人。楊素一面建造艦船，一面組建水師，水師隊伍迅速發展至萬餘人。楊堅十分重視這支水師，楊素也就成了伐陳戰爭的行軍元帥之一。高熲字昭玄，渤海蓨（今河北景縣）人。出身於官宦世家，十七歲步入官場，在楊堅麾下效力，精明強幹、足智多謀，久習兵事，功勳卓著。楊堅開國，高熲出任尚書左僕射，為第一丞相。這次任元帥長史，相當於總參謀長，輔佐統帥，實施用兵方略。史載：「三軍皆取決於熲。」可見他在戰爭中起著至關重要的作用。

十一月丁卯日，楊堅在承天門城樓上誓師，賜酒，授旗。皇后、太子、皇子、公主、王妃、皇孫和文武百官等出席儀式，為出征將士壯行。楊廣身穿棕紅色鎧甲，頭戴棕紅色兜鍪，腰懸佩劍，兜鍪上方立一白色直竿，直竿頂端飾一束紅色纓穗，纓穗在陽光照耀下鮮紅耀眼。這時的楊廣，尊為全軍統帥，英武威武，萬眾矚目。楊廣跪地飲酒，接旗並交與一名校官，然後辭別父皇和太子，步下城樓。城樓下廣場上，三萬名步、騎兵，衣飾鮮麗，兵器鋥亮，陣容雄壯。「咚！咚！咚」出征鼓擂響。楊廣等騎上高頭大馬。號令官發令：「出發！」一杆高高的紫紅色，繡著大大「楊」字的帥旗引領，各色旌旗招展，鼓角齊鳴。那是個激動人心的時刻，大隋國的雄壯軍旅出動了。目標：攻滅陳國，天下一統。京城至壽春等地的所有驛站，配足驛馬驛使，驛使全天待命，確保朝廷和前方的聯繫高效快捷、暢通無阻。楊廣抵達壽春，經高熲建議把統帥部前移至揚州（又名廣陵、江都，今江蘇揚州）。十二月初，楊廣統領一軍駐於長江北岸的六合（今江蘇六合），隔江遙對建康。同時命令：楊俊軍出襄陽，楊素軍出信州（今重慶奉節），韓擒虎軍出廬江（今安徽廬江），賀若弼軍出泰州（今江蘇泰州），劉仁恩軍出江陵，王世積軍出蘄春（今湖北蘄春），燕榮軍出東海（約今江蘇南通一帶）。長江上、中、下游，八路隋軍齊出，兵馬總數五十一萬八千人，負責軍需補給的民夫百餘萬人，各類船隻約五千艘，車輛約三千輛。史載：「東接滄海，西拒巴蜀，旌旗舟楫，橫亙數千里。」真乃風雲為之變色，天地為之震驚！

當八路隋軍大舉伐陳之際，陳國皇帝陳叔寶在幹什麼呢？答曰：花天酒地，醉生夢死。陳叔寶是陳宣帝陳頊的長子，三十歲坐上皇帝寶座，立其妃沈婺華為皇后，皇子陳胤為皇太子。此人是個典型的花花公子，登基後一心追求物質享受與精神放縱，所愛一是美女，二是美酒。荒淫腐朽到了極點。他納了很多妃嬪，如龔、孔二貴嬪，王、季二美人，張、薛二淑媛，袁昭儀、何婕妤、江修容等等。龔貴嬪有一婢女叫張麗華，初入宮時十歲，三四年後竟出落得婀娜娉婷、妖豔風流，一雙水汪汪的大眼好像會說話，瞻視眄睞、光彩灼灼，勾人魂魄。陳叔寶迫與淫狎。張麗華半推半就，曲盡綢繆，進而使出手段用最瘋狂的淫浪勁撩撥天子，把個陳叔寶迷得魂魄出竅、如醉如癡。越年，張麗華生個男孩，取名陳深。陳叔寶更喜，特封張麗華為貴妃，廢原太子，改立陳深為太子。為了享樂，他命在皇宮臺城新建臨春、結綺、望仙三座樓閣，各高數十丈，凡窗牖壁帶、懸楣欄檻均用沉檀香木製造，炫飾金玉，雜嵌珠翠，寶床寶帳全是瑰奇珍麗。張麗華住結綺閣，此閣最為豪奢。她長有一頭烏黑的長髮，每日清晨臨檻梳妝，長髮散開宛若黑色瀑布，自遠處遙望飄若仙女。張麗華還慧黠多智，才辯強記。陳叔寶聽宦官奏事，常將她攬在懷中，不明白處問她，她總能說出個一二，明白清晰，因此陳叔寶視之為第一紅顏知己，恨不得讓她也當皇帝。張貴妃趁機籠絡朝臣、干政亂政，要官的要爵的，要錢的要物的，只要求她必能如願。一時很多人不知江南陳國有陳皇帝，但知有張貴妃。陳叔寶還自詡儒雅，聲稱精通詩文音律。平日和妃嬪飲宴，必召一些文人參加，推杯換盞，賦詩酬答。那些文人號稱狎客，詩作內容無非是吟風弄月、讚美女人，豔詞麗語，格調低下。陳叔寶取其中特別香豔者譜成曲子，讓千餘名宮女演唱，輕歌曼舞，通宵達旦。靡靡之音《玉樹後庭花》就是陳叔寶的大作，後世常用它比喻亡國之音。

陳叔寶在荒淫腐朽中當了六年皇帝，末日終於來臨。八路隋軍伐陳。警報雪片似的飛進臺城。陳皇帝召集群臣議事，說：「王氣在此，北齊兵三次來，北周兵兩次至，均大敗而歸。前秦有個苻堅，南侵兵敗；今隋國又有個楊堅，興兵南侵，又能耐得我何！」群臣附和，稱頌皇帝英明。尚書孔範說：「長江天塹，自古隔絕南北，隋軍豈能飛渡？」陳叔寶問：「隋軍統帥是誰？」孔範答：「楊廣，楊堅次子，封晉王，今年二十歲。」陳叔寶大笑，說：「一個毛頭小伙子竟任統帥，足見隋國無人。」孔範說：「可不是！」隨即幽了一默，說：「微臣官職不大，晉升無門。現在機會來了，很想渡江擊敵，弄個太尉公當當。」君臣哄笑。哄笑一番照樣飲酒賦詩，欣賞歌舞。警報繼續飛至。陳叔寶懶得拆封懶得看，扔在一邊了事。

往日，隋國軍政事務皆由太子楊勇先行處理，然後報告皇上，由皇上決斷。伐陳戰爭期間，軍事改由皇上直接處理與決斷。十二月中旬，楊堅收到楊廣奏書。奏書報告，統帥部已前移至揚州，自己和高熲統領一軍已至六合；賀若弼、韓擒虎兩軍精銳共二十萬人，將擔任進攻建康的主力；其他各軍皆按命令到達指定地點。楊堅又收到兩份戰報：一份是行軍元帥楊素的。報告他統領水師，沿長江而下直撲三峽，在江陵附近江面，利用五牙艦、黃龍艦船體高大的優勢把陳國水師的千艘船隻擊得粉碎，陳國水師已經覆沒。另一份是行軍元帥楊俊的。報告他統領水、陸兵馬十萬屯駐漢口，陳將周羅睺、荀法尚統兵六萬屯駐長江中鸚鵡洲。兩軍對峙。自己派人去和周、荀二將談判，並曉以大義。周、荀很識時務，率部投降。楊俊寫道：「謬當推轂，愧無尺寸之功，以此多慚耳。」楊堅卻是大喜，讚道：「吾兒不動刀兵而建大功，何慚之有！」按照預定部署，楊素水師和楊俊軍獲勝後，應沿長江東下支援攻取建康。楊廣發出命令，命楊素水師和楊俊軍不必東下，改而在洞庭湖、鄱陽湖流域殲滅陳國的反隋勢力以擴大戰果。楊廣將這一命令抄報父皇。楊堅大加讚賞，說：「戰場形勢千變萬化。廣兒和高熲能根據變化隨時調整原先的計畫，以變應變，此乃優秀將帥必備之品質也！」

隋軍將士在長江一線辭舊歲迎新年。新的一年是開皇九年（西元五八九年），於陳國為禎明三年。新年裡，小草、楊麗華、楊阿五等歡聚於永安宮陪伴父皇母后，中心話題一是前方戰事，二是楊昭、楊暕、楊曄。三個小孩虛齡，分別為六歲、五歲、四歲，在一起玩耍，喊叫著追逐著，片刻也不安寧。新年期間，建康臺城裡照樣是燈紅酒綠、歌舞昇平。隋軍將士則用發動猛烈的軍事攻勢以慶賀新年。楊廣的戰報，經驛使飛馬傳送，通常在三天後到達京城。楊堅在兩儀殿，和太子楊勇、丞相蘇威等閱讀戰報，每份戰報都是振奮人心的捷報。他們收到楊廣正月辛未日的戰報：賀若弼軍已突破長江，攻拔京口（今江蘇鎮江）；韓擒虎軍已突破長江，攻拔采石磯（今安徽馬鞍山境）。賀軍擬向西推進，韓軍擬向東南推進，形成夾擊之勢攻取建康。殿中御案上放有沙盤地圖。君臣對照戰報察看地圖，兩千多里外的長江上，惡浪翻滾，艦船爭流，將士英勇吶喊衝殺的場景如在眼前。此後多日沒有收到戰報，可見進攻建康的戰事正在緊張進行。月底，楊廣的戰報到了，那是丙子日的戰報：賀若弼軍進至鍾山，擊潰駐防於建康東面的陳軍，俘獲其將蕭摩訶，招降陳軍八千人。接著又是一份戰報：丙子日，韓擒虎軍突入建康，在臺城外側的石頭城擊潰守衛皇宮的陳軍，俘獲其將任蠻奴。楊堅、楊勇、蘇威察看地圖，孤零零的臺城已完全處在隋軍的包圍之中。約莫過了兩個時辰，第三份戰報又到，上面只寫了十餘字：「當日，韓擒虎軍攻佔臺城，俘獲陳叔寶。」這意味著伐陳戰爭勝利了，陳國滅亡了。楊堅大喜，手持戰報，一路小跑進了永安宮，大聲地說：「勝利了！勝利了！」獨孤后、小草、楊麗華、楊阿五迎向前，看了戰報方知是隋國攻滅陳國的戰爭勝利了。兩個孫子一個孫女就在身邊，楊堅伸展雙臂，彎腰將三個小孩抱起，就地轉了一圈，歡快地說：「哈哈！我等將迎來一個天下一統，繁榮昌盛的大隋國！」

楊堅發出詔令：一、宣撫軍民，安定人心；二、監押陳帝，清理皇宮；三、派出兵馬，殲滅建康附近的反隋勢力。事實上，楊廣已經這樣做了。元帥長史高熲奉統帥之命，由次子高德弘陪同，在第一時間到了建康。這時，賀若弼軍業已進入建康與韓擒虎軍會師，韓擒虎彙報俘獲陳帝的經過。隋軍攻佔臺城，搜索陳帝，不見下落，發現一口枯井的井口放有粗繩，遂朝井下喊話，但無人答應。隋軍揚言要往井裡投擲石塊，井下有人慌忙應聲，還讓上面放下繩子將他吊出枯井。隋軍照辦，吊出的是一隻柳筐，柳筐裡竟有一男二女三個人。經詰問，一男正是陳帝陳叔寶，二女乃張麗華和龔貴嬪。高熲聽說過張麗華的美貌，說：「嚴密監押陳帝，且將張、龔二女押來一見。」韓擒虎命人押來二女。只見張麗華二十七八歲，雪膚花顏，淚眼顧盼，一副梨花帶雨、嬌弱無助的樣子，可憐兮兮。高德弘附在父親耳邊低語傳達楊廣的命令，意思是要保留張麗華性命。高熲勃然變色，說：「當年周武王滅商，戮妲己；今隋滅陳國，不可留張麗華。」遂下令將張麗華和龔貴嬪斬首。楊廣三天後也到了建康，得知張麗華已死未免惋惜，心中暗恨起高熲來，恨他自恃其功竟敢違背自己的命令。清理皇宮，查封庫藏，斬殺陳叔寶親近佞臣施文慶、沈客卿、陽慧朗、徐析、史暨慧、孔範等六人。同時派出多路兵馬，向建康東、西、北方向進軍，掃蕩州郡的反隋勢力。這一掃蕩，有了意外收穫：將軍宇文述攻陷東揚州（今浙江杭州一帶），抓獲州刺史蕭岩；繼攻陷吳州（今浙江紹興），又抓獲州刺史蕭瓛。小草在戰報傳到京城的那天沒去永安宮。獨孤后派一女官，將戰報送至晉王府，小草讀了戰報，又喜又悲，嗚咽而泣。蕭岩和蕭瓛製造江陵劫難，叛國降陳，害死了她的母后和方姑。現在兩個賊人落網了，果然是天日昭昭！她不禁又想起另外三人：舅父舅母和張槐哥。他們還活著嗎？如果活著，那麼又在哪裡？

三月初，楊廣奉詔班師，留下將軍宇文述統領兵馬鎮守建康。三輛囚車，囚禁著陳叔寶、沈婺華、陳深。其他的皇家成員、公卿大臣及被俘獲的陳官陳將約三千人大多徒步，由隋軍押解前往大興城。陳國富庶，庫藏裡金銀珠寶、綾羅綢緞、奇珍異玩等堆積如山，現在它們成了隋軍的戰利品，全部裝船裝車運往大興城。戰爭英雄和亡國俘虜，加上船隻和馬車，組成一支奇特的壯觀隊伍，長達數百里。四月己亥日，楊堅駕幸驪山，慰問犒勞凱旋將士。乙巳日在太廟舉行獻俘大典，楊堅穿戴冠冕，端坐於大殿御座。前面右側，立著身穿禮服的皇太子楊勇；左側，立著身穿戎裝，腰懸佩劍的晉王楊廣、秦王楊俊、蜀王楊秀、漢王楊諒。以高熲、蘇威為首的三省六部首長，以及行軍元帥楊素，將軍賀若弼、韓擒虎等，恭立於稍前的兩側。大殿外面，陳國降臣、俘虜跪地，黑鴉鴉一片。樂隊奏響樂曲，歌伎歌唱《凱樂．述帝德》，其辭云：

> 述帝德於穆我后，睿哲欽明。膺天之命，載育群生。開元創曆，邁德垂聲。朝宗萬宇，祇事百靈。煥乎皇道，昭哉帝則。惠政滂流，仁風四塞。淮海未賓，江湖背德。運籌必勝，濯征

斯克。八荒霧卷，四表雲褰。雄圖盛略，邁後光前。寰區已泰，福祚方延。長歌凱樂，天子萬年。

樂聲歌聲高亢而悠揚。大典共有三項程序。第一項，禮部一名侍郎引領陳叔寶進入大殿。陳叔寶身穿黑色短衣，披頭散髮地行三跪九叩大禮，然後匍匐在地，不敢吭聲。楊堅注視陳叔寶，良久才說：「汝，陳叔寶為帝六年，都做了些什麼？沉湎酒色，荒淫腐朽，以致國亡家破，落到今天這種光景。朕念汝也曾是一國之君，故施以仁愛赦汝一命，著住於故都長安城，閉門自省去吧！」陳叔寶連連叩頭，說：「罪臣陳叔寶，謝大隋國皇帝隆恩！」起立，躬腰，倒退著出了大殿。第二項，陳國公卿大臣參拜隋帝。楊堅好言撫慰，勉勵他們改而為大隋國效力。第三項，陳國丞相江總進獻陳國圖籍，共三十個州，一百個郡，四百個縣，約六十萬民戶，三百一十萬人口，悉歸隋國。程序結束。楊勇帶頭，文武百官齊刷刷地跪拜，高呼：「吾皇萬歲萬歲萬萬歲！」這聲音宛若驚蟄後的春雷，響徹在楊堅心頭。他驕傲地笑了，他攻滅陳國，一統天下，最有資格享受這樣的讚頌。

楊堅大赦天下，封賞功臣。封賞的首位功臣是晉王楊廣，進位太尉，賜輅車、乘馬，袞冕之服，玄珪、白璧各一。楊廣這年二十一歲，擔任伐陳戰爭統帥，創建了顯赫功勳，撈取了雄厚的政治資本。他不僅是功臣而且是英雄，全身罩著光環，那光環光彩眩目、如日中天。當時，司空、司徒、太尉合稱三公，能封三公者，那是一種最為崇高的榮譽。楊廣列位三公，其地位和權勢直逼皇太子楊勇，聲望方面則已壓過楊勇。所有功臣都得到封賞。高熲加拜上柱國大將軍，封齊國公。楊俊改任揚州總管，都督四十四州諸軍事。楊素任荊州總管，再任納言，步入丞相之列，封越國公。

參戰的五十多萬將官、校官、衛官、士兵均晉升一級或兩級，賞賜錢帛。這次封賞，僅布帛就用了三百餘萬匹。陳國滅亡，亡國奴中有陳叔寶的多個未婚妹妹和女兒。楊堅從中挑選三名年滿十四歲者，賜給三位行軍元帥當侍妾。楊俊、楊素欣然接受，楊廣則婉言謝絕。楊堅遂將楊廣謝絕的那一人，改賜給賀若弼。楊廣謝絕賜妾的舉動，一時傳為佳話。獨孤后最為讚賞，說：「廣兒不好聲色，這一品質經得起考驗。」小草也覺得阿英不好女色，還真難得。

刑部大理寺審訊抓獲的陳官陳將，凡罪大惡極者皆處以死刑，蕭岩和蕭瓛名列其中。誰知二蕭拒不在判書上畫押，聲稱他倆是晉王妃親屬，聯名寫了一紙便條請求晉王妃伸以援手，饒他倆性命。便條送到晉王妃手中。小草性情溫和，平日從不發火動怒，這次發火動怒了，說：「我不是寓言裡的那個農夫，絕不憐憫凍僵的毒蛇！」她另取一紙，揮筆寫下數語：「蕭岩蕭瓛，於西梁國為叛徒，於大隋國為仇敵，於我蕭草為家賊。此等奸惡之徒死有餘辜，若予寬貸，國法何在！天理何在！」楊堅很快讀到這短短數語，稱讚說：「蕭妃通曉大義，嫉惡如仇，巾幗之俊傑也！」二蕭伏法，落得個可恥下場。蕭瓛在受審中供出一個細節：隋軍攻陷吳州，蕭瓛逃脫，逃到太湖邊，藏匿在一個姓張的表弟家以為絕對安全，沒料到那個表弟報告了隋軍將他抓獲。楊廣無意中聽說此事，轉告小草。小草大驚，說：「蕭瓛是我胞兄，他的表弟姓張，莫不是張槐哥吧？阿英！你得設法，把這事查清楚！」楊廣說：「這事不難。我讓宇文述去調查，那人若是張槐，就命他們把他護送到京城來。」小草於是等待，那感覺像是度日如年。五月初，宇文述的士兵護送一輛馬車，進了晉王府。馬車上下來一男一女，女的懷抱著一個小孩。小草驚喜，男的正是張槐哥，女的竟是她的小姐妹小菊！劫後重逢，九死一生。張槐沉痛敘說了一年多來驚心曲折的經歷——

前年秋天，張軻和沈琴回蘆花寨看望兒子。九月發生江陵劫難，一家三口遭劫掠到了陳國的公安。他們得知張皇后和方姑跳江而死，悲痛萬分。他們還遇到小菊和她病重的母親霍氏。小菊父親去世早，母親常年臥病，全靠小菊伺候。小菊十三歲訂婚，男方是一家富戶之子，下的聘禮頗豐。為給母親治病，小菊把聘禮都花光了。小菊十四歲，富戶確定婚期。就在婚期前夕，富戶兒子游泳溺水身亡。富戶為富不仁，強要女方退還聘禮，小菊哪有錢物可退？富戶說：「不退也行，那得為我兒守喪三年。」小菊為了伺候母親只能答應。就在三年喪期快滿之時，她和母親也被劫掠到了公安。霍氏到公安的次日就咽了氣，死前把孤女託付給國舅爺夫婦。張槐買了一口薄棺，埋葬了霍氏。沈琴心地善良把小菊認作女兒，以利一路同行。蕭岩、蕭瓛安排船隻，把劫掠的官民運送到建康去。七八十人或百餘人共乘一船，吃喝拉撒睡全在船上，擁擠與污濁可想而知。張軻生病了，無醫無藥，病情急劇惡化。他不想拖累妻兒，這天強撐著架著雙拐到船頭吹風，他在船頭大罵蕭岩、蕭瓛叛國投敵喪盡天良，不得好死。隨後掄起拐杖將一名押解官民的士兵打落江中，自己也跳進江中。沈琴痛不欲生也要跳江，張槐和小菊好不容易將母親勸住，半個月後到了吳州。蕭瓛已任安東將軍、吳州刺史。此人或許是良心未泯，特將舅母和表弟安置在太湖邊居住，還給買了三畝薄地和三間草房。那年冬天，沈琴顛沛流離加上水土不服，病倒了。她自知生日無多，強令兒子和小菊結成夫妻。沈琴心願已了，臘月裡悄然辭世。死前遺言：「你倆在這裡若待不下去，可去找小草……」張槐和小菊安葬了母親，開始了異國他鄉的簡樸生活。上年秋天，小菊生了個女兒，取名苦妹。今年二月，張槐聽說隋軍已攻陷建康，又攻陷吳州。一天，蕭瓛忽然出現，倉倉皇皇地說要在表弟家住上幾天。張槐立刻明白是怎麼回事，假意熱情接待，還去附近鎮上買酒買肉，其實是去向隋軍報告，隋軍遂將蕭瓛抓獲。上個月，宇文述的士兵登門查明他的身分，聲稱奉命將他一家三口護送到京城，這樣便到了晉王府……

小草聽著聽著，心如刀割，淚飛如雨，輕聲呼喚：「舅父舅母！你倆對小草恩深似海，小草還沒報答一點點哪！」楊廣回府見到了張槐和小菊，祝賀他們大難不死，必有後福。張槐、小菊見到楊廣，既驚訝又敬佩。這個高大英俊的妹夫才二十一歲就任統帥，統領五十多萬大軍一舉滅了陳國，好生了得！張槐心底有個不為人知的秘密，七八年前曾暗戀過小草。現在看，自己錯了。小草是金命玉命鳳凰命，注定是要嫁給像楊廣這樣尊貴顯赫的丈夫。待張槐見到小草的兩兒一女，他更加相信小草就該嫁給楊廣這樣的丈夫，躋身皇家當王妃，享受潑天的榮華富貴。瞧楊廣和小草，乾坤定位，琴瑟和鳴，多麼般配啊！

孔姑已命人安排好客人的住處。張槐、小菊洗漱、用膳。晚上，小草再次擺出香案，供奉母后傳給她的鳳凰玉佩和舅母傳給小菊的一副銅鐲，跪拜叩頭，焚燒冥錢，祭奠和悼念死於江陵劫難的五位長輩：母后、舅父、舅母、方姑和小菊的母親霍氏。張槐和小菊也跪拜叩頭，焚燒冥錢，悲情楚楚。香案前，小草問起其他小姐妹。小菊回答，小蘭、小梅、小荷三人已過世了。小蘭嫁給鄰村一戶農家，一年後死於難產。小梅嫁給鄰鄉一個商販，常年奔波，一次乘坐的馬車跌下懸崖，夫妻雙雙喪命。小荷嫁給城裡一個財主當偏房，財主妻子虐待小妾，小荷的境遇不如豬狗，一天夜間投河自盡。還有小莉，嫁給一個當兵的。在公安，小菊見過她，見她鼻青臉腫，知她活得艱辛。小菊跟她沒說上幾句話，就有人向前呵斥強行將她拉走了。小草聽了這些情況，難過得無法相信，反覆說：「怎麼會這樣？怎麼會這樣？」她又點燃三炷香插在香爐裡，躬身施禮，對三個過世的小姐妹表示悼念，寄託哀思。

張槐主動舉報致使蕭瓛落網，是立了功的，楊廣提議可以給他安排個官職，當個縣令或縣丞。張槐嚇得直搖手，說：「別！別！我連《千字文》都沒讀完，哪敢當官？如果方便，可以給我幾畝地，我還是種莊稼。」張槐執意要種莊稼。楊廣和小草也就同意，於是小草讓王府家令薛善，領了槐哥去大興城南二十里的長安縣韋曲鄉，買了十五畝地和幾間房，購置了一些生活用品。三天後，張槐、小菊抱著女兒苦妹辭別楊廣和小草，自雇一輛馬車去了韋曲鄉的新家。行前，張槐叮囑小草千萬別暴露他和晉王、晉王妃的親戚關係，也千萬別給他什麼關照。小草明白槐哥哥的意思。他是男子漢，他有自尊心，他要自食其力養活妻子和女兒，這樣他才能挺直腰桿、堂堂正正地做人。

第九章

開皇氣象

當隋國攻滅陳國，陳國州郡和民眾悉歸隋國的時候，天下尚未一統。因為陳國腹地嶺南各州郡仍然奉陳叔寶為皇帝，遵行原先的制度與法律。楊堅決定實行安撫政策，派人赴陳叔寶處，命他寫信讓那些州郡的刺史、郡守乖乖地歸順隋國。陳叔寶作為亡國之君，淪為囚徒，心情鬱悶，整日飲酒，醉得不省人事。楊堅聞訊，鄙夷地說：「叔寶全無心肝！」信，陳叔寶寫了不少。楊堅命大臣韋洸、王景等攜信巡撫嶺南。嶺南又稱百越，秦始皇當年出動五十萬大軍征服百越，新設南海、象、桂林三郡。巡撫起到了一定的作用，但仍很多州郡長官拒不歸順，甚者自稱天子，設置官署，任命官員，割據一方，鬧起了獨立。楊堅不能容忍天有二日，遂命楊素統領兵馬遠征嶺南，實行安撫與征剿並重的政策。名將史萬歲、麥鐵杖、來護兒等隨同出征。

伐陳戰爭結束，晉王楊廣尊為太尉，暫時未任其他官職，罩在他身上的眩目光環依舊，朝野景仰的崇高聲望依舊。開皇十年（西元五九〇年）正月，楊堅頒詔封兩個皇孫為王：楊昭為河南王，楊楷為華陽王，食邑同為三千戶。楊廣和小草喜得滿面春風。楊昭虛齡才七歲就封王，足見皇爺爺皇奶奶對他多麼看重！楊楷是漢王楊諒和漢王妃豆盧花的兒子，出生才兩個月。此前，楊勇長子楊儼已封長寧郡王，食邑一千戶。小草問阿英：「父王封皇孫為王有何講究？」楊廣答：「講究可大了！不管怎麼說，楊儼是皇長孫理應封王，但他是雲雀生的，屬庶出，只能封作郡王。我們的昭兒是嫡出，父皇號其為大曹主，母后視其為嫡皇太孫，所以封河南王，河南王的地位僅次於晉、秦、蜀三王。楊楷也封王，那是父皇對五弟楊諒的溺愛。至於太子的其他兒子、秦王和蜀王的兒子雖也是皇孫，但父皇對大哥、三弟、四弟不大放心，所以他們尚無一人封王。」小草咋舌，說：「哎呀！這樣複雜呀！」楊廣說：「可不是！對父皇而言，皇子皇孫有個孰親孰疏、孰重孰輕問題，不複雜不行哪！」

初夏時節，楊堅考慮到并州特殊的地理位置，仍任命楊廣為并州總管。楊廣到任不久，高智慧、汪文進等在江南興兵作亂，妄圖復辟陳國。楊俊時任揚州總管，鎮不住局面。楊堅因而將兩個皇子對調，由楊廣任揚州總管，都督四十四州諸軍事；楊俊任并州總管，都督二十四州諸軍事。楊昭、楊暕已到上學年齡，小草無法隨阿英同去揚州。楊廣只能獨自前往，貌似怏怏，其實正樂不可支地偷著笑哩！為何？原來上年正月，伐陳戰爭獲勝，楊廣到過建康，因高熲殺了尤物張麗華而覺得惋惜。進而發現陳國美女如雲，陳叔寶的四女兒陳媧就是美女，時年十三歲，封廣德公主，清秀、水靈、嫵媚，像是初夏的櫻桃，不由人不垂涎不動心。陳國皇家成員均成俘虜，將押解大興城。楊廣命人將陳媧從俘虜名單中刪除，並秘密送至揚州，寄養在部屬張衡家。張衡字建平，河內（今山西濟源）人，身高體壯，膽大心細，且有勇力。楊廣任并州總管，張衡就任并州總管掾，執掌機密。楊廣統兵伐陳，統帥部前移至揚州，張衡亦到揚州，並在揚州安家。楊廣這次出任揚州總管，王妃小草並不隨行，正中下懷。他一到揚州，第一件事就是到張衡家看望陳媧。一年多沒見，小陳媧出落得美上加美，粉面桃腮、星眸玉齒，其美比起張麗華來恐怕差不到那裡去。楊廣大喜，當即將小美人帶回總管府，當夜享用，銷魂蝕魄，欲仙欲死。楊廣不是不好聲色麼？怎麼會幹這種事？其實，他的所謂不好聲色是矯情、飾意，是假裝的，骨子裡喜好聲色迷戀聲色，巴不得天下美女都歸他所有，都任他享用呢！張衡因供養陳媧有功，出任揚州總管掾，再升任總管司馬，成為楊廣的鐵桿親信。楊廣不日謀奪太子大位，張衡是為其策劃的核心人物之一。

皇帝女兒不愁嫁。那年秋天，孀居的蘭陵公主楊阿五重新走進婚姻殿堂。駙馬都尉是由獨孤后參與選定的，乃冀州刺史、建安郡公柳機之子柳述。柳述字業隆，年長阿五三歲，長得風流倜儻、一表人才，也曾有過一次婚姻，婚後兩個月妻子病故。禮部尚書盧愷奉詔當月老，依次進行六禮程序，親迎定在次年三月。次年為開皇十一年（西元五九一年）。正月，皇家先辦了一件喪事：皇太子妃元珠患了心疾猝死。職掌皇家事務的宗人署在文思殿為太子妃治喪。楊勇露了一面，上了一炷香就回了東宮。元珠沒有兒女，沒人披麻戴孝，只有她的父母哭哭啼啼，氣氛淒冷。獨孤后懷疑是楊勇鴆殺了元珠，可是沒有證據，事情也就不了了之。元珠之死只是個插曲。楊阿五大婚才是正事。雖說是再嫁，仍是很排場很風光的。小草以二哥二嫂名義，仍給了一份厚禮。親迎之日，小草見到了新郎柳述，很為小姑子高興。新郎新娘同樣青春靚麗，若不是二婚，也堪稱金童玉女。柳述婚後入仕，熟知經史，思路明敏、才略出眾。楊堅喜歡和欣賞這個女婿，很快任用為內史侍郎。

楊素統領兵馬遠征嶺南，歷時兩年，戰功卓著，嶺南各州郡相繼歸順，全部進入大隋版圖。楊廣也平定了江南叛亂，再立新功。開皇十二年（西元五九二年），天下真正歸於一統，進而出現了開皇之治的嶄新氣象，楊堅的文治武功達到了光輝頂點。這一年，楊堅五十二歲。六月十三日是他的生日。楊廣以祝賀父皇壽辰為由，申請入朝獲得批准。這是楊廣出任揚州總管後第一次入朝，也是時隔一年多後第一次回家。夜晚，楊廣和小草自然是要親熱的。小草明顯覺得阿英缺少熱情，更缺少激情，以致她根本就沒有那種久別勝新婚的感覺。她以為是阿英是旅途勞累的緣故。她哪裡知道阿英在揚州金屋藏嬌，另有個姓陳的大美女啊？

六月十三日，楊廣出席朝會，先與群臣一起跪拜皇上。平身後再單獨行三跪九叩大禮，祝賀父皇壽辰。他一祝賀，包括太子楊勇、漢王楊諒在內的文武百官，這才想起當天是皇上的生日，因不是大壽，所以疏忽了。楊廣接著敬獻祝壽賀禮，由八名衛士抬進大興殿放在金殿上，上面覆蓋著黃綾。楊堅問：「這就是賀禮？」楊廣答：「是！請父皇揭去黃綾。」楊堅揭去黃綾，顯露出的是一個圓形木桶，木桶棕紅色，箍著三道銅箍，木桶裡滿滿裝著大塊小塊生薑，生薑枝枝椏椏地堆積成山，山勢挺拔，山形壯美。百官不解：生薑？這算什麼賀禮？楊堅起身，走近木桶觀賞，朗聲大笑，說：「好！一統江山，江山一統！這賀禮朕喜歡！」大家一回味才恍然。原來，「薑」與「江」同音，「桶」與「統」同音，生薑堆積的山寓義「江山」，生薑裝滿一桶寓義「一統」，二者連起來，不正是一統江山、江山一統麼！百官由衷地齊聲叫「好」，驚歎與讚歎晉王敬獻的賀禮，真是精妙無比。楊堅面向百官，感慨地說：「自昔晉室播遷以來，天下喪亂，四海不一，以至北魏、東魏、西魏、北齊、北周，戰爭相尋，生靈塗炭。上天降鑒，受命於朕，撥亂反正，偃武修文，天下大同，聲教遠播。此乃天意欲寧華夏也！故而，朕昧旦臨朝，不遑逸豫，一日萬機，留心親覽。非曰朕躬，蓋為百姓計也。晉王廣遠在揚州，專程入朝敬獻『薑山』，極有創意。但願我大隋如這『薑山』，一統江山，江山一統，長治久安，繁榮昌盛，則社稷幸甚！黎民幸甚！」百官再次跪拜叩頭，高呼：「吾皇聖明！吾皇萬歲萬歲萬萬歲！」楊勇身著太子冠冕立在金殿上一側，心中五味雜陳。他連父皇的生日都不記得，哪還能敬獻別開生面的「薑山」？漢王楊諒立在百官的前列，對二哥的舉動既佩服又嫉妒，縱然給他二十個腦袋，也斷然想不出這麼個「薑山」來。

朝會散後，楊廣陪同父皇回永安宮。一進正殿大門，楊昭、楊暕、楊曄三兄妹迎向前，手中舉著長方形紅紙，紙上寫有祝辭，三人同聲讀道：「我等都愛皇爺爺！恭祝皇爺爺萬壽無疆！萬壽無疆！」楊堅大喜，拉過小公主楊曄親她的面頰，說：「好！好！真好！」他步入正殿，一眼就發現正殿面貌煥然一新，流光溢彩。獨孤后眉眼皆笑。楊麗華、楊美華、楊豔華、楊阿五、蕭妃、孔姑也在，都是笑臉如花。再看，正面牆上高懸一幅《太極仙翁圖》，圖的兩側對聯：「福如東海長流水，壽比南山不老松」。對聯兩側各有一方方形絲巾，上繡大大的金色楷體「壽」字。另三面牆上，臨時扯起麻線，麻線上用木夾夾著一方方三尺見方的絲巾，絲巾薄如蟬翼，分十色，赤、橙、黃、綠、青、藍、紫，還有粉紅色、銀灰色、淺藍色，每色五方。絲巾中央，均用彩色絲線，繡大大的隸體「壽」字。五十方絲巾加上正面牆上的兩方絲巾，共五十二方，五十二個「壽」字，扣合楊堅五十二歲壽辰。獨孤后指著滿殿華燦絢麗的絲巾，說：「皇上！這些絲巾是廣兒從揚州帶回來的，只是為了表達他、小草及三個孩子對皇上的一片孝心。」小草補充說：「也包括大姐、二姐、三姐、小妹對父皇的一片孝心。」楊堅也是眉眼皆笑，說：「這也太奢侈了吧？」楊麗華說：「父皇節儉一輩子，也該奢侈一回。」楊阿五說：「就是。」楊廣說：「絲巾是揚州特產，兒臣做的只是雇用繡女在絲巾上繡字，花錢不多，也算不上什麼奢侈。」獨孤后說：「廣兒在朝會上敬獻『薑山』，體現一個忠；在永安宮敬獻絲巾，體現一個孝。我們其他幾個皇子，若都能這樣忠孝雙全，那該多省心哪！」小草及時教導兒女，說：「昭兒！暕兒！暕兒！聽到皇奶奶的話沒有？你們長大務要做到忠孝雙全。」楊昭、楊暕、楊暕又同聲說：「是！謹聽教誨！」楊廣入朝期限為二十天，二十天後又去了揚州。於公，他是揚州總管，那裡有公務；於私，他在揚州另有個小家，那個名叫陳娴的大美女正倚門而望等著他哩！

一統江山，是開皇之治最突出的標誌。這一標誌意義非凡。中原地區即黃河流域，自古就是古華夏族的家園，中華文明的搖籃。漢武帝時，古華夏族始稱漢族。從西晉末年起，「五胡」大舉入侵中原，通過殺戮與掠奪建立起多個少數民族國家。那些國家踐踏農業文明，壓制漢族，儒家思想已不再是國家的統治思想，眾多古都古城遭到破壞，大量珍貴典籍化為灰燼，異鄉異族的寺院、佛塔、音樂、舞蹈、雕塑、繪畫等比比皆是。「五胡亂華」，中原地區呈現出被「胡化」、「夷化」的趨勢，漢族的生存、中華傳統文化的延續面臨挑戰，漢族人賴以為根本的農業文明也面臨挑戰。正是在這種嚴峻形勢下，漢族人楊堅挺身而出，先取代北周，建立隋國，再攻滅陳國，統一天下，結束了大約三百年來的分裂局面，使漢族重新成為國家的主體民族，中華傳統文化和農業文明重新煥發出生機。孔姑熟知歷史，常對小草說：「歷史上統一天下，結束分裂局面的有兩位皇帝：一是秦始皇，二是晉武帝（司馬炎）。我覺得當今皇上統一天下，功德可比秦始皇，勝過晉武帝。」

開皇年間，楊堅推行一系列改革卓有成效。他首創三省六部制，建立起強有力的中央政府機構。三省指尚書省管執行，門下省管監察，內史省（後世稱中書省）管決策。當時，「尚書省，事無不總」，其地位與權力在門下省、內史省之上。尚書省首長稱左、右僕射，門下省首長稱納言，內史省首長稱令。三省首長同為丞相，其中尚書左僕射為第一丞相，其他為副丞相。六部指尚書省下的六個部門：禮部管禮儀，吏部管官員考核與任免，民部（後世稱戶部）管土地、人口、財稅，兵部管軍事，刑部管司法，工部管建築。各部首長稱尚書，副職稱侍郎。後世各封建國家的中央政府機構，大體上均沿用這種模式，對加強中央集權統治起到了重要作用。地方行政體制，把州、郡、縣三級改作州、縣兩級，撤去五百多個郡，合併若干個州，從而簡化了行政層次，裁汰了大量冗官，節省了財政開支。注重吏治和法制。廢除長期為世家豪族所把持的九品中正制，提出設科舉士的設想，使中、小地主階級通過考試有了入仕參政的機會。按照「以輕代重，以死為生」的指導思想，制訂了《開皇律》，廢除以前凌遲、車裂等酷刑，除謀反罪外，不再使用滅族的刑罰。這是中國法律史上的一大進步。軍事方面實行府兵制，全國各地普設軍府，規定軍人戶籍劃歸州、縣，兵歸於農，兵農合一。平時，軍人像農民一樣耕種土地，繳納賦稅，但保留軍職，受軍府管轄；戰時，軍人應召集中，奔赴戰場保家衛國。軍事建制為十二衛，即左、右翊衛驍騎軍，左、右驍衛豹騎軍，左、右武衛熊渠軍，左、右屯衛羽林軍，左、右御衛射聲軍，左、右候衛佽飛軍。十二衛皆為外軍，職責是征戰，唯左、右翊衛豹騎軍又是內軍，兼有衛戍職責，即警衛國都，警衛皇宮，警衛皇帝和皇家成員。各衛首長稱某某將軍或某某大將軍。戰時，皇帝任命一人或多人為行軍元帥或行軍總管，組成領導與指揮機構，領導與指揮戰爭。皇帝、太子和封王的皇子均有衛隊，衛隊衛士多的數萬人，少的數百人。特設上柱國大將軍一職，係榮譽性軍職，僅授予擔任大州總管的皇子及功勳卓著的文武大臣。實行防禦性的國防政策和睦鄰友好的外交政策。邊境地區基本安寧。東夷、西域、南蠻、北胡國家，到大興城朝貢的使者絡繹不絕。經濟上，進一步完善了均田制，保證農民獲得一定數量的土地。輕徭薄賦，鼓勵農桑。採用「大索閱貌」和「輸籍定樣」的做法，按人嚴格查對戶口，整頓戶籍，一年中就查出一百六十多萬丁男，使之成為應當納稅的稅民和應當服徭役與役民。京城和洛陽等地設置了多個大型糧倉，儲存糧食以備戰備荒。新鑄隋五銖錢，作為統一流通貨幣；規範度量衡標準，便利發展工商業。這些改革措施，有效促進了社會安定，經濟發展，國力增強，百姓樂業，天下大治。開皇年間的隋國，疆域廣大，東起大海，北抵大漠，西至敦煌（今甘肅敦煌），南據交趾（今越南北部），東西四千六百多公里，南北七千四百多公里。民戶和人口增加，是開皇之治的又一個突出標誌。資料顯示，隋國滅陳之前，全國民戶為六百五十萬戶，人口為三千三百五十八萬人；滅陳之後，全國民戶為七百一十萬戶，人口為三千六百六十八萬人。到了開皇十八年（西元五九八年），全國民戶為八百七十萬戶，人口為四千五百萬人，接近東漢民戶、人口高峰時的水準。

天下一統，天下一家。富庶的江南地區悉歸大隋，那裡的糧食、布帛、瓷器、竹器、漆器、木材、礦產品、海產品等物資，通過陸路和水路源源不斷地運送至京城。開皇十二年，民部官員報告：「庫藏皆滿，糧食、布帛等無處存放，已經堆積到走廊和房外了。」楊堅說：「怎麼會有這麼多錢糧？朕經常封賞功臣，開支不是很大嗎？」官員說：「現在的財政收入遠遠高於財政支出，陛下用於封賞的開支，不過是九牛一毛。」楊堅大喜，說：「那就趕快建造新庫藏。」很快，官員又報告說：「新庫藏落成，亦堆積皆滿。」楊堅更喜，頒詔宣布：「既富而教，方知廉恥。寧積於人，無藏府庫。河北、河東今年田賦，三分減一，兵減半，功調全免。」史載：當時的糧食、布帛等物資，在正常年景下足夠朝廷支用五十年至六十年。所以說，開皇之治上承大漢文景之治，下啟大唐貞觀之治，三者合稱中國古代三大「治世」。

日中則移，月滿則虧。自然現象如此，社會現象亦如此。隋帝楊堅跟歷史上有作為的皇帝一樣，當文治武功達到頂點時便得意了，由飄飄然而昏昏然，自覺不自覺地走上了物盛則衰的老路。

開皇十三年（西元五九三年）二月，楊堅頒詔：封皇孫楊暕為豫章王，食邑三千戶。這在東宮引起一場地震。兩年前，皇太子妃元珠猝死，雲雀雲昭訓心中暗喜，她專擅東宮內政，認定自己很快會由庶轉嫡當上皇太子妃。可是等了一年多，卻是泥牛入海，毫無動靜。她當不了皇太子妃，也連帶影響到兒女的前程，滿肚子都是氣與恨。她把氣與恨發洩到楊勇身上，吼叫著說：「嗳！我說你還是不是太子？還是不是儲君？我的事，你不管不問也罷，為何兒女的事也不管不問？晉王兩個兒子均封王，女兒剛出生就封公主。漢王的兒子也是剛出生就封王。而你我的兒女呢？只有楊儼封了個郡王，食邑僅一千戶。楊裕、楊筠今年多大了？為何就不能封王？女兒楊鵑多大了？為何就不能封公主？皇上皇后不承認我這個媳婦，為何也不承認裕兒、筠兒、鵑兒是皇孫是皇孫女？你是死人不是？你該去問問呀！你的兒女到底姓不姓楊？若不姓楊，難不成是野種不是？嗯？」其實楊勇也是滿肚子氣與恨，但他是太子是儲君，有氣有恨都得忍著。他寵愛雲昭訓，不願跟她一般見識，而她今天濫用「死人」、「野種」二詞把他激怒了。他吹鬍子瞪眼，也吼叫著說：「放肆！荒唐！」隨手狠狠地一巴掌抽在雲雀臉上。雲雀毫無防備，嘴角流血，放聲大哭，恨恨地說：「你打我？我回娘家！」說著，果真取了幾件衣裙和首飾回了娘家。東宮裡，還有高良娣，生子楊嶷、楊恪；王良媛，生子楊該、楊韶；成姬，生子楊煚；朱姬，生子楊孝實、楊孝範。高、王、成、朱四人平時最看不慣雲昭訓的風騷勁，以及張牙舞爪的樣子，這天樂得湊在一起隔岸觀火，誰也沒出面勸架。獨孤后從女官的彙報中，當天便知東宮發生的事情。她不會責怪楊勇，更不會同情雲雀。她始終認為兒子本性不壞，都是因為那個雲雀才一天天變壞的。兒子抽了雲雀一巴掌，表明他還有點血性，抽得好，那個騷貨，該抽！雲雀回了娘家，乾脆別再回來，那就最好！

未能如獨孤后所願，雲雀在娘家僅住了一夜就又回到東宮。雲雀自有雲雀的考慮，她在東宮雖不是太子妃，但主持內政比太子妃也差不了多少。她跟太子鬥氣回了娘家，高良娣、王良媛、成姬、朱姬很可能乘虛而入，那她可就是雞飛蛋打，太不划算了。於是她就又匆匆回了東宮，好像什麼事也沒發生過似的，笑意盈盈地侍奉太子。夜間，楊勇和雲雀溫存，然後教導雲雀，大意是凡事要忍，小不忍則亂大謀。他列舉前代多位皇帝登基時的年齡：新朝王莽五十一歲，蜀漢昭烈帝劉備五十九歲，齊高帝蕭道成五十三歲，陳武帝陳霸先五十五歲，再就是他的父皇楊堅四十一歲。他說：「我所列舉的都是大器晚成的皇帝。父皇今年五十三歲，假設再活十年是六十三歲，那時我四十三歲，繼承皇位正當其時。我一旦登上皇帝大位，你就是皇后，我們的兒女想封什麼王就封什麼王，想封什麼公主就封什麼公主，誰敢說半個『不』字？關鍵是我現在必須保住太子大位，保住大位就有未來，就有一切，懂嗎？因此凡事都得忍，絕不能跟父皇母后對著幹，尤其是別老像個潑婦，動不動就為蠅頭小利吵吵嚷嚷地亂我大謀、壞我大事。這，切記切記！」雲雀聽了這番話，頗有醍醐灌頂的感覺。她原以為她的夫君平庸、窩囊，像個縮頭烏龜；現在看來，她錯了，她的夫君極有心機、謀略，稱得上是高瞻遠矚！她忙檢討說：「我錯了，一定改！」

還是二月，楊堅在楊素等大臣陪同下巡幸岐州，看到一處地方，山青水秀、草木蔥蘢，最宜修身養性。他靈機一動，決定在此建造一座離宮，名叫仁壽宮（今陝西麟遊境），用於夏日避暑，指定楊素為建造總監。這時的楊素，因征服嶺南又建立功勳，升任尚書右僕射，成為第二丞相，協同高熲共掌朝政。他樂於為皇上效勞，找到建築大師宇文愷進行設計，然後徵發民工四萬人，開始了建造工程。也就是從這時起，楊堅的思想、品格和作風逐漸轉向負面。

楊堅開始猜忌功臣，經常密遣左右監視百官言行，察知微過立即治罪。當時朝臣中人望最高的是楊雄、高熲、蘇威、虞慶則四人，合稱「四貴」。楊雄是楊堅的堂弟，因功封廣平王，左衛大將軍，執掌皇家兵權。楊堅疑忌此人，用明升暗降的手段拜其為三公之一的司空，削奪了他的兵權，此後再未重用。高熲、蘇威、虞慶則同為丞相。蘇威以及禮部尚書盧愷、尚書右丞王弘，考功侍郎李同和等，皆因微過而被罷官。虞慶則及伐陳名將王世積等，因受奸人誣告竟被處斬。楊堅又主觀武斷、自以為是，聽不得反對意見。楚州參軍李君才，上書言事冒犯了聖意，結果被召至京城，就在大興殿，被鞭撻至死。他還用故意行賄的方法，檢測官員是否貪腐。顯州總管韓延、晉州刺史賈悉達等糊裡糊塗地中了圈套，收了賄賂，丟了性命。開皇十四年（西元五九四年），關中大旱，從五月到九月滴雨未下，河枯地裂，夏糧和秋糧絕收。民眾斷糧，嗷嗷待哺。關中各地均建有糧倉，儲藏有備戰備荒用的大量錢糧，可是楊堅不許動用，而是親率十餘萬災民長途跋涉東赴洛陽就食。就食，說白了就是乞討、要飯。皇上為何要這樣？誰也說不清緣由。倒是孔姑看得透徹，悄悄對小草說：「這說明皇上變了，正從勤政愛民向重物輕民方面變，這可不是什麼好兆頭。」小草說：「我有同感，父皇好像距離仁君明君的美名日見其遠了。」

楊堅率災民赴洛陽就食，帶上了亡國皇帝陳叔寶及其夫人沈婺華。陳叔寶有意逢迎，建議隋帝效法秦始皇、漢武帝封禪泰山以宣示功德。前幾年有人提過這一建議，因勞民傷財被楊堅否決。而這次楊堅採納了，只是變了個花樣，不稱封禪而稱祭祀，於開皇十五年（西元五九五年）正月，前往泰山舉行祭祀活動，名目改作「歲旱，謝愆咎」。晉王楊廣應召，拜武候大將軍，統領兵馬三萬，從揚州趕到泰山參加祭祀並護駕。祭祀完全按封禪的禮儀進行，在泰山築土為壇祭天，在泰山附近的梁甫山劃地祭地，並埋玉碟，祭文和玉碟上的刻文皆是宣示功德，至於「愆咎」隻字未提。祭祀結束，楊廣隨同父皇回到京城。這一年多來，楊廣在揚州秘密思考和謀劃自己的前程。這次回京是有意圖的，他要通過母后結交楊素，擬幹一件大事。如果成功，那必將驚天動地，名垂青史。

第十章 強勢婆母

楊廣在揚州總管任上，意外遇見過一位故人：相面大師袁來和。楊廣十三歲封晉王時，袁來和曾給他相面，相語是：「晉王眉上雙骨隆起，貴不可言。」楊廣再見故人，盛情設宴款待，酒酣之際重提舊事，說：「敢問大師，吾之貴是否已到盡頭？」袁來和審視楊廣良久，微笑搖頭。楊廣問：「大師搖頭何意？」袁來和沒有正面回答，而是用一隻筷子蘸著酒液，在桌上寫下四字。楊廣看去，大驚大喜，心猛跳血狂湧，原來那四字是：君臨天下。他忙起身，恭敬地深深施禮，說：「若果真如大師所言，吾當封大師為萬戶侯。」袁來和輕搖手中一隻筷子，說：「不！老朽老兮，視榮華富貴如瓦如土。殿下果真到了那一天，但願能以國家為重，以蒼生為重，則幸甚！」說罷飲了一大杯酒，告辭，繼續雲遊四海。

楊廣喜悅、激動、興奮，難以自已。此前，他也曾有過君臨天下的夢想，但不敢奢望，而今經袁大師點破，這一夢想明晰了、強烈了、不可抑制了。這天，總管司馬張衡鄭重推薦一人來見晉王。那人叫宇文述字伯通，代郡（今河北蔚縣）鮮卑族人，三十多歲，身體壯實、性格沉穩，打仗驍勇果銳，謀事機智縝密。原任安州總管，參加伐陳戰爭時抓獲蕭岩、蕭瓛，改任壽州總管，封許國公。楊廣認識他但無深交，這次見面與之交談，只恨相見太晚。宇文述分析朝廷形勢，明確提出廢立太子的設想，說：「皇太子楊勇失愛已久，德行不聞於天下。而殿下以仁孝著稱，才能蓋世，征戰鎮守建有大功，深受皇上和皇后鍾愛。四海之望，實歸於殿下矣。然廢立太子者，國家之大事，父子骨肉之間，誠非易謀。」他頓了頓又說：「皇上近年來最寵信的大臣不是高熲而是楊素。在京城，能夠左右皇上意志的只有兩人，一是皇后，再一就是楊素。而楊素的謀略，皆出自其同父異母弟楊約。楊約外表沉靜，內心譎詐，足智多謀。下官正巧與楊約友情深厚，故誠請前往京師遊說楊約，通過楊約說服楊素，協助殿下共圖廢立。」楊廣想要君臨天下，前提是先要成為皇太子，宇文述的設想正中下懷。朝廷規定：皇子不許結交朝臣。現在宇文述自天而降，成了他和楊素之間最理想的穿針引線之人。於是宇文述攜帶楊廣給予的大量珍玩前往京師，先見楊約，繼見楊素，關門密談，既融洽又歡暢。楊素提出，共圖廢立非同小可，他須和晉王當面談妥談透一些問題。宇文述回報楊廣，楊廣大喜。這次回京就是要見楊素，「當面談妥談透」問題，說穿了就是利益分配：楊素為晉王效力，得到的將會是怎樣的回報？

三月，楊素報告皇上，仁壽宮建造歷時兩年已經竣工。楊堅立命高熲前往察看。高熲回報說離宮造得過於閎麗，有違皇上本意，建造過程中死了萬餘人，民眾多有怨言。楊堅一聽，立即駕幸岐州親自看個究竟。但見仁壽宮夷山堙谷，宮殿豪華、臺榭靈巧，千迴百折，把山的雄偉、水的媚麗，宮殿臺榭的富麗與綺麗有機融為一體，加上奇樹異花，簡直是金碧輝煌、美輪美奐。仁壽宮也分朝區和寢區。朝區為政區，正南大門名仁壽門，門內主殿名仁壽殿，殿側有武德堂、文思堂及百官官署。寢區為生活區，正南大門名大寶門，門內主殿名大寶殿，殿後建有多個小園，名曰笑雲園、品風園、觀雨園、聽荷園等。各園既獨立又相通，精巧玲瓏，別有洞天。楊堅詢問當地百姓皆言督役嚴急，死人很多。死了的人的遺骸拌上黃土，大多築在宮牆牆體裡，夜間猶聞鬼哭之聲。楊堅陰沉了臉色，責問楊素說：「汝將此宮造得這樣奢華，使朕結怨天下結怨百姓，該當何罪？」楊素惶恐，連連叩頭，說：「死罪死罪！」次日，獨孤后和楊廣亦到仁壽宮。楊素如遇救星，拜見皇后，說：「帝王法定應有離宮別館。如今天下太平，庫藏豐盈，造此一宮何足損費！」獨孤后微笑，說：「素侄知皇上和我日見年老，無以自娛，故盛造一宮供我夫婦安享天年，可謂忠孝矣！」

楊素聽皇后把自己叫侄，且稱讚自己忠孝，感動得熱淚盈眶。當夜，獨孤后向皇上吹枕邊風。時過兩天，楊堅態度轉了個一百八十度的大彎，宣稱楊素建造仁壽宮勞苦功高，賜錢百萬，賜絹帛五千匹。楊素的妹夫封德彝，原是工部一名小吏，參加建造仁壽宮，升任內史舍人。在獨孤后的安排下，楊廣和楊素見面密談兩個時辰，雙方達成默契：楊素竭盡全力，促使皇上廢黜楊勇，改立楊廣為皇太子；楊廣通過母后將高熲罷官，由楊素出任第一丞相尚書左僕射。

楊廣這次回京，實際上是最終確立了一個旨在奪取太子大位的陰謀集團，其成員有楊廣、楊素、張衡、宇文述、楊約五人，上面有強勢皇后獨孤伽羅罩著，能量與威力極大，不久將決定大隋國的前途與命運。楊廣還是要回揚州的，在回揚州的前夜，楊廣還不敢把君臨天下事和陰謀集團事告訴小草，只說他將在未來幾年裡幹一件大事，只能成功，不能失敗。小草說：「大事？有多大？」楊廣微笑，說：「你盡量往大裡想，想有多大，就有多大。」小草善良本分，想像不出，說：「你幹大事，我能做些什麼？」楊廣說：「你能做的是，除照管好兒女外，還要孝敬父皇母后，尤要孝敬母后，討得她的歡心。現時人們都說：『在隋國，皇后等於半個皇帝。』還有人把父皇和母后並列，稱作『二聖』。母后內擅宮闈，外預朝政，很強勢，能夠左右父皇的意志，將是我幹成大事的堅強後盾。」小草說：「這些年來，你我分多聚少。我只想你能到京城任職，在兒女身上多盡點責任。」楊廣說：「我幹大事，必須回到京城。母后已經答應，她會想辦法讓我盡快調回來的。」小草說：「那就好，那就好！」

楊廣又回了揚州。小草擔負起照管兒女和孝敬父皇母后的雙重任務。孔姑斷斷續續的講了婆母的一些往事。小草了解到，其實婆母在當皇后之前並不強勢，相反還很弱勢。原來，婆母的生父獨孤信是鮮卑族人，早年娶鮮卑族女子為妻，且有兒子名獨孤羅。獨孤信原仕東魏，拋棄父母妻兒，孤身投奔北周。到了長安，再娶妻子高氏，高氏生了一女六男，女名獨孤月娥，六男名獨孤善等。他再納妾崔氏，崔氏生了一女，此女就是獨孤伽羅。崔氏是清河（今河北清河）富紳崔彥珍的女兒，崔彥珍移家洛陽，所以崔氏與獨孤伽羅算是洛陽人。獨孤信任大司馬，封河內公。北周宇文覺、宇文毓、宇文邕三兄弟相繼為帝。獨孤月娥成了宇文毓（周明帝）的皇后，獨孤善等成了國舅。獨孤信遭政敵殺害，崔氏隨之病故。獨孤伽羅成了無依無靠的孤女，十四歲時嫁給朝臣楊忠之子楊堅為妻，楊堅時任散騎常侍。楊堅有個嫡胞弟弟叫楊瓚，儀容英俊，排行老三，美稱楊三郎，取宇文邕（周武帝）之妹順陽公主宇文珊，身分是駙馬都尉，官職任納言，身分與官職均在楊堅之上。獨孤伽羅未出嫁時，因生母是庶出，所以同父異母姐姐和兄長都看不起她；出嫁後，弟媳宇文珊自恃是金枝玉葉，同樣看不起她。她長期處在受人歧視的氛圍中，自卑自慚，哪有什麼強勢可言？好在她的長女楊麗華姿貌出眾，先為太子妃，繼成了宇文贇（周宣帝）的皇后。宇文贇荒淫好色，同時立了五位皇后。楊麗華理解不了皇帝的行徑，發了幾句怨言。宇文贇大怒，命將楊麗賜死，還說：「必族滅爾家！」獨孤伽羅聞訊嚇得魂飛魄散，慌忙入宮跪拜女婿皇帝，叩頭流血，代替女兒請罪請死。宇文贇總算消了怒氣，才收回成命。宇文珊得知此事當作笑話，添油加醋地四處傳播。因而，兩妯娌之間由不和變成仇恨，背後互相詆毀，偶爾見面連話都不說，形同路人。妯娌的關係影響到兄弟的關係。楊堅和楊瓚之間也變得生分了。宇文闡（周靜帝）繼位為皇帝。楊堅升任左大丞相，謀劃禪周自立，遭到宇文氏宗室諸王的強烈反對，鬥爭趨於白熱化。楊堅需要獲得更多人的支持，遂命長子楊勇登門相請，希望能請楊瓚出面幫幫自己。誰知楊瓚一口回絕，說：「作隋國公恐不能保，何乃更為族滅事邪？」宇文珊更是冷嘲熱諷地鼓動丈夫和宇文氏宗室諸王聯手，伺機殺害他們的大哥。此時已是丞相夫人的獨孤伽羅，第一次表現出強勢，派人告訴久未回家的丈夫說：「大事如此，騎獸之勢必不得下，唯有堅持方能笑到最後。」楊堅因此受到鼓舞，沉著冷靜應對複雜局面最終獲勝，創建了大隋國。獨孤伽羅成了皇后，是年三十八歲。

孔姑還講，她是八歲時到獨孤后身邊的。那年她父母雙亡，流落街頭淪為乞丐，別人叫她孔女。一天一位年輕的夫人，見她長得眉目清秀遂將她收養。她很快地知道了夫人是定州刺史楊堅的夫人獨孤伽羅。當時，夫人十八歲，已生長女楊麗華；又懷了身孕，臨盆生了個男孩，就是長子楊勇。夫人見孔女誠實勤快，就命她專職照管楊麗華。孔女細心有耐心，就這樣和夫人的兒女結了緣。夫人繼楊麗華、楊勇之後，又生了次女、三女、四女（早夭），次子、三子、四子、五子及幼女。他們在斷奶之後，都是由孔女照管著長大的。孔女十四五歲時，夫人曾讓她嫁人。孔女不幹，說這一生只願待奉夫人，照管夫人的兒女。期間，她忙中偷閒學會識字，還讀了一些史書。夫人當了皇后後，提升她為女官，任尚宮——皇后最親近最信任的女官，進而又命她充當幫手，幫助新過門的晉王妃管理王府。晉王妃看得起她，稱她孔姑，她很感動也很感激，說這輩子要幫助、陪伴晉王妃永不分開。實際上，小草從孔姑充當幫手的那天起，就已把她當作長輩、親人了。

小草嫁到隋國，最早感受到婆母的強勢是婆母對待弟媳宇文珊的態度。楊堅建隋，不記前嫌，仍封胞弟楊瓚為滕王。宇文珊雖說是滕王妃，但已是鳳凰落架，今非昔比，該是獨孤后看不起她了。獨孤后鼓動皇上，命楊瓚休棄宇文珊，另娶名門之女為王妃。楊瓚不從，由是忤旨。宇文珊不甘失勢，竟用巫蠱詛咒獨孤后。獨孤后抓住把柄再鼓動皇上，強行宣布宇文珊不再是老楊家人，並驅逐出滕王府。皇上對楊瓚則是恨上加恨，一天楊瓚隨行駕幸栗園，莫名其妙地暴死。知情者透露，他是被鴆殺。其後，小草看到了婆母干預，阿英就能在朝廷兼任內史令、雍州牧；再干預，阿英就能出任伐陳戰爭的統帥。楊勇十個兒子，只有長子楊儼封郡王。這一年，楊堅打算將另外九個皇孫也封王。婆母又出面干預，說封王可以，但有條件：一、九個皇孫不能都封王；二、封王只能封郡王，食邑最多千戶；三、所封郡王仍住東宮，朝廷不賜予王府。楊堅只能照辦，封了九個皇孫中的七人為郡王。結果好事變壞事，東宮怨聲恨聲一片，永安宮與東宮的關係變得更緊張了。

開皇十七年（西元五九七年）二月，楊廣和小草的長子，號稱大曹主的河南王楊昭大婚，楊昭虛齡十四歲，因是嫡皇長孫，早婚也屬正常。王妃是獨孤后選定的，姓韋名婕，十三歲，姿容姣好，知書識禮。婚日定在壬寅日。楊廣本來說好是要回京參加兒子婚禮的，可是上月江南又有人圖謀造反，他要統兵鎮壓，所以回不來了。距離婚日尚有十一天，即庚寅日，楊堅突然起駕去仁壽宮。婚禮缺少皇上、晉王兩個關鍵男人，所有事項都落在獨孤后和晉王妃身上。這是為何？輿論大譁。小草主張婚禮延後，獨孤后斷然說：「不必！我們女人必須強勢！皇上不在，廣兒不在，我在你在。我們婆媳照樣會把婚禮辦得風風光光！」婚禮總算辦了。新郎新娘二拜高堂，拜的僅僅是皇奶奶和母妃。小草二十七歲當婆婆不僅沒有喜悅，反而覺得委屈，夜深人靜之時用被子蒙頭大哭了一場。她承認，她是個弱者，跟強勢的婆母沒法比，可萬萬沒想到婆母居然強勢到公爹頭上了。

自仁壽宮竣工以後，楊堅每年夏天都去那裡避暑休息住上幾個月。這年還是二月，他連心愛皇孫的婚禮都不參加，就急急去了仁壽宮，引起獨孤后的懷疑。此時此刻，你避的什麼暑？休的什麼息？於是她命召回仁壽宮女官賀瑛詢問原因，賀瑛跪地小心翼翼地回答。獨孤后聽著聽著，臉色大變，原來皇上寵幸上了一個小美人。那是兩年前，楊堅第一次駕幸仁壽宮，留住在大寶殿後的笑雲園。在仁壽宮服役的女官、宮監和宮女都是從大興宮派去的，其中宮女有規定：一不許太年輕，二不許太美貌。楊堅對那些宮女很不滿意，命宮監頭目喬亞另外挑選數人，專門在他身邊服役。喬亞奉命，就在當地挑選了十名妙齡美女入宮，其中一人叫尉遲香。尉遲氏曾是一個顯赫家族，北周時出了個叛臣尉遲迥因而衰敗。尉遲香是尉遲迥的族人，論輩分算是尉遲迥的孫女。這年十四歲，長得豐容盛昉、玉骨冰姿、柳眉杏眼。楊堅從見她第一眼起就怦然心動，問她願不願意為自己服役。尉遲香不敢正視皇帝，只是羞怯地點頭，羞怯中透著千嬌百媚。楊堅把持不住，心猿意馬了，當夜命小美人侍寢。侍寢也是服役，一種特殊的服役。一夜歡情，身心大快，天明時才想起他有皇后，他對皇后曾有誓言。可是事已至此，又能如何？他便召來喬亞和賀瑛，厲聲說：「這事必須瞞過皇后，違者斬！」上年，他怕皇后生疑，裝模作樣地沒去仁壽宮。這年過罷新年，他心癢難耐，光想著那個如花似玉的小美人，所以也就顧不得什麼大曹主的婚禮，硬是在庚寅日到了仁壽宮，到了笑雲園，見到了魂牽夢繞的小香香……

賀瑛伏地叩頭，說：「這事，奴婢本該報告皇后，可是皇上有旨必須瞞過皇后。奴婢處在兩難之間，死罪死罪！」獨孤后未置可否，冷聲說：「起來吧！明天隨我去仁壽宮。」那是三月初的一天，獨孤后由幾名女官陪同突然地到了仁壽宮，住於聽荷園。皇后為皇帝侍寢，講述楊昭婚禮的情況。楊堅心虛，說：「朕心中是有皇孫楊昭的。壬寅日那天，朕在仁壽宮還宴請群臣，為他賀喜來著。」皇后用揶揄的口吻說：「是嗎？難得皇上還有這心！」次日凌晨，獨孤后沒有陪送皇上上朝，利用這個機會命賀瑛喚來尉遲香，用一杯鴆酒結果了她的性命。楊堅退朝，發現這一血腥事實怒火沖天卻無從發洩，又自覺理虧，於是從一牽馬衛士手中奪過韁索，躍上馬背，狠狠地一鞭驅馬馳出了仁壽宮，不擇路徑馳出三十多里，馳進了古木參天、怪石嶙峋的南山中。皇上出走，獨孤后焦急起來，忙命傳來高熲和楊素兩位丞相，簡約敘說了事情原委。高熲和楊素嚇出一身冷汗，心急火燎地飛馬追趕，終於在南山中見到了孤零零氣呼呼的皇上。楊堅唉聲歎氣，說：「朕貴為天子竟不得自由，真是！」楊素笑而不答。高熲說：「皇后畢竟是一婦人，皇上何必跟她一般見識？」夜間戌時，君臣三人回到仁壽宮。獨孤后仍在燈下等候，備好酒菜，跪地請罪。她處死尉遲香明明是嫉妒，卻說：「尉遲香乃叛臣尉遲迥的孫女，不宜侍奉皇上，臣妾將她處死是為皇上安全著想。」這是一條冠冕堂皇的理由，掩蓋過了嫉妒。高熲和楊素附和，說皇后的做法並無惡意。楊堅怒氣稍解，飽餐痛飲，然後洗漱，上床睡覺。五更時醒來，方知皇后不辭而別，已經回了大興城。三天後，宮監頭目喬亞和女官賀瑛在仁壽宮消失。二人為何消失？是死是活？無人能說清楚。

獨孤后回到京城就睡倒了。不是因病，而是因心灰意冷。她想不通，皇上和自己共同生活了四十年，一直同甘共苦、相濡以沫，為何臨老竟出了這種事？楊麗華、楊美華、楊豔華、楊阿五四位公主匆匆趕到永安宮，小草和孔姑也匆匆趕到永安宮。她們都嚇了一跳。只見獨孤后半靠半躺在床上，沒有化妝，沒有戴首飾，面容慘澹、目光渙散，威儀盡失，顯然就是一個黃臉婆。她們驚問原因，獨孤后覺得沒有必要隱瞞，遂把仁壽宮之行講了一遍。楊美華、楊豔華反應激烈，說：「父皇怎能這樣？」楊阿五說：「那個尉遲香，該死！」小草顧忌到自己是兒媳，不敢妄評公爹，沉默。孔姑也沉默。獨孤后的女兒中，唯楊麗華敢想敢說，也敢頂撞、批評母后。她說：「母后！恕女兒直言：尉遲香之事，你處理欠妥。」獨孤后不服氣，說：「我怎麼欠妥了？皇上違背當初的誓言，我才將尉遲香處死。我若是呂雉，非將那個小蹄子弄成人彘不可！」楊麗華笑了，直言不諱地說：「母后！你這是嫉妒！你堂堂國母嫉妒一個黃毛丫頭，至於嗎？父皇和母后大婚時是有過誓言，那時他只是個小官小吏，還不能算是金口玉言吧？他說他一生一世只愛你一人，誓無異生之子。我認為他是遵守了誓言的，他沒愛其他女人呀！也無異生之子呀！他臨幸尉遲香，那是皇帝臨幸一個美女只是佔有，談不上什麼愛情，是不是？」獨孤后語塞，說：「這……」楊麗華又說：「《周禮》明確規定：天子立后，三夫人，九嬪，二十七世婦，八十一女御。就是說，天子法定應有一位后和一百二十位妃嬪。父皇是皇帝，擁有天下、擁有一切，臨幸一個尉遲香或多個尉遲香，又算得什麼？對皇帝，千萬莫講什麼誓言，什麼忠貞的愛情與專一的婚姻。花心好色是男人的天性，更何況至高無上的皇帝？皇帝對女人尤其是對美女只圖佔有，韓信將兵，多多益善。漢武帝後宮有美女八千人。晉武帝後宮有美女上萬人。就連我那死鬼男人宇文贇，只當了一年多皇帝，後宮也有美女四千人。所以我認為父皇在這方面還是很優秀的，並不怎麼花心好色。母后剛才提到劉邦皇后呂雉，還恕女兒直言：母后比呂雉差遠了！呂雉在劉邦活著的時候，敢殺開國功臣韓信和彭越，但就是不敢殺劉邦的寵姬戚夫人。為何？因為她若殺戚夫人，那麼劉邦很有可能翻臉將她廢黜，輕則打入冷宮，重則賜死，呂雉之子劉盈的太子大位也必然不保。她很聰明，等到劉邦死後才發威下手殺死戚夫人。我說母后呀！我們的父皇還健在呀！你處死尉遲香，是不是太偏激了？父皇若是翻臉會是什麼後果，你想過嗎？考慮過嗎？」

獨孤后聽到這裡，不禁打了個寒戰。楊美華、楊豔華、楊阿五和小草也意識到問題好像很嚴重。獨孤后畢竟是獨孤后，強勢猶在。她坐直身子，說：「麗華所言，不能說沒有道理。我自思，處死尉遲香確實是偏激了。但事已出了，氣憤、埋怨、後悔、害怕都不管用，一人做事一人當。我捅下的婁子，自當承擔後果，我盡可能設法補償。我現在要說的是：你們的父皇，於國是一國之君，於家是一家之長，他的尊嚴與體面還是要維護的。他臨幸尉遲香，知道的人不多，此事到此為止再莫提起。」獨孤后這樣定了調，女兒和兒媳均無異議，連聲稱「是」。小草的腦子有點暈。尉遲香一事，公爹錯了嗎？婆母錯了嗎？麗華大姐所言，是對還是錯？她一時分辨不清。不過有一點是肯定的，在她心目中公爹的崇高形象打了折扣。她認為公爹是皇帝，可以光明正大地封妃納嬪，為何偏要瞞過眾人去幹偷雞摸狗的勾當呢？小草回到王府，不由擔心起阿英來。花心好色是男人的天性，公爹五十七歲尚且老牛偷吃嫩草，而阿英才二十九歲，一人長期待在花團錦簇的揚州，又怎能自愛自律？她想著想著又覺得好笑：阿英果真花心好色，自己又能拿他怎樣？

那些日子裡，獨孤后和女兒，加上兒媳、孔姑等心情忐忑，唯恐皇上翻臉而採取什麼行動。多日過去，風平浪靜，她們這才略略心安。幾乎同時，秦王楊俊、蜀王楊秀相繼出了狀況，一人被罷職，一人遭疑忌。獨孤后強勢，但對這兩個兒子也是愛莫能助。

楊俊任并州總管，北鄰的突厥忙於內訌無暇南侵，他也就懈怠日漸奢侈，盛治宮室，窮極奇麗。他擅長木工，每每親操斧鋸製作工巧器具，還以湖泊為主景精心建造了一座水殿，香塗粉壁、玉砌金階，梁柱楣棟之間鑲嵌明鏡與寶珠，經常邀請賓客和歌伎舞女在水殿飲宴，徹夜狂歡。秦王妃崔昱生性凶悍且妒，生有一兒名楊浩。楊俊已納侍妾趙姬，趙姬生有一兒名楊湛；又接受父皇賜予納了陳叔寶一個女兒為侍妾。崔昱由妒生恨遂下狠手，在甜瓜中下了毒藥。楊俊吃了甜瓜因而中毒，飲食起居正常，但時常瘋瘋癲癲地胡言亂語。楊堅聞訊大怒，痛斥兒子驕奢致禍，罷其并州總

管職務，召還京城養病，幽禁崔昱。楊秀兩次出任益州總管，天高皇帝遠，大建宮室，廣納姬妾，車馬儀仗等皆擬於天子。常和蜀王妃共乘一車外出射獵，手持彈弓彈射石子傷人，引為笑樂。此人身材魁偉，面相凶惡，有膽氣、多武藝，人多憚之。益州民眾痛恨蜀王，編出民謠唱道：「蜀王速亡，蜀王速亡。蜀王一亡，天府安康。」楊堅覺察到這個兒子蓄有野心，預言：「楊秀必以惡終。我在當無慮，至兄弟時必反。」又說：「壞我法者，必在子孫乎？比如猛獸，物不能害，反為毛間蟲所損食耳。」他疑忌楊秀這隻「毛間蟲」並嚴加防範，以致父子間的矛盾勢若水火。楊堅五個兒子，除鍾愛次子楊廣外，還溺愛小兒子楊諒。楊俊罷職養病，本該將楊廣調任并州總管，可他偏偏讓楊諒出任這一重要職務，而且規定自華山以東，至於滄海，南據黃河，北據長城，五十二州軍政事務皆歸漢王決斷，特許其便宜從事，不拘律令。這樣，漢王的權力實際上已超過晉王。

這年九月，楊堅從仁壽宮回到京城。獨孤后按禮儀迎接皇帝。楊麗華、楊阿五、小草等也按禮儀拜見父皇。楊昭偕王妃韋婕不知尉遲香事，恭敬熱忱地拜見皇爺爺。楊堅這是第一次見到孫媳韋婕，心中有點恍惚。他想起小鳥依人般的尉遲香，也是這樣的年齡，也是這樣的花顏，可惜已不在人世了。永安宮的情況發生了不易覺察的變化。皇帝與皇后之間、皇帝與兒女之間講起禮儀來，說明生分了隔膜了，少了自家人的親熱與溫情。

很快就是新年——開皇十八年（西元五九八年）元旦。元旦家宴。太子楊勇到永安宮打了個招呼就回了東宮。楊俊在王府養病。楊廣、楊秀、楊諒分別在揚州、益州、并州。五個兒子無一人在場，氣氛清冷。皇帝只能和皇孫楊昭、楊暕飲酒，索然寡味。楊堅在京城很不開心，二月甲辰日便又駕幸仁壽宮，次日宣布一個重大的決定：任命楊諒為行軍元帥，高熲為元帥長史，統兵征伐高麗。高麗一名高句麗，建都平壤，臣服於隋國，雙方保持著友好關係。可是上年，高麗王高元發兵進攻隋國的遼西地區，燒殺搶掠。楊堅大怒，廢去高元受冊封的官爵名號，並調集兵馬三十萬前往征伐。高熲提出反對意見，指出這次征伐既無思想準備，又無物資準備，臨時動議太過倉促。楊堅剛愎自用，一意孤行，聖旨已下，豈能收回？楊諒這年二十七歲，年輕氣盛，無治軍經驗，還自以為能，根本不聽高熲的規劃與調度，只顧下令：「進軍！進軍！」時值夏季，路途遙遠，赤日炎炎，暴雨洪澇，疾疫流行，後勤供應毫無保障，隋軍進軍異常艱難，很快便軍不成軍，十死八九。九月，楊堅不得不命楊諒回師。楊諒為人很不地道，回師後把出兵失利，二十五六萬軍人白白喪命的罪責全部推給高熲，甚至流著淚對獨孤后說：「兒倖免於高熲所殺矣！」高熲獲知這些情節搖頭苦笑，不想辯解也無法辯解。因為皇帝已非昔日的皇帝，正溺愛少子，猜忌功臣，辯解無疑是太歲頭上動土，又能有什麼好果子吃？

小草在這一年多裡親眼看到公爹在變化，婆母很強勢，以及太子楊勇、秦王楊俊、蜀王楊秀、漢王楊諒的林林總總，不禁想到一個詞語：裂痕。大隋國君臣之間、皇家成員之間，或因猜忌，或因嫉妒，或因爭權奪利，或因追求享樂，產生了諸多矛盾與衝突，矛盾與衝突日積月累轉化成裂痕。陶器、瓷器、鐵器等器皿因撞擊也會產生裂痕，但那種裂痕是有形的，工匠可以運用高超的技藝進行修補與粉飾，裂痕可以修復，器皿照樣可以使用。但人與人之間的裂痕是無形，沒有任何一個工匠可以修補、粉飾心靈上的裂痕，因而造成的後果與危害往往是致命的。小草同時想到遠在揚州的阿英，他說他要幹一件大事。什麼大事？行動了嗎？小草不知道的是，阿英早就行動了，他的行動即將取得預期的收穫。

第十一章 太子大位

開皇十九年（西元五九九年）二月，晉王楊廣申請入朝獲得批准，理由是次子楊暕大婚和女兒楊曄大婚。從此他留在京城，不再擔任揚州總管，依靠母后和楊素等人的支持奪得太子大位。

楊暕這年虛齡十五歲，封豫章王。王妃也是獨孤后選定的，乃民部尚書韋沖之女韋娣。楊曄這年虛齡十四歲，封南陽公主。楊廣在揚州為她確定了駙馬都尉——宇文逑之子宇文士及。楊昭偕王妃韋婕拜見父王。楊暕和楊曄拜見父王。楊廣心喜，又覺得愧疚。這些年都是小草照管和教育兒女，他這個做爹的沒有盡到責任。小草告訴阿英近年來發生的事情，沒料想阿英對發生的事情瞭若指掌，而且了解許多細節都是她所不知道的。小草分外疼愛楊曄，詢問為何要把女兒許嫁給鮮卑族人宇文逑的兒子？楊廣微笑，說：「宇文逑已是我的鐵桿親信，對我幹成大事不可或缺。」小草說：「這麼說，你是把曄兒的婚姻當作幹成大事的棋子了？」楊廣說：「也可以這樣認為。宇文逑共有三個兒子，宇文士及排行老三，今年十七歲，正在太學上學。」小草再問，方知阿英並未見過宇文士及，不由暗暗叫苦：她的女兒跟自己當年一樣，對將嫁的夫君的長相、品行等也是一無所知。三月，楊暕大婚。楊堅在仁壽宮沒回京城，事後給了這個皇孫一份大禮：任命他為內史令，亦為丞相。楊曄隨後大婚。新郎宇文士及首次出現在公眾面前，高高的瘦瘦的，眼睛偏小，長相中等，算不上美男。小草心中嘀咕：這個女婿的姿貌與氣質實在配不上她的寶貝女兒！

這期間，大隋國北鄰突厥因鬧內訌而混亂動盪。突厥的前身是匈奴，魏晉南北朝時崛起，取代匈奴控制了廣袤的大漠地區，君王稱可汗，其嫡妻稱可敦。突厥部族眾多，彼此為權利而攻殺，因而產生多位可汗，互不相屬，各自為政。楊堅建隋，為抵禦突厥犯境，利用各可汗之間的矛盾實行遠交近攻、離強合弱的策略，收效甚佳。開皇中期，突厥主要有三位可汗：都藍可汗實力最強，仇隋反隋；達頭可汗實力次強，對隋國若即若離，時附時叛；突利可汗實力最弱，鐵心內附大隋，並娶了大隋楊氏宗室女安義公主為可敦。就在楊暕、楊曄大婚的這一年，安義公主病故，突利再次請求和親。楊堅同意，命在華陰老楊家，選了堂侄楊諧之女楊嵐，封作義成公主，待嫁。楊嵐這年十四歲，姿色美豔，聰明可愛。她赴突厥是要當可敦的，相當於皇后，所以必須進行培訓，使之懂得必要的禮儀與知識。楊嵐在老家聽說過晉王和晉王妃，尤其是晉王妃，知其容貌與人品、人望、人緣在女人中赫赫有名，所以到了京城後，大膽提出要住到晉王府，仿效晉王妃言行舉止，學習怎樣做人做事。獨孤后徵求小草的意見，小草滿口答應，因為楊曄出嫁，她覺得孤寂，很不習慣。再則，她見了楊嵐，一下子就喜歡上了這個女孩，小公主在很多方面都像她的女兒。瑒嵐住進晉王府，把晉王妃叫蕭姨，二人相處猶若母女。突厥方面，突利和大隋走得很近，都藍和達頭大為惱火，兩方聯手，一面興兵南侵，一面偷襲突利。突利防不勝防，一敗塗地，倉促南逃，求救於大隋。楊堅派出高熲、楊素、史萬歲等多路兵馬攻擊都藍與達頭，同時冊封突利為啟民可汗，命在朔州（今山西朔州）築一座大利城作為他的王庭。隋軍攻擊都藍與達頭，全線告捷。誰知八月發生一件大事：高熲突然被召回，被罷去所有官職，只保留個齊國公爵號。頓時，朝野震驚，不明原因。只有熟知內情的幾個人明白，這是廢立太子的前奏曲，下一步就該是楊勇讓出太子大位了。

大隋開國，高熲就任第一丞相尚書左僕射，忠心耿耿、功勳卓著，開皇之治也凝聚著他的心血。楊堅對這位丞相絕對信任，曾說：「高熲是一面鏡子，每被磨瑩，皎然益明。」獨孤皇后本來也是信任高熲的，但高熲幼子高表仁娶了太子楊勇的女兒楊鵑為妻，而楊鵑恰恰是雲雀所生。她因此以人劃線，把高熲劃作是東宮楊勇的人。楊素居心叵測，將高熲那次在南山中所說的兩句話——

「皇后畢竟是一婦人，皇上何必跟她一般見識」，告訴皇婿。獨孤后越發懷恨，認為高熲根本沒把她這個皇后放在眼裡。楊廣在母后跟前直言不諱，多次要母后干預將高熲罷官。獨孤后很肯定地說：「我會的！你等著！」某天，楊堅和高熲談話，表示要廢立太子。高熲大驚，長跪在地，叩頭說：「長幼有序，其可廢乎！」他還講述歷史上周幽王、晉獻公廢立太子而導致的禍亂，懇請皇上引以為戒，切莫重蹈覆轍。獨孤后得知高熲反對廢立太子的態度。於是，獨孤后和楊廣，楊廣和張衡和宇文述，宇文述和楊約，楊約和楊素，楊素和獨孤后之間，展開了一系列的緊密會見與磋商，達成共識：高熲是廢立太子的最大障礙，圖謀廢立必先除去此人。

獨孤后再次到了仁壽宮，說是要向皇上「請罪」。她說她處死尉遲香是過於偏激，對不起皇上。她一直在自省自責，有意補償皇上。如何補償？她將選一位比尉遲香嬌媚百倍的絕色美女獻給皇上。楊堅反倒不自在了，說：「算了！朕老了，沒那個精力了！」獨孤后說：「不！臣妾以為皇上還年輕，還有龍馬精神！」那一夜，獨孤后侍寢格外賣力。楊堅覺得自己果然還有龍馬精神。事畢，獨孤后側身撫摸皇上，和顏悅色說起家常瑣事。先說三個兒子：俊兒病不見好轉，秀兒心狂心野，諒兒上年征伐高麗險些死於高熲之手。次說愛女，蘭陵公主阿五再嫁數年，怎麼還沒個孩子？接著好像是不經意地說起高熲，說：「陛下還記得嗎？高熲夫人賀跋氏多年前病故，臣妾曾對陛下說：『高僕射老年喪妻，孤單寂寞，陛下應為他續弦才是。』陛下仁愛，想為高熲續弦。高熲當時流涕謝絕，說：『臣今已老，退朝之後，唯齋居讀佛經而已。雖陛下垂哀之深，至於納室非臣所願。』事過多年，陛下猜怎麼著？高熲早納了個愛妾，愛妾還為他生了個兒子哩！」楊堅說：「高熲老來得子也是一喜。」獨孤后搖頭，一字一頓地說：「陛下還這樣相信高熲邪？陛下當初要為他續弦遭他拒絕，他其實是心存愛妾而面欺陛下。如今其詐已見，陛下安得仍信之哉！」楊堅一想也是，說：「嗯！皇后所言有理，這個高熲確實欺騙了朕！」大臣欺騙皇上是不忠是奸惡。楊堅正猜忌功臣，不辨忠奸，就立即召回高熲將其罷官。以名將賀若弼等為首的文武百官紛紛進言，稱丞相無罪。楊堅不為所動，反說朝臣中有個「高黨」，要追查要嚴懲。這樣一來，百官緘口，莫敢言者。不久有人告發，高熲兒子高表仁曾對高熲說：「司馬仲達（司馬懿）託疾不朝魏帝，司馬氏後來遂有天下。父今遇此，焉知非福！」這是大逆不道的謀反之論！楊堅赫然震怒，說：「帝王豈可力求！高熲與子言，自比晉帝，此何心乎？」遂命將高熲逮捕，囚禁審訊。有司做出判決：高熲意欲謀反，當處斬。楊堅又想起高熲的諸多功勞，法外開恩赦其一死，削去齊國公爵號，除名為民。高熲老母曾告誡過兒子：「汝富貴已極，但有一斫頭耳，爾宜慎之！」高熲總算保住頭顱，欣然退出了險惡的官場。獨孤后、楊廣、楊素、張衡、宇文述、楊約等額手相慶，慶賀輕而易舉地達到了目的。就楊廣而言，還有一種擺不到桌面上的快意：高熲殺死張麗華，如今付出了代價。

隋軍攻擊都藍與達頭，再傳捷報。都藍被部屬殺死，達頭慘敗遠遁。突厥散眾十餘萬人，歸附啟民可汗。這年底，啟民和義成公主完婚。小草像嫁女兒楊曄一樣，先給楊嵐行及笄禮，又為楊嵐梳妝打扮，贈予豐厚賀禮，把她送上了前往突厥的喜車。楊嵐成為啟民的可敦，蕭姨在她心目中比生母還親。楊堅需要啟民撫慰凶悍的突厥人，命將鄰近朔州的閒地闢作牧場，供突厥人畜牧，同時命將軍趙仲卿屯兵五原（今內蒙古包頭），增築金河（今內蒙古托克托東北）、定襄（今山西忻州定襄）二城，為啟民提供保護。啟民對隋帝感激涕零，上表陳謝，寫道：「大隋聖人可汗，如天無不復，地無不載，染干（指啟民）似枯木更榮，枯骨更肉，千世萬世，當為大隋典司羊馬。」

開皇二十年（西元六〇〇年）四月，突厥達頭可汗捲土重來，聚合兵馬數萬大舉南侵，還企圖吞併啟民可汗。楊諒原本任行軍元帥，統兵抗擊突厥，可是這位漢王膽小怕死，懼不「臨戎」，不敢到前線去。楊堅只得改用楊廣為行軍元帥。楊廣臨戎前日特向母后辭行，跪地說：「兒臣性識愚劣，常守昆弟之意，不知何罪失愛東宮，恆蓄盛怒欲加屠陷。晉王府官員段達和東宮幸臣姬威關係親密。姬威日前跟段達說起，高熲除名為民，東宮大發雷霆，摔了茶碗、砸了銅鏡，大罵兒臣和楊素，兼及母后。他放出狠話，說要白刀子進紅刀子出，讓跟他作對的人通通完蛋！兒臣自思，這次臨戎，東宮很可能會有動作，以儲君之尊，或賜三尺帛，或給一杯鴆，讓兒臣完蛋。所以今日別過母后，不知……」說至此處，居然嗚嗚咽咽地哭出聲來。獨孤后且憐且恨，說：「他敢！」她又說：「我會跟你父皇說，你這次任行軍元帥，除了你父皇，其他人包括東宮發號施令，你一概不聽不受！」她想了想，再憤憤地說：「給我半年時間，我在半年內定要讓你當上太子，看看到底是誰完蛋！」楊廣趕忙叩頭，說：「有母后在，兒臣就有膽氣，無所畏懼！」

楊廣當天的辭行純是一場表演。那個段達是受他指使，用重金賄賂東宮幸臣姬威，姬威才答應在東宮充當線人的。所謂東宮大發雷霆，所謂白刀子進紅刀子出，所謂通通完蛋等語都是楊廣即興胡編的，意在刺激母后取得同情與支持。他的表演相當精彩，滿懷喜悅地統兵臨戎。楊廣具有軍事才幹，領導與指揮過伐陳戰爭，牛刀小試便把達頭兵馬打得落花流水，使之逃至大漠以北龜縮多年。啟民可汗趁機派出部吏招撫流散的突厥人，從而在王庭一帶站穩腳跟，實力大大地增強。

晉王楊廣金戈鐵馬，創建功業。秦王楊俊病篤臥床，氣息奄奄。他自知生日無多，寫了一份奏表，遣使去仁壽宮呈給父皇。楊堅記恨於這個兒子，說了一段話命使者轉告楊俊：「我戮力關塞，創茲大業，作訓垂範，庶臣下守之而不失。汝為吾子，而欲敗之，不知何以責汝！」六月，楊俊在沒得到父皇原諒的情況下悵然去世。楊堅聞報，並不怎麼悲傷，命將楊俊所愛侈麗之物全部焚毀，並將幽禁的秦王妃崔昱賜死。有人請為秦王立碑，楊堅不許，說：「欲求名，一卷史書足矣，何用碑為？若子孫不能保家，徒與人作鎮石耳。」楊俊之子楊浩與楊湛，皆無資格嗣封秦王。獨孤后對楊俊之死也不怎麼悲傷。她承諾半年內要讓楊廣當上太子，那就要廢黜楊勇，讓出太子大位，這事其實一直都在進行著。獨孤后給東宮的女官、官監規定一項特殊任務：偵伺太子過失，隨時報告。楊素奉楊堅口諭，也在公開或暗中調查太子罪責，現在該到水落石出見分曉的時候了。獨孤后破例，每月都去一兩趟仁壽宮，專告太子的黑狀。楊素已是皇上第一近臣，君臣見面必說太子廢立。一天，楊堅詢問大臣韋鼎：「諸位皇子誰當嗣立？」韋鼎答：「至尊皇后，最愛何人，便當嗣統，此外非臣所敢知。」楊堅笑問：「卿尚不肯明言麼？」韋鼎再答：「事在陛下，臣何必多言！」楊堅細想，韋鼎的回答在情在理。皇后最愛的皇子是楊廣，楊廣十三歲封王，官高爵顯功巨，但為人低調、崇尚節儉、不好聲色，不論在并州還是在揚州只想著忠於職守、報效國家。還有晉王妃蕭妃，溫良賢淑、孝悌無私，連義成公主都仰慕她效法她，真是難得。皇后主張改立楊廣為太子，楊素也主張改立楊廣為太子，自己又何嘗不是？韋鼎說「事在陛下」，這話不假。廢立太子，歸根到底得由自己定奪。他想，自己是該定奪了，既然定奪了就得趁早，遲易生變。

楊勇在太子大位上坐了已近二十年。從理論上說，他的地位與權力僅次於君臨天下的父皇。但他率意任情、溺於嬖幸，既失愛於母后又失愛於父皇，遭到疑忌，地位與權力都是虛的。他一面故作韜晦，想像著父皇駕崩後自己接班的那一天總會到來；一面又不甘寂寞地親近小人追求淫佚，整日裡飲宴歌舞、縱情忘形。直到廢立的消息傳得沸沸揚揚時才驚慌起來，問計於幸臣唐令則、鄒文騰等人。唐、鄒等計無所出，找來一個名叫王輔賢的術士進言，說：「近來白虹貫東宮諸門，太白襲月，皆太子廢退之象也。」楊勇更加惶恐，病急亂投醫，按照王輔賢的指點引入巫覡厭禳凶逆，又在後園設庶人村，茅棚柴寮，入住其內，穿布衣、吃糲食、睡草鋪、枕磚瓦，據說這樣能鎮惡祛邪、化險為夷。楊素奉皇上旨意赴東宮看個究竟，遞入名刺（名片），卻故意磨蹭徘徊不進。楊勇正冠束帶等候多時，方見楊素徐徐前來，不覺惱怒，答話中多帶諷刺與恨意。楊素還報皇上，聲稱太子心懷怨望，恐有他變。楊堅信以為真，立即採取防範措施，命在宮城內外分置候人，窺察東宮動靜；又命將東宮所有官員及衛士登記造冊，衛士中身體健壯者一律調離。楊堅最擔心的就是「恐有他變」，所以於九月丁未日突然回到大興城。皇上告訴皇后，這次回京是為了廢立太子。獨孤后大喜，她答應半年內要讓楊廣當上太子，這一承諾即將兌現。

翌日，楊堅在大興殿舉行朝會。太子楊勇缺席。這時，楊勇才知父皇已回京城，才知自己前景不妙。百官跪拜皇上，山呼萬歲。楊堅命群臣平身，說：「朕新還京師，本應開懷歡樂，但不知為何反倒滿腹憂慮與愁苦？」他略一停頓，面帶怒色地對東宮官屬說：「朕每還京師，嚴備仗衛如入敵國。朕正患痢疾，昨夜欲如廁，本該去後房，但恐有警急，不得不改在前殿。豈非爾輩欲壞我國家邪？」隨即，命將東宮幸臣唐令則、鄒文騰等十餘人拘捕，交付大理寺審訊。楊勇很快得知這一消息，嚇得魂不附體。整個東宮亂了套，人人皆像熱鍋上的螞蟻。大興殿裡，楊素彙報調查東宮的事狀，帽子扣得很大，但缺少事實證據。楊堅正式表態，說：「此兒不堪承嗣久矣。皇后常勸朕廢之，朕念他是長子，望其悔改，隱忍至今。」他接著講了楊勇在私德方面的幾件事，幾件雞毛蒜皮的小事均出自獨孤后的吹風，但他硬是上綱上線，說：「朕常畏其加害如防大敵，今欲廢之，以安天下。」左衛大將軍、五原郡西元旻為太子打抱不平，說：「廢立大事，天子無二言，詔旨若行，後悔無及。讒言罔極，唯陛下察之。」這短短數語，辭直爭強，聲色俱厲。楊堅受嗆竟無言以對。這時，晉王府段達賄通的東宮姬威大聲說：「臣願揭發太子之非法行徑！」楊堅見有人解圍，忙說：「講！太子事跡宜皆盡言。」姬威常年跟隨在楊勇左右，他的揭發給了楊勇毀滅性的一擊。

姬威揭發太子非法之行徑共有三項。一、太子驕奢。太子意欲把半個關中地區劃作上林苑，曾說：「若有諫者，正當斬之，不過殺百許人，諫言自然止息。」太子在京城近郊築一小城，春夏秋冬役作不停，營起亭殿，朝造夕改，耗費無數。東宮日常開支浩大，尚書省依法拒絕撥付超出規定的錢物。太子發怒，常說：「僕射以下，吾會戮一二人，使知慢我之禍。」二、太子不敬皇上。太子曾召一巫婆占卜，占卜詳情無人知曉。事後，太子對人說：「至尊忌在十八年，此期快矣。」這是詛咒皇上在位十八年就駕崩，太子即繼為至尊。楊堅聽到這裡，分外痛心，泫然淚下，說：「這個畜牲！誰非父母生父母養，乃至於此，咒朕早死！」三、太子蓄有異圖。太子一次從仁壽宮回京城，途中見一根幹盤錯的枯槐，高約十丈，粗約六圍，問左右道：「此堪作何器用？」左右答：「古槐尤堪取火。」東宮衛士皆佩火燧，於是太子命匠人砍伐枯槐，製作數千枚可用於點火的木片，現藏於東宮庫房中。庫房中還藏有艾草燃藥數斛，說是以備急用。

這一揭發非同小可。楊堅立命楊素去東宮搜查，枯槐木片和艾草燃藥俱獲，同時搜查出許多服玩，其中有太子未穿的衣袍，上面繡有違禁圖案。此外，東宮還養有戰馬千匹。楊堅大怒，命將搜查之物陳列於庭，以示群臣。楊素還命人演示，用火燧打火，通過燃藥點燃艾草，再點燃木片，木片一端燃燒，即成夜間照明的火炬。姬威揭發太子蓄有異圖，並未明說異圖的含義，但人們從火炬與戰馬自然會想到謀反，想到軍事政變。太史令袁充說：「臣觀天文，皇太子當廢。」楊堅說：「玄象久見矣！」這事太重大太敏感，文武百官沉默，無敢言者。

大理寺突擊訊鞫唐令則、鄒文騰等人有了結論，楊堅最終下了廢黜楊勇的決心。十月乙丑日御武德殿，戎服陳兵，百官肅立。衛士奉旨宣召楊勇。楊勇一見衛士，驚問：「得無殺我耶？」楊勇及諸子到了武德殿，戰戰兢兢地列於殿庭。內史侍郎薛道衡朗聲宣讀詔令：

太子之位，實為國本，苟非其人，不可虛立。自古儲副，或有不才，長惡不悛，仍令守器，皆由情溺寵愛，失於至理，致使宗社傾亡，蒼生塗地。由此言之，天下安危，繫乎上嗣，大業傳世，豈不重哉！皇太子勇，地則居長，情所鍾愛，初登大位，即建春宮，冀德業日新，隆茲負荷。而性識庸暗，仁孝無聞，暱近小人，委任奸佞，前後愆釁，難以具紀。但百姓者，天之百姓，朕恭天命，屬當安育，雖欲愛子，實畏上靈，豈敢以不肖之子而亂天下。勇及其男女為王、公主者，並可廢為庶人。顧唯兆庶，事不獲已，歎言及此，良深愧歎！

楊堅又命薛道衡對楊勇說：「爾之罪惡，人神所棄，欲求不廢，其可得耶？」楊勇跪地拜謝，說：「臣合屍之都市，為將來鑒誡，幸蒙哀憐，得全性命。」說罷，滿臉是淚，率諸子叩頭，悽惶離去。楊勇全家均被廢為庶人。東宮炸開了鍋，最不能接受的是雲雀雲昭訓，又氣又恨，氣與恨攻心，兩眼一黑一頭栽倒在地，竟至氣絕身亡。三天後，楊堅又頒詔稱：「自古以來，朝危國亂，皆邪臣佞媚，凶黨煽惑，致使禍及宗社，毒流兆庶。」宣布：左衛大將軍、五原郡西元旻，以及東宮幸臣唐令則、鄒文騰、夏侯福、元淹，蕭子寶、何竦等七人，罪大惡極，處以斬首，家產充公，妻妾兒女沒官為奴。另有東宮幸臣閻毗、崔君綽、沈福寶、仇太翼等四人，罪惡次之，免死，各決杖一百，家產充公，白身及妻妾兒女亦沒官為奴。副將作大匠高龍叉，率更令晉文建，通直散騎郎元衡等三人，並賜自盡。名將史萬歲平日與東宮多有來往，也處以斬首。楊堅族弟、廣平王楊雄代表群臣支持皇上的舉措，上書說：「至尊為百姓割骨肉之恩，廢黜無德，實為大慶，天下幸甚！」

數日間，大隋國的政局可以說是風雷激蕩、驚天動地，皇后獨孤伽羅卻氣定神閒，一切皆在掌握之中。楊麗華等四位公主很是不解，楊勇當了多年太子，怎麼說廢就廢了？晉王妃小草最受震動，太子被廢，全家人皆成庶人，還牽扯死了那麼多人！楊廣臨戎回來。小草迫不及待敘說發生的事情。楊廣大笑，說：「我不早說了嗎？這正是我所幹的大事！」小草恍然：原來如此！楊廣又說：「我說過，我要幹的大事只能成功，不能失敗。接下來，我就會成為皇太子，你就會是皇太子妃。」小草驚愕，不敢相信，喃喃地說：「我，我可沒想過要當什麼皇太子妃。」楊廣依然大笑，說：「你傻呀？好運降臨，你想擋也擋不住！」

楊堅定於十一月戊子日舉行典禮，立楊廣為皇太子。這一日，京城的天氣十分惡劣，大風大雪，嚴寒徹骨，多個州縣還發生了地震。典禮在大興殿舉行。楊廣第一次穿上了黃色長袍，第一次擁有了金印龜鈕皇太子之璽，第一次可以步上金殿，立在父皇右前側，接受百官朝賀。楊廣繼續矯情飾意，表示不必鋪張，將晉王府改作東宮就行，所用官員從今往後不再向東宮稱臣。楊堅覺得新太子懂得節儉也很謙遜，優詔准允。第二天，風雪略略小些，楊素奉旨到晉王府冊封晉王妃蕭草為皇太子妃。除封冊外，也授予一枚金印龜鈕的皇太子妃之璽。當天蕭草仍在恍恍惚惚之際，就被楊廣拉著到了永安宮拜見父皇母后。楊堅和獨孤后笑得合不攏嘴，相信新太子比廢太子要強上千百倍。接著，楊廣和蕭草又冒著風雪拜訪了三個姐姐樂平、襄國、廣平公主，看望了小妹蘭陵公主，還看望了已故秦王楊俊的兒女。楊堅和獨孤后更加歡喜，相信新太子如此仁愛，如此重親情重孝悌，日後繼承天子大位定會是個能體恤百姓、受人擁戴的好皇帝！

晉王府改作東宮。楊廣迅速組建東宮班底，調任壽州總管宇文述為左衛率，洪州總管郭衍為左監門率，統領太子衛隊。郭衍也因參與了謀奪太子大位而成為楊廣的新親信。又任用楊約為左庶子，張衡為右庶子，執掌太子機密。楊約尚未娶妻，原因是他幼時爬樹從高處摔下，偏巧傷了男孩的最要害處，成了不是宦者的宦者。他對身體殘缺從不隱諱，說：「妻子對我無用，娶她做甚！」張衡上年調進朝廷，任給事黃門侍郎，其家仍在揚州。楊廣特別安排讓那個陳嫺搬出揚州總管府，仍住張衡家中。東宮班底有了宇文述、楊約、張衡、郭衍四人，楊廣用起來得心應手。楊廣暗示段達，不可留下那個收賄賂又背叛主子的姬威。段達於是請姬威飲酒，自那以後姬威便徹底消失了。晉王府家令薛善成為東宮家令，不過他的職責只限於生活管理，不得介入東宮的軍政事務。

廢太子楊勇本來幽禁在內史省，享用五品官的薪俸。新太子立。楊堅命將楊勇移至原東宮，錮置幽室，由楊廣監管。楊勇逐漸回過神來，覺得自己所犯的只是過失，而不是罪行，所謂謀反與政變純是誣陷，罪不當廢。他屢請面見父皇申冤，楊廣不允。楊勇無法，只能爬上一株大樹朝著永安宮方向呼號冤枉。楊廣暗示楊素。楊素於是見皇上，說：「廢太子神志昏迷，日甚一日，想是癲鬼所祟，不可救藥了。」楊堅同意此說，拒見長子。原東宮和大興宮僅一牆之隔，然而咫尺天涯，楊勇及他的家人永不得見天日了。

轉瞬便是新年。新年元旦，楊堅命大赦天下，改用仁壽宮宮名為年號，改元為仁壽元年（西元六〇一年）。由於獨孤后的干預，楊素如願升任為第一丞相尚書左僕射；先前被罷官的蘇威出任尚書右僕射。新年裡全是新太子家的喜事。十八歲的河南王楊昭改封晉王，兼左衛大將軍，並任內史令，亦為丞相。十七歲的豫章王楊暕出任揚州總管，都督淮河以南各州諸軍事。太子妃小草對兩個兒子是又愛又憂。楊昭身體肥胖，很有武力，開得硬弓，射得強弩；性格謙沖，言色恂恂。王妃韋婕婚後還沒生育。他又納劉姓兩姐妹劉芙、劉蓉為侍妾，給了良娣的名號。楊暕儀容俊美，愛讀書，好騎射，生性風流。王妃韋娣婚後一年病故，他居然和韋娣的表姐通姦，據傳還生了個女孩。小草問過楊暕，但楊暕矢口否認，還賭咒發誓說沒有那回事。唉！兒子大了，諸事由不得爹娘啊！

楊廣已是太子，幾乎每天都和楊素議事，再無結交朝臣之嫌。宇文述、楊約、張衡、郭衍等有時參加議事也無須回避。他們議得最多的是蜀王楊秀和漢王楊諒。皇太子新立，這兩位王未申請入朝祝賀，也未派使者未發表章祝賀，非但很不正常，也有違禮儀。楊素說：「看來，太子殿下新立，南面和北面是不服不平不滿啊！」「南面」和「北面」是他們的習慣用語，分別代指益州的楊秀和并州的楊諒。楊廣說：「那，該當如何？」楊約說：「南面心野志狂，違法犯禁，世人皆知。殿下只要說服至尊，數其罪狀，將其罷官，問題便可解決。北面近來有些動作，以太原為重鎮，以修武備為由，大發工役，繕治器械，招傭亡命，殆將數萬之多。不過，北面無勇無謀又膽小怕死，成不了大氣候，也不足為慮。」楊廣頻頻點頭，說：「好！任憑風浪起，穩坐釣魚船。我等從從容容地靜觀潮起潮落就是！」楊素等附和，喜形於色，還輕輕鼓起掌來。

第十二章

女人女人

仁壽元年，隋帝楊堅破例留在京城，沒去仁壽宮，觀察新太子楊廣處理軍政事務，事事皆合心意。楊堅晚年思想僵化，一些想法和做法匪夷所思。比如他重視起佛教，下令在京城和州縣廣建寺院、廣度僧尼，儒學退居次要地位；他輕視起教育，下令只保留一所太學，學生限為七十人，其他學校一律關閉。楊廣明知這些想法和做法不妥或錯誤，但還是照辦，而且還稱頌父皇「英明」。楊廣根據楊素、楊約的謀劃，注意力全放在「南面」楊秀和「北面」楊諒身上。那兩個弟弟可不是省油的燈，他得保持高度警惕。獨孤后內擅宮闈，外預朝政，最成功最得意之作就是促使皇上廢黜楊勇，改立楊廣為太子。她力主廢立的一個重要原因是，楊勇溺於嬖幸，楊廣不好聲色。這天，楊廣在永安宮忽然吞吞吐吐地，說他在揚州早納了個名叫陳婤的愛妾，至今尚瞞著小草，懇請母后能幫他解決難題把事情擺平。獨孤后先是一怔，繼是生氣，接著是無語與無奈。心想，老楊家的男人花心好色，怎麼全是一個德性！她問明陳婤的由來，鄭重地說：「廣兒！我警告你：你父皇正對你進行考察，你可別在這時候出狀況，如果出了狀況，你父皇照樣可以廢你，你就會是又一個楊勇，信不！陳婤的事先得放下，還得繼續瞞著小草，待過些時日我再設法幫你擺平。」楊廣嘻皮笑臉，說：「母后最愛兒臣，兒臣聽母后的！」獨孤后瞪了兒子一眼，懶得吭聲。

獨孤后且把楊廣的難題放下，先得解決自己的難題。前年，她曾說要選一位比尉遲香嬌媚百倍的絕色美女獻給皇上，而這位美女至今還沒個蹤影呢！她需要和人商量，這人不能是女兒，不能是兒媳，只能是孔姑。孔姑應召來到永安宮。獨孤后和盤托出自己補償皇上的承諾，以及所遇的難題。孔姑想了想，說：「絕色美女嘛，掖庭宮裡就有一人。」獨孤后問：「誰？」孔姑說：「陳蟬呀！」獨孤后喜得一拍手，說：「哎呀！我怎麼就沒想到她呢！」陳蟬是陳後主陳叔寶的妹妹。陳國滅亡那年，陳叔寶及其家人俱成俘虜被押解至大興城。陳叔寶的兩個妹妹和一個女兒，經皇上派送分別賜給楊素、賀若弼、楊俊作妾。另有一個妹妹就是陳嬋，大約十二歲，未到婚齡，所以留在宮中當宮女。陳嬋長得纖弱，很不起眼，被分配到掖庭宮服役，差事是裁縫衣服。此女受過教育，讀書識字，精於刺繡。所繡的花鳥蟲魚形象栩栩、活靈活現，後來專繡皇帝龍袍和皇后鳳袍，技藝出神入化、巧奪天工。按規定，宮女滿十五歲，可以申請出宮擇婿嫁人。陳嬋因為國亡家破無處可去，故不願出宮，只願在宮中當宮女。她勤奮敬業，十六歲時升任女官司制。女大十八變。陳嬋十七八歲時，不施脂粉，不戴首飾，素衣素面竟像個仙女似的，美得令人驚豔，人稱天生麗質，姿貌無雙。陳嬋有點清高與矜持，整日只顧刺繡，從沒出過掖庭宮大門，因此皇帝及皇子皇孫們無人知道她的存在。獨孤后想了想，說：「行！獻給皇上的美女就是她了。不過此事先別聲張，免得節外生枝。」

孔姑告辭。獨孤后坐著繼續想事。她感到奇怪。陳叔寶兩個女兒，明的一個，早是楊俊的愛妾，現已守寡；暗的一個，早是楊廣的愛妾，現在揚州。如今，她又打算把陳叔寶的一個妹妹獻給皇上，皇上享用了就是妃嬪。大隋老楊家兩代三個男人和陳國老陳家兩代三個女人，這樣絲絲縷縷糾纏在一起，或許是天意。她正想得入神。猛聽得有人輕聲說：「皇后請用茶。」她一看，原來是新來的宮女崔翠，說：「放下吧！」崔翠輕聲答：「是！」將茶碗輕輕放在几案上，輕輕退去。獨孤后看著崔翠的背影，思緒又轉移到這名宮女身上。

楊堅廢黜楊勇，懲治東宮四個幸臣，免其死，各決杖一百，家產充公，自身及妻妾兒女沒官為奴。獨孤后叫苦不迭。為何？因為四個幸臣中的一個叫崔君綽，是她的親戚！崔君綽字子然，祖籍清河，他的伯父崔彥珍和他的父親崔彥穆是親兄弟，而崔彥珍的女兒崔氏恰恰是獨孤后的生母。就是說，崔彥珍是獨孤后的外祖父，崔君綽則是她的堂舅。大隋開國，崔君綽依仗這層關係，任東宮官屬，封東郡公，擁戴楊勇，為非作歹，以致遭到嚴厲懲治。崔君綽及一家人皆沒官為奴。獨孤后特意將堂舅的孫女崔翠留在永安宮當宮女。永安宮不缺宮女，她這樣做純是為了表示關愛。崔翠時年十三歲，長得清純水靈，討人喜歡。她原先也是千金小姐，如今淪為奴婢，反差極大，因而少言寡語只顧幹活，通過勞作勞累以減輕身心的痛苦。獨孤后看在眼裡很不好受，常常為之歎息，決意善待這個外甥女，日後給她個好歸宿。至於給個怎樣的好歸宿，尚無頭緒。

這期間，東宮太子妃小草也接待了兩個親戚：一是她的同父異母弟蕭瑀，一是她從未見過面的堂妹蕭薔。那年江陵劫難，蕭瑀跟隨姐姐蕭金鳳和姐夫王袞逃難到了大興城。楊堅任用王袞為任城刺史，改封蕭金鳳為任城郡夫人。蕭瑀又跟隨姐姐和姐夫去了任城。他這年二十九歲，長相英俊、斯斯文文，來找小草是想通過太子姐夫謀個前程。蕭薔是小草叔父蕭岑的小女兒。蕭岑入隋後封懷義郡公，不久前病故，死前把蕭薔託付給侄女蕭金鳳，讓蕭金鳳轉告並拜託小草在京城給蕭薔找個好婆家。於是蕭金鳳就派人把蕭瑀和蕭薔送至東宮。蕭瑀愛經術，善屬文。楊廣一句話，就任用他為太子衛隊的右千軍。蕭薔這年十三歲，長得粉面桃腮、嬌小玲瓏，嘴巴很甜，愛說愛笑，笑起來面頰上凹出兩個小酒窩，煞是可愛。小草身邊沒有兒女，所以樂意收留蕭薔妹妹，並把她當作女兒一樣看待。這天，小草領了蕭薔到永安宮請安。獨孤后見了蕭薔也很喜歡。蕭薔和崔翠相見，不一會兒便成了朋友。蕭薔說這說那，崔翠臉上有了笑容。獨孤后靈機一動，說：「小草呀！我跟你說過崔翠的身世，她畢竟是我的外甥女，所以才留在這裡當宮女。這孩子因家庭變故，心事太重，除了幹活，就是坐著發呆發怔。今天見了蕭蕾，我忽然有個想法，不妨讓崔翠到東宮去跟你們住些日子。她和蕭蕾同歲，二人作個伴，讓她倆過得快樂些。明年或後年，我會一併考慮給她倆一個好歸宿，你看怎樣？」小草滿口答應。問崔翠，崔翠也是求之不得。於是崔翠就隨小草到了東宮，東宮裡又有了兩個花蝴蝶一樣的女孩。兩個女孩把小草叫姐姐，把楊廣叫姐夫，拋開諸多禮儀，只有兄妹間姐妹間的親熱親情。小草是一位好母親，也是一位好姐姐。她讓蕭蕾和崔翠同住一間大房，每天都教她倆學認字學寫字學讀古詩。兩個女孩聰明伶俐，學業頗有長進，崔翠也變得愛說愛笑了。

新太子新氣象。隋帝楊堅放一百二十個心，於仁壽二年（西元六〇二年）三月，再次駕幸仁壽宮。行前，獨孤后笑盈盈地說：「今年六月十三日是皇上六十二歲壽辰，臣妾將給皇上送一份大禮。」楊堅說：「什麼大禮？」獨孤后故作神秘，說：「天機不可洩露。」楊堅記得皇后說過的「補償」，料定大禮必是美女，心中暗喜。五月，獨孤后由孔姑陪同視察掖庭宮，實是秘密召見陳蟬。陳蟬仍是素衣素面，跪拜皇后，自稱罪女。獨孤后和顏悅色地問了問刺繡情況，話鋒一轉，轉向正題，說：「陳蟬！你出身皇家也算金枝玉葉，且有姿貌，總不能在這掖庭宮度過一生吧？你今年二十五歲不是？正是大好年華。本宮珍愛人才，故決定讓你去仁壽宮侍奉皇上，你可願意？」陳蟬一驚一怔，毫無思想準備，許久沒有答話。獨孤后威嚴地「嗯」了一聲，陳蟬伏地，說：「皇后決定，罪女不敢不從，願意去仁壽宮侍奉皇上。不過，罪女想帶一人同去，懇求恩准。」這個陳蟬，還想帶一人同去，什麼意思？獨孤后沉吟，略顯不快。孔姑代替皇后發問：「陳司制！你說想帶一人同去，那人是誰？」陳蟬答：「蔡芸。蔡芸是丹陽（今江蘇丹陽）人，原是陳國皇宮的宮女，那年，她錯被當作皇家公主也到了大興城，進了掖庭宮。她是罪女唯一的好友，情同姐妹，現任女官典會。」孔姑認識蔡芸，徵得皇后同意，派人傳召。蔡芸很快到來，跪拜皇后，亦自稱罪女。獨孤后見她也是素衣素面，姿貌不及陳蟬，卻也是青春亮麗、光鮮照人。孔姑重述剛才皇后和陳蟬的話。蔡芸立即表態，說：「罪女聽蟬姐的，蟬姐願意去侍奉皇上，罪女也願意。」獨孤后點頭，說：「那好，這事就這樣定了：你倆同去仁壽宮侍奉皇上。六月十三日動身，那裡穿的戴的用的應有盡有，你倆無須自帶。」陳蟬和蔡芸叩頭稱「是」，謝恩離去。獨孤后和孔姑回永安宮。獨孤后說：「只說補償給皇上一個美女，然而卻補償了兩個，真是！」孔姑笑著說：「這叫送禮送雙，送禮的收禮的雙雙吉祥。」

眨眼便是六月。十三日清晨，獨孤后精心安排了一輛駕雙馬的馬車馳進掖庭宮，又馳出掖庭宮。馬車馳出宮城，馳出大興城。暮色蒼茫時分，馬車抵達仁壽宮，直馳至寢區大寶殿前。殿裡已經掌燈，燭炬通明。孔姑跪拜皇上，說是奉皇后之命給皇上送賀壽大禮來了。待楊堅看到大禮是兩個美女時，雙眼發亮得像是兩盞燈。孔姑介紹說：「她二人，一叫陳蟬，一叫蔡芸，專門前來侍奉皇上。」楊堅走近二人，左看右瞧，右瞧左看，但見那身段、那面龐、那眉眼、那神態，真是個美呀，美得無法形容！尤其那個姓陳的，雪膚花顏、千嬌百媚，美得足以傾城傾國，果然比尉遲香嬌媚千百倍！孔姑叫來仁壽宮的女官，傳達皇后懿旨。那女官慌忙吩咐屬下的宮監宮女，迅速在笑雲院布置兩處房間，並請二美人用膳、沐浴、梳妝。接下來的程序就是，大隋國皇帝楊堅，在六十二歲壽辰之夜享用大禮，再當新郎。一夜臨幸兩個絕色美女，樂得心花怒放，雖然睏倦，仍顯得容光煥發，更有龍馬精神。他覺得自己可比古代的舜帝，陳蟬、蔡芸就是他的娥皇和女英。此生豔福絕頂，復有何求？

孔姑完成任務，回京城覆命，並把事情原委告訴小草。小草驚得目瞪口呆，由衷佩服婆母的心計與手段。六月十六日，楊廣接到父皇詔令：「著封陳氏蟬、蔡氏芸同為貴人。」楊廣沒聽說過有這兩位貴人，詢問母后，方知正是母后送給父皇的賀壽大禮。十七日，楊廣又接到父皇詔令：「徵召涼州總管、趙國公獨孤陀入京，拜左武衛大將軍。」數日後，楊廣又接到詔令：「免去蜀王楊秀官職，著原州總管獨孤楷任益州總管。」左武衛大將軍統領外軍，位高權重。益州總管和并州總管、揚州總管並稱天下三大總管，歷來由封王的皇子擔任。這兩個重要職位突然改由獨孤氏外戚擔任。獨孤后心知肚明，這是皇上投桃報李對她所送大禮的回報。她想，皇上和自己之間因尉遲香事而產生的貌合神離，應該終結了吧？

獨孤后接著幫楊廣解決難題。她原以為這事很難，沒料想卻很容易，僅用半天時間就把事情擺平了。關鍵是小草寬宏大度，理解並原諒了楊廣。那天，小草到永安宮請安。獨孤后將兒媳留下，準備進行一次艱難的談話。她說：「小草呀！我想跟你說一件事，卻又，卻又……」小草笑著說：「母后是想說陳媧的事？這事，臣媳知道。」獨孤后大驚，說：「什麼？你知道？廣兒跟你說了？」小草說：「他作賊心虛，哪會跟我說？」獨孤后說：「那你……」小草依然笑著說：「母后別忘了，你的孫子、我的兒子楊暕，現任揚州總管，正是阿英任過的官職。阿英和陳媧在總管府生活多年盡人皆知。暕兒一到揚州就寫信告訴臣媳，還說阿英卸任時特將陳媧安頓在張衡家中居住。」獨孤后說：「這事，是廣兒上年成為太子後告訴我的。我，我……」小草說：「男人納妾也算不得什麼大事，尤其是優秀的成功的男人、有地位有權勢的男人，誰不納妾？設身處地想想，阿英一個大男人獨自在揚州那麼多年，身邊有個女人照料飲食起居、說話解悶也挺好。所以臣媳能想開，不會嫉妒更不會吵鬧。阿英已是太子，是儲君，臣媳應當維護他的尊嚴與體面，若是小肚雞腸，一哭二鬧三上吊，不是叫外人看笑話嗎？」獨孤后有點感動，說：「小草！你的胸懷、見識、涵養，我喜歡也佩服。那陳嫻該……」小草說：「臣媳已寫信，讓暕兒派人將陳嫻護送到京城來，兩三天內便可到達。臣媳已在驛館預訂了房間，她抵京後先住驛館，再約定時間來見母后。母后過目了看中了，她也就是老楊家的媳婦，就住到東宮去。臣媳已在東宮給她安排好了住處。」獨孤后拉起小草一隻手輕輕地拍著，說：「真難為你了。你這樣做，廣兒知道嗎？」小草說：「臣媳還沒告訴他，想給他一個驚喜。」獨孤后說：「那就由我來告訴他，我要狠狠地批他一頓！」

其實，小草當天所說的也是矯情飾意。當她得知阿英在揚州早納了愛妾時，曾很嫉妒也很憤怒，然而她強忍住了沒有發作。為什麼？因為生米已成熟飯，嫉妒和憤怒又有何用？更何況自己已是皇太子妃，這意味著日後是會當皇后的，所以還不如放高姿態來個寬宏大度，利人也利己，皆大歡喜。如今的小草早不是當初那個單純的誠實的小草。歲月的打磨、環境的薰染、利益的考量，她也變得有私欲有心機，懂得謀劃和計算了。

陳嫻到達京城。孔姑前往迎接，陪同住在驛館。次日，獨孤后和小草，以及楊麗華、楊美華、楊豔華、楊阿五四位公主，聚集於永安宮，帶有集體審查和考核陳嫻的性質。孔姑引領陳嫻進入正殿，介紹皇后、太子妃和公主。陳嫻跪拜在地，自稱陳女，說：「陳女拜見皇后，拜見太子妃，拜見諸位公主。」獨孤后說：「平身！」陳嫻答：「是！謝皇后！」緩緩平身，垂首恭立。眾人看去，又看到了一個亭亭玉立的大美人。陳嫻這年二十六歲，衣飾得體，姿貌美豔，端莊嫻雅，讓人聯想到荷花，出淤泥而不染，濯清漣而不妖。獨孤后心想，江南老陳家的女人，論姿色，個個出彩。小草心想，阿英在揚州納這個陳娟為愛妾，眼力不錯。四位公主心想，陳娟一看就是個有修養有品味的女人，和那個雲雀迥然不同，母后肯定會喜歡。是的，獨孤后確實喜歡並認可了這個兒媳，滿面笑容地詢問陳娟歸於楊廣的經過。陳娟如實回答，獨孤后、小草等方知楊廣早就花心了，所謂不好聲色，純是裝的、騙人的。獨孤后說：「陳娟呀！你的姑姑陳蟬，數日前剛被皇上封為貴人，還有蔡芸也封為貴人，你可知道？」陳娟搖頭，說：「陳女不知。」獨孤后說：「你想不想見姑姑？如果想見，我會安排。」陳娟默想片刻，說：「謝皇后！那年故國滅亡，陳女和姑姑及眾多家人分別，四散流離，悲苦難言。時過多年，彼此陌生，還是不見為好，見了徒增傷感與酸楚。」小草聽到這裡眼圈泛紅，覺得陳娟和自己有相似之處，都有故國情思。不過，她比陳娟幸運。她的故國滅亡之時，她已是大隋國的晉王妃，享受著榮華富貴，而陳娟是親身經歷親眼目睹了國亡家破的，心中之悲痛難以想像。同是天下亡國女，相逢何必不相容？於是她稱陳娟為妹妹，說：「母后！陳娟妹妹看來是通過審查和考核了，那臣媳和孔姑就領妹妹回東宮去休息，好讓阿英和妹妹團圓。」陳娟聽了團圓一語，微微羞紅了臉。四位公主齊聲說：「最好！最好！」獨孤后說：「那好！陳娟就去東宮，我現在傳召廣兒，看我怎樣批他！」

陳娟到了東宮，獨住一個精巧的小院。五六名女僕向前伺候，用膳、沐浴、更衣。掌燈時分，楊廣回宮，先回樓上臥室，一進門就在小草面頰上親了一口。這一親，小草明白阿英已見過母后了，母后誇了自己不少好話。她故意說：「人常說妻不如妾。你回來，該先去見妾，怎麼反先見妻了？」楊廣嘻嘻而笑，給小草鞠了個大躬，說：「在我心中，妾永遠不如妻，我會終生銘記妻對我的好。」小草說：「貧嘴，說的比唱的好聽！去吧！你的愛妾正等著你哩！」楊廣全然不惱，說：

「是！恭敬不如從命，太子妃大人！」隨即笑瞇瞇下樓去見愛妾。那一夜，楊廣和陳媧團圓，枕席風光，床笫勝景，自不別說。東宮裡又有了一位女主人，傭僕們稱她為夫人，蕭薔、崔翠稱她為陳姐。蕭、崔很快地發現這個陳姐通曉棋琴書畫，琴藝尤為精湛，因此願拜陳姐為師學習彈琴。陳媧為人謙和，樂於教授。從此，一個女人和兩個女孩時時出現在樂房裡，那裡傳出的悠揚琴聲與歡快笑聲，給寂靜的東宮增添了幾分青春氣息。

天有不測風雲。關中的八月本來是一年中最美的月份，金風送爽，菊花吐豔，中秋賞月，丹桂飄香。可是這年八月，月初就下起連綿陰雨，又颳起西北風，氣溫驟降，人們穿上夾衣仍覺得冷，儼若初冬。獨孤皇后一沒留神感染了風寒，驟然病倒了。御醫診治不見好轉，反而越發沉重。獨孤后似乎預感到病勢凶猛大限將至，心中仍牽掛一事。她承諾要給蕭薔和崔翠一個好歸宿的，然而此事尚無著落。她把四個女兒叫到病床前，命將王公大臣的未婚子弟齊齊地梳理一遍，結果是無一合適者，均不配娶皇后的外甥女和太子妃的堂妹為妻。獨孤后說：「蕭、崔兩個丫頭今年十四歲，正當婚嫁年齡，誤不得呀！」楊美華、楊豔華說：「母后都病成這樣了，何必還操那樣的閒心？」楊阿五想起自己十四歲初嫁時的情景，說：「沒有合適的，可以再等一兩年嘛！」獨孤后重重歎了口氣：「唉！」楊麗華為寬慰母后，說：「我倒有個方案。」獨孤后說：「說說！」楊麗華說：「乾脆，讓楊廣弟弟再納蕭薔、崔翠為妾，這樣，她倆的歸宿不就是最好的了？」她的三個妹妹睜大眼睛，同時發聲：「啊？」獨孤后若有所思，讓女兒給她墊上軟墊，半靠半臥在床上，說：「麗華！說說你的理由。」楊麗華敘說理由，大意是：楊廣現在是太子，將來他就是皇帝；他成了皇帝，將立小草為皇后，還會封多位妃嬪，包括陳媧；蕭薔、崔翠是自家親戚，楊廣現在納為愛妾，日後就是妃嬪，總比他姓妃嬪親近吧！這叫胳膊朝裡拐，自家人向自家人。想那大漢呂雉專權期間，讓兒子惠帝劉盈立外甥女張氏為皇后，就是這個道理。楊美華、楊豔華說：「大姐腦子動得快，真會想事說事。」楊阿五說：「問題在於二嫂會同意嗎？」楊麗華說：「小草不是個小氣人，把利害講清，我想她會同意的。」獨孤后最終拍板，說：「這方案可以考慮。快！快把小草叫來，聽聽她的意見。」小草到了永安宮，孔姑隨行。楊麗華再次敘說方案。小草傾聽，先是覺得不可思議，進而覺得還真有可行性。確實，阿英日後就是皇帝，會立自己為皇后，同時會封很多妃嬪，與其封他姓為妃嬪，還不如讓阿英先納蕭薔、崔翠為愛妾，先佔上兩個妃嬪的位子。阿英那樣的男人，注定不會歸她小草一人獨有，定會由眾多女人分享。眾多女人中，有蕭薔有崔翠也是好事，她倆在自己日後正位宮闈自會成為幫手。小草這樣一想也就豁然貫通，遂說：「母后！臣媳同意大姐的方案，方案既定就當抓緊時間進行。」

獨孤后挺直身子坐起來，蠟黃的臉上有了笑意，說：「好！小草寬宏大度、通情達禮再次得到印證，這事是得抓緊進行。來人！傳召太子，命他速來永安宮。」楊廣迅速趕到永安宮，問病請安。獨孤后說：「廣兒！我再讓你納兩個愛妾，你可願意？」事出突然，楊廣不明底細，猶猶疑疑地說：「這？這？」楊麗華再次敘說方案。楊廣得知他要納的兩個愛妾，是正當荳蔻，粉嫩得如花蕾一樣的小妹妹，暗暗自喜，可嘴上仍是說：「這？這？」小草說：「大姐曾說韓信將兵，多多益善。你是阿英納妾，多多益善。忸怩什麼？快回母后話呀！」小草說破阿英心底隱秘，四位公主和孔姑大笑。楊廣竟也窘得面紅耳赤。他看向母后，說：「兒臣聽憑母后作主。」說罷轉身，飛也似地離去。

楊廣聽憑母后作主，就是同意。蕭薔和崔翠等於是皇后賜婚，無須徵求意見，知會一聲就是。兩個女孩又羞又喜，心想即將成為太子姐夫的愛妾，還會成為皇帝姐夫的妃嬪，那是多大的榮耀！禁不住心花綻放。對楊廣說來，好事從來不會多磨。獨孤后說她夢見數十年前過世的老娘，老娘呼喚她的名字，她的大限到了，故命楊廣和蕭薔、崔翠立即成婚，不然，她在死前就看不到又有兩個兒媳了。楊廣這時格外孝順，奉命成婚。楊廣已有一妃三妾，並不急於給三妾什麼名號，他三天住小草處，另外三天分別住陳嫺、蕭薔、崔翠處。這是考慮了小草的感受，也是做給母后看的，表明他楊廣看重婚姻，妾就是妾，其地位永不如妻。那幾天，楊廣最害怕見女兒南陽公主楊曄。因為蕭薔、崔翠比楊曄還小兩歲呢！

八月下旬戊辰日晚，獨孤后病情急劇惡化。楊廣等眾多親人火速趕到永安宮。獨孤后已進入彌留狀態，臨終遺言：兒女要孝敬他們的父皇，楊廣要善待小草和兄弟姐妹，小草要奉養孔姑。楊廣跪地，握著母后一隻冰涼的手，流著淚說：「母后！你要挺住啊！父皇會趕回來的，楊秀、楊諒、楊暕會趕回來的，你該見見他們哪！」一是的，獨孤后的確想見見他們，尤想見一眼那個名叫楊堅的男人，大隋國的皇帝，她的老伴。此外還想見一眼正幽禁著的廢太子，庶人楊勇，她的長子。可惜不能如願了。過了子夜，已是己巳日。丑末寅初，獨孤后面白如紙，呼吸極其微弱又極其艱難。倏忽，呼吸停止，溘然長逝。終年五十九歲。

獨孤后病逝。楊廣披麻戴孝主持喪禮。披麻戴孝的還有獨孤后孫子楊昭、楊浩、楊湛。宗人署宗正卿楊順主管皇家事務，命一群仵匠前來小殮，給皇后穿上鳳袍，戴上鳳冠，佩上飾物，將遺體移至安仁殿停殯。親人守靈，百官弔唁。獨孤后病重病危時，晉王楊昭奉楊廣之命兩次前去仁壽宮報告皇爺爺。怎奈楊堅臨幸兩位貴人，勞累過度也病倒了，所以回不了京城。庚午日，楊昭再赴仁壽宮，這次是報喪。楊堅不免心驚心痛。他和皇后夫妻一場，甘苦與共，無論如何也得回京城去看她一眼送她一程。三天後，即九月乙酉日，楊堅說服御醫，在金根車裡墊上層層被褥，他躺在被褥上，陳、蔡貴人左、右伺候，車輛減速緩緩前行。這樣走了兩天，丙戌日下午抵達京城，進了大興宮，到了安仁殿前。以楊廣為首的兒女及百官皆穿喪服跪地迎接，楊堅手拄拐杖，由兩位貴人攙扶，下車，進殿，來到獨孤后遺體前。楊堅面色憔悴、精神萎頓、顫顫巍巍，確實病得不輕。楊廣俯身，揭開蓋在母后臉上的白綾。楊堅看到了皇后的遺容似乎熟悉，實際上已是一張變了形的乾瘦的臉。他想起皇后生前的諸多好處，眼睛濕潤，輕聲說：「伽羅！走好，走好啊！」陳、蔡貴人也是穿了喪服的，同時跪地叩了三個頭，起身，又點燃三炷香，插在香爐裡。在場的人大多是第一次見到兩位貴人，全都驚歎她倆的美貌。陳貴人之美又勝過蔡貴人，輕盈、飄逸，像是天使。楊廣見了，心田一角微微一顫，回想當年在建康，怎麼會忽略了這樣一個絕色美人？陳嫺這天第一次見到公爹皇上，也是十多年後再次見到姑姑陳蟬。她比陳蟬年長一歲，不便向前叫姑姑，只是想：自己早是太子的愛妾，而姑姑如今成了皇上的貴人，真是造化弄人哪！

皇上和兩位貴人權且住甘露殿。楊廣帶領楊昭前去向父皇彙報事項，兩位貴人回避。楊廣說，次日即丁亥日，母后遺體停殯已七日，擬大殮；父皇陵寢泰陵（今陝西武功境），距京城約二百里，楊素監工，正在開挖地宮，所以母后的靈柩先得安放在安仁殿，大約兩個月後方可安葬。楊堅半靠半躺在御榻上，說：「你母后病重病危直至長逝，朕都不在她跟前，想來甚是愧疚。」楊廣說：「父皇也病了嘛！」楊昭說：「就是！皇爺爺還是保重龍體要緊。」楊堅重重歎了口氣：

「唉！」丁亥日大殮。楊堅和兩位貴人，皇家成員和重要官員悉數到場。仵匠將獨孤后遺體放置棺內。親人哭喪達到高潮。古人哭喪有講究。哭時有淚叫泣，哭時無淚叫號，哭時捶胸頓足、涕淚交加叫擗踴。楊麗華等四姐妹手扶棺沿，看母后最後一眼，擗踴而哭。小草、崔翠、楊曄等哭而有淚，那是泣。陳娟、蕭薔、韋婕、劉芙、劉蓉等哭而無淚，那是號。孔姑對皇后感情深厚，哭成了淚人。楊堅手拄拐杖立在棺前，竟也流下幾滴老淚。兩位貴人不時用絲帕擦拭眼角，那是做樣子，眼角其實無淚。仵匠讓眾人後退，在女人們的擗踴聲中泣聲中號聲中封棺釘釘，棺外罩上郭。靈柩固定，不再移動，稱停靈，單等出殯。三天後，楊暕從揚州回到京城，跪在靈柩前叩頭，焚燒冥錢，自責回來晚了，未能見到皇奶奶的慈顏與遺容。這年是閏年，閏十月。楊廣和兒子楊昭、楊暕，還有丞相楊素、蘇威，宗正卿楊順等的周密安排，提前將獨孤后靈柩啟運，於閏十月壬寅日安葬於泰陵。禮儀隆重，場面盛大，盡顯皇家氣派。獨孤后死後謚曰文獻。正統史學家評價這位皇后褒中有貶，貶其「擅寵移嫡，傾覆宗社」，又貶其「性尤妒忌」，致使她在歷史上落下個妒婦的名聲。

第十三章

驚世宮變

楊廣一面給母后治喪，一面和楊素、楊約、宇文述、張衡等密議政事，眼睛緊盯著南面的楊秀。楊秀沒參加母后的喪禮乃失策之舉，正好構成了新的罪責。楊廣向父皇彙報軍政事務，故意提到楊秀。楊堅早就認定這個兒子是個逆賊必會反叛，立命頒詔召其入朝，剜掉毒瘤。楊秀時年三十二歲，已無官職，但仍是蜀王，不敢抗詔，硬著頭皮進京拜謁父皇，叩頭請安。哪知楊堅好像不認識他似的，滿面怒容，不與一言，只在鼻孔裡「哼」了一聲。楊秀惶恐，再拜告退。楊堅派一朝臣，斥責楊秀不忠不孝枉為人臣人子。楊秀感到事態嚴重，說：「臣忝荷國恩，出臨藩岳，不能奉法，罪當萬死。」楊廣又虛情假意，裝出關愛昆弟的樣子，說了幾句無關痛癢的好話。楊堅不悅，說：「從前楊俊糜費財物，朕以父道訓之；今楊秀蠹害生民，朕當以君道繩之。」隨即命將楊秀下獄，審訊其在益州野心膨脹、無法無天的種種罪責。大臣慶整進諫，說：「庶人勇既廢，秦王俊已薨，陛下兒子無多，何至如是？然蜀王秀性甚耿介，今被重責，恐不自全。」楊堅大怒，斥道：「朕之家事，汝若敢來多嘴，且斷汝舌根！」又說：「當斬楊秀於市中，以謝百姓！」群臣跪伏殿庭為蜀王求情，楊堅這才收回一個「斬」字，命楊素、蘇威等嚴審楊秀。楊廣和楊素等再次密議，決定火上潑油趁勢置楊秀於死地。楊廣於是陰作木偶，分別書楊堅和漢王楊諒姓名，縛手釘心、枷鎖杻械，埋於華山腳下，且寫上咒語云：「請西嶽慈父聖母，速遣神兵，收繫楊堅、楊諒神魂。」楊素聲稱有人告發前去發掘，作為楊秀的罪證。楊廣再偽造造反檄文的草稿，內有「逆臣賊子，專弄威福。陛下唯守虛器，一無所知。吾當盛甲陳兵，指期問罪」等語，亦作為楊秀的罪證。楊堅看了這些罪證，確信不疑，赫然震怒，拍著御案大罵：「天下竟有這等不肖子乎！」十二月癸巳日，頒詔宣布廢楊秀為庶人，幽禁於內侍省，妻妾兒女等不許與之見面。蜀王府屬官連坐獲罪者共百餘人。

楊秀從蜀王到庶人，突然落到這步光景，因接受不了而憤懣上表，略云：「臣以多幸，聯慶皇枝，蒙天慈鞠養，九歲榮貴，唯知富樂，未嘗憂懼。輕恣愚心，陷茲刑網，負深山岳，甘心九泉。不謂天恩尚假餘漏，至如今者，方知愚心不可縱，國法不可犯，撫膺念咎，自新莫及。猶望分身竭命，少答慈造，但以靈祗不祐，福祿消盡，夫婦抱思，不相勝致。只恐長辭明世，永歸泉壤，伏願慈恩，賜垂矜滑，殘息未盡之間，希與爪子相見。請賜一穴，令骸骨有所。」楊秀共有七個兒子，爪子是其長子的小名。此表內容明顯帶有怨氣與恨意。楊堅怒不可遏，再行「君道」，命將楊秀的舊罪責加上新罪證歸納成十個方面，用詔令形式歷數其十大罪狀，措詞至為尖銳。結尾寫道：「凡此十者，滅天理，逆人倫，汝皆為之，不祥之甚也，欲免禍患，長守富貴，其可得乎！」君道君威。楊秀遭遇厄運，下場一如長兄楊勇。

小草在大婚的第二天就認識阿英的四個兄弟，當時的場景歷歷在目。時過十九年，秦王楊俊亡故，皇太子楊勇、蜀王楊秀被廢為庶人，很多人受到牽連。孔姑說：「這就是宮廷鬥爭！宮廷鬥爭，父子不成父子，兄弟不成兄弟，毫無親情可言。」小草悚然，久久無語。阿英謀奪太子大位，她是出了力的，這意味著她實際上也參加了或者說是捲入了父子反目，兄弟成仇的宮廷鬥爭哪！

獨孤后健在時，楊堅後宮只立皇后一人，沒有妃嬪，后妃體制名存實亡。獨孤后辭世，楊堅好色本性顯現，立即恢復了傳統的后妃體制。他雄心勃勃，打算皇后缺位，通過選美選了一百二十位美女封作妃嬪，包括三貴人、九嬪、二十七世婦、八十一女御。只可惜他已年過花甲，心有餘而力不足，選美之事胎死腹中。好在身邊有陳、蔡二貴人也足夠他享用的了。史籍記載：陳貴人「一時專房擅寵，主斷內事，六宮莫與為比」。此說恐怕言過其實。陳貴人陳蟬，在大興宮一無根基，二無人脈，資歷、才幹、手段等比起獨孤后來差得太多，所謂主斷內事，只能在甘露殿裡指揮上百名宮監宮女罷了，出了甘露殿誰又會聽她的？楊麗華等四位公主，對陳貴人專房擅寵是反感的，覺得父皇喜新厭舊、見異思遷，早把她們的母后忘光了。陳貴人還算有自知之明。她比蘭陵公主楊阿五還小四歲，所以在四位公主跟前，包括在太子妃跟前，斷不敢擺譜拿大，盡量放低姿態，彼此間相安無事。

仁壽三年（西元六〇三年），楊堅在甘露殿養病治病，身體有所好轉，偶爾還能過問政事。楊素主持營建泰陵，安葬獨孤后，楊廣說了他許多好話。楊堅因此頒詔，褒讚楊素：「志度恢弘，機鑒明遠，懷佐時之略，包經國之才」，「既文且武，唯朕所命，任使之處，夙夜無怠」，增賜食邑萬戶，「子子孫孫，承襲不絕」。這時的楊素為大隋國第一權臣，廣營資產，家僮數千，妓妾亦數千，第宅華侈，制擬宮禁。名將賀若弼只因譏刺楊素，結果除名為民。朝右諸臣，莫不畏附。偏有一位大理寺卿梁毗，剛正不阿，上書彈劾楊素，說他「心同莽懿（王莽、司馬懿）」，應當「量為處置，以使鴻基永固」。楊堅覽書大怒，命將梁毗下獄，親自鞫問。梁毗全不畏縮，說：「楊素擅寵弄權，殺戮無道，太子勇及蜀王秀得罪遭廢，臣僚無不震悚，獨楊素揚眉奮肘，喜見顏色，利災樂禍，不問可知。」楊堅聽此數語似有所悟，敕赦梁毗。駙馬都尉柳述已升任兵部尚書，也進言說楊素威權過甚恐生禍端。楊堅遂詔諭楊素：「僕射係國家宰輔，不應躬親細務，但閱三五日，一至省中，評論大事，便為盡職。」同時將楊素之弟、東宮左庶子楊約調離京城，出任伊州刺史。這使楊素隱隱不安：皇上莫不是猜忌自己了？他對楊廣說起此事。楊廣大笑，說：「不會不會！父皇可以猜忌高熲，猜忌賀若弼，但絕不會猜忌你楊兄。」果然，楊堅對楊素寵信如故，賞賜如故。楊素長子楊玄感，無功無祿，竟拜將軍，進位上柱國大將軍。

這年九月的一天，晉王楊昭到東宮報喜：他的侍妾劉芙生了個男孩，請爺爺賜名。楊廣三十五歲當了祖父，自是歡喜，遂給孫子賜名：楊倓。楊廣立即去甘露殿報喜：父皇已當上曾祖父，四世同堂，洪福齊天。楊堅自然也是歡喜，說：「只可惜你母后沒能等到這一天。」楊廣說：「兒臣相信，母后地下有知也會開顏大笑的。」小草約了小妹楊阿五去看望劉芙和楊倓。小草問：「我說小妹，你是怎麼回事？婚後這麼多年，為何還沒個孩子？」阿五答：「我也不知為何，反正懷不上。」小草說：「要不，你和柳述商量商量，該讓他納個侍妾生個孩子。不孝有三，無後為大呀！」阿五說：「我跟柳述說過這意思，他一口拒絕，說：『寧可絕後，也不納妾！』那人跟我一樣也是倔驢犟，死心眼，一根筋！」小草輕輕點頭，說：「寧可絕後，也不納妾。好！單憑這一條，我敢斷定：柳述是個響噹噹的大丈夫！」阿五笑了。二嫂這樣誇她的夫君，她很開心。

轉瞬是仁壽四年（西元六〇四年）元旦，楊堅上朝接受百官朝賀，宣布大赦天下。夜間臨幸陳貴人享受溫柔與纏綿，忽聽得夜空有異樣聲響，驚起而坐。宮監報告，那是幽禁的廢太子楊勇又爬上大樹，朝著大興宮方向喊冤，喊的話是：「父皇！我未曾謀反，我無罪我冤枉啊！」喊聲悲切、哀怨、淒涼。楊堅深受刺激，徹夜未眠，天明時頭暈腦脹、昏昏沉沉病倒了。楊廣慌忙前來請安，立命將監禁廢太子的衛士下獄治罪，又命將原東宮的大樹全部砍倒。御醫應召前來診治，說皇上是因驚悸而病，建議換個環境居住以利靜心調養。於是還在新年期間，正月甲子日，楊堅由丞相楊素、兵部尚書柳述、黃門侍郎元岩等陪同駕幸仁壽宮，朝廷事無巨細皆由皇太子決斷。楊廣送走父皇，大權在握，再不用請示彙報，樂不可支。他有一種預感，老頭子——他私下多稱父皇為老頭子——這次去仁壽宮，再要活著回來怕是不大可能了。他把預感告訴小草，同時說起那年在揚州，遇見相面大師袁來和，袁大師用筷子蘸酒，寫下「君臨天下」四字的情景。小草難以置信地說：「你是說，袁大師預言你當君臨天下？」楊廣說：「可不是！我這些年來所幹的大事，就是為了君臨天下。我為皇太子，只是大事的第一步。君臨天下當皇帝，才是大事的頂點。我估計這個頂點即將到來，屆時你自然就是皇后，母儀天下！」小草從成為皇太子妃那天起就想過自己會成為母儀天下的皇后，但絕沒想過這一天會來得這樣快！如果說男人的頂級夢想是君臨天下當皇帝，那麼女人的頂級夢想就是母儀天下當皇后。小草欣喜、激動，同時有點忐忑與惶恐。說實話，她思想上還沒準備好，要母儀天下當皇后啊！

四月，仁壽宮傳來消息：皇上又病倒了。楊廣指派楊昭專程前去問病請安。六月，楊廣為表示孝心，再次大赦天下為父皇祈福。皇上臥病，兩位貴人輪流侍奉，仍然糾纏著要尋歡作樂。楊堅勉為其難，上下折騰，早累得氣喘吁吁、虛汗淋漓，僅有的一點精、氣、神都淘空了、耗盡了。每當筋疲力竭之時，他總會想：獨孤伽羅補償給我兩個大美女，是愛我耶？是害我耶？不過，他還是很快意很滿足的，命柳述、元岩頒詔：「著封陳貴人蟬為宣華夫人，蔡貴人芸為容華夫人。」在傳統的后妃體制中。夫人是最高的妃嬪，地位僅次於皇后。兩位夫人自是感激皇上的恩寵與恩典。七月初，皇上病情忽然加重，楊素通知楊廣速赴仁壽宮。楊廣知道這一通知意味著什麼，當天即命丞相蘇威輔助晉王楊昭留守京城，並跟小草打了個招呼，然後就率左衛率宇文述、左監門率郭衍、右庶子張衡，及太子衛隊兩千精騎直奔仁壽宮。小草一顆心驟然懸了起來。她耳濡目染這麼多年，深知宮廷鬥爭自古就是成者王侯敗者賊。阿英此去，若是成者，千好萬好；若是敗者，那麼其後果想也不敢想啊！

壬寅日，楊廣到了仁壽宮，先見了楊素。楊素通報一則重要訊息——幾天前，皇上曾突然問他：「太子與漢王，孰優孰劣？」隨後命柳述、元岩發詔書，召漢王入朝。楊廣驚詫，心想老頭子這是何意？他懷著狐疑進大寶殿，進笑雲園皇上寢室，跪在病床前呼喚父皇。宣華、容華夫人回避。楊堅平躺在床上，睜開昏花的眼睛，有氣無力地說：「太子嗎？為父這次怕是凶多吉少，要見你母后去了。」楊廣抬眼看去，只見老頭子面黃肌瘦、眼窩深陷、目光空洞、神形俱失，心中暗喜，然臉上卻作憂戚狀，說：「不！父皇福大命大，何懼小病小災！只要用心治療與調養，龍體定會康復的。」楊堅想笑一笑，但沒笑出來，說：「你來了也好，可住大寶殿，有事可隨時召你入見。」楊廣說：「是！兒臣現在去和御醫商量，務要讓父皇盡快康復。」楊廣拜別父皇，並沒和御醫商量，而是和楊素商量了。伊州刺史楊約入朝述職，恰好也在楊素處，於是楊廣、楊素、楊約、張衡四人關門密議。密議的主題是，皇上病入膏肓，駕崩在即，太子登基典禮需抓緊籌備。籌備事項是按皇上正常駕崩預想的方案，哪知風雲突變，楊堅偏偏不是正常駕崩，而是死於凶殺，死於政變，而凶殺與政變的罪魁，恰恰是太子楊廣。

楊素等住在仁壽殿旁的文思堂，非經許可不得進入寢區大寶殿。兵部尚書柳述是皇上的女婿，職掌軍事；黃門侍郎元岩是門下省副官，代管皇上璽印，職掌詔令與文書。而且他和漢王楊諒是兒女親家，他的女兒元晶嫁楊諒長子、華陽王楊楷為王妃。柳、元兩人是朝臣中少壯派的佼佼者，皇上倚重，隨時都會召見，所以在大寶殿安排有他倆的專用房間。楊廣住大寶殿，無法時時見到楊素，二人約定通過書面方式緊密聯繫。癸卯、甲辰、乙巳日平靜度過。丙午日，晴空無雲，赤日炎炎。下午酉時，楊素在住處起草皇上遺詔，遺詔中有評價太子的文字：「皇太子廣，地居上嗣，仁孝著聞，以其行業，堪成朕志。但令內外群官，同心戮力，以此共治天下，朕雖瞑目，何所復恨。」楊素要詢問太子，這樣措詞可不可以？所以將起草遺詔事及這段文字寫在一頁紙上，命一名小宮監送至大寶殿。大寶殿是皇上的寢殿，小宮監以為送至大寶殿就是送呈皇上，因而那頁紙陰差陽錯地到了皇上手裡。楊堅粗看幾眼，方知丞相和太子已在準備太子登基事項，並已起草了他的遺詔，大叫道：「氣煞我也！氣煞我也！」心猛跳氣急喘，面色煞白。宣華、容華夫人慌忙近前，一撫胸，一捶背，好多時才使皇上漸漸平復，歎息數聲後昏昏而睡。醒來已近午夜，只見燭炬明亮，二夫人仍守候在床前，很是憐惜地說：「我尚未咽氣，他們就忙著給我治喪；我一旦咽氣，他們還不定怎樣對待你倆呢！」二夫人心中酸楚，淚光熒熒，將皇上扶起讓他半坐半躺，洗手淨面，還給吃了一小碗溫溫的人參桂圓蓮子羹。過了子正，已是丁未日（七月二十三日）。宣華對容華說：「芸妹在這裡守著，我去房裡更衣片刻就回。」從某種意義上說，正是宣華的這個「片刻」，成為當夜的導火索，導致了楊廣凶殺、政變罪惡行徑的發生。

那天下午，楊廣美美地睡了一覺，神清氣爽、精力充沛。他對那頁紙事一無所知，想著即將君臨天下，整個身心都是甜蜜的。戌時用膳。亥時沐浴。子時尚無睡意，信步踱出大寶殿後門，門外彩廊直通笑雲、品風、觀雨、聽荷等園。他決定去笑雲園，看看老頭子休息了沒有？沒走多遠，忽見一間房裡亮著燈，有人影晃動，明顯是女人的身影。他很好奇，走近那間房，房門是虛掩著的，透過門縫一瞧。呀！那女人竟是宣華夫人，正對鏡更衣，剛剛將穿著的白綢上衣脫下，脖頸、雙肩和後背裸露，雪白如脂，粉紅色肚兜罩著胸部腹部，豐滿的雙乳高聳，輪廓優美。鬼迷心竅、色膽包天的楊廣居然推門而入，居然伸開雙臂，居然想把那美人擁在懷中。宣華從銅鏡裡看到有人進門，而那人竟是太子，色瞇瞇地正靠近自己，不由花容變色，本能地用綢衣遮胸，一低身，一轉身，躲開了太子雙臂，快步跑出房間，沿著彩廊跑進皇上寢室，嬌喘吁吁、神色慌張。楊堅和容華見狀，同聲驚問：「怎麼啦？」宣華上身多半部分還裸露著，忙將綢衣穿上。楊堅再問：「怎麼啦？出了何事？」宣華驚魂未定，嗚嗚咽咽，結結巴巴地說：「太……太子欲對臣妾無……無禮。」楊堅「譃」地坐起，以手捶床，厲聲罵道：「畜生！畜生何足付大事，獨孤伽羅誤我也！」略一停頓，又高聲道：「來人！速傳柳述、元岩入見！」寢室外有當值的宮監，應聲「是」，急急去召柳、元兩位大人。

楊廣這時尚在宣華房中，直是後悔，後悔剛才的荒唐。他本想迅速回大寶殿，但聽得老頭子大罵「畜生」，又命速傳柳述、元岩入見，索性不回了，他要聽聽看老頭子怎麼說怎麼做。柳述、元岩急匆匆地入見皇上。楊堅喘著粗氣，說：「快！快召我兒！」柳述說：「太子在大寶殿，怕是休息了，臣去召他？」楊堅怒聲說：「不！不是太子，是……是勇，勇兒！」元岩問：「皇上得是要召廢太子勇？他在京城，還被幽禁著呀！」楊堅依然怒聲說：「就召太子勇，勇兒，快，快召！」楊廣聽得真切，三魂嚇掉兩魂。老頭子命召廢太子，分明是要廢黜自己，重立楊勇為太子。這怎麼可以？不！絕不能讓這種事發生！他心慌意亂又心急火燎，立即衝出房間，經大寶殿，衝出寢區正門大寶門。門前，右千軍蕭瑀手持長戟，率十餘名衛士執行守衛任務。楊廣大聲說：「蕭瑀！嚴密守衛，禁止他人出入！」不待蕭瑀應答，一路跑向朝區文思堂，直入楊素房間。楊素正斟酌起草的遺詔，尚未就寢，見是張惶失措的太子，慌忙起立，驚問：「出了何事？」楊廣急促地說：「老頭子正命柳述、元岩下詔，欲召廢太子楊勇來此，重新立為太子。快！快設法應對！」楊素更驚，說：「怎麼會這樣？」楊廣說：「老頭子說我不足付大事。」接著又信口加了一句：「老頭子還說，楊素奸猾，當斬！」他信口加的這一句深深地刺激了楊素，也激怒了楊素。他想，皇上果然在猜忌自己，命我陪同來仁壽宮就是為了隨時斬我呀！他略一沉吟，需要保太子，更需要保自己，遂怒從心頭起，惡向膽邊生，說：「當務之急要辦兩件事：一、假託皇上口諭，拘捕柳述、元岩下獄；二、讓皇上盡快駕崩！」他說「二」時，用手做了個殺頭的動作。楊廣聽了「二」，驚呼：「啊？」楊素說：「俗云『無毒不丈夫』、『先下手為強』，非常時刻當用非常手段，若拘泥於忠孝仁義，你我怕是只能同去鬼門關了。這事非同小可，最好殿下親自去辦。」楊廣為難地說：「我，我下不了那個手啊！」楊素說：「帶上張衡，讓他下手！」楊廣咬牙默想，耳邊響起老頭子「畜生何足付大事」的聲音，遂說：「也只能這樣，我也顧不得什麼忠孝了。」

柳述、元岩回到大寶殿房間，頗為作難。皇上命速召幽禁著的廢太子楊勇，並未說明原因，這詔令怎麼個寫法？二人磋磨多時仍無頭緒。正為難間，宇文述率十餘名衛士前來，聲稱奉皇上口諭，柳述、元岩蓄意謀反著拘捕下獄，交大理寺審訊。柳、元莫名其妙，大叫冤枉地說要見皇上。宇文述說：「先入獄，皇上若願意見你倆，那時再見不遲。」柳、元大呼小叫全是白費氣力。衛士如狼似虎地押解二人，出了大寶殿。元岩代管的皇上璽印，宇文述全取來交給了楊素。與此同時，楊廣在大寶殿房間，低聲指示張衡讓皇上盡快駕崩事宜。張衡絕對忠誠於楊廣，說：「這事，小菜一碟！」他沒帶兵器，就只將楊廣的佩劍握在手中逕入笑雲園，命當值的宮監回去睡覺。楊堅見張衡手中執劍，心裡發毛，嘴上卻說：「張衡！你好大膽，怎敢執劍進朕寢室？」張衡微笑，說：「兩位夫人且回避，可去觀雨園，臣要單獨伺候皇上。」宣華、容華不敢不回避，遲遲疑疑地去了觀雨園。張衡直視楊堅，說：「皇上！臣也是奉命行事，誰讓你遲遲不駕崩來著？你到陰間當恨該恨之人，切莫恨我張衡。」楊堅感到情況不妙，面色煞白，手指張衡說：「你！你！」張衡說：「皇上！對不住了！」舉劍刺進楊堅胸膛。楊堅慘叫一聲，身子一側，血流如注，不一會兒，氣絕身亡。死年六十四歲。

張衡回大寶殿報告楊廣：「皇上已經駕崩。」楊素恰好到來。於是楊廣、楊素隨張衡到笑雲園察看現場。楊廣見老頭子已無氣息，身子側伏在床上，明黃色內衣內褲浸滿鮮血，鮮血從床上流到地上，污穢狼藉。他跪地哀號了一聲：「父皇！」楊素說：「殿下！現在不是哭喪的時候！」楊廣起立，假裝擦拭眼睛。三人返回大寶殿，楊廣說：「父皇駕崩，我當立即登基並發喪吧？」楊索搖手，說：「恐怕還不宜。原因有三：一、皇上衛隊有可能滋事；二、廢太子楊勇還活著；三、先帝下詔召漢王入朝，漢王若應召近日將到仁壽宮。殿下登基、發喪之前，需將這三件事擺平。」楊廣說：「怎麼擺平？」楊素說：「我正為此來請示殿下。一、矯詔將皇帝衛隊併入太子衛隊，由宇文述、郭衍兩位將軍分任衛隊總管與副總管。二、楊約可率輕騎星夜馳往京城，矯詔賜廢太子死，廢太子若抗詔，可縊殺之。三、漢王若入朝，太子衛隊可將其擒殺，永絕後患。那時殿下登基並發喪，必能順順當當、高枕無憂。」楊廣說：「楊兄高見！所言之事，放手辦就是，無須請示。」楊素笑答：「是！陛下！」他故意改口，提前把殿下叫作陛下了。

約莫寅時，楊素、張衡離去，大寶殿像死一樣寂靜。楊廣回想兩個時辰裡發生的事，恨恨地遷怒一個人──宣華夫人陳蟬。若不是她跑去向老頭子告黑狀，那麼一切皆不會發生。他很氣惱，喚了當值的一名宮監一名宮女去品風園，選了個房間就寢。房間梳粧檯首飾盒裡，有各種金玉飾物及彩色絲線。他毫無睡意，決定用一種惡作劇方式來懲罰、報復那個女人。宣華、容華及眾多宮女集中在觀雨園，竊竊議論：「事變矣！」忽有一名宮女前來，遞給宣華一個小金匣，金匣上有太子親筆寫的封條。宣華以為金匣裡裝的必是毒藥，嚇得面色如土，雙手哆嗦。宮女催促。她不得不揭去封條打開金匣。孰料裡面裝的不是毒藥，而是兩件精美的金製飾品：金龜與金蛇。還有用紅、黃絲線編製的同心結。金龜與金蛇的含義無人知曉，但同心結的含義是明白的。眾人見了都鬆了口氣，說：「得免死矣！」接著一名宮監前來，傳太子口諭：召宣華到品風園敘話。所謂敘話，別有深意。就在品風園，楊廣把宣華姦淫了。他命宣華離去，意猶未盡，再命召容華敘話，同樣把容華也姦淫了。楊廣姦淫宣華非情非愛，只是完成了一次佔有一次玩弄，除懲罰、報復外，還帶有羞辱性質：你宣華不是姿貌無雙嗎？你宣華不是告我黑狀嗎？那我就讓你赤條條地躺在我眼前，任我審視、任我撫摸、任我姦淫，你又能怎樣？你又敢怎樣？至於姦淫容華，純屬臨時興起，如此而已。楊廣深知兩位夫人畢竟是老頭子享用過的女人，倫理上算是他的庶母，因此他姦淫她倆是有心理障礙的，草草了事、索然寡味，遠未達到那種酣暢淋漓、沉醉忘形的境界。次日，楊素見楊廣，笑道：「殿下夜間好興致！」楊廣一驚，顯得尷尬，心想：楊素這隻老狐狸神通廣大，肯定知道了自己夜間所幹的醜事。

仁壽門前和大寶門前戒備森嚴，楊素經辦將皇帝衛隊成功併入太子衛隊。楊約赴京城縊殺了廢太子楊勇。然而漢王並未入朝，只上了一份奏書。乙卯日卯正，楊廣在仁壽殿舉行登基典禮。出席典禮的僅有時在仁壽宮的官員一百多人。柳述、元岩兩位重臣缺席，分外醒目。楊廣冠冕一新，步上金殿，端坐在金黃色雕龍御座上。楊素宣讀先帝遺詔，遺詔中有文字專門說到皇子楊勇、楊秀和楊廣，芸：

人生子孫，誰不愛念，既為天下，事須割情。勇及秀等，並懷悖惡，既知無臣子之心，所以廢黜。古人有言：「知臣莫若於君，知子莫若於父。」若令勇、秀得志，共治家國，必當戮辱遍於公卿，酷毒流於人庶。今惡子孫已為百姓黜屏，好子孫足堪負荷大業。此雖朕家事，理不容隱，前對文武侍衛，具已論述。皇太子廣，地居上嗣，仁孝著聞，以其行業，堪成朕志。但令內外群官，同心戮力，以此共治天下，朕雖瞑目，何所復恨。……嗚呼，敬之哉！無墜朕命！

「好子孫足堪負荷大業」。楊素引領官員跪拜新帝，高呼：「吾皇萬歲萬歲萬萬歲！」楊廣心花怒放，開金口吐玉言：「眾愛卿平身！」從這一刻起，楊廣從皇太子變成皇帝，時年三十六歲。他依靠楊素等人的謀劃，弒父、淫母、殺兄，發動驚世宮變，登上了皇帝寶座，實現了男人最頂級的夢想。大隋國的楊堅時代結束，楊廣時代開始。

第十四章 彌天謊言

新隋帝楊廣登基，頒發的第一道詔書是喪報，宣布先帝駕崩。喪報隱瞞了先帝駕崩的確切時間，隱瞞了先帝駕崩的死因真相，只說是乙卯日丑時，因久病不治而駕崩的；國不可一日無君，皇太子廣遂在先帝駕崩後即了皇帝位，立即發喪，布告天下。

皇帝駕崩是國喪。仁壽宮最早懸掛出白色黑色喪帳。楊廣及官員、宮監宮女等按規定穿起了喪服。喪報當天傳到京城。留守京城的晉王楊昭，飛快地回到東宮將此消息報告母妃。太子妃小草且驚且喜，熱淚盈眶。多日的牽掛、多日的期盼、多日的擔憂，終於有了答案：阿英已是皇帝了！阿英已君臨天下了！一瞬間，消息傳遍京城。楊麗華、楊美華、楊豔華、楊阿五四位公主到了東宮，豫章王楊暕到了東宮，晉王妃韋婕和劉芙、劉蓉到了東宮，南陽公主楊曄到了東宮，加上陳娟、蕭薔、崔翠，齊聚一堂。喪報明明是報喪，然而這時賀喜壓過報喪，還紛紛打聽消息。其實小草、楊昭和眾人知道的一樣多，都是喪報上的內容，此外也是一無所知。楊昭回大興宮和丞相蘇威商量，立命宮城、皇城、東宮、諸王府及各官署懸掛喪帳，並準備迎接先帝梓宮和新帝鑾駕回歸京城。楊昭還命楊暕前往仁壽宮，協助父皇──楊昭已稱楊廣為父皇──辦理喪事。孔姑自獨孤后死後大病一場，仍在臥床。小草遵從婆母奉養孔姑的遺囑，像女兒一樣無微不至地奉養孔姑，她到病床前把最新消息告訴孔姑。孔姑臉上露出喜色，說：「這就好啊！這就好啊！」

仁壽宮方面動作飛快。乙卯日卯正，楊廣舉行登基典禮並發喪。丙辰日丑時，夜深人靜，由張衡指揮兩名仵匠率十六名民工，用特製的大型板車將一口碩大的楠木棺槨運進仁壽宮，運進大寶殿。不一會兒，那口棺槨成了先帝的靈柩，端端正正地停放在大殿中央，點長明燈，立招魂幡，且有香爐供焚香，有鐵盆供燒冥錢。皇帝靈柩尊稱梓宮。卯正舉行朝會，朝會的議程是拜謁、祭祀先帝梓宮。百官驚駭，未見打製棺槨，未見小殮，未見停殯，未見哭喪，更未見大殮，怎麼就有了先帝梓宮？丞相楊素出面解釋，大意是天氣太過炎熱，先帝遺體停放不得，故買了現成的棺槨，小殮大殮一併進行，先帝遺體殮進梓宮，即便變質——他沒說腐爛發臭——也在梓宮裡面，無礙的。他的解釋儘管牽強，但百官還是相信了。只有宗正卿楊順不解：自己是主管皇家事務的，而先帝駕崩，小殮、停殯、棺槨製作、大殮、停靈等事項竟無人通知自己一聲，這是怎麼回事？他想問問楊丞相，但轉而一想，硬是忍住了。因為這裡面肯定有秘密，不容自己插手，所以還是別問為好。一群人來到大寶殿，碩大的棺槨赫然在目。新帝披麻戴孝，率先跪拜叩頭，焚香，燒冥錢。以下是楊素，再就是百官，一一跪拜叩頭，焚香，燒冥錢。天氣太熱，焚香、燒冥錢更升高了大寶殿裡的溫度，喪服上都是汗漬的痕跡。楊暕是當天下午到達仁壽宮的，見過父皇，也披麻戴孝，拜謁、祭祀皇爺爺。他在梓宮前叩頭，忽然產生一個奇怪的念頭：梓宮裡殮的是皇爺爺嗎？如果是，遺體腐爛發臭怎麼辦？大千世界真是無奇不有。楊暕的念頭並不奇怪，他所面對的梓宮，其實正是楊廣、楊素等編造的一個彌天謊言。

丁未日丑時，楊堅遭凶殺致死。楊素認為尚有幾件急事要辦，太子登基及發喪事延後。太子和丞相忙這忙那，卻疏忽了一個重大問題：一具遺體橫陳在笑雲園，亟待殮葬。戊申日寅時，楊約馳赴京城返回仁壽宮，報告說：矯詔賜廢太子楊勇死，楊勇抗詔將其縊殺了，並通知了留守京城的晉王和丞相可命宗人署將其殮葬。楊廣對楊約赴京城，在十二個時辰內疾馳六百里往返，圓滿完成任務，很是讚賞，笑著對楊素說：「令兄之弟，果堪大任！」楊約隨口問：「先帝遺體殮葬了嗎？」楊素聽此一問，用手狠拍腦門，說：「糟！我怎麼把這事給忘了！」楊廣也說：「哎呀！我也忘了！」楊廣、楊素、楊約，還有張衡，於是圍繞遺體問題緊急密商。楊素說：「這事還真有點棘手。先帝駕崩，太子尚未登基，所以必須秘不發喪。當下是七月是酷暑，遺體最多放置數個時辰就會腐爛發臭呀！現在是戊申日寅時，已快十三個時辰，遺體怕是已經腐爛了，這，這……」楊廣著急起來，說：「這可怎麼好？」張衡說：「我聽說當年秦始皇駕崩在外地也是夏天，李斯、趙高將其遺體運回咸陽，遺體腐爛發臭，他們故意運了一車腐爛的臭鮑魚，跟秦始皇屍車同行，以魚臭亂屍臭。這方法可以仿效，找兩隻死豬死狗什麼的，放進笑雲園，以豬狗臭亂屍臭，不就得了！」楊素搖頭說：「不行不行！李斯、趙高所運秦始皇遺體是運至咸陽才發喪。而我等將先發喪，然後還要將先帝梓宮運回京城供哭喪、弔唁，最後還得運至泰陵安葬，死豬死狗用不上。」張衡撓頭，說：「那怎麼辦？」楊廣、楊素看向楊約，楊約多智多謀，相信他有辦法。果然，楊約說：「辦法倒是有的，只不過迫於情勢，對先帝得大不敬。」楊廣、楊素說：「別繞彎子，快說辦法！」楊約壓低聲音，說出大不敬的辦法。楊廣一聽，驚駭萬分，說：「這？這？」楊約說：「請問除此之外，還有他法麼？」楊廣思忖許久，沒有，絕對沒有，只好點頭同意。楊約所說的辦法要靠張衡經辦。楊廣把張衡也稱起兄來，說：「張兄！有勞了！拜託了！」楊約再說：「事已火燒眉毛，耽擱不得。今天即戊申日，日落之前務要將遺體弄出宮去，否則臭氣散發，秘不發喪就無秘可言！」張衡拍著胸脯說：「耽擱不了，看我姓張的！」

天明，按照楊約所說的辦法，張衡騎馬去附近集市棺材鋪購置一口松木棺材，說是下午取貨；又預付十兩黃金，讓打製一口楠木棺槨，說三五日後取貨，棺槨是用來斂葬一位貴人的，所以用料、作工務要講究。棺材鋪老闆收了黃金，滿臉堆笑地說：「官爺放心，小人若敢馬虎，你就放火把這鋪子燒了！」張衡再找姓焦姓冉的兩名仵匠，付給五兩黃金，命他倆如此這般。兩名仵匠收了黃金，滿口答應，說：「官爺放心，絕不會誤事！」下午酉時，焦仵匠拉了一輛雙輪雙幫架子車到了仁壽宮前。張衡在那裡等候，引領著進了仁壽宮，進了大寶殿，進了笑雲園。張衡指揮，命焦仵匠將床上的遺體用多層白布包裹，然後移放到架子車上，再在架子車裡亂放些舊被褥、舊枕頭、舊涼席、舊衣服等物，將遺體遮蓋得嚴嚴實實。太陽落山，暮色蒼茫。焦仵匠拉了架子車，由張衡監押著出了笑雲園，出了大寶門，出了仁壽門。張衡主動向守衛宮門的衛士解釋，說：「皇上嫌這些被褥、衣物舊了，用不上了，命拉出宮去焚毀。」衛士看架子車上全是零亂的舊物，因是東宮右庶子張衡監押，不敢檢查也就放行了，還討好地說：「張大人親自督辦這等小事，辛苦辛苦！」張衡騎馬，焦仵匠拉著架子車，西行約三十里，夜間亥時，到了一個荊棘叢生、荒無人煙的地方。冉仵匠及雇用的十六名民工，已將松木棺材運至那裡，並已挖掘好了一個深坑。張衡指揮，焦、冉仵匠將架子車裡的遺體移放進松木棺材，封棺釘釘。民工們用粗繩將棺材吊放進深坑裡，隨即培土夯土。這中間，仵匠和民工們，只是無聲勞作。因為張衡事前和仵匠有約定：不發問，不交談，只管幹活，幹完活走人；日後，不許提說所幹之活，如果提說，必有殺身之禍，還會連累家人。

可憐隋帝楊堅也算梟雄一世，然而卻死於凶殺，遺體晾了多時，還無人哭喪、伴靈，到頭來只落得用白布裹屍，殮進一口松木棺材，掩埋在一個不知名的荒野之地。這究竟是命數使然呢？還是果報使然呢？嗚呼！誰能說得清楚！

遺體腐爛發臭問題已不是問題。楊廣、楊素鬆了口氣，嚴陣以待，單等漢王入朝加以擒殺。等了數日，甲寅日收到漢王奏書，說皇上詔書上沒有約定的秘密印記分明有詐，故不敢應召。漢王拒絕入朝，奈何人家不得。所以楊廣就在乙卯日舉行登基典禮並發喪。丙辰日丑時，還是由張衡指揮，還是焦、冉仵匠，還是那十六名民工將預訂的楠木棺槨，運進大寶殿。兩名仵匠一陣忙碌，將笑雲園皇上寢室的床上用品、洗漱用品，包括痰盂、尿壺等物全部裝進棺裡，隨後封棺釘釘罩槨，這樣就有了先帝梓宮。善良的百官和楊暕哪能知道，先帝梓宮裡根本沒有先帝遺體，只有亂七八糟、雞零狗碎的雜物呀？

當楊廣登基，率百官拜謁、祭祀先帝梓宮的時候，兵部尚書柳述、黃門侍郎元岩兩位大人已成罪犯，由大理寺獄卒押解著流放嶺南，數日裡行進了二百多里。他二人遭拘捕下獄，沒有辦理任何手續，沒有見到任何長官也未經審訊，兩日後就被押解上路。蘭陵公主楊阿五聞訊，嚇得魂不附體，當天趕到仁壽宮拜祭父皇梓宮，見了二哥皇帝就痛哭流涕地詢問道：「我夫柳述犯了何罪？為何處以流放？」楊廣把責任推給先帝，說：「那是先帝口諭，說柳述、元岩蓄意謀反，故須嚴懲。」阿五責問道：「蓄意謀反，可有證據？皇上相信嗎？」楊廣說：「朕相信先帝，先帝說他和元岩蓄意謀反，這就是證據。」阿五說：「父皇已經駕崩，死無對證。」楊廣說：「這是什麼話？難道是朕騙你不成？」他裝出關愛阿五的樣子，和顏悅色地說：「我說小妹呀！柳述處以流放，這輩子回不來了。你是公主，最好和他離婚，朕給你另擇個稱心夫婿，可好？」阿五並不領情，說：「那還不如讓我去死！皇上！阿五請求廢去公主名號，陪同柳述流放，總可以吧？」楊廣大怒，說：「天下男人都死絕了不是？柳述有什麼好？值得你陪同流放？」阿五斷然說：「父皇將我嫁給柳家，柳述有罪，我當從坐，不勞皇上屈法申恩。」說罷憤憤離去，發誓再也不見這個無情無義的皇帝了。

楊廣因楊阿五的倔強而悶悶不樂。楊約前來進言，說：「皇上剛剛登基，有必要樹立新君形象，可從兩個方面入手：一、敬老臣；二、重親情。」楊廣大感興趣，說：「好啊！卿可以說得具體些。」楊約於是說到除名為民的高熲、賀若弼，說到廢太子楊勇，說到已故秦王楊俊和廢蜀王楊秀，提出「敬」與「重」的具體方法。楊廣大喜，次日便頒詔宣布：起用老臣高熲，任太常卿，職掌音樂；起用老臣賀若弼，任通議大夫，職掌諫言。又頒詔宣布：追封廢太子皇兄楊勇為房陵王，其長子、庶人楊儼恢復長寧郡王爵號；已故皇弟楊俊二子楊浩、楊湛，以皇侄身分出席朝會；准許廢蜀王楊秀與其長子爪子同住，准其幽禁之地移至原蜀王府。至於楊勇姬妾，楊勇其他九個兒子及其妻兒等，先帝欽定的庶人身分不宜變更，著流放邊地。

楊廣欣賞楊約的智謀，拜其為內史令，亦為丞相。楊廣回報張衡的忠心，拜其為銀青光祿大夫，進位御史大夫。這二人官階提升數級，成為新崛起的高官代表人物。楊廣登基十一天後，於八月丁卯日，奉先帝梓宮回京城。行前，命宗正卿楊順將宣華、容華夫人安排至仁壽宮附近的都仙宮居住，原則是：待遇從優，禮儀從簡。此後，仁壽宮及各離宮均由宗人署管理，其用途待定。先帝梓宮置放在一輛四輪大板車上，駕六馬。楊廣乘坐金根車。楊暕、楊素、楊約、張衡等及百官，或乘車或騎馬隨行。宇文述、郭衍率皇帝衛隊步、騎兵，前後護衛。這支衛隊的前身是太子衛隊，兼併了先帝的衛隊組成新的皇帝衛隊，已增至五六千人。沿途各縣皆在官道旁搭建祭棚，點長明燈，立招魂幡，陳設祭品。縣令率主要官員在梓宮經過時跪拜祭祀，焚香，燒冥錢，還有人乾號道：「先帝呀！你為何捨棄天下臣民獨自走了呀！」途中遇雨，行程艱難，共走了十天，於丙子日傍晚抵達京城。楊昭、蘇威率京城百官，出城二十里迎接先帝梓宮和新帝鑾駕。先帝梓宮入大興城，入宮城，停靈於大興宮大興殿。楊堅的女兒女婿、兒媳、孫子孫女、外孫外孫女們穿著喪服跪在梓宮前哭喪，焚香，燒冥錢。他們做夢也不會想到，他們實際上是在為一個彌天謊言哭喪，在為一堆亂七八糟的雜物哭喪。小草和陳嫻發現，先帝的宣華、容華兩位夫人未隨先帝梓宮回京，這是為何？後來知道是皇上楊廣安排讓二人住進都仙宮了。小草還發現蘭陵公主楊阿五不在哭喪之列。阿五從仁壽宮回京，見過二嫂一面，敘說了仁壽宮之行，泣不成聲，隨即回家，又憂又憤就病倒了。小草真為這個倔強的小姑子擔心，也心存疑惑：先帝極其寵信的女婿柳述和黃門侍郎元岩，果真蓄意謀反了麼？當夜，楊廣宿於武德殿，召小草侍寢。小草見楊廣行跪拜大禮，不敢再叫阿英，改口叫皇上。楊廣大笑，扶起小草，說：「不！普天下的女人，只有你，在非鄭重場合見我時可不行跪拜大禮，仍可叫我阿英。」儒學喪禮規定，孝子女在為父母治喪期間嚴禁房事，楊廣才不理會這一規定，拉著小草解衣上床。丁丑日卯時，楊廣在武德殿舉行朝會。出席的文武百官共三百多人，包括久違的先朝老臣高熲、賀若弼，以及皇家子弟楊儼、楊浩、楊湛等。楊儼請求充當皇帝衛士，一效犬馬之勞，獲准。百官無不欣慰，都說新帝敬老臣重親情，真乃仁德明君哪！朝會原定的議程是研究先帝梓宮安葬問題，忽然接到驛使飛馬傳送的警報：并州總管、漢王楊諒造反了！

楊諒深受楊堅溺愛，出任并州總管已滿七年，都督五十二州軍事政事，有權便宜從事，不拘律令，權力極大。此人正如楊約所分析的那樣：無勇無謀，又膽小怕死，成不了大氣候。他曾任行軍元帥，統領三十萬大軍征伐高麗，結果十死八九，狼狽回師，但楊堅對這個小兒子仍溺愛如故。楊諒因此心生異志，私下招撫亡命，修繕城池，打造兵器，以并州為基地大肆擴張實力。晉王楊廣成為太子，他甚怏怏。蜀王楊秀廢為庶人，他更惴惴。忽然，父皇駕崩了，太子登基了。楊諒覺得時機到來立刻發難，意在爭奪皇位。他尚不知太子是弒父而登基的，所以打出的旗號是：權奸楊素謀反，故興兵討之以清君側。幾名叛將為他出謀劃策，有建議直搗京城的，有建議據黃河固守的。楊諒不懂軍事，這樣也行，那樣也可，朝令夕改。兵馬總數約二十萬，軍心渙散、軍紀鬆弛，一幫烏合之眾毫無戰鬥力可言。京城方面，丞相楊素從容調度，自請統兵平叛。楊廣同意，加授其為并州道行軍總管，兼河北道安撫大使，統兵五萬前往鎮壓。楊素精通軍事，極善用兵，所到之處勢如破竹，一次戰鬥就曾斬殺一萬八千人，叛軍聞風喪膽，紛紛投降與逃亡。捷報頻傳，楊廣大喜。并州戰事他用不著操心，他急需安葬先帝梓宮，因為百官中已有人懷疑：梓宮裡恐怕沒有先帝遺體，如果有，停靈這麼久，為何一點異味也沒有？楊廣趕忙行動，命皇子楊昭和楊暕，丞相蘇威，以及宗人署官員經辦，先期將先帝梓宮運至泰陵，於十月己卯日安葬於陵中。名義上是皇帝與皇后合葬，實際上是「同墳而異穴」。就是說，楊堅梓宮和獨孤伽羅靈柩，並非並排葬在地宮，而只是在泰陵墳塚一側挖了個洞穴，進深約三丈，楊堅梓宮就葬在這個洞穴裡。這是楊廣心虛的表現。先帝梓宮裡沒有先帝遺體，他若把先帝梓宮葬在母后靈柩旁邊，他的母后若地下有知，能原諒能饒恕他這個不孝兒子嗎？小草不解阿英的做法，說：「父皇與母后同墳異穴，這與禮儀不符呀！」楊廣支支吾吾地以開挖地宮費時費力為由搪塞了過去。

楊堅死後謚曰文皇帝，廟號高祖，史稱隋文帝或隋高帝、隋高祖。史家評價楊堅，褒貶參半。一方面，他統一了中國，創建了開皇之治，「七德既敷，九歌已洽，要荒咸暨，尉候無警。於是躬節儉，平徭賦，倉廩實，法令行，君子咸樂其生，小人各安其業，強無凌弱，眾不暴寡，人物殷阜，朝野歡娛。二十年間，天下無事，區宇之內晏如也。考之前王，足以參蹤盛烈。」一方面，他又有許多過失，「素無術學，不能盡下，無寬仁之度，有刻薄之資，暨乎暮年，此風逾扇。……聽哲婦之言，惑邪臣之說，溺寵廢嫡，託付失所。滅父子之道，開昆弟之隙，縱其尋斧，剪伐本枝。墳土未乾，子孫繼踵，屠戮，松檟纔列，天下已非隋有。惜哉！跡其衰怠之源，稽其亂亡之兆，起自高祖，成於煬帝（楊廣），所由來遠矣，非一朝一夕。其不祀忽諸，未為不幸也。」（《隋書．高祖紀》）

十月末，楊諒兵敗如山倒，最後龜縮在太原。楊素大軍圍城攻城，破城就在旦夕。楊諒窮蹙，登城請降，只求饒他一命。楊素答應，統兵進入太原，命執縶楊諒及妻兒等押送京城。他自己留在并州清剿叛軍的殘餘勢力。并州吏民，因楊諒造反案而受牽連，處以流徙的達二十餘萬家。朝廷百官奏稱，楊諒大逆，其罪當死。楊廣裝模作樣地說：「終鮮兄弟，於情不忍，且屈法恕其一死！」遂命將楊諒除名為民，廢為庶人，長期幽禁，絕其屬籍。其妃豆盧花、其子楊楷等亦予禁錮。楊諒曾是天之驕子，而今淪為囚徒，等於從天堂跌進地獄，心情憂鬱而落寞竟致瘐死。楊諒遭幽禁期間，楊約好奇地問了楊諒一個問題：七月，漢王曾給先帝上書，說皇上詔書上沒有約定的秘密印記，分明有詐，故不敢應召。這約定的秘密印記是什麼意思？楊諒如實回答，說他出任并州總管，父皇曾有密諭：「若有詔令召汝，朕會在璽印下方，用朱筆加一圓點，汝見有圓點，方可前來；若無圓點，必是偽詔。」七月，他收到的詔書上，璽印下方沒有圓點，故不敢應召。楊約一想，這就對了。七月，先帝病情加重，命柳述、元岩發詔書，召漢王入朝。柳、元不知先帝和漢王的約定，寫好詔書未經先帝過目就發出了，所以詔書上光有璽印而沒有圓點，所以楊諒以為是偽詔。楊約把這個細節告訴皇上。楊廣倒吸了一口涼氣，說：「原來如此！難怪老頭子曾問素兄：『太子與漢王，孰優孰劣？』他其實是更溺愛更寵信漢王啊！」

楊諒瘐死，孔姑很是傷感，對小草說：「獨孤后生育十胎，存活九人，五男四女。他們斷奶之後，三四歲時都是我照看大的。我抱過他們，餵他們吃飯，哄他們睡覺，往事猶如昨日。如今五男死了三個，只剩下當今皇上和遭幽禁的蜀王。唉！怎麼會是這樣？」小草又能說什麼呢？只能說：「這就是宮廷鬥爭，勝者王侯敗者賊，歷來如此！」

楊廣登基稱帝有一大心病。在大興城，在大興宮，在大興殿、武德殿、甘露殿、永安宮等處，總覺得有老頭子的身影在，總覺得老頭子用手指著他罵道：「好小子！你竟敢弒父淫母，搶班奪權，天良喪盡，豬狗不如！」還有原東宮，廢太子楊勇就是在那裡被縊殺的。他做了好幾次惡夢，都是老頭子和楊勇滿身血污、披頭散髮來向他索命。再則，他覺得自己已是皇帝，新皇帝就當有新作為新氣象，因此他做出一個重大決定，於十一月乙未日駕幸洛陽，由晉王楊昭居守京城，其任務之一就是要嚴密監視幽禁著的庶人、原蜀王楊秀及其家人，以及已故漢王楊諒的家人。這一決定太突然，弄得人手忙腳亂。小草本想去看望生病的小妹楊阿五和懷了身孕的晉王妃韋婕都來不及，就扶著孔姑，連同陳娴、蕭薔、崔翠等匆匆地登上了東去洛陽的車輦。途中，楊廣頒詔宣布要營建洛陽，並稱洛陽為東京。洛陽官吏緊急行動起來，調集工匠整修先前的殿宇作為行宮，以供皇上駐蹕；同時徵發民工數十萬，在洛陽周圍掘塹為防，擇要置關，借資守禦。朝廷三省六部及重要官署陸續遷至洛陽，王公大臣及其家屬隨後到達。楊廣的三個姐姐已尊封為長公主。樂平長公主楊麗華、清河長公主楊美華（原襄國公主）、廣平長公主楊豔華，在第一時間到洛陽安家落戶。洛陽頓時熱鬧起來，呈現出喜慶氣象，張燈結綵迎接新年。

第十五章

母儀天下

洛陽是一座歷史文化名城。西周初年，周公姬旦在瀍水兩岸營建洛邑及王城，是為最早的洛陽。其後、東周、東漢、三國魏、西晉、北魏等均建都於此，洛陽的白馬寺、龍門石窟天下馳名。北朝期間，戰亂頻仍，洛陽遭到嚴重破壞，斷壁殘垣，市井蕭條。新隋帝楊廣突然駕幸洛陽，並稱為東京，顯然有將洛陽當作國都的意圖。洛陽官吏緊急行動，利用北魏皇宮緊急地整修、粉刷出幾座殿宇來，作為皇帝駐蹕的行宮。新年元旦，楊廣在行宮舉行朝會，決定將新的一年改元為大業元年（西元六〇五年），大赦天下，冊立皇太子妃蕭草為皇后。蕭草身穿鳳服，頭戴鳳冠，第一次登上金殿與皇帝阿英並坐。鳳服包括上衣、下裳和長裙，高級綾緞縫製，以紅、紫色為主，用金線刺繡鳳凰、百鳥圖案，取百鳥朝鳳之義。鳳冠包括簪、釵、環、步搖等首飾，以及千顆珍珠和寶石，運用花絲、鑲嵌、鏨雕、點翠、穿繫等工藝組合成綰束頭髮的裝飾，金龍升騰在五彩祥雲之上，翠鳳飛翔在珠寶花葉之中，富麗璀璨，美輪美奐。自從婆母獨孤后病逝，蕭草守喪，再未貼過花鈿。這天，她特意用剛剛開放的紅臘梅花瓣剪製一圓花鈿貼在眉心，襯得她神態、風度、氣質在高貴、端莊中顯得分外嫵媚。丞相蘇威奉旨宣讀冊書：「妃蕭氏，夙稟成訓，婦道克修，宜正位軒闈，式弘柔教，可立為皇后。」這是楊廣對蕭草的評價，蕭草品德高尚，最堪立為皇后，母儀天下。蘇威跪地，向皇后敬呈冊書，並敬呈皇后之璽金印。文武百官跪拜，高呼「吾皇萬歲萬歲萬萬歲」，同時高呼「皇后千歲千歲千千歲」。蕭草喜悅，蕭草激動，感到幸福，感到榮耀。這一刻，她實現了女人最頂級的夢想。撫今憶昔，感慨萬千。在故國梁國，她出生皇家，因受江陵習俗影響，自幼流落民間，就像一棵小草，實際上已成了農家女。後因隋梁聯姻才回到皇宮，封作公主，嫁到隋國成為晉王妃，自覺不自覺參加了捲進了宮廷鬥爭，從晉王妃變成皇太子妃。而今，她跟她的生母張雅、她的婆母獨孤伽羅一樣也成了皇后。阿英說過：「君臨天下與母儀天下是皮與毛、主與從的關係，只有男人君臨天下，女人才能母儀天下。」所以她很感激坐在身旁的這個男人。她虛齡十三歲大婚，虛齡三十五歲成為皇后。從今往後，她仍願做「毛」與「從」的角色，依附於「皮」與「主」，直到永遠永遠。數日後，楊廣又命吏部尚書牛弘為欽差，齎冊書與金印赴大興城，冊立晉王楊昭為皇太子，冊封晉王妃韋婕為皇太子妃。豫章王楊暕出任豫州牧。蕭草喜悅、激動、幸福、榮耀得無以復加，高貴尊崇到了極致。現在實是一家五口，皇帝、皇后、皇太子加上次子豫章王、豫州牧楊暕，再加上女兒南陽公主楊嘩，天下第一家庭，寶塔頂端的人上之人。你說她的高貴尊崇能不到極致嗎？

楊廣也沒有忘記他的三個愛妾：封陳婀為貴人，封蕭薔、崔翠為嬪。后妃榮寵，外戚沾光。蕭后的胞兄與蕭嬪的堂兄、原梁帝蕭琮，入隋後封莒國公。楊廣改封其為梁國公，拜為內史令，列位丞相。蕭琮之子蕭鉉，任襄城通守。蕭后的同父異母弟蕭瑀也是蕭嬪的堂兄，原任太子衛隊右千軍，改任尚衣奉御，再升任檢校左翊衛將軍。陳貴人的父親、原陳帝陳叔寶，上年病逝葬於洛陽邙山。楊廣追贈其為長城縣公，謚曰煬，允許陳婀為父守喪並祭祀。陳婀同父異母長兄陳君范，出任溫縣令。崔嬪的祖父崔君綽，在廢太子楊勇案中獲罪，全家人皆沒官為奴。楊廣特別頒詔稱崔君綽之罪「罪不及子嗣」，恩准其家人不再為奴，可以重新入仕。皇上如此禮遇外戚，蕭后、陳貴人、蕭嬪、崔嬪自是感激不盡。楊廣還曾考慮過宣華夫人陳蟬和容華夫人蔡芸，是否將她倆也封作妃嬪？經過權衡，放棄了這個想法。因為陳、蔡二女畢竟是先帝冊封的夫人，從倫理上說是他的庶母，如果封作妃嬪會有損他的形象。自己剛剛登基，斷不可落下不光彩的惡名而授人以柄。

獨孤伽羅去世，楊堅恢復了傳統的后妃體制。楊廣則完善了這一體制，參詳典故，在皇后之下，自制嘉名，確定：貴妃、淑妃、德妃為三夫人；順儀、順容、順華、修儀、修容、修華、充儀、充容、充華為九嬪；婕妤十二員，美人與才人十五員，為世婦。寶林二十四員，御女二十四員，采女三十七員，為女御。共一百二十員，敘於宴寢。又有承衣刀人，趨侍左右，並無定員。楊廣雖然確定了妃嬪的名號，但在其後的十多年裡並未使用。他只封了陳貴人、蕭嬪、崔嬪三位妃嬪，至於臨幸過的無數美女，只是多多益善的佔有屬於一夜情性質，他並未將她們中的任何一人封作妃嬪。楊廣還略略改進了女官制度，設尚宮、尚儀、尚服、尚食、尚寢、尚工六局，每局轄四司，六局二十四司，局與司各設女官二人統領宮女，連同宦者署的宮監一起全力為皇帝、皇后及整個皇家服務。孔姑這年五十二歲，身體基本康復。蕭草堅持，不再讓她當女官，提出兩個方案：一、她可以嫁人，尋個老伴安度晚年。二，她若不願嫁人，那就留在自己身邊充當顧問，自己母儀天下有許多事項需要諮詢。蕭草說，孔姑不論選擇那個方案，自己都會遵從婆母遺囑奉養她一輩子，為她養老送終。孔姑感動得熱淚盈眶，說：「我這輩子有幸遇到兩個好人：一是獨孤后，一是你小草。我十五六歲時都沒嫁人，現在年過半百哪有嫁人的道理？」她選擇了第二個方案，同時推薦一個名叫姚潔的尚宮，時年二十二歲，忠誠幹練，使之逐漸成為蕭草最親近最信任的女官。

欽差牛弘回洛陽覆命，竭力稱讚太子楊昭好品性好脾氣，說他從來不發火不動怒，侍從們犯錯，他只批評一句「大不是」就算完事；說他勤儉樸素，每次用膳只吃三五道菜品，很少飲酒；說他非常仁愛，官屬父母年邁者必親自問安，逢年過節皆有惠賜。楊廣把這些情況告訴蕭草，說：「昭兒太老實太本分，怕是難成大事。」蕭草說：「昭兒老實本分不假，難成大事，但也不至於壞事。臣妾擔心的是他身體過胖，喝涼水都長肉。再有，他的兩個良娣均已生子，皇上賜名，一叫楊倓，一叫楊侗，反是太子妃韋婕落了後，上年秋天有娠，也不知是男是女，若是女孩，那你我還沒個嫡皇孫哩！」楊廣笑道：「你呀！淡吃蘿蔔鹹（閒）操心，操得也太多了！」

太子楊昭留守京城。大興城經過二十多年的建設，除郭城城垣尚未構築外，其他部分均已定型。城內人口約五十多萬。楊廣駕幸東京洛陽。朝廷重要官署隨之遷往洛陽。大興城的宮城、皇城顯得空蕩空曠。尤其是大興宮，沒有了主人顯得冷冷清清，門可羅雀。楊昭原住晉王府，移住於父皇母后居住過的東宮，封閉了宮城，遣散兩三千名宮監宮女，只留下二百多名宮監，負責看護、掃除等事項。掖庭宮的女官和宮女絕大多數遷往洛陽。新太子為人做事謹慎得體，不驕縱不奢侈，凡事都向父皇報告。楊廣不以為然，說：「昭兒可以住大興宮嘛！」蕭草說：「昭兒只是太子，哪能住大興宮？怎麼？皇上不打算回大興城了？」楊廣笑而不答。蕭草暗暗吃驚，心想：看來阿英是要把洛陽當作又一個京城了。

楊堅時代，全國地方行政機構撤銷郡，由州直轄縣，並將州設為戰區，設州總管及州總管府。楊廣為體現新皇帝新氣象，詔令廢除各州總管府，不再設州總管一職，州的行政首長統稱刺史，地域大人口多的州的行政首長稱牧。楊廣深知軍權的極端重要性，所以將原先的十二衛擴展成十六衛，新成立的四衛（一稱府）為：左、右備身衛和左、右監門衛。它們是從皇帝衛隊演化而來，均為內軍，旨在加強警衛力量。左、右備身衛職責是警衛皇帝皇后和皇家成員；左、右監門衛職責是警衛國都和宮廷門禁。任命原親信宇文述為左衛大將軍，郭衍為左武衛大將軍，新親信于仲文為右衛大將軍，李景為右武衛大將軍，分別兼任左、右備身衛將軍和左、右監門衛將軍，出則統外軍，入則統內軍。楊廣不大相信兵部尚書，而是通過這四位大將軍牢牢掌控軍權。二月，楊素從并州回到洛陽，赴行宮拜謁皇上。楊廣大喜，加封楊素為尚書令（其實就是第一丞相尚書左僕射），賜綺羅、錦緞五萬匹，以及楊諒的妓妾二十人。同時命他任總監工，領納言楊達、將作大匠宇文愷等，每月徵發民工二百萬人，大規模營建東京洛陽。蕭草由此意識到皇上肯定是要把洛陽當作又一個京城了。

蕭草蕭皇后作為母儀天下的國母，在姿容、風度、品格、知學等各個方面都要成為全國女人的表率與榜樣，從此不可能再像以前那樣自由、隨意了。她每天怎樣穿衣、化妝和怎樣佩戴金玉首飾，何時用膳、就寢等等都得由六局二十四司女官精心安排。她是崇尚節儉的，每每自歎：「這個國母，不如不當！」那些日子裡，蕭草一方面喜悅、激動、幸福、榮耀，另一方面又隱隱約約地好像有心事。原因始於上年八月，當時先帝梓宮運到大興城，楊暕悄悄跟她說，大臣們全都懷疑七月發生在仁壽宮的事情，懷疑柳述和元岩是遭陷害而獲罪，懷疑喪報上寫的皇爺爺駕崩日期及原因有詐，懷疑皇爺爺梓宮裡根本就沒殮皇爺爺遺體。楊暕還說，宗正卿楊順主管皇家事務。而他不知皇爺爺駕崩；小殮、大殮等事也沒讓他到場。蕭草聽後大驚失色，警告兒子：「別胡思亂想，更別胡說！這等大事千萬懷疑不得！」數天前，新任檢校左翊衛將軍蕭瑀前來拜訪皇后姐姐，也悄悄跟她說起上年七月丁未日凌晨，在仁壽宮大寶門前的所見所聞。蕭瑀還說，他是乙卯日得知姐夫即了皇帝位以及先帝駕崩的消息的。先帝駕崩，應當小殮應當停殯，供家人哭喪與百官弔唁，可是沒人見過先帝遺體。丙辰日凌晨丑時，張衡指揮十多名宮外人員將一口碩大的楠木棺槨運進大寶殿。不到半個時辰，那口棺槨成了先帝梓宮。卯正朝會，姐夫皇帝率領百官拜謁、祭祀先帝梓宮。梓宮裡到底有沒有先帝遺體？很難確定。蕭瑀特別說，他那天感到奇怪，曾去集市的棺材鋪暗訪，棺材鋪老闆說有一位姓張的官爺，幾天前在棺材鋪購買一口松木棺材，當天取走；還預訂一口楠木棺槨，這天凌晨丑時取走……蕭草聽著聽著更是大驚失色，千叮嚀萬囑咐地警告蕭瑀：此事到此為止，對任何人千萬莫再說起。

蕭草從楊暕、蕭瑀所說，聯想到泰陵的「同墳異穴」，心情不由沉重起來。她是知道以阿英為中心有個陰謀集團的，其成員先有張衡，再有宇文述，再有楊約、楊素等。陰謀集團的任務是幫助阿英奪取太子大位，這個任務不是完成了嗎？顯然陰謀集團依然存在，而且趁熱打鐵又幫助阿英奪得了皇帝大位。如果是這樣，那就太可怕了，說明公爹楊堅並非因病駕崩，而是非正常死亡；如果是非正常死亡，那麼阿英肯定是主謀是主使。天哪！怎麼會是這樣？宮廷鬥爭固然殘酷與血腥，正如孔姑所說，父子不成父子，兄弟不成兄弟。然而公爹楊堅是阿英的親爹！

迷霧重重，沒有答案，沒有頭緒。蕭草隱隱感到阿英在先帝駕崩、縊殺楊勇、登基為帝和先帝梓宮問題上是有劣跡的，這種劣跡遠遠超出矯情飾意的範疇，很可能與罪惡沾上了邊。如果是這樣，她的皇后名號也就得來不乾不淨。她接受不了這樣的事實，特意去找孔姑，說：「孔姑！問你個問題：我一直認為阿英是個優秀完美的男人，假如——我是說假如——突然有一天，我發現他並不像我認為的那樣優秀與完美，你說我該怎麼辦？」孔姑笑了，說：「瞧你問的，怎麼怪怪的？是不是聽了什麼傳聞，想不開了？你既然問，那我就據我的理解來回答你。你別忘了，你現在的身分是皇后。皇后跟皇后也是有區別的。比如，你婆母獨孤皇后熱衷於干政，很強勢，能量也大，能左右先帝的意志，所以人稱她等於半個皇帝，還和先帝一起並稱二聖。而你小草呢？無心干政也無力干政，既不強勢又無能量，根本左右不了當今皇上的意志。可以這樣概括：獨孤后是爭強好勝型皇后，剛猛、外向；你小草是賢妻良母型皇后，婉約、內斂。你對自己有了這樣的認識與定位，最重要的是要學會糊塗。」蕭草說：「學會糊塗？」孔姑說：「對！學會糊塗！糊塗還用學嗎？對糊塗人說，不用；對聰明人說，要學的。而你恰恰是聰明人，所以要學，還要學會。這個世道歷來是男人的世道，女人歷來是依附於男人的。皇帝與皇后的關係同樣如此。你的阿英，原先是晉王是太子，而今是皇上。他處在他那樣的位置，沒當太子時想當太子，當上太子時想當皇帝，當上皇帝就要鞏固皇權皇位。皇權皇位這東西具誘惑力。為了它，父子兄弟常拼搏得你死我活，陰謀，詭計，奸詐，欺騙，陷害，包括殺戮等等無所不用其極。以致有人說，這世上最卑劣最醜惡最齷齪最骯髒的地方就是皇宮。回到當今皇上身上，他是很優秀很完美，但在宮廷鬥爭中必然也有不優秀不完美處，甚或也有卑劣、醜惡、齷齪、骯髒處。這些，你只能糊塗，不糊塗又能怎樣？挖根刨底？責問責備？那不現實，也不可能，弄不好還有可能惹禍。從某種意義上，學會糊塗是一門學問，是人生的一種境界。當今皇上已經做的、正在做的和將要做的，你都管不著也管不了。怎麼辦？乾脆別管也別問，糊塗最好。我勸你現在要學會糊塗，今後仍要學會糊塗，凡事不知道比知道的好，知道少比知道多的好，睜一眼閉一眼，於人無爭、於事無爭，讓自己舒心些開心些，享受悠閒與快樂。我這樣說可能消極，但很實際，可都是為你好啊！」孔姑言之切切，情之懇懇。蕭草連連點頭，頗有勝讀十年書的感覺。孔姑長期在皇宮服務，經歷的多見的多，世事洞明，人情練達，說人說事說理都深刻透徹，確確實實都是為了自己好。因此她決意把學會糊塗當作座右銘，不僅現在要糊塗，今後仍要糊塗。孔姑說自己是賢妻良母型皇后，那就當好賢妻當好良母，足矣！

第十六章 東京洛陽

隋文帝楊堅為大隋國留下蔚為可觀的雄厚家底。他的繼任者楊廣憑藉這個家底肆意揮霍，逞好大喜功之欲，逞自誇自耀之欲，逞追求享樂之欲，逞不惜民力物力財力之欲，永不滿足地達到駭人聽聞的程度，所以歷史學家常用兩句話概括楊廣的所作所為：「負其富強之資，思逞無厭之欲」。

楊廣決定大規模營建東京洛陽。考慮到洛陽人口偏少，繼又詔令洛陽周圍居民遷至城內居住，各州富商大賈共數萬家遷至洛陽落戶。與此同時，他決定在年內巡遊江淮，名目是「觀省風俗，眷求讜言，徒繁詞翰」，實是要顯示新朝氣象與皇帝威風。頓時聚集了二百萬民工，在邙山、伊闕之間，在洛水、瀍水兩岸，方圓數百里皆成工地。人山人海，土木大興，白天塵土飛揚，夜晚燈火通明，開挖地基，運土打夯，砍樹伐木，燒窯製磚，砌牆鑿石，人聲鼎沸，熱火朝天。營建洛陽包括兩項工程：一是建造一座新洛陽城，一是在洛陽城西建造一處山水園林，工程耗費之巨令人難以想像。皇上要巡遊江淮，百官獻言，或言日程，或言路線。獨尚書右丞皇甫儀建議說：「陛下巡遊江淮最好能走水路，以利沿途觀賞，也不致過於勞苦；若走水路，就必須有一條貫通南北的水道。春秋時期，吳王夫差稱霸，開鑿邗溝貫通了長江與淮河。戰國時期，韓國鑿鴻溝、大溝引黃河水灌溉農田。因年代久遠，邗溝、鴻溝、大溝淤塞嚴重，但加以疏浚仍可利用。臣因此設想，可開鑿運河通濟渠，自洛陽起經洛水東通鴻溝、大溝到大梁（今河南開封），經汴水向東南連接淮河。洛水、黃河與淮河貫通了，陛下便可乘坐龍舟，經通濟渠抵達清江（今江蘇淮安），再經邗溝直達揚州。若渡過長江，還可巡幸江南哩！」楊廣對此建議大感興趣，察看御案上的沙盤地圖，喜形於色，說：「好！這等於是從洛陽到揚州到江南開鑿了一條運河，這條運河貫通南北，貫通長江、淮河、黃河三大水系，不僅可供朕巡遊，還可供交通供漕運。」這位皇帝覺察到這條運河的價值，當即任命皇甫儀為監工，每月再徵發民工一百萬人開鑿通濟渠，徵發民工二十萬人疏浚邗溝。由水路巡遊需要船隻，楊廣再命黃門侍郎王弘等前往江南督造龍舟、鳳艦等，務極華麗，不計成本。二百萬民工營建洛陽，一百萬民工開鑿通濟渠，二十萬民工疏浚邗溝，那是怎樣的景象！勞作強度極大，然而吃、住條件極差，更無醫無藥。工程時限急迫，監工督役嚴厲，每天都有近千人死亡。史載：運送土木磚石的車輛穿流不息，運送民工屍體去遠處掩埋的車輛也絡繹不絕，「相望於道」。

六月，內史舍人封德彝監工建造的宮城率先竣工。宮城名顯仁宮，俗稱紫微宮。四周築有城垣，四向各開一門：南向則天門為正門，東為興教門，西為光政門，北為玄武門。宮城內南半部分為朝區，北半部分為寢區，規模閎敞，制度擬皇。朝區主殿名大業殿，另有景華宮景華殿、景陽宮景陽殿等。寢區包括多個豪華精巧的寢宮，那是皇帝和后妃的住所。宮城內遍布奇花異木，美石假山，珍禽靈獸。它們大多產自江南，是民工們歷盡艱幸從陸路從水路運到洛陽的，其間的糜費可想而知。楊素近來居家養病，任營建洛陽總監工只掛個虛名，實際監工是楊達，總設計師則是宇文愷。楊達、宇文愷聯名上表請皇上御駕親幸驗收。楊廣前來，東瞧瞧西看看，眼前全是金輝玉映，翠繞珠圍，花木異樣，禽獸鮮奇。孔雀園的數十隻孔雀，恰恰在皇帝到來時爭相伸展彩羽開了屏。封德彝恭維說：「瞧！孔雀都在迎接皇上哩！」楊廣樂得哈哈大笑，說：「好！朕當年在建康見過陳叔寶建造的臨春、結綺、望仙三閣，哪有這般富麗，這般堂皇！卿等在數月裡便建造出這樣美的宮城，朕喜歡！朕愜意！」隨即下令行宮移至宮城，蕭皇后、陳貴人、蕭嬪、崔嬪等移住宮城寢區。寢區內有主宮昭陽宮，最為豪華精巧，那是皇后的寢宮。另有向陽宮、望陽宮、慶陽宮等，那是妃嬪的寢宮。蕭草一進昭陽宮便驚呼：「哎呀！這也太奢侈了吧？」楊廣笑道：「過去，先帝母后崇尚節儉，你我不得不遵從與仿效；現在是我當家，應當享受享受了，把以前節儉的損失補回來！」蕭草本想反駁，節儉不是什麼損失，無須用奢侈彌補，但她的座右銘已是學會糊塗，也就不反駁了，反而笑著附和說：「是！臣妾聽皇上的，也奢侈奢侈，享受享受！」蕭草住進昭陽宮，專門安排一處清靜地方供孔姑居住。

楊廣和蕭草剛剛移住顯仁宮，收到太子楊昭的奏書，報告太子妃韋婕生了個男孩，請父皇賜名。楊廣和蕭草有了嫡皇孫，好生歡喜。尤其是蕭草，她盼望這一天已盼望多年了。她問阿英給嫡皇孫賜個何名？楊廣說：「你我皇孫的名字都用『立人』旁，老大叫楊倓，老二叫楊侗，老三可叫楊侑。『侑』是『立人』旁加『有』字，意味著若干年後，他也會像我這個皇爺爺一樣擁有天下、擁有一切，有有有，什麼都有。」蕭草說：「有有有，什麼都有。嗯！這個名字好，好啊！」過了數日，又收到楊昭的奏書，報告姑姑蘭陵公主楊阿五病逝，奏書中附有楊阿五臨終時寫給皇上的表章，云：「昔共姜自誓，著美前詩，息嬀不言，傳芳往誥。妾雖負罪，竊慕古人。生既不得從夫，死乞葬於柳氏。」表章中提到共姜和息嬀兩位古人。共姜是西周時衛國世子共伯之妻，丈夫早逝，立志守節，拒絕再嫁，作詩《柏舟》，載於《詩經．鄘風》。息嬀是春秋初陳國公主，姿貌美豔，嫁息國息侯為夫人，稱息嬀或息夫人；楚文王攻滅息國，殺息侯，掠為寵妃；息嬀懷念前夫，從來不笑，其事蹟載入《左傳》、《列女傳》等典籍。楊廣讀了表章大怒，提筆批示：「不許！著葬於洪瀆川（今陝西咸陽北），給喪資千文。」蕭草和小妹阿五的感情歷來深厚。細想想，小妹雖尊為公主，是公爹婆母的愛女，然其人生是多舛的。第一次婚姻很不幸，婚後兩個月就守了寡。第二次婚姻還算美滿，卻沒能生育一男半女。柳述風華正茂之時突然獲罪，說是蓄意謀反，處以流放。阿英非要小妹和柳述離婚。小妹拒絕，願辭去公主名號陪伴丈夫流放。阿英不准。小妹因此斷絕了與皇上的來往，一病不起，竟至憂鬱而死，年僅三十二歲。死前懇求死後葬於柳家墳塋。這很正常呀！而阿英居然不許！這到底是為什麼？為什麼？蕭草無法理解阿英的做法，只能私下裡命姚潔悄悄回一趟大興城，通過楊昭以二哥和二嫂名義到柳家弔唁小妹，並贈喪資十兩黃金。阿五和蕭草姑嫂一場，蕭草所能做的也只有這些了。柳述流放嶺南，兩年後染上瘴癘而死。

這年閏年，閏七月。楊廣籌備巡遊江淮。期間，他特別猜忌一個人：楊素。楊素幫他奪得太子大位和皇帝大位，平定楊諒造反，位極人臣，恃功自傲，鋒芒畢露。楊素曾把他叫作郎君，一天陪他釣魚，竟也坐到黃羅傘下，還說：「郎君只能釣小魚，老臣要麼不釣，要釣就必是大魚！」「要釣就必是大魚」，這話是什麼意思？楊素近半年來一直居家養病。這該不會是學司馬懿裝病吧？因此楊廣在巡遊之前需要安排好洛陽事務，主要是兩件事：一是命安德王楊雄留守洛陽。按理留守洛陽的該是次子、豫章王楊暕。可是楊暕年輕驕恣且很輕浮，經不起誘惑，很難鎮住楊素，所以才用楊雄。楊雄是楊廣的堂叔，原封廣平王，因受先帝疑忌任徒有其名的司空，改封清漳王、安德王。此人六十多歲，德高望重，堪當留守重任。二是命親信、右衛大將軍于仲文率兵馬十萬，駐於邙山軍營，說是鎮守洛陽，實是防範楊素。為此，楊廣先任命楊雄為太子太傅，然後秘密召見楊雄和于仲文布置防範任務，授予尚方寶劍，口諭：月宮若敢異動，可先斬後奏。「月宮」是約定的暗語，代指越國公楊素。

楊暕沒能留守洛陽，找到母后大發一通牢騷，接著告訴母后：他的大伯、廢太子楊勇共有十個兒子，皆被廢為庶人，只有長子楊儼恢復長寧郡王爵號，自請充當父皇衛隊衛士，其餘九人及其家屬皆流放邊地。最近，地方官府接到朝廷指令，將九人及其男孩全部殺死。楊儼在父皇衛隊歸宇文述管轄，日前執行任務，一頭栽倒在地猝然而死，知情者說是中毒身亡。大伯一家已經絕門絕戶了。還有，他的堂伯楊綸是皇爺爺胞弟滕王楊瓚的長子，曾任親迎使，赴江陵聘迎母后到長安和父皇大婚。皇爺爺鴆殺楊瓚，由楊綸嗣封滕王，楊綸之弟楊坦、楊猛、楊溫、楊詵皆任高官。最近父皇忽然頒詔，以「父悖於前，子逆於後，非直覬覦朝廷，便是圖危社稷」的罪名將楊綸除名為民，楊綸連同四個弟弟及其家屬皆流放邊地，估計也不會有什麼好結果。蕭草聽了直覺得毛骨悚然，身心冰涼。一個個成年或未成年、已婚或未婚的男人男孩，一條條鮮活的生命，只因為姓楊，只因為離皇帝寶座相對較近，所以阿英便疑忌猜忌，便下狠手將他們殺害以斬草除根，永絕後患。這，這多麼可怕呀！

楊廣安排好洛陽事務，後顧無憂，於八月壬寅日起程南下巡遊，目的地是江都，故稱幸江都。陪同的有蕭皇后、陳貴人、蕭嬪、崔嬪，樂平長公主的楊麗華、清河長公主楊美華，南陽公主楊曄，丞相蘇威、楊約、蕭琮，六部尚書，一品誥命夫人，四品及四品以上官員等，共約千人。廣平長公主楊豔華因丈夫宇文靜禮病故，居家守喪，沒有陪同巡遊。宦者令許廷輔及六局二十四司女官，率顯仁宮宮監宮女兩千多人隨行服務。姚潔及一幫宮女在鳳艦上專為皇后服務。左武衛大將軍郭衍、右武衛大將軍李景，各率五萬兵馬，分別為前軍與後軍。左衛大將軍宇文述率左、右備身衛驍果（衛士）萬名精銳為中軍，嚴密護衛皇上、后妃等要員。從實而論，由於時間過於倉促，楊廣這次巡遊存在著諸多不如人意處。第一，長達千餘里的通濟渠工程尚未竣工。楊廣鑾駕只能先走陸路到大梁，在那裡乘坐船隻改走水路。第二，王弘等在江南督造的龍舟、鳳艦等尚在建造中，派不上用場。楊廣乘坐的龍舟和蕭草乘坐的鳳艦，是由兩艘大船改造、彩繪的，外表華麗但內部設施卻差強人意。第三，按照皇甫儀的設計，運河河道應寬四十步，兩岸築御道遍植楊柳，每隔百里建一座行宮。然而這些項目都未及進行。最可惱的是，有幾處河道深度不足，龍舟經過時擱淺了，眾多船工下水硬拉硬推才使龍舟得以前行，真是大煞風景。第四，按照計畫，運河兩岸五百里內州縣，負責貢獻飲食。因巡遊人員太多，飲食需求量極大，州縣官吏沒有這方面的經驗，調度失當以致許多人吃不上熱飯熱菜，或只能吃剩飯剩菜，怨聲四起。唯一能顯示皇上威風的是前軍、後軍十萬兵馬，旌旗招展，兵器鋥亮，鼓角齊鳴，軍容雄壯。尤其是中軍萬名精銳步、騎兵，步兵衣飾鮮麗，騎兵駿馬矯健，雄赳赳氣昂昂，虎虎生風。

蕭草乘坐的鳳艦上最為熱鬧。每天都有一品誥命夫人前來拜訪。拜訪實是阿諛逢迎，希望她們的丈夫、兒孫的官爵能更上層樓，前程能更加顯達。楊麗華、楊美華，楊曄三位公主，加上陳娟、蕭薔、崔翠則是天天在鳳艦聚會，天南地北，說古道今，說一陣，笑一陣，歡快無比。楊麗華性格開朗，愛說愛笑。楊美華最愛打扮，珠光寶氣，老是貴婦派頭。陳娟沉靜，話語不多。蕭薔、崔翠總是一驚一乍的，聽到新鮮事常用一個字的感歎句或疑問句：「呀！」「啊？」楊曄和蕭薔、崔翠在一起顯得不大自在，因為兩個庶母的年齡比她還小兩歲呢！楊曄參加巡遊，蕭草格外高興。為了母女能時時見面與說話，蕭草乾脆讓女兒住到鳳艦上。楊曄的婚姻是阿英確定的，出於奪取太子大位和君臨天下的需要，他把女兒嫁給了鮮卑族人宇文述之子宇文士及。蕭草在女兒大婚後逐漸得知，宇文述長子宇文化及、次子宇文智及，皆為陰騭凶險之輩，不循法度、欺凌民眾，名聲惡劣。阿英為太子時，因寵信宇文述，故孌昵宇文化及，讓其進入太子衛隊任千牛軍，升任太子僕。阿英為皇帝，又任用宇文化及為太僕少卿。宇文智及無官無職，充當老大的謀士，所謀劃的都是貪財好利、損人利己的醜惡行徑。在宇文兄弟周圍，聚攏了眾多酒肉朋友。據楊曄講，宇文士及在宇文家是個另類。他讀完太學，無意仿效父兄追名逐利，只想做學問當個文化人。鑒於班固的《漢書》文字晦澀難懂，他有心為該書作注，以利世人閱讀。楊曄講，宇文士及讀了很多書，好像有點迂腐，看人看事多異於常人。比如他認為，岳父皇帝不該捨棄規模宏大的大興城，另外營建東京洛陽；岳父皇帝剛剛即位，百業待興，每月徵發三百多萬民工營建洛陽、開鑿運河，肯定是個錯誤；岳父皇帝興師動眾巡遊江淮，名為觀風問俗，實是遊山玩水，勞民傷財，不得人心。楊曄本想讓丈夫陪伴自己參加巡遊。宇文士及一口回絕，說：「那是揮霍民脂民膏之舉，我才不湊那個熱鬧哩！」楊曄一賭氣，獨自帶了兩名侍女到了洛陽，登上了巡遊的船隻。蕭草聽了女兒的講述，沉吟良久，說：「曄兒！我倒覺得士及一點也不迂腐，所言所行都在理上，他對你父皇的看法就有獨到之處。你父皇即位才一年就捨棄大興城，又是營建洛陽，又是開鑿運河，又是巡遊，濫用民力，花錢如流水，這可不是什麼好兆頭，讓人憂心哪！」楊曄說：「父皇是皇帝，所想所做都高深莫測，母后大可不必憂心。」蕭草又說起家事，說起楊阿五之死，說起楊勇、楊綸兩家人的不幸，說起楊昭和楊暕，說她最操心最擔心的就是楊暕。還說楊曄已二十歲得趕快生個孩子，女人只有當了母親，人生才是完美的。楊曄笑著說：「俗云：可憐天下父母心。我看此話改作：可憐天下慈母心。」

巡遊途中，留守洛陽的楊雄通過驛站驛使，每天都和皇上保持著聯繫。這天，楊雄發來奏書，報告「月宮無事」。蕭草看到「月宮無事」四字，詫異地問阿英：「怎麼？安德王還管月宮的事？月宮在天上，他怎麼管呀？」楊廣見皇后這個問題問得有趣，大笑道：「此月宮非彼月宮也！」蕭草聽了一頭霧水。

水上船隊，岸上兵隊馬隊，走走停停、停停走走，一個多月後抵達揚州。江都丞王世充率官吏士紳熱忱地迎接皇上、后妃、公主等，住進趕工建造的行宮，王公大臣等住進原揚州總管府。王世充字行滿，祖上是西域人，四十多歲，捲髮豺聲、沉猜多詐，通曉兵法，善伺上司顏色，舞文弄墨、利口飾非，深得楊廣信用。王世充接待皇上巡遊，可謂煞費苦心，除安排觀花、賞月、垂釣等項目外，特別安排了音樂歌舞節目，樂師與歌伎、舞女均來自江南，樂、歌、舞皆秉承陳叔寶《玉樹後庭花》的風格，軟軟的綿綿的，淫淫的蜜蜜的，且香且豔。楊廣任揚州總管多年，喜好這樣的風格，百聽百看不厭。陳婤陳貴人這次到揚州算是故地重遊。她聽到看到那些樂、歌、舞，感觸甚多。她的父親陳叔寶，就是因喜好《玉樹後庭花》之類的靡靡之音而亡國的，沒料想她的丈夫——大隋國皇帝楊廣，又走上他父親的老路，結果又能怎樣呢？蕭草更加認識到，阿英不僅好色而且好聲，他以前所謂的不好聲色，純是矯情飾意裝出來的。

王世充接待皇上還有更絕的一手：安排夜遊。夜遊的地方叫香窟，那裡建有多個設施豪華的窟（小院），每窟裡都住著多名妙齡美女，為首一人妖冶娉婷、姿貌絕色，稱窟魁。皇上夜遊那裡幹什麼？不言而喻，就是臨幸窟魁。今夜臨幸一人，明夜臨幸一人。呀呀呀！天天當新郎，夜夜換新娘的滋味，美妙、銷魂，真刺激真過癮！香窟香烈，迷人醉人。他開始夜不歸宿了，蕭皇后、陳貴人、蕭嬪、崔嬪暗暗叫苦。然而皇上夜遊香窟是他的權利、自由，做后妃的豈敢過問干涉？

夢幻般的時光過得特別快。瞬間便是大業二年（西元六〇六年）元旦。楊廣在行宮接受百官朝賀，盛讚王世充接待聖駕熱情而周全。越日，接到楊雄轉呈的楊達與宇文愷的奏書，報告營建的東京洛陽基本竣工，有待皇上回鑾驗收。楊廣大喜，詔令嘉獎兩位副監。吏部尚書牛弘等奉命議定皇帝皇后的車駕服飾與儀仗制度。其中一項是皇帝和皇后鹵簿，定員三萬人，他們的衣服上帽子上及所舉的器仗上需要裝飾羽毛，以顯示華麗華貴氣象。楊廣同意，詔令州縣進貢羽毛。州縣官吏把任務分攤給百姓。百姓因此遍設羅網捕捉飛鳥，一時間各種飛鳥幾乎被捕盡殺絕，殆無遺類。蕭草對此非常反感：皇帝和皇后鹵簿講華麗，無辜的鳥兒可遭了滅頂之災啊！

揚州山美水美，揚州香窟最美。楊廣牽掛著新竣工的東京洛陽，不得不告別醉人的揚州之美，於三月庚午日回鑾北歸。龍舟在運河擱淺事記憶猶新，所以回鑾時他和皇后及高官們改走陸路，其他人仍走水路。郭衍、李景統率的前軍與後軍，宇文述統率的中軍，自然是和皇帝皇后同行的。前軍與後軍各分出一萬五千人，充當三萬人鹵簿。鹵簿的羽毛裝飾果然華麗，分紅、黃、白、黑、紫五色，蔚為壯觀，亙古未有。鑾駕一行或騎馬或乘車，浩浩蕩蕩地綿延數十里，於四月己酉日抵達伊闕（今河南洛陽南）。楊雄、楊暕、楊達、于仲文、宇文愷等恭迎聖駕。庚戌日，楊廣乘坐金根車，蕭草乘坐鳳輦，盛陳鹵簿，千乘萬騎，風光無限地回到宮城。

楊廣在景華宮景華殿會見楊雄、楊達、宇文愷三位大臣。宇文愷呈上一幅洛陽城圖，彙報說：洛陽城的規劃設計貫徹天人合一理念，引洛水貫都，以象天漢，橫橋南渡，以法牽牛。洛陽城平面呈不規則不對稱方形，包括宮城、皇城和郭城三大部分。剛竣工的皇城，圍繞在宮城東、南、西三面，其東、西兩側與宮城之間形成夾城，南側瀕臨洛水。皇城南向中央正門名端門，端門外是橫跨洛水的天津橋。宮城和皇城位於郭城的西北部位。郭城尚未完全竣工，東西最寬處、南北最長處均為十四里多，周長約六十里的城垣還未及構築，先築了低矮的土牆。東、南、北向共開八座城門，西向無門，其中南向三門：中門名建國門，東側門名長夏門，西側門名白虎門。皇城正門端門，和宮城的則天門、玄武門，和郭城的建國門，處在洛陽城南北向的中軸線上。端門至建國門的大街稱端門大街，寬一百二十步，長十二里，一稱天街、天門街。城內共有一百零三個坊（里），為居民區；共有三個市場，為工商業區。考慮到洛陽人口迅速增加，下一步將建含嘉倉、興洛倉、回洛倉三座大型糧倉以儲備充足的糧食，保障民眾的糧食供應，同時用於備戰備荒。

楊廣邊聽彙報，邊看城圖，龍心大悅，說：「卿等所想的所做的甚合朕意。東京洛陽將是大隋國的新興國都！」這是楊廣第一次明說營建洛陽的真實意圖。楊雄、楊達、宇文愷其實早就意識到這一點了，分別表態，意思是：洛陽歷史悠久，物華天寶，人傑地靈，堪作大隋國又一個國都。宇文愷再呈上一幅洛陽西側的山水園林圖，說：「山水園林，監工是丞相楊達楊大人，臣主要負責設計，內史舍人虞世基參與設計，並任副監。該園林水城廣大，景點很多。建議皇上親臨現場察看，增加直觀印象。」楊雄、楊達說：「宇文大人所言甚是，百聞不如一見！」楊廣說：「好！明天先登端門，然後察看山水園林。」辛亥日，楊廣率領群臣登上端門，東京洛陽全景盡收眼底，包括金碧輝煌的宮城，布局嚴整的皇城，筆直寬闊的端門大街，碧波粼粼的洛水，精巧壯美的天津橋，縱橫交錯的街道，密密麻麻的民居，以及正在勞作的民工和忙於搬家的百姓等。端門規模之宏大，雲蒸霞蔚、氣象萬千。楊廣大喜，說：「美哉壯哉！東京洛陽！為慶賀東京洛陽竣工，現詔令：大赦天下，免除天下今年租稅。」免除天下全年租稅，好大的氣魄！群臣跪拜在地，齊聲稱頌：「皇上聖明！」

楊廣接著率領群臣，察看山水園林。虞世基任導遊並講解。山水園林周長二百里，全靠人工開挖成水域，外為湖，內為海。湖數有五，海數為四，暗寓天下有五湖四海之義。每湖周回約二十里，築有湖堤，堤上遍植奇花異草，且五十步建一亭，百步建一榭，亭榭與花草相映宛者仙境。湖內有有龍舟，有青雀舫與翠鳳舸供皇上、后妃乘坐遊覽。五湖環抱四海，四海周回四十里，海中築有蓬萊、方丈、瀛洲三山，寓義傳說中的海外三神山。山上建造高聳的樓臺殿閣備極工巧，登高可盡覽園林風光。園林北側鑿有龍鱗渠引黃河水注入湖內，紆迴縈帶。龍鱗渠畔建造十六個精巧玲瓏的小院，院內設施綺麗，花木扶疏，曲徑通幽，恰似揚州的香窟。楊廣看得眼花撩亂，大喜大樂，笑容滿面，讚不絕口，說：「大隋的洛陽園林，絕不亞於大漢長安的上林苑。」群臣也嘖嘖驚奇無不附和，虞世基說：「此園林只是基本竣工，許多細節尚待完善。臣請皇上為園林賜名。」楊廣當仁不讓，說：「此園林位於洛陽城西側，可名西苑。西苑內萬匯畢呈，無香不備，亦可稱作芳華苑。」群臣叫好，稱頌西苑、芳華苑之名高雅貼切。虞世基再說：「臣請皇上一併為五湖、四海、十六院賜名。」楊廣是個風流天子，才思卓越，張口就說：「卿可聽好記好：五湖者，東湖名翠光湖，西湖名金光湖，南湖名迎陽湖，北湖名潔水湖，中湖名廣明湖。四海者，分別名春暉海、夏秀海、秋爽海、冬韻海。十六院者，分別名景明院、迎暉院、犧鸞院、晨光院、明霞院、翠華院、文安院、積珍院、影紋院、儀鳳院、仁智院、清修院、寶林院、和明院、綺陰院、降陽院。」皇帝賜名，名名珠璣，不費吹灰之力。群臣更是佩服得五體投地，再次齊聲稱頌：「皇上聖明！」

半月後，經由水路北歸的陳貴人、蕭嬪、崔嬪、三位公主及一品誥命夫人等回到洛陽。楊廣恩准，由皇后率領她們遊覽西苑。這是蕭草以皇后身分第一次獨自外出。她身穿鳳服，頭戴鳳冠，乘坐駕四馬的鳳輦，前有三千鹵簿開道，後有三千衛士護衛，左右有姚潔率十二名女官和六十名宮女伺候，好陣勢好場面呀！蕭草不想也不願張揚，然而這是皇家禮儀，她非得這樣做不可。蕭草一行到了西苑，虞世基恭敬迎接並陪同遊覽。大隋國當時最尊貴的女人們，遊覽外湖內海，但見湖光漾碧，海水澄青；登上三神山，但見山高地闊，佳氣蔥蘢；參觀十六院，但見桃蹊李徑，荷池竹林，孔雀開屏，白鶴亮翅，鶯啼燕舞，猿嘯鹿鳴。這些女人們哪曾見過這樣的美景？彷彿是縹緲雲天，錦繡福地。她們陶醉了、忘情了。除了蕭皇后、陳貴人、楊麗華外，幾乎人人都在想：若能在此住上一年半載也就不枉此生！蕭草在遊覽過程中很少說話。她在思忖：阿英好大喜功，追求享樂，建造一處這樣大這樣美的西苑要耗費了多少人力、物力、財力！她聽說在營建東京洛陽的土木之役中死了很多人，但不知確切數字。後世的史籍記載：「僵仆而斃者十四五焉。」就是說，在每月徵發的二百萬民工中，約有四成至五成的人「僵仆而斃」，草草地掩埋成了漂泊無依的恨鬼冤魂！

宦者令許廷輔等赴江南選美，選了千名荳蔻美女回到洛陽。楊廣當面審視，只見簇簇麗姝全都窈窕、清純、亮麗，柳媚花嬌，目不勝接。他也分辨不出什麼妍媸，乃命皇后定奪，一半留在宮城，一半送去西苑。面諭：從六局二十四司女官中選出十六人，封作四品夫人，分管西苑十六院事；各院住進美女二十人，教授音樂歌舞以備侍宴侍寢。另外或十人或二十人，分派至各處樓臺亭榭服務。宦者署副令馬守忠任西苑令，率宮監千餘人專管西苑及十六院門戶。且命虞世基在宮城與十六院之間再建造一條凌空複道，以利聖駕隨時往來。從此西苑十六院成了楊廣的又一處香窟，他又時時夜不歸宿，夜遊飲宴，欣賞音樂歌舞，臨幸美女，享受天天當新郎，夜夜換新娘的銷魂時光。蕭草正位宮闈，早就學會糊塗，對此睜一眼閉一眼，懶得去管去問。至於陳貴人、蕭嬪和崔嬪的資歷與地位差皇后一大截，對皇上夜不歸宿、尋歡作樂就更奈何不得了。

第十七章 喪子巨痛

楊廣鑾駕回到洛陽。楊昭再次上書，申請入朝向父皇母后請安並聆聽教誨。蕭草渴望見到兒子兒媳和嫡皇孫，楊廣批准了太子可在五月初入朝。洛陽宮城裡也有東宮，就在昭陽宮東側。蕭草命姚潔率宮女收拾齊整，迎接太子一家人的到來。轉眼便是五月。楊昭攜韋妃，良娣劉芺、劉蓉，及兒子楊倓、楊侗、楊侑，輕車簡從地起程入朝。途中未打擾地方官府，悄無聲息地到了洛陽，到了宮城。楊廣和蕭草這天在昭陽宮正殿等候，全家三代九口人見面，禮數略過。楊廣看楊昭，身體越發胖了，全身都是肉，體重足有二百斤，跪地行禮都喘粗氣，還流著汗。蕭草忙從韋婕懷中抱過楊侑左右端詳，只見他胖胖白白的，五冠端正，兩顆黑眸晶亮晶亮。她慈愛地親了一口楊侑的小臉，說：「皇上！瞧我們的嫡皇孫，活像昭兒剛出生時的模樣。」楊廣看著小草抱著的楊侑，精神有些恍惚。這些年來，他和楊昭在一起的時間極少，對三個兒媳沒什麼印象，至於皇長孫和皇次孫，好像跟嫡皇孫一樣，都是第一次見面。他隱約記得當年在并州曾對小草說：「我有本事，每年都會讓你生出個小孩來。」現在看，那話純屬吹牛，他只讓蕭草生了兩兒一女。這或許是自己花心好色，心志不專的緣故吧？楊廣正恍惚間，蕭草驚呼：「哎呀！」接著是大笑，說：「我說我的好皇孫呀！你可給了皇奶奶一份大禮呀！」原來是楊侑尿了，蕭草衣裙上濕了一片。韋婕好生緊張，慌忙抱過楊侑，還要替母后擦拭衣裙。蕭草笑著說：「無礙無礙。俗話不是說嗎？『男嬰尿，最金貴，尿著誰，誰富貴。』小楊侑專門尿皇奶奶，說明皇奶奶富貴，大富貴呀！」眾人聽了這話都大笑起來。女官前來請太子去東宮看住處。楊昭等遂辭別父皇母后。蕭草叮囑說：「昭兒！酉時，還在這裡，你父皇舉行家宴為你一家人接風。」其實，這是蕭草的刻意安排，說「你父皇舉行家宴」，意在樹立阿英的形象，表明他是個重親情愛兒孫的好父親好爺爺。

當天家宴是楊廣和太子一家人共同享用的唯一一次家宴。一張巨型長桌鋪展著雪白的桌布，放置精美餐具與酒具。楊廣面南坐於長桌的一端。蕭草面東，楊昭面西，各坐於長桌的兩側，最靠近楊廣。韋妃和二良娣坐於以下的座位，楊倓、楊侗各坐一個座位，一名侍女抱著楊侑立在韋妃身後。蕭草笑著說：「昭兒呀！你父皇今天可是用御膳招待你一家人喲！」楊昭滿臉是笑，說：「謝父皇！謝母后！」蕭草吩咐上菜。六名宮監用手推小車將裝在青花瓷碗、盤裡的菜品，從御膳房送至昭陽宮正殿門前。十二名宮女端碗端盤，依次擺放到長桌上。碗、盤都有蓋，取蓋，菜肴品種琳琅滿目，有天上飛的，地上跑的，水裡游的。包括四十道熱菜，二十道涼菜，六道鹹、甜、酸不同風味的羹湯，共六十六道，寓義六六大順。酒是洛陽名酒洛陽春。尚食局女官用專用的銀箸、玉碟、銀杯夾少許菜品、斟少許酒，先行品嘗確定無毒後家宴這才開始。女官斟酒。楊昭、韋妃、二良娣起立向父皇母后敬酒。楊倓代表三個皇孫敬酒。楊廣笑著一飲而盡，蕭草只淺淺品了一小口。敬酒者落座。蕭草手指滿桌菜品，說：「這桌御膳都是水陸奇珍，你等可能從未見過，從未吃過，從未聽說過，更叫不上名字。你們的父皇特意命御廚烹飪，主要是為了讓你等吃個新鮮。好好吃，放開肚皮吃，你等吃得越多，你們的父皇和我越高興越開心。」太子、太子妃和良娣也算是皇家重量級人物，但平日飲食簡單，何曾見過吃過御膳？少不了驚訝與拘束，哪敢放開肚皮吃？心想：父皇就是父皇，這場面這景象，除了在父皇這裡，天底下哪還會有啊！楊廣不習慣和兒子兒媳一起用餐，無話可說。恰好，宮監前來報告：丞相蘇威正在景華殿求見，說有要事需和皇上商量。楊廣求之不得，遂將接風事交給蕭草，自己開溜去了景華殿。

蘇威需和皇上商量兩件事。一是科舉考試。文皇帝楊堅廢除九品中正制，提出設科取士的設想，但未及實施。楊廣在這年把先帝的設想付諸實施，提出「進士科」的概念，命蘇威、牛弘主持，舉行進士科考試，層次由低而高，三類人考試不同科目：秀才考試方略，進士考試時務策，明經考試經術，從而形成一套完整的國家分科選才制度。這是中國科舉制的發端，意義重大，影響深遠。二是楊素的病情。楊廣原先懷疑楊素可能是裝病。蘇威說，據御醫報告楊丞相確實病得不輕。楊廣一聽，心中暗喜。楊廣自登基以來，對楊兄楊丞相是又敬又懼的。敬，是因為楊素幫他奪得太子和皇帝大位；懼，是因為楊素功高震主。楊素把自己叫作郎君，還說：「若無我楊素，他郎君何能成為大家（皇帝）？」這話雖說是事實，但楊素公開地自我吹噓與炫耀，居心何在？前年在仁壽宮，楊素提出應讓先帝盡快駕崩，曾說：「先下手為強！無毒不丈夫！」楊廣每每想到這些都會不寒而慄。他對楊素的懼與日俱增，由懼而生猜忌而生恨，巴不得那人盡快去見閻王爺！由於楊素熟知仁壽宮變的所有秘密，表面文章還是要做的。他幾乎每天都派大臣和御醫前往丞相府請安和治病，前後賞賜不可勝計。他要用貌似關愛的姿態，讓楊素在病中管住嘴巴，千萬莫把諸多秘密洩露出去。那些秘密一旦洩露，對自己是極不利的。楊素是第一權臣，按理楊廣該駕幸丞相府當面問病以示恩寵才是，然而楊廣不敢。因為楊素家族權勢熏灼，丞相府裡機關重重，僅名為奴僕的家丁就有兩三千人。他擔心駕幸丞相府，弄不好會有去無回呀！從五月到六月，楊廣關注的頭等大事就是心懸楊素病情。相比而言，太子入朝僅是小小家事，有皇后主內，他是完全可以不管不問的。

楊昭住進東宮。次日，蕭草領著太子一家人看望孔姑。孔姑高興，依次抱了抱三個皇孫，笑臉如花。事後，她暗暗思忖，心生隱憂，因為太子身體過胖。再則是三個皇孫的長相，共同特徵是耳垂短而薄。相面學相語云：「耳垂短命短，耳垂薄命薄。」因此三個皇孫恐怕都將會是短命薄命之人。孔姑很想把自己的隱憂告訴小草，但又覺得沒有必要。因為憑小草的知學肯定懂得太子體胖之弊和皇孫耳垂之弊的，心中肯定也有隱憂，只是出於母子、祖孫親情不予說破，強作笑顏罷了。

太子到了洛陽，文武百官按照禮儀有意拜謁，蘇威徵求太子的意見。楊昭說：「我這次入朝，只是向父皇母后請安並聆聽教誨，沒有公務。所以百官不必拜謁，各盡其職，全力為父皇辦好差事，就是臣道。」蘇威把這情況報告皇上。楊廣表示讚許，同時覺得兒子的性格太過謙沖，難成大器。數天後，豫章王楊暕來看望母后，順便看望太子大哥。楊昭見到二弟格外親熱，問長問短。楊暕論身材論姿容論風度，均合美男與帥哥標準。他見到大哥，表面也很親熱，心裡卻在說：「瞧他胖成這樣，哪配當太子當儲君？」蕭草說：「暕兒！你大哥一家人從大興城到洛陽向父皇母后請安，你豫章王一家人就在洛陽，什麼時候也來昭陽宮讓父皇母后認識認識呀？」楊暕避開母后的問話，顧左右而言他，說：「大哥何時有空？我請你喝酒！」

蘇威指派宗正卿楊順安排車馬，陪同太子遊覽洛陽。楊昭登上端門城樓，只見洛陽規模宏大、氣勢磅礴，到處都在建造房屋，到處都是忙碌的人群，生機勃勃。楊順介紹說：洛陽已建成宮城、皇城，郭城尚未完全竣工，朝廷主要官署、各級官員及其家屬均已遷至洛陽。又說：洛陽現有人口與大興城相當，約為五十萬至六十萬人。楊昭看得真切，聽得真切，心想：由於父皇常住洛陽，所以洛陽的地位實際上已超過大興城，成為大隋國政治、經濟、文化中心了。越日，楊順陪同太子一家人遊覽西苑。楊昭、韋妃、二良娣親臨其境，領略了西苑水域的廣大之美，外湖內海的浩渺之美，湖堤上的花草亭榭之美，以及三神山的高聳之美，以為是神仙世界，人世間怎麼可能會有這等美景？他們遊覽了十六院更加吃驚與震撼。原來，庭院是可以建造得這樣精巧的；原來，女孩子竟有這樣妖冶媚麗的。楊順介紹說：遊覽十六院的最佳時段是在夜晚，上萬隻大紅燈籠點亮，影綽朦朧，絲竹管弦，歌舞翩翩。從江南選來的美女，花團錦簇、鶯啼燕喃，宛若仙子。楊昭聽說過父皇夜遊十六院，天天當新郎，夜夜換新娘的傳聞。他怕把持不住自己，不待夜晚趕忙結束遊程回到了東宮。楊順原本說還要陪同太子遊覽龍門石窟的，誰知突然有急事去了都仙宮。

前年八月，隋帝楊廣奉先帝梓宮將回大興城，交付給楊順一項特殊任務：將宣華、容華夫人安排至都仙宮居住，原則是：待遇從優，禮儀從簡。楊順遵命，精心安排了兩位夫人，選調一名女宮一名宦官，率二十名宮監宮女為之服務。宣華夫人陳蟬雖錦衣玉食，然其心情抑鬱、落寞寡歡，她時時回憶往事，往事卻不堪回首。她曾是公主，天之驕女，忽然陳國滅亡成了亡國奴，到了隋國京城。當時，她貌不驚人，當了宮女從事刺繡。誰知數年後，她竟越長越美，人稱姿貌無雙。她升任女官，無意嫁人，只顧刺繡，偏偏在二十五歲那年，獨孤皇后要她去仁壽宮侍奉皇上。鬼迷心竅，她怎麼就同意了呢？而且還拉上了蔡芸妹妹。當年楊堅已經六十二歲，對她和芸妹備加寵愛，封作貴人，封作夫人。厄運發生在前年七月，那天夜裡，太子居然擅入她的房間欲對她無禮。她驚慌逃脫報告皇上，然後她失去自由。之後，太子給她送禮、召她敘話、將她和芸妹姦淫。再然後，聽說皇上駕崩了，太子即了皇帝位。最後，她和芸妹移住到都仙宮。在都仙宮，雖說衣食無憂，然而精神的痛苦與屈辱，誰能理解？誰能明白？她幾乎夜夜做夢，做的全是惡夢。十多天前，她又夢見楊堅，楊堅罵她是娼婦是賤貨，不守貞節，操起玉如意猛擊她的頭部。她慘叫一聲夢醒，隨後就病倒了，病情日日加重。楊順聞訊趕到都仙宮，只見宣華昏睡在床，雙蛾斂翠，兩鬢雉青，姿貌依然很美，但已面白如紙，氣息奄奄。容華夫人守候在床前，俯身在宣華耳邊說：「蟬姐！楊順楊大人看你來了！」宣華微微睜眼，嘴脣蠕動，只有容華能聽懂她的話。容華乃去衣櫃裡取出一個小金匣，遞給楊順，說：「蟬姐剛才託付，原話是：『金匣是當今皇上的東西，理當物歸原主，可交由楊大人代為歸還。』蟬姐還說：『世事如夢，人生如夢，陳蟬去也！』」楊順驚愕，再看宣華，呼吸艱難，片刻間油盡燈枯「去也」。容華痛哭，叫了一聲蟬姐，滿臉淚水地快步回了自己的房間。事情來得突然。如何辦理喪事？楊順頗費躊躇。正躊躇著，忽有宮女報告：「容華夫人自盡了！」楊順猛然一驚，急急前往察看。原來容華回了房間，用一杯鴆酒結束了性命，留下數語遺書，寫道：「世事如夢，人生如夢，蔡芸追隨蟬姐亦去也！」

宣華、容華同時「去也」。一人的喪事變成兩人的喪事。楊順審視那個金匣，回味「禮儀從簡」一語，憑著為官多年的閱歷與經驗，得出兩個結論：一、皇上和兩位夫人的關係非同尋常，而這關係裡有秘密有隱情，任何人都不許也不該知曉；二、皇上對兩位夫人的生與死似乎並不介意，只要不引人注目，不洩露秘密與隱情就好。楊順有了這兩個結論，辦理喪事也就有了把握。第一，沒有必要通知皇上和朝廷，自己先行辦理就是；第二，禮儀宜用中性方式，即既不能用先帝夫人的禮儀，也不能用普通民婦的禮儀，而應用權貴人家貴婦的禮儀。於是楊順用簡中偏高的規格辦理了兩位夫人的喪事，棺槨、衣飾、明器、墓地等都是上等的。墓塚前不立墓碑，栽植五十八株松柏樹作為標識，暗寓兩位夫人死年均為二十九歲。

楊順返回洛陽，心懷忐忑地向皇上報告兩位夫人的死訊，呈上宣華的金匣與容華的遺書，彙報自己辦理喪事的考慮及做法。楊廣還記得那個金匣，記得金匣的金龜金蛇與同心結。他問楊順：「卿可知道金匣裡裝的物件？」楊順坦誠回答：「臣不知道。」接著如實彙報容華夫人將金匣遞給自己時的情景，說：「金匣既是皇上的東西，臣只想著妥加保管盡快歸還皇上，哪敢問哪敢看金匣裡裝的何物？」楊廣見金匣密封，完好無損，這才放心。顯然，他和兩位夫人間的那點事沒有被洩露，隨著兩位夫人去世將會是永恆的秘密了。他讚許地說：「楊卿此去都仙宮，依禮安葬兩位夫人，甚合朕意，著賜黃金百兩，錦緞五百匹。」楊順一顆懸著的心落了地，叩頭謝恩告辭。楊廣獨自坐著，面對金匣看了很久想了很久，隨後便將他曾姦淫過的兩個女人徹底忘卻了。

姚潔通過女官管道獲知兩位夫人去世並報告皇后。蕭草對阿英和兩位夫人的關係略有耳聞。但她心地善良，不願把事情往壞裡想，阿英再花心再好色，總不至於動到兩位庶母身上吧！孔姑有言：「凡事不知道比知道的好，知道少比知道多的好。」阿英從未跟自己說過兩位夫人的死訊，說明他有不說的理由。那自己就裝作「不知道」吧，學會糊塗，莫管莫問，免得生出枝節惹出麻煩。

楊昭入朝時間限定為一個月。一個月裡，他和父皇單獨在一起僅有兩次，聆聽的教誨不足百句。六月初，他申請延長入朝時間，楊廣不許。蕭草出面說情，楊廣遂同意延長至六月底。偏巧那年六月，洛陽滴雨未下，赤日炎炎，熱得出奇。楊昭體胖最怕炎熱，即使不動彈也出汗，呼呼喘氣，苦不堪言。為解熱驅暑，他命宮監汲取井水放在房裡，又將床單浸泡在井水中，不時取出擰乾披在身上，間或還將一桶井水從頭上淋到腳下。一個肥胖的人，出汗很多，全身毛孔都是張著的，忽兒熱忽兒涼，反覆刺激怎麼受得了？楊昭生病了，發燒了，咳嗽了。楊廣大意，蕭草也大意，以為太子年輕才二十三歲，又有御醫診治用藥，區區小病算不了什麼。楊廣的注意力集中在楊素的病上，據御醫報告好像是越來越重了。他是唯恐楊素不死的，所以竊喜，對御醫說：「爾等用心給丞相治病，治好治壞沒有關係，功勞是少不了的。」這是一種曖昧的暗示。御醫們心領神會，皇上需要的結果是治壞而不是治好，治壞也算有功。六月壬子日，楊廣故作姿態地表示聖恩，頒詔宣布：楊素由越國公改封為楚國公，加拜三公之一的榮譽性官職司徒。楊素同父異母弟楊約時任內史令，經常登門問病，勸說兄長好好地服藥才能早日康復。楊素苦笑，自知名位已極，又自知出謀殺害先帝，大奸大逆，郎君怎會容得他存活於世？故而拒絕服藥，說：「我豈須更活耶？」

楊暕再次來到昭陽宮，說是探太子病，實是偵察虛實。日前，楊廣已將這個兒子由豫章王改封齊王，食邑增至四千戶。楊暕由此認定父皇非常看重自己，心情舒暢，眉飛色舞。他看到太子大哥病態懨懨的樣子也是竊喜，因為父皇只有兩個兒子，太子大哥若有個三長兩短，那麼空出的太子大位就非他莫屬。他想到自己有可能將成為太子，心不由「嘭嘭」狂跳。

好不容易熬過六月。七月上旬和中旬，洛陽仍是滴雨未下，樹木花草乾枯而死，人畜飲水都有困難。楊昭的病情急轉直下，人瘦了兩圈，高燒不退，水米不進，形神俱失，開始說胡話了。蕭草驚慌，催促御醫用藥，御醫搖頭說太子已服不進湯藥了。太子妃和大、小劉良娣急得團團亂轉，不停地說：「這可怎麼好？這可怎麼好？」楊廣也到病床前看望太子，斥責御醫無用無能，改而命巫師給太子治病。巫師設壇作法，裝神弄鬼地說：「太子之病，乃房陵王為祟也。」房陵王係指已死太子楊勇。楊廣駭然。他決意斬草除根殺死楊勇一大家人，現在楊勇陰魂為祟，是要索太子性命哪！蕭草更是駭然。阿英為坐穩皇位只管殺戮，殺死楊勇一大家人。惡有惡報。這不？惡報降落到太子頭上了！

宮城東宮，太子楊昭的病情迅速惡化。司徒楊素的病情也迅速惡化。楊廣為前者憂，為後者喜，再未夜遊十六院，坐鎮景華殿，注視著事態的發展。他特別把左衛大將軍宇文述留在身邊，宇文述統領的皇帝衛隊萬名精銳，足以應對任何突發事件。七月甲戌日（二十三日）晚亥時，楊廣接到報告：「太子病薨。」他的心像被重重一擊，眼睛閉上，久久沒有睜開。御醫打過招呼，說楊素已進入彌留狀態，一兩個時辰內必死無疑。他端坐著，專門等待丞相府的消息。過罷子夜，已是乙亥日（二十四日）丑時，他接到報告：「司徒、尚書左僕射、尚書令、楚國公楊素病薨。」他的眼睛一亮，起身踱步，隨即下令道：「來人！召蘇威、楊達、牛弘、宇文弼，速來議事！」

凌晨卯正在大業殿舉行朝會。由蘇威宣布太子、楊素病薨的消息，並宣布君臣五人夜間議事做出的決定：太子謚曰元德，尚書右僕射蘇威、吏部尚書牛弘主持治喪，宗正卿楊順參與治喪，著手建造陵寢莊陵。莊陵竣工之前，太子靈柩先予安葬，待日後遷葬；追贈楊素為光祿大夫、太尉公，謚曰景武，家屬治喪，納言楊達、禮部尚書宇文弼臨喪弔唁，別給轀車班劍四十人，前後部羽葆鼓吹，粟麥五千石，布帛五千匹。朝會結束，楊廣由宇文述、許廷輔陪同來到東宮。看到的只是太子遺體，及一群身穿喪服，或哭泣或垂淚的女人，包括陳貴人、蕭嬪、崔嬪和已在洛陽安家的楊麗華、楊美華、楊豔華三位長公主等。蕭草雙眼含淚，滿心悲痛且有哀怨，很想問問阿英：你在太子薨去已四個多時辰才現身，這是為何？但她知道阿英更關注的是楊素病薨事，那是大事，關係到皇權，若處置不當要出大亂子的。她看著徹夜未眠滿臉倦容的阿英，頓時淚如泉湧，嗚咽著說：「皇上！太子昭兒，號稱大曹主，他，他怎麼就，就……」楊廣給了皇后一個輕輕的擁抱，說：「此乃天意，非人力所能左右，還是節哀吧！」他又對皇后身邊的孔姑和姚潔說：「你二人，這幾日務要陪伴皇后。」二人答應說：「是！」太子妃韋婕懷抱楊侑，劉芙手拉楊倓，劉蓉手拉楊侗，跪地叫父皇，泣不成聲。楊廣雖把兒女親情看得較淡，但此時此刻面對剛剛失去丈夫的年輕兒媳和剛剛失去父親的幼兒皇孫也是一腔酸楚，眼眶泛紅，說：「當下管護好皇孫最為要緊。朕已安排喪禮，你等無須操心。」說罷，就又去了景華殿。

那一天，洛陽舉辦兩個顯要人物的喪禮。一是元德太子楊昭的喪禮，朝廷主辦，規格很高。天氣太熱。蘇威、牛弘徵得皇上同意，購買上等楠木棺槨，太子遺體身著太子禮服，小殮與大殮一併進行，其靈柩當夜安葬於邙山下一處開闊地帶，築了墓塚，立了墓碑。一是光祿大夫、太尉公楊素的喪禮，家屬主辦，也是小殮與大殮一併進行，隨後將靈柩遠往弘農華陰老家安葬，妻妾、兒孫及家丁約三千人送葬，齎車班劍，羽葆鼓吹，場面壯觀。楊達、宇文弼奉旨臨喪弔唁，回宮覆命，彙報楊素喪禮情況。楊廣沉默良久，冷不丁冒出一句狠話：「若楊素不死，當滅他九族！」

南陽公主楊嘩在大興城獲知太子大哥病薨，帶著兩名侍女急急地趕到洛陽看望母后。蕭草幾日來就沉浸在中年喪子的悲傷、沉痛和淒苦之中，撕心裂肺，肝腸寸斷。但她是皇后是國母，要注重形象與風範，所以不能像三個兒媳那樣捶胸頓足、涕淚交加，擗踴而哭，再悲再痛再苦也得強忍著。這天見到女兒，什麼形象、風範都不顧了，放聲大哭，淚水滂沱，邊大哭邊傾訴，傾訴昭兒的出生，昭兒的成長，昭兒的愛好，昭兒的大婚，昭兒的體胖，昭兒的孝敬，昭兒的好品性好脾氣，昭兒的三個年幼的可憐的孩子。她還自責地說：「都怪我呀！六月初，你父皇是要昭兒回大興城的，而我偏偏說情讓他入朝時間延長至六月底。他若按時回去，避開洛陽的炎熱，或許，或許就不會生病呀！或許，或許就不會病薨呀！」她說到這裡，雙手握拳狠擊頭部，重複著說：「都怪我呀！都怪我呀！」楊嘩也是淚飛如雨，緊緊拉住母后雙手，一個勁地叫著：「母后！母后！」孔姑在一邊示意公主：讓她大哭，讓她傾訴，讓她把心中壓抑著的所有悲、痛、苦發洩出來，這樣有利於她的身體。楊曄是個孝順女兒，她的到來、她的陪伴、她的照料，使得母后沒有被擊垮，得以從巨大的喪子之痛中挺了過來，逐漸地恢復了先前的精神狀態。

楊廣考慮太子薨後由誰鎮守大興城的問題。他雖營建了東京洛陽，但無意改變大興城的傳統國都地位。鎮守大興城人選，他首先想到楊暕，隨即將他否定了。因為楊暕歷來驕恣，昵近小人，很難擔當此任。想來想去，最後想到楊侑。楊侑是太子妃所生，是嫡皇孫，子承父業鎮守大興城，名正言順。可是楊侑虛齡才兩歲，怎麼鎮守？這也好辦，可以將他封王，由一位德高望重的老臣輔佐，並由老臣斷決、處理各項事務就成了。老臣人選也是現成的，就是安德王楊雄，楊雄還任著太子太傅，輔佐太子之子也屬順理成章。於是八月，楊廣頒詔封皇孫楊侑為代王，楊倓為燕王，楊侗為越王。代王因是嫡皇孫，所以位次排在燕王、越王之前。食邑也有差別，代王五千戶，燕王、越王各四千戶。楊廣召見楊雄，授官京兆尹——國都最高行政首長，委以輔佐代王，鎮守大興城的重任。灞上軍營駐有五萬兵馬供楊雄調遣。楊雄欣然受命，表示願肝腦塗地，不負聖望。諸事安排妥當，太子妃韋婕，良娣劉芙和劉蓉，三個皇孫楊侑、楊倓、楊侗及安德王楊雄等，由朝廷派出的兵馬護送返回大興城。蕭草不放心兒媳和皇孫，千叮嚀萬囑咐並親自送至宮城正門外，看著他們乘坐的馬車遠去，也不知抹了多少眼淚。

這年夏、秋之際，由於太子病薨，楊廣和蕭草心頭籠罩著厚厚的烏雲與陰霾，異常鬱悶。九月，蕭薔蕭嬪和崔翠崔嬪同時報告：有娠了。就像是陽光乍現，金風勁吹，烏雲消退，陰霾四散，皇上和皇后的臉上又有了喜色與笑容。二人不約而同地祈求蕭嬪和崔嬪能再生兩個或多個皇子。為什麼？因為楊昭薨後，他倆膝下只有皇子楊暕一株獨苗了呀！

第十八章 北方邊陲

太子楊昭病薨，東京洛陽有一人最吃香最走紅。誰？齊王楊暕呀！楊暕自認為他即將成為皇太子，朝野也都這樣認為。因為當今皇上只剩這麼一個皇子，不立他為皇太子，又立誰呢？今日之太子，日後之皇帝。你說他能不吃香不走紅嗎？吏部尚書牛弘為齊王挑選官屬。公卿大臣爭相薦舉子弟，指望能為他們的兒孫在齊王麾下先謀個位子。楊暕的三個姑母即樂平、清河、廣平長公主，過去巴結的是太子楊昭，現在改換門庭成了齊王府的常客。眾人效尤，因而便出現史載的「百官稱謁，填咽道路」盛況。楊暕沉醉於這種盛況，整天迎來送往，樂不可支。楊廣為考察這個兒子，打算任用他為雍州牧。楊暕得到消息，下手極快，命其親信喬令則等趕赴大興城，將原東宮官屬、奴僕及太子衛隊約二萬多人加以整編，都編進他齊王管轄的序列。楊雄將此情況報告皇上。楊廣意識到楊暕急於攬權、擴張實力，不由提高了警覺，任用他為雍州牧的打算也就作罷。

楊廣是個好動的皇帝，尤愛沒事找事。楊堅時代，地方行政建制撤銷郡，由州直轄縣。大業三年（西元六〇七年）伊始，楊廣詔令將州改稱郡，郡的行政首長稱太守。一時間郡級官員奇缺。楊廣上年禮待兩個皇侄，楊浩嗣襲父爵封秦王，楊湛封濟北侯。這時，楊浩、楊湛均去地方任職，一任河陽都尉，一任滎陽太守。蕭草同父母弟蕭瑀也出任河池太守。楊廣還將中央六部一些官員的官名改稱大夫，一時間出了五花八門的大夫，其中職位最高的是光祿大夫，帶有榮譽性質，可以授予功臣幸臣，也可以追贈去世的高官。春暖花開時節，楊廣又決定出巡了，目的地是北方邊陲，理由仍是觀風問俗，具體名目從巡遊改作巡狩。巡狩意為尚武狩獵，實質上是耀武揚威，耀大隋之武力，揚皇帝之威德。楊素已死，丞相尚有尚書右僕射蘇威、門下省納言楊達、內史令楊約和蕭琮四人，同為副職。楊達乃安德王楊雄之弟，任營建洛陽副監，營建任務需要收尾故留守洛陽，另三人和六部首長及其夫人等隨駕巡狩。蕭嬪和崔嬪因有身孕留於洛陽，皇后蕭草和貴人陳娟攜女官五十人、宮女五百人隨駕巡狩。鹵簿規模仍為三萬人。郭衍、李景、宇文述三位大將軍，分別統領前軍、後軍、中軍的職責不變。楊廣還要考察兒子楊暕，有意讓他也隨駕巡狩，督步、騎兵三萬作為後軍的一部分，距離鑾駕三四十里，聽從調遣。這次巡狩，總共軍隊四十萬人，戰馬十萬匹，各種車二千輛。一聲號令，隊伍起程，旌旗蔽日，鼓角震天，聲勢浩大世所罕見。

鑾駕第一站是大興城。楊雄率京兆尹署官員迎接皇上皇后等住進宮城，隨即向皇上彙報政事。蕭草拉上陳娟，由姚潔等陪同去東宮看望兒媳和皇孫，韋婕、劉芙、劉蓉行跪拜禮迎接母后和陳貴人。蕭草急切叫著楊倓、楊侗的名字，同時抱過楊侑，眼角有些濕潤。三個年輕守寡的兒媳和三個年幼無父的皇孫，住在這裡其孤苦與悲苦可想而知！她看楊侑，小東西長大了許多，會「呀呀」學語了，想下地走路了。她親了親皇孫粉嫩的面頰，說：「侑兒呀！皇奶奶盼你快長大呀！你亡父也盼你快長大呀！」蕭草提到侑兒的「亡父」，三個兒媳眼中閃著晶瑩的淚光。蕭草詢問有關情況。韋婕如實回答，大意是：原東宮的人很多，齊王楊暕派人整編，把那些人都整編走了；她考慮，太子已薨，所住之處不宜再叫東宮，故改稱代王府，實是代王、燕王、越王共同的王府。最早的晉王府家令薛善，曾任東宮家令，現任代王府家令。王府現有各類人員二百人，全力為三個小王服務，挺好的。蕭草點頭，說：「你等挺好，皇上和我就放心了。記住：不論遇到什麼困難都要跟安德王講，他會幫助解決的。他若解決不了，自會報告皇上。」韋婕答應說：「是！」說話間，南陽公主楊曄、駙馬都尉宇文士及到來。皇上楊廣也到來，王府裡難得這樣熱熱鬧鬧的，洋溢著家人團聚的歡樂氣氛。

就楊廣而言，大興城始終是他的一大心病。他總覺得這裡處處有先帝和已故太子的身影與聲音，時時產生幻象從而心神不寧。因此，鑾駕在大興城僅停留三天，就沿著古直道故道，浩浩蕩蕩地向北方挺進，於四月到達榆林郡（今陝西榆林）。當地地形複雜。他想到回程的路線，立命徵發三十萬民工鑿穿太行山，築一御道從榆林直達太原。榆林郡東北為黃河和長城，黃河和長城外側統稱塞外，便是北胡突厥國土。突厥啟民可汗聽說大隋皇帝率四十萬大軍到達榆林郡，不明其意圖，且驚且懼。這位可汗是隋文帝楊堅一手扶立的，並通過和親娶了隋義成公主楊嵐為可敦。楊堅原在朔州建一座大利城作為他的王庭，他在那裡休養生息，部族增多，勢力增強，遂將王庭遷至金河，金河改名磧口。磧口與榆林郡城隔長城、黃河相望，相距約二百里。啟民派人入朝詢問，始知大隋皇帝此行的目的只是巡狩，也就放心了。六月，楊廣鑾駕入住榆林郡城行宮，收到楊達發送的奏書，報告蕭嬪生了個皇子，崔嬪生了個皇女，蕭嬪和崔嬪請皇上賜名。楊廣大喜，大笑著對蕭草和陳娴說：「朕近不惑之年，又得皇子皇女。天賜也！」遂賜名：皇子叫杲，典出《詩經．衛風》：「杲杲出日」；皇女叫曜，典出晉人阮籍《詠懷》詩：「清陽曜靈」。他覺得好笑，自己早給三個皇孫賜名，現在又給皇子皇女賜名，皇子皇女的年齡小於皇孫，還真有點滑稽。蕭嬪是蕭草的堂妹，生了皇子，蕭草也是歡喜的。她不由想到陳娴，為何陳貴人這麼多年就沒為皇上生個皇子皇女呢？一天，她很委婉地問了陳娴這個問題。陳娴紅了眼眶，坦言相告，說：「陳國滅亡那年我十二歲，成了亡國奴。晉軍統帥命在俘虜名單中刪去我的名字，將我送至揚州寄養在一個姓張的官員家。我後來知道了晉軍統帥是晉王楊廣，當今皇上；姓張的官員叫張衡，是晉王的親信。我十五歲那年，晉王出任揚州總管，我成了他的侍妾。當時他說，他早有王妃和兒女，故而規定：我和他的關係若干年內不能公開，我也不能生孩子。我無可選擇只能答應，因為我是個亡國奴，在一無父母之命，媒妁之言，二無六禮程序，三無拜堂儀式的情況下就稀裡糊糊成了他人的侍妾，有什麼臉面什麼資格生孩子？生下孩子也是卑賤的，會受人歧視。所以這些年來，我一直堅持服藥，絕不讓自己懷孕……」蕭草萬沒想到陳婤還有這樣的苦衷，聯想到上年宣華、容華夫人之死，心中一陣酸楚。她拉起陳婤一隻手輕輕拍著，動情地說：「苦了你了！國亡家破，最遭罪最不幸的就是女人！」這話觸動了陳婤的心弦。她淚如泉湧，泣不成聲。

突厥臣服於大隋。啟民可汗臣服於大隋皇帝，上書請求入朝以盡臣節臣禮，獲准。啟民已年過花甲，身材矮胖，絡腮鬍鬚，耳垂上戴一副碩大的赤玉圓環。入朝隋帝，行跪拜大禮，稱楊廣為至尊，盛讚至尊文治武功，聖恩聖德，惠及四夷，獻馬三千匹，皮革五千張。楊廣回禮，賜予大量錢物。辛巳日，楊廣在連谷舉行一次意在誇示甲兵之盛的狩獵活動，特意邀請啟民及西域、東夷國家朝貢的使者參加。《隋書．禮儀志》詳細記載了這次狩獵，動用四十萬軍隊，十萬匹戰馬，規模之大，聲勢之盛，史無前例。楊廣只是坐在安全的革車上，象徵性地射了一箭而已，此舉顯示了大隋的甲兵軍旅威武雄壯、天下無敵。啟民回國之時，鄭重地邀請至尊和皇后訪問突厥，特別提到可敦——義成公主楊嵐，最敬重最崇拜蕭皇后，極想在磧口再睹其風采，暢敘情誼。楊廣欣然答應。七月，楊廣命在榆林郡城東門外搭建一座巨型大帳，佔地二百畝，備儀衛萬人，插旌旗萬面，宴請啟民可汗。啟民率部落酋長三千五百人赴宴。美酒佳肴均係御膳標準。餐具酒具均係精美的金、銀、玉、青花瓷製品。烹飪菜肴的廚師近千人，負責布菜、斟酒的宮監宮女八百多人。宴間，皇家樂隊演奏清樂、西涼、龜茲、天竺、康國、疏勒、安國、高麗、禮畢等九部樂，藝人表演百戲，萬千氣象，異彩紛呈。啟民及部落酋長何曾見過這種場面這種景象？驚奇讚歎，瞠目結舌，舉止失措。宴會結束，楊廣命賞賜，光綾羅綢緞就發出去二十萬匹。楊廣隨後頒詔，云：「啟民深委誠心，入奉朝覲，率其種落，拜首軒墀，言念丹款，良以嘉尚。宜隆榮數，式優恆典。可賜輅車、乘馬、鼓吹、幡旗，贊拜不名，位在諸侯王之上。」

楊廣巡狩，楊廣宴請，其鋪張奢侈程度達到極致。蕭草對皇上的想法與做法既不解又無奈，只能聽之任之。她即將隨皇上訪問突厥，倒是有幾分激動。中國封建皇帝和皇后出國訪問的，楊廣和蕭草同為第一人。況且，突厥可敦義成公主楊嵐，當年正是由蕭草送出晉王府，送上喜車遠赴突厥和親的。從那以後，她一直牽掛和想念那個頗像自己女兒的可愛公主。這天，她正想著訪問之事，姚潔前來報告：太常卿高熲、諫議大夫賀若弼、禮部尚書宇文弼被斬首。蕭草大驚失色。這三人都是朝廷功臣重臣，怎麼就被斬首了呢？經詢問方知，高熲和賀若弼、宇文弼關係親密，私下議論了皇上對啟民可汗恩禮過重恐為後患。高熲說：「胡人素來重利輕義，不講誠信，有奶便是娘，吃飽奶便咬娘，恩將仇報。」還說：「近來朝廷殊無綱紀。」賀若弼、宇文弼隨聲附和。偏有媚臣諂子將他們的議論報告皇上，楊廣勃然大怒，以「謗訕朝政」罪將三人斬殺。此案又涉及到內史令蕭琮。蕭琮平日與賀若弼往來莫逆。恰有童謠云：「蕭蕭亦復起。」楊廣擔心「蕭蕭」是指蕭琮，此人曾是西梁國皇帝，有可能「復起」，遂將其罷官。蕭琮來到行宮向皇后妹妹訴苦，很委屈又很不平。蕭草不能責怪皇上，只能勸慰胞兄，說：「你該慶幸保住了性命，知足者常樂。你仍封梁國公，就趕快回封地去，安安寧寧過日子，切莫怨天尤人，再生出什麼事端來。」蕭琮悻悻離去。姚潔又報告：尚書右僕射蘇威被罷了官。蕭草又是大驚，這又是為何？原來是楊廣巡狩發現榆林至紫河一百多里長城年久失修、垮坍嚴重，信口口諭：徵發百餘萬民工修築這一段長城，限二十日完工。蘇威提出異議，直諫說：「長城之役並非急務，且兩旬完工實不可能。」楊廣最恨直言，以為蘇威抗旨，將其罷官。蘇威苦笑，打點行裝回了老家武功（今陝西武功）。結果正如他所言，地方官府根本徵不到百餘萬民工，好不容易徵到二三十萬，到了工地日夜勞作，時值酷暑，吃、住、醫全無保障，不滿十天，死者十五六，工地變成墳場，民情憤憤、民心洶洶。楊廣十分尷尬，不得不詔令停工，留下一項遍地狼藉的半吊子工程。

經過周密安排，大隋皇帝楊廣和皇后蕭草定於八月乙酉日訪問突厥。出於安全考慮，決定當天到達磧口，當天離開，不在磧口過夜。楊廣和蕭草本想讓陳貴人也隨同訪問。然而陳娟婉言辭絕，說皇帝皇后出國訪問，帶上一個貴人不合禮儀。鑾駕於壬午日起程，皇帝乘坐駕六馬的金根車，皇后乘坐駕四馬的鳳輦。兵部尚書段文振調度，前軍、中軍、後軍共四十萬步、騎兵，高度戒備，嚴密護衛。黃河上架設浮橋。鑾駕過浮橋，出長城，進入突厥地界，越往北越顯塞外異國風情。天高野曠，大漠孤煙，長河落日，水草豐茂處多有突厥人居住的穹廬。穹廬就是氈帳。馬、牛、羊散放穹廬周圍，訓練有素的牧羊犬忠實地擔負起放牧的責任。乙酉日辰時，鑾駕距磧口三十里。啟民可汗長子咄吉世特勒（特勒，突厥語，突厥可汗子弟的封號名，相當於漢語中的王）率幾位高官前來迎接。巳正，鑾駕抵達磧口。磧口實際上是由成千上萬個穹廬匯聚成的大鎮。突厥人以東方為尊，故所有穹廬均門朝東方。磧口民眾擁擁擠擠地站立在二百步開外看熱鬧。他們驚歎，大隋皇帝皇后的鹵簿多達三萬人，人人衣服上帽子上及所舉的器仗上都裝飾五色羽毛，羽毛迎風飄動，煞是華麗。他們更驚歎，護衛大隋皇帝皇后的軍隊有四十萬。磧口偏北部位有一大片高大的穹廬最為醒目，那是牙帳——啟民可汗和楊嵐可敦居住的宮殿。牙帳正門稱牙門，門前立一五丈高的粗竿，粗竿頂端懸一面金狼頭大旗——突厥人心目中的國旗。可汗和可敦率王公大臣佇立在大旗下等候。鹵簿通過，金根車和鳳輦馳來，突厥樂隊奏響音樂。大隋二十名宮監伺候皇帝步下金根車，二十名宮女伺候皇后步下鳳輦。可汗和可敦跪地，先行突厥禮說突厥語，再行漢禮說漢語，恭敬迎接大隋皇帝皇后訪問突厥。楊廣走近可汗，蕭草走近可敦，同時微笑著說：「平身！」然後，可汗陪同楊廣步進大牙帳，可敦陪同蕭草步進小牙帳，分別進行男人間和女人間的談話。

大牙帳高敞明亮，設施豪華。啟民恭請楊廣面東而坐，自己面西而坐。楊廣和啟民的坐榻覆蓋著斑斕的虎皮，那象徵著高貴與權勢。齊王楊暕、內史令楊約、吏部尚書牛弘、兵部尚書段文振等坐於皇帝身後。啟民的三個兒子特勒，大臣葉護、屈律啜等坐於可汗身後。雙方開始談國事談政事。啟民臣服於楊廣，所以兩位國家元首是君臣關係，談話實是啟民彙報，態度謙恭；楊廣聽取彙報，間或詢問或指示數語，居高臨下，派頭十足。啟民年長楊廣二十多歲，而在楊廣面前卻像個晚輩，卑躬屈膝，唯唯諾諾。啟民的兒子見狀很不舒服，尤其是長子咄吉世特勒，冷眼看向楊廣，以為此人高傲無禮，心裡說：「哼！總有一天，我會讓你為此付出代價！」

小牙帳設施同樣豪華，且富麗與溫馨。蕭草和楊嵐談話，談家事談往事。兩位第一夫人並坐，四目相對，四手相握，親親熱熱。蕭草看楊嵐，衣飾妝扮全是胡人樣式，活脫脫就是一個突厥女子。楊嵐看蕭草依然那樣端莊綽約，溫文爾雅。楊嵐仍稱蕭草為蕭姨，說她赴突厥和親已七年多，身在異國總是想念祖國想念家鄉，想念父母想念蕭姨；她說她忘不了居住在晉王府的那些日子，蕭姨的言行舉止與做人方式對她的影響極大，勝過她的生母。蕭草簡約講述大隋這些年來的變化，包括獨孤皇后病逝，先帝駕崩，楊廣成為太子成為皇帝，營建東京洛陽，開鑿運河，太子楊昭病薨，自己的三個皇孫等等。她仍稱楊嵐為嵐兒，說：「嵐兒！你今年二十二歲吧？為何還沒生個孩子？」楊嵐臉色微紅，說：「我當年來突厥和親，可汗已年過半百，已有三個兒子和多個女兒，他哪有能力再讓我生個孩子？」蕭草點頭，說：「這倒也是。」楊嵐再說：「可汗近來身體大不如前，他說他最多還能活一兩年。可汗若有個三長兩短，那我，我……」她的聲音有點哽咽。蕭草忙說：「瞧你！怎能這樣胡思亂想？」楊嵐說：「這，不能不想啊！還有，突厥人是匈奴人的後裔，繼承匈奴人的習俗：老可汗死後，新可汗繼位，子可妻其母，弟可妻其嫂。果真那樣，我，我……」她的聲音更加哽咽，眼角泛起淚光。蕭草是知道這一習俗的，大漢美女王昭君赴匈奴和親，先為呼韓邪單于的閼氏，呼韓邪病歿，她遵胡俗又成了呼韓邪之子復株累若鞮單于的閼氏。蕭草想到嵐兒也有可能遵從此俗，竟不知該怎樣寬慰對方，一時無語，只能握緊嵐兒的雙手，握得很緊很緊。在小牙帳的一側，蕭草的女官姚潔認識了楊嵐的女官珠瑪，二人熱情交談成了朋友。珠瑪時年二十歲，青春俏麗，說得一口流利的漢語，能騎快馬能射獵。姚潔很是羡慕，親熱地把對方叫小妹，二人各取下頭上插著的玉簪互贈互換留作紀念。

午正，啟民在大牙帳設宴招待隋帝，楊嵐在小牙帳設宴招待蕭姨。啟民恭敬誠懇地奉觴上壽。其時，在磧口正有一位高麗國使者出使突厥。啟民讓那位使者也來向隋帝敬酒。楊廣接受敬酒，笑道：「汝回國可轉告高麗王，宜早來朝。不然者，朕與啟民將赴高麗國巡狩矣！」「赴高麗國巡狩」，意謂攻滅高麗。那位使者嚇得戰戰兢兢，連聲稱「是」，不敢正視隋帝。楊廣再由啟民陪同來到小牙帳接受可敦楊嵐敬酒，啟民則向蕭后敬酒。楊廣飲酒，詔令賞賜，賜予啟民、楊嵐各一隻重五百兩的金甕，以及許多衣服被褥錦彩；賜予咄吉世、葉護等各三百匹絹緞。中正，大隋皇帝皇后結束訪問。啟民、楊嵐在牙門前恭送皇帝皇后，依依惜別。蕭草和楊嵐擁抱互道珍重，淚水漣漣。楊廣心情愉悅，仰望高高飄著的金狼頭大旗，即興賦詩云：

鹿塞鴻旗駐，龍庭翠輦回。
氈帳望風舉，穹廬向日開。
呼韓頓顙至，屠耆接踵來。
索辮擎膻肉，韋韝獻酒杯。
何如漢天子，空上單于台。

詩中提到的「呼韓」、「屠耆」皆為匈奴單于名號，這裡用來代指啟民可汗。啟民竭盡臣節臣禮，親自將大隋皇帝皇后送至定襄。楊廣從那裡經由御道，馬疾車快，抵達太原。在太原，他命將居住過的舊址并州總管府擴建成行宮，賜名晉陽宮。九月己巳日，鑾駕回到洛陽。楊廣所做的第一件事是和蕭草一起到望陽宮看望蕭嬪，實際上是看望皇子楊杲。楊杲出生三個月，還在襁褓裡。楊廣抱過襁褓，左看右瞧，大笑說：「好杲兒！長得像朕，像朕！」在蕭草記憶中，阿英好像從沒抱過皇子昭兒、暕兒和皇女曄兒，也從沒抱過三個皇孫，這天破例抱了楊杲，足見他對這個皇子多麼喜愛，多麼看重！

洛陽一切正常。唯楊達彙報：楊素家族認為，皇上對楊素是名重實輕、名褒實貶，頗有怨氣與恨言。楊廣為消除這一不安定因素，予以安撫：楊素從叔楊文思原任民部尚書，升任納言；楊素長子楊玄感原任鴻臚卿，升任禮部尚書。如此一來，楊素家族中就有楊文思、楊約、楊玄感三人列位三省六部首長，權勢照樣熏灼，怨氣與恨言有所收斂。又有人揭發：宇文述之子、太僕少卿宇文化及與其弟宇文智及貪財好利，利用皇上巡狩榆林郡的機會，違禁與突厥人交市，貿易走私，獲利超過千兩黃金。楊廣大怒，命將宇文化及、宇文智及下獄治罪，非法所得充公。但顧及到鐵桿親信宇文述和女兒楊曄的面子，最終並未將二人治罪，而是改為賜給宇文述為奴。蕭草聽說此事哭笑不得，將兩個兒子賜給父親為奴，這算什麼懲治？

楊廣好動，閒不下坐不住。這不？時過半年，大業四年（西元六〇八年）三月，他的遊興又起，又開始了第二次巡狩。隨駕巡狩的高官中少了蘇威、蕭琮、高熲、賀若弼、宇文弼五人，多了楊文思、楊玄感二人。這次巡狩的方向仍是北方邊陲，目的地是五原郡（今內蒙古包頭）。鑾駕將行，西方邊陲傳來警報：西域吐谷渾國入寇敦煌郡，殺害百姓，劫掠商旅。楊廣立命安德王、京兆尹楊雄為行軍元帥，左衛大將軍宇文述改任左翊衛大將軍為副帥，統兵十萬開赴敦煌禦敵。左武衛大將軍郭衍接替宇文述統領中軍，右武衛大將軍李景接替郭衍統領前軍，新任右候衛大將軍衛玄接替李景統領後軍。鑾駕取道太原，直抵五原。突厥啟民可汗再盡臣節臣禮，親率幾位大臣趕到五原入朝隋帝。楊廣異常高興，給予的恩禮更重。將作大匠宇文愷已升任工部尚書，奉命向突厥客人展示、炫耀兩大創新發明。一是觀風行宮：在若干個巨型軸輪上鋪設木板，建成平臺。在平臺上建造亭閣，亭閣精巧，有柱無牆，可容納三四百人。楊廣邀請啟民等坐在亭閣裡，邊觀風景邊飲酒，樂隊演奏九部樂，藝女表演歌舞。上千名士兵輪流推動軸輪，不知不覺中前行了十餘里。二是六合城：此城亦是行宮，僅一晝夜便在草原上建成。周長八里，以板作骨，以布作帷，繪以丹青。所有部件皆用木板六合，故名。城有城門、城樓、城堞、角樓，遍插旌旗，士兵荷戟負戈，立於城頭警戒。城內有街巷，有宮城。宮城主殿六合殿，供皇上舉行朝會。又有千人帳，供君臣飲宴。機關重重，可報警可禦敵，外人入內分不清東西南北。楊廣邀請啟民等在城裡漫步與居住。啟民一行驚駭驚歎，佩服得五體投地。啟民因身體欠安匆匆地回了磧口。楊廣也就沒了興致，詔令回程。蕭草和陳媢在觀風行宮看過風景，在六合城宮城裡住過數日，百思不得其解。皇上興師動眾，千里迢迢駕幸五原，難道就是為了展示、炫耀觀風行宮和六合城麼？展示了，炫耀了，無數人力、物力、財力打了水漂，又有什麼意義？唉！皇上好大喜功，負其富強之資，思逞無厭之欲，何時是個頭啊！

楊廣回鑾進入并州地界，入雁門關（北齊長城關隘，今山西代縣境），經汾陽（今山西汾陽），發現那裡山青水秀、景色宜人，詔令在此處建造一座行宮，賜名汾陽宮。而且還在那裡舉行了一次狩獵活動。上年在榆林郡狩獵，他是坐在革車上象徵性地射了一箭；這次他要縱馬射獵，那才是真正的狩獵。狩獵規模與程序一如上年。狩日，「咚咚咚」鼓響，楊廣出獵。只見他一身戎裝，金盔金甲，手持雕金弓，腰懸羽箭袋，英氣風發地騎一匹棗紅色大馬，左有兵部尚書段文振，右有左武衛大將軍郭衍，君臣三騎疾馳如飛。圍獵的將士揮舞旗幟與兵器，齊聲發喊：「呵——呵——呵——」三騎疾馳十餘里卻不見一鹿一獐，只有幾隻兔子在草叢中跳躍。這是怎麼回事？楊廣臉色陰沉下來。段文振慌忙打聽，原來是齊王楊暕在主獵區之外又設了個副獵區，並派出步、騎兵兩萬攔截鹿、獐等野獸，均驅趕至副獵區去了。楊廣既掃興又震怒，將雕金弓狠狠摔在地上，撥轉馬頭，大喝一聲「駕」，大馬四蹄騰起，風馳電掣般地回了行宮。

楊暕這時的官職是河南尹，隨駕巡狩的任務同於上年。他很得意，車載人抬地將獵得的豐盛獵物獻給父皇。然而楊廣拒見這個兒子，也拒收獵物，還命內侍傳話說：「齊王武功蓋世，朕自愧弗如。獵物還是齊王享用，朕消受不起。」楊暕這時始知狩獵逞能闖下了禍事，改而拜見母后，請代為說情。蕭草已知狩獵情景，沒好氣地說：「我說暕兒！你是豬腦子不是？今天是你父皇狩獵，還是你齊王狩獵？是彰顯你父皇武功，還是彰顯你齊王武功？你狩獵甚豐，而你父皇連野獸的影子都沒見到，這像話嗎？你一味逞能，現在又送來獵物，不是打你父皇的臉嗎？你以為你父皇狩獵只是為了獵物？錯！大錯！你父皇要的是皇上的體面、皇上的尊嚴！」楊暕挨了母后的數落有點灰頭土臉，不過很快又恢復常態，自我感覺良好。他不知道的是，他的父皇從這一天起已看透他的品行，並注意搜求他的罪失了。

八月辛酉日，楊廣祭祀北嶽恆山，在恆山下看到一名馴鷹師在馴鷹。那隻鷹長得凶猛，羽色烏黑，眼睛紅亮，尖喙利爪，放出去，片刻間就獵回一隻野兔。楊廣大感興趣，立命頒詔天下馴鷹師可到洛陽聚會一展絕技。此詔一頒，天下回應。九月，皇上鑾駕回到洛陽時，洛陽已聚集了馴鷹師萬餘人，人人肩膀上胳膊上都立著一隻鷹。馴鷹師放鷹捕獵物，洛陽上空群鷹盤旋。民眾觀看，萬人空巷。一時間，養鷹馴鷹成為風尚。十月，突厥使者入朝報告：啟民可汗日前病薨，其長子咄吉世特勒繼承可汗位，稱始畢可汗。義成公主楊嵐遵從胡俗，成為始畢可汗的可敦。蕭草聞訊黯然神傷，很為楊嵐擔憂。子妻其母，對漢人來說是悖禮是亂倫，而在突厥是司空見慣。可憐嵐兒，先後成為父子兩代可汗的可敦，她瘦弱的身軀、純淨的心靈，將承受著多麼沉重的倫理壓力與精神負擔呀！但願她能承受住，勇敢些堅強些，在可敦大位上為大隋和突厥的長期友好做出貢獻。

第十九章 長街夢幻

隋帝楊廣在洛陽度過大業五年（西元六〇九年）元旦，宣布東京洛陽改名為東都洛陽。此舉標誌著楊廣時代的大隋國實行雙都制，傳統國都為大興城，新興國都為東都洛陽。論國都的功能與作用，新興國都的重要性已在傳統國都之上。新的一年，楊廣還是要找事做的。他的目光掃過御案上的沙盤地圖，停留在「敦煌」這個地名上，腦海裡立刻有了答案：西征。

早在西元前二世紀，雄才大略的漢武帝打敗強悍的匈奴，佔有河西走廊地帶，隨即將那裡劃進大漢版圖，自東而西設武威（今甘肅武威）、張掖（今甘肅張掖）、敦煌三郡。從那以後，敦煌就成為中國疆域的西陲，其西其南其北地稱西域。魏晉南北朝時期，遼河流域的鮮卑族慕容氏部族長途跋涉遷移至青海湖畔，建立了一個國家，稱吐谷渾。大隋大業年間，該國「東西亙四千里，南北闊二千里」，其君王伏允可汗，時時入寇敦煌，嚴重威脅大隋邊陲的安全，也阻礙了大隋和西域各國的交往。上年，楊雄、宇文述統兵抗擊吐谷渾，伏允可汗慘敗逃往雪山（今新疆天山），部落降隋者十萬餘人，牲畜三十餘萬頭。吐谷渾實際上已經滅亡，國土處在隋軍的控制之下。楊廣西征，就是要和楊雄、宇文述會合，彰顯大隋的武力與富強，威懾西域諸國。西征確定，說走就走。正月戊子日，鑾駕起程前往大興城。比起上兩次巡狩來，這次西征的隨駕人員、鹵簿規模和軍隊人數均減半。蕭皇后和陳貴人自然是隨駕的，楊暕則在減半之列。春寒料峭，天氣還很冷，所以鑾駕在大興城停留了兩個月。蕭草得以和三個兒媳、三個皇孫，女兒女婿相處一段時日，享受到了極其難得的天倫之樂。特別是，她的女兒南陽公主楊曄剛剛生了個男孩滿月，阿英和她有了外孫，當上外祖父和外祖母了。

代王府裡，三個年輕寡婦，撫養三個喪父的幼王，其中艱幸可想而知。好在太子妃韋婕、大良娣劉芺、小良娣劉蓉均通情達禮，把全部心思都花在兒子身上，全府上下氣氛和諧、秩序井然。楊倓、楊侗、楊侑又長大三歲了，都很聰明伶俐，這些都使蕭草感到欣慰。楊昭病薨，靈柩已遷葬莊陵，他的妻兒應當好好生活呀！楊曄和宇文士及到來，當了人母的楊曄體態豐滿許多，懷抱襁褓，滿臉幸福。蕭草從女兒手中抱過襁褓，第一次見到外孫，喜呀樂呀，笑得合不攏嘴。她的外孫大名叫宇文禪師。蕭草問：「為何叫這個名字？」楊曄說，這是士及給取的。她不喜歡這個名字，曾說：「禪師？這哪像小孩名？倒像個僧人法號。」士及說：「這就對了。我不從政，我希望我兒也不從政。我注《漢書》，將是個史學家；我兒長大可研究佛教，將是個佛學家，研究有成，將是個佛學大師，故先取名叫禪師。」因而，楊曄也就認可了。楊廣亦來到代王府，恰好見到女兒女婿和外孫。楊廣落座，問女婿：「朕懲治你大哥二哥，將他倆賜給你爹為奴，他倆怎樣啊？」宇文士及把岳母皇后叫母后，但從不把岳父皇帝叫父皇，只叫皇上，說：「皇上並非真想懲治臣大哥二哥，將他倆賜給臣爹為奴只是做做樣子。他倆在家為奴，倒是有一群奴僕伺候著，日子過得滋潤，比主人還主人呢！」這話逗得楊廣、蕭草大笑起來。宇文士及再說：「臣猜想，皇上寵信臣爹，也就偏愛臣大哥二哥，過不了多久定會重用他倆的。」楊廣對此既未承認，也未否認。宇文士及又說：「皇上此去敦煌，名曰西征，臣以為大大不妥。」楊曄說：「瞧你怎麼說話？怎敢說父皇西征大大不妥？」楊廣阻止女兒，說：「讓士及講。」宇文士及說：「上年，皇上命安德王和臣爹統兵抗擊吐谷渾，那是征討、征伐、征戰，可叫西征。現在，吐谷渾已經滅亡，全境都由隋軍控制著，皇上此去並無征討、征伐、征戰任務，故不宜叫西征。」楊廣饒有興趣，問：「不叫西征，那該叫什麼？」宇文士及說：「可叫西巡。巡即巡行、巡幸、巡視之意，符合皇上身分。」楊廣大笑說：

「噯！我說士及，你好像挺有政治頭腦嘛！行！那就叫西巡。」蕭草靜聽皇上和女婿談話，更加感到欣慰。女婿善於獨立思考，不人云亦云，觀點與眾不同，得到皇上誇讚，曄兒臉上有光，自己臉上也有光啊！

蕭草在大興城期間，想到蘭陵公主楊小華楊阿五。阿五亡故已近四年，死後沒能葬進柳家墳塋，成了孤魂野鬼。她懷念那個可愛又可憐的小姑子，派姚潔悄悄地去洪瀆川為阿五掃了墓。蕭草還想到張槐和小菊。張槐當年安家在長安縣韋曲鄉。蕭草尊重其叮囑，只在暗中關心關注著表哥一家人。關中大旱那年她還是晉王妃，擔心表哥家缺糧或斷糧，曾和孔姑扮作農婦模樣，乘坐馬車攜帶數石穀米和麵粉去過韋曲鄉，打算給予資助。通過暗訪得知：張槐是種地高手，十五畝地中有五畝水地旱澇保收，收穫的糧食自家食用綽綽有餘。她放心了，沒有露面，把攜帶的穀米和麵粉原數載回。如今她已是皇后，由姚潔陪同仍扮作農婦模樣，再次去韋曲鄉。通過暗訪得知：張槐和小菊又生了兩兒一女，分別名張韋、張曲、張鄉；苦妹嫁給鄰鄉姓聶的人家也生了兒女；張槐四年前到洛陽服徭役，落下一身疾病。蕭草不由埋怨表哥，你就亮明身分，說你是當今皇上皇后的親戚，就可以免服徭役。不服徭役，哪會落下一身疾病？蕭草再一想，埋怨變成敬佩，表哥若亮明身分，趨炎附勢，那他就不是堂堂正正的張槐了。

三月，春回大地，冰泮雪融。楊廣把西征改作西巡，起駕，繼續西行。隴東的黃河從西方流來，呈東——東北流向，從那裡西渡黃河，便進入河西走廊地帶。西巡途中，武還是要耀的，威還是要揚的。楊廣在四、五月間舉行了兩次巡狩活動，第二次主獵區在拔延山，方圓號稱兩千里。六月途經祁連山大斗拔谷，誰也不會想到居然遭遇一場暴風雪，氣溫驟降，天寒地凍，山野空曠，荒無人煙。人們全都穿著夏天的單衣，躲沒處躲，藏沒處藏，饑寒交迫。姚潔把有限的物資集中起來，優先保證皇上、皇后、貴人不受凍不挨餓。隨駕的官員與將士可遭了殃，一晝夜間凍死數萬人，馬、騾、驢等凍死大半。幸虧楊雄、宇文述率軍前來救援，鑾駕總算於丙午日抵達張掖，住進郡城行宮。蕭草命清點女官、宮監、宮女人數，喪命的也有五六十人。她好生傷感，除了下令給死者多燒些冥錢外，又能做什麼呢？楊廣驚魂稍定又想動了，想去敦煌。楊雄、宇文述極力勸止。因為吐谷渾殘餘勢力尚未完全剿滅，皇上遠赴敦煌很不安全。楊廣沒去成敦煌，駐蹕張掖，創造了一項紀錄：他是中國封建皇帝巡幸西部國土到得最遠的皇帝。蕭草則是陪同皇帝巡幸西部國土到得最遠的皇后。楊廣在張掖舉行朝會，命將吐谷渾故地，即今青海省大部分劃進大隋國版圖，設為西海、河源、鄯善、且末四郡。楊廣對中國西部國土的形成是有貢獻的，在開疆拓土方面，他的名字可與秦始皇、漢武帝並列。楊廣還有一件大事要做，接見黃門侍郎裴矩。裴矩字弘大，河東聞喜（今山西聞喜）人，常住張掖、敦煌，職掌大隋與西域各國通好通商事項，撰有《西域圖記》三卷，記述西域各國的山川形勝、資源特產和風俗習慣等情形。楊廣正是通過該書了解到西域的。裴矩彙報，經過他的多方奔走與遊說（史籍記載是「啖以厚利」），西域三十六個國家中有二十七個國家派出使團前來張掖，向大隋皇帝致敬，貢獻方物。其中高昌國王麴伯雅、伊吾國太子吐屯設親任使團團長。楊廣自然高興，稱讚裴愛卿宣揚大隋國威勞苦功高。這一日，楊廣在行宮舉行國宴，宴請各國使團。各國使團逐一拜謁大隋皇帝，行禮致敬，貢獻方物。方物千奇百怪，大多是大隋國人沒見過的。宇文愷奉命選擇草地，建造起一座觀風行宮盛陳文物。楊廣和各國使團轉移至觀風行宮上繼續飲宴，一邊觀看風景，一邊欣賞音樂歌舞。各國使團全都驚訝、驚歎，弄不明白觀風行宮那樣沉重怎麼就能平穩前行，而且前行了十餘里呢？隨駕丞相楊文思宣布大隋皇帝給予各國使團賞賜，金銀珍寶，綾羅綢緞，至為豐厚。楊文思再宣布：大隋皇帝定於來年正月，在東都洛陽舉行文化商貿大會，邀請並歡迎各國派遣使團與商團參加。麴伯雅、吐屯設等歡呼雀躍，當場表態：「亞克西！一定參加，參加！」亞克西是西域語，譯成漢語意為很好、好極了。裴矩揣摩、迎合皇上好大喜功的心理，鼓動並配合張掖官吏，組織男女老少穿戴最華麗的服飾，乘坐最漂亮的馬車，列隊歡迎各國使團，隊伍長達二十里，以炫耀大隋的富庶。各國使團見狀眼紅羨慕，更加激發了參加文化商貿大會的熱情。

楊廣西巡，雖說有大斗拔谷風雪，但總體上還是令人滿意的。七月，鑾駕回程。張掖的男女老少又穿戴最華麗的服飾，乘坐最漂亮的馬車，列隊歡送皇帝皇后。楊廣微笑著向送行者招手，怡然自得。蕭草和陳嫺直覺得胸悶氣堵。心想：這種假象，這種騙局，用來糊弄、忽悠外國人也就罷了，現在又用來糊弄、忽悠自家人，糊弄、忽悠皇帝皇后，真是荒唐透頂！

十一月，楊廣鑾駕回到洛陽，立即動員各方力量籌備文化商貿大會。他重新起用被罷官的蘇威，任太常卿，職掌音樂歌舞，負責大會的文化部分。黃門侍郎裴矩進位光祿大夫，負責大會的商貿部分。眨眼便是大業六年（西元六一〇年）元旦，西域各國使團和商團陸續抵達洛陽。給隋帝楊廣長臉的是，高昌國、党項國、疏勒國都是由國王擔任使團團長，伊吾、焉耆、于闐等國則是由太子擔任使團團長。洛陽驛館裝飾一新，禮部和鴻臚寺負責接待使團。各旅肆也是舊貌新顏供商團租賃，用於居住和存放貨物。為了確保外國人的安全，洛陽進行一次「大索」——將有可能犯罪的嫌疑人包括一些乞丐全部拘押，安置到外地去。西域各國使團在洛陽遊覽三市。其中，通遠市瀕臨洛水，周圍六里，二十門分路入市，商旅雲集，停泊在洛水上的船隻數以萬計。豐都市周圍八里，通十二門，共有一百二十行，三千餘家店肆，重樓延閣相互臨映，珍奇山積，繁華景象無法形容。使團遊覽西苑，稱讚西苑之美勝過天堂。正月十五日元宵節，文化大會開張。下午酉正，楊廣在端門城樓設宴，宴請各國使團。高昌國王麴伯雅等逐一向楊廣敬酒，稱頌大隋真乃天朝大國，物華天寶、盛世盛象，堪為天下楷模。楊廣接受敬酒，滿面紅光地說：「謝謝！謝謝！」宴會結束，先在城樓觀燈。城樓上，空中掛著的桌上放著的全是大紅燈籠，或點蠟燭，或燃油脂，紅紅彤彤。從城樓上往下看往南看，十二里長的端門大街成為燈的巨龍，明亮、紅豔、璀璨、絢麗，所有樹木都像火樹，還有騰空綻放的五彩煙花，端門是：「火樹煙花不夜天，疑是銀河落人間」。楊廣和使團貴賓步下城樓觀燈。皇帝衛隊總管郭衍率萬名衛士嚴密護衛，洛陽民眾回避。天空一輪明月，天津橋上密密燈籠，月光與燈光輝映，洛水水面倒影亦像流光溢彩的巨龍。步上長街，滿眼都是各式各樣、大大小小的燈。有幾處鰲山，燈如繁星，層層疊疊地薈萃成山的形狀，高約數丈。西域人哪曾見過這般景象？懷疑是置身在天宮仙境，如夢如幻，不停地讚歎：「亞克西！亞克西！」

端門大街燈火輝煌，每隔數百步搭建舞臺演出音樂歌舞與魚龍百戲。蘇威還真有本事，任太常卿僅兩三個月就徵召了一萬八千名樂工、藝人，天下奇技異藝畢集，獻藝於洛陽。西域貴賓最愛看驚險的雜技節目和變化莫測的幻術節目。包括三位國王在內的西域貴賓，看得呆了、驚得呆了，完全不明白是怎麼回事，使勁地鼓掌，忘情地喊叫：「亞克西！亞克西！」當時，佛教在大隋又盛行起來。蘇威適應這一形勢，特地徵召五百名僧人參加文化大會。僧人身穿袈裟，頭戴僧帽，盤坐在蒲團上，雙眼微閉，一手捻佛珠，一手敲木魚，誦念佛經，聲音抑揚頓挫、悅耳動聽，構成長街一道夢幻的別樣風景。西域各國皆以佛教為國教，貴賓們在洛陽看到這一盛景備感親切與興奮。楊廣對此也感興趣，午夜過後回宮，趁興作《元夕於通衢觀燈》詩，以「法輪」、「梵聲」開頭，寫道：

法輪天上轉，梵聲天上來。
燈樹千光照，花焰七枝開。
月影疑流水，春風含夜梅。
燔動黃金地，鐘發琉璃臺。

文化商貿大會包括文化和商貿兩部分，宗旨在於誇示、炫耀大隋的繁華、強大與富庶。十六日，裴矩負責的商貿部分登場。端門大街懸掛的燈籠依舊，又掛上許多彩帶，彩帶上繫有絲綢彩花。有的樹木上纏裹繒帛，就連汲水用的井繩竟也有用絲綢編成的。辰末巳初，各國商團佔據有利地段，擺攤設點，銷售從本國運來的商品。商品有明珠、香料，有犀角、象牙，有地毯、寶刀，有葡萄酒、琉璃杯、火龍布、火鼠毛、獅子皮、波斯頭巾等，琳琅滿目，各具特色。購買商品的主要是兩類人：一是富商大賈批發式的交易，開口就是千件萬件，當場付錢取貨，或指定地址由賣方送貨。一是朝廷貴婦，乘坐寶馬香車來購物，不講價錢，看中了就付錢取物。貴婦們特別喜愛價格昂貴的瓶裝香水及漂亮實用的波斯頭巾，一買就是以箱計，揮金如土。洛陽民眾前來，則是買商品的少，看熱鬧的多，最愛看攤點一側的大象、駱駝、犛牛等，圍觀評論，算是開了眼界、長了見識。

中午時分，胡商進飯肆進酒館用膳，膳後付帳，飯肆、酒館老闆竟然分文不收，胡商仔細詢問，方知是朝廷有令：凡胡人用膳，需用上等酒肴款待，不得索錢，事後官府將給飯肆、酒館必要補貼。胡人明白緣由後歡喜不盡，樂得專飲名酒、專吃名菜，吃了這家吃那家，屠門大嚼，大快朵頤，直吃得肚皮滾圓，響嗝不斷。據統計，各國商團總人數約為三千人，這麼多人白吃白喝，大隋國每天得在他們身上花多少冤枉錢！有幾個胡人酒足飯飽，偏去背街小巷轉悠，發現那裡也有破衣爛衫的窮人，滿臉菜色的饑民。他們愕然，同時生出疑問：大隋國不是很富饒嗎？不是把繒帛纏在樹上，用絲綢編作井繩嗎？為何就不設法救濟救濟窮人和饑民呢？他們的疑問無人解答得了。

文化大會開禁，允許民眾觀燈。夜幕降臨，華燈齊放，端門大街摩肩接踵的人潮，觀看音樂歌舞的，觀看魚龍百戲的，歡呼聲喝采聲鼓掌聲讚歎聲不絕於耳，一陣勝過一陣。整個洛陽都在談說文化商貿大會，皇宮也不例外。蕭草從女官、宮監、宮女口中，獲知端門大街夜晚的白天的大量訊息，所有訊息都是新鮮的新奇的，值得親臨現場去看個究竟。她已讀過皇上的《元夕於通衢觀燈》詩，「法輪」、「梵聲」、「燈樹」、「花焰」、「月影」、「春風」、「黃金地」、「琉璃臺」等意象組合成的畫面，多麼夢幻多麼迷人！蕭嫱、崔翠年輕好動，鼓動皇后姐姐率領宮人去端門大街看看熱鬧。陳娟一向愛靜竟也加入鼓動的行列，蕭草於是向皇上提出請求。楊廣恩准，建議她們扮作貴婦觀燈，這樣洛陽民眾無須回避；並命郭衍率千名衛士暗中護衛。蕭草等歡喜呀興奮呀，這天用了一個多時辰梳妝，驟然間都變成了貴婦模樣。玉兔東升之時，皇后、貴人、二嬪率百餘名女官、宮監、宮女，乘坐馬車出了宮城。先在端門城樓觀燈，同樣看到了燈的巨龍。蕭草、陳娟是有涵養的，喜怒不形於色。蕭嫱、崔翠則是率情任性，沉不住氣地驚呼：「呀！呀！好美好美呀！」

一行人步下城樓，經過天津橋。月光、燈光融進水光，洛水水面流淌著霓虹，閃爍著朦朧。蕭嫱、崔翠又驚呼：「呀！呀！這是洛水嗎？莫不是夢境吧？」待步上端門大街，只見月滿冰輪，光映通衢，燈山燈海，火樹煙花，金星四射，真個是：東風夜放花千樹，更吹落，星如雨。緩緩前行，又見音樂歌舞，又見魚龍百戲，鼓樂喧天，萬眾歡騰。蕭嫱、崔翠顧不上一驚一乍了，恨不得再生出幾雙眼睛把這繁華勝景看個遍看個夠！她倆最愛看雜技與幻術，看得如醉如癡，跟著眾人歡呼、喝采，幾乎忘記了高貴的身分。蕭草、陳婀則愛看音樂歌舞。一個舞臺上表演《關中老腔》，二十多個漢子敲著鑼鼓，還敲著大缸大甕、鍋碗瓢盆，甚至用磚頭敲著長條板凳，敲出整齊的節奏與韻律。一人領頭，眾人開唱，不是唱而是吼，關中人唱歌都是吼的，吼得臉紅眼圓脖粗，額上青筋暴起。吼的內容是盤古女媧，三皇五帝，秦漢魏音等，老腔老調，風格古樸、雄渾、粗獷，很有震撼力與感染力。一個舞臺上表演《江南評彈》，二十多名美女，各彈琵琶、三弦等絲竹樂器，邊彈邊唱，唱的內容是太湖美太湖美，千嬌百媚太湖女，皆因吃了太湖水。吳聲吳語，風格輕靈、婉約、甜美。陳婀生在江南，熟悉唱詞內容而勾起鄉情，眼角略略濕潤。前面一個大舞臺，橫佔半個街面。臺下，二百名樂工演奏樂器。臺上，美貌藝女輪流表演歌舞，邊歌邊舞。蕭草、陳婀聽那歌詞，原來是皇上遊覽西苑五湖，因景生情而作的《望江南》詞，總題名《湖上曲》，共八首。蘇威精通音樂歌舞，選中皇上這八首詞，命專人配樂編舞，再挑選四百名妙齡藝女，每五十人一組，用歌舞表演湖上的八景。藝女的衣飾色彩繽紛緊扣八景，長袖長裙，飄飄欲仙。八組藝女逐一表演，歌聲、舞姿亦緊扣八景，分別表現水的流動、柳的搖曳、草的萋萋、花的芬芳、月的皎潔、雪的晶瑩、女的嬌媚、酒的甘醇之美。最後，樂工演奏熱烈的歡快的樂曲，八組藝女同時登臺，四百人同歌同舞，滿臺佳麗，滿臺錦繡，萬紫千紅，黃鶯百囀，氣氛達到高潮。觀看者發出歡呼，齊聲叫好。蕭草、陳娴也不由得鼓起掌來。

十二里長街處處美景，處處夢幻。蕭草等沿街走了個來回，驚喜激動，眼花撩亂，午夜時分才回皇宮。次日，她們興猶未盡，仍扮作貴婦模樣微服出宮，光顧商貿大會。胡人胡商都很精明，採用物物貿易方式，用他們的商品換取大隋的商品，換得的絲綢、布匹、茶葉、瓷器、鐵器等堆積如山，許多人正忙於打包裝箱，架到大象、駱駝、犛牛背上，運回本國去。蕭草也看中漂亮的波斯頭巾，產自波斯國（今伊朗），上等羊毛織製，暖和，不褶不皺，冬天亦可當圍巾禦寒保暖，方便實用。她命姚潔買了好多箱，準備給六局二十四司的女官和昭陽宮的宮女，每人送上一條；再留下一些，捎回大興城去送給女兒及三個兒媳。她覺得女兒和兒媳沒能看到文化商貿大會的盛況肯定會是一生的遺憾。

文化商貿大會紅紅火火，熱鬧非凡。楊廣多次微服出宮前往觀賞，虛榮心得到極大滿足。這天，禮部尚書楊玄感、鴻臚卿史祥報告：「倭國遣使前來貢獻方物。」楊廣大喜，說：「文化商貿大會，主要是西域國家參加，沒料想東夷倭國不請自來，好啊！速速安排，朕要接見倭使！」倭國即今日本國，位於東海東面的大洋上，東漢初就與中國交往，國君稱天皇。大業三年（西元六〇七年），倭國天皇派遣使者小野妹子使隋，國書上稱「日出處天子致書日沒處天子無恙」。楊廣不能接受「日沒處天子」的稱謂，退回國書，引起一場外交風波。次年，小野妹子再度使隋，國書文字改作「東天皇敬白西皇帝」。楊廣能夠接受「西皇帝」的提法，怒氣消解，派遣文林郎裴世清為使者回訪倭國。這年正月，正值文化商貿大會期間，西域各國使團商團雲集東都。倭國遣使貢獻方物，等於是錦上添花，助興助力，助威助勢。楊廣以高規格禮儀接見倭使，接受珊瑚、海珠等方物，並回贈禮品，還賜一幅御書，上寫八個大字：「東倭西隋，天涯比鄰」。倭使應請觀賞文化商貿大會，遊覽西苑，也是驚訝、驚歎：好個大隋國，果然繁華、富庶、強盛，論其發展水準，領先倭國恐怕遠不止三百年！

文化商貿大會歷時半個月，終月而罷。西域各國使團和商團歡天喜地地攜帶無數錢物滿載而歸。東都洛陽逐漸告別喧囂與色彩漸趨平靜。然而平靜尚未恢復，楊廣又宣布：三月經由運河巡遊江都。朝廷百官咋舌：天哪！怎麼又要巡遊？蕭草難以置信：阿英治國，負其富強之資，思逞無厭之欲，一味地折騰，如此下去怎麼得了？她把自己的想法告訴孔姑，還說很想進言，建議巡遊取消或延後。孔姑慌忙搖頭搖手，說：「別！你該最知皇上的心性，他決定做的事情豈能因人進言而放棄或改變？所以你呀，還是學會糊塗，緘口沉默為好。」蕭草恍然，說：「多虧孔姑提醒，那我睜一眼閉一眼就是。」孔姑說：「這就對了！不起作用的話別說，不起作用的事別做，省得鬧心。」

第二十章

龍舟鳳艦

楊廣決定再次巡遊江都是有原因的。因為第一次巡遊，從決定到成行時間過於倉促，多有不如人意處，未能充分顯示新朝氣象與皇帝威風。這幾年來，尚書右丞皇甫儀一直任監工，徵發大量民工，開鑿通濟渠，疏浚邗溝，同時開鑿了永濟渠。如今，通濟渠和邗溝全線貫通，從洛陽乘坐龍舟可以直達江都。黃門侍郎王弘等，在江南督造的龍舟確實華麗，其他船隻也應有盡有。江都丞王世充發來奏書，報告他奉旨建造的江都宮已經竣工，宮中建有迷樓，內有美女千人，勝過香窟百倍，熱盼皇上光臨。運河、龍舟、迷樓、美女等均具強大的誘惑力，楊廣心馳神往，迫不及待地要再次巡遊江都。陪同人員與上次基本相同，唯隨駕高官有了很大變化。楊廣記取楊素功高震主的教訓，自楊素死後再沒任命過第一丞相，只用副丞相。楊達忠於職守，仍留守東都；楊文思患病也留在東都。楊素之弟楊約譎詐陰狠，奉旨赴大興城祭祀宗廟，路過老家華陰祭祀楊素墓，悲傷欲絕，遭憲司彈劾。楊廣趁機免去他的內史令職務。這樣，隨駕巡遊沒有丞相，楊廣只得再起用蘇威，進位光祿大夫，復任納言。蘇威在楊堅時代兩任納言，兩任尚書右僕射，這是第三次任納言，算是個老江湖。楊廣繼續恩寵鐵桿親信宇文述，同時又恩寵裴矩、裴蘊、虞世基三個幸臣。楊廣很讚賞裴矩，說：「裴矩大識朕意，凡所陳奏，皆朕之成算也。」裴蘊跟裴矩同族同鄉，任太常少卿期間，投皇上所好，將樂府的樂人擴充至三萬多人，演奏演唱靡靡之音，因而獲寵，升任御史大夫。虞世基字茂世，餘杭（今浙江杭州）人。博學高才，善文章善書法，原仕陳後主陳叔寶，降隋後參與設計、營建洛陽西苑，升任內史侍郎，專典機密，主撰詔令。巡遊途中，蘇威與宇文述、裴矩、裴蘊、虞世基參掌朝政，人稱「五貴」。六部首長齊全，他們是：吏部尚書牛弘、兵部尚書段文振、禮部尚書楊玄感、刑部尚書梁毗、民部尚書長孫熾、工部尚書宇文愷。隨駕的還有一個侏儒叫王義。王義身高僅二尺餘，南楚（今湖北一帶）人，父母雙亡，家境貧寒，自宮為宮監，因眉目濃秀、舉止玲瓏，且讀書識字，應對機敏，故被皇上看中用作貼身內侍。楊廣召大臣議事，召后妃侍寢，大多由王義傳宣並給予安排，因此誰也不敢忽視此人的重要性。

三月癸亥日，桃紅柳綠，鳥語花香。楊廣鑾駕起程。他所乘坐的龍舟停泊在天津橋東側，上下四層，高四丈五尺，闊五丈，長二十丈。高高桅杆上懸一面大幅龍旗。船體彩繪，總體上呈龍形。船上遍插羽毛，掛滿流蘇。最上層是正殿、內殿、東西朝堂，以下三層共有一百二十個房間。處處裝飾金玉，盛陳文物，豪華奢侈，金碧輝煌，分明就是一座水上宮殿。緊挨龍舟的是蕭皇后乘坐的鳳艦，上下三層，高、寬、長不及龍舟。船體彩繪，總體上呈鳳形。內部設施同樣鑲金砌玉，富麗堂皇，也是一座水上宮殿。接著是妃嬪、公主乘坐的浮景船，王公大臣及一品誥命夫人乘坐的漾彩船等。大大小小，密密麻麻。野史《大業雜記》開列一份清單，記述楊廣這次巡遊的船隻，包括龍舟一艘，鳳艦一艘，浮景船九艘，漾彩船三十六艘，五樓船五十二艘，三樓船一百二十艘，二樓船二百五十艘，還有運兵運物的黃龍船、朱鳥船、玄武船、飛羽船、青鳧船等等，共計五千一百九十一艘。船工為八萬人。所有船工皆需頭臉乾淨，戴綾緞錦帽，穿絲綢衣服，不許赤腳或赤裸上身，有礙皇上威儀。內史侍郎虞世基、黃門侍郎王弘分任總、副調度，從辰時起，就按預定方案指揮各類人等依次登船。顯仁宮和西苑的宮監、宮女約三千人，分派到各船上服役服務。午正，皇上楊廣和皇后蕭草到來。楊達和右候衛大將軍衛玄率留守官員，到天津橋邊送行。右衛大將軍于仲文這次隨駕巡遊，故由衛玄取代于仲文，率兵馬十萬駐紮邙山軍營，鎮守東都。楊廣登上龍舟。蕭草登上鳳艦。洛陽民眾傾城出動聚於洛水兩岸，觀看這千載難逢的盛景。楊廣冠冕一新，佇立船頭向兩岸民眾招手致意。民眾從冠冕上認出他是皇帝，擁擠著喊叫著，有人還高呼了幾聲「萬歲」。楊廣開心，楊廣微笑：當皇帝做天子，至高無上、萬眾景仰的感覺真好！驚天動地三聲炮響。岸上，旌旗招展，前軍起動，鹵簿起動。水上，龍舟起錨，鳳艦起錨，浮景船、漾彩船等隨之起錨。通濟渠洛陽至大梁段河水順流，所以船隻靠船工撐篙、划槳、搖櫓前行。岸上，中軍起動。水上，其他船隻起錨。最後一艘船起錨已是申正時分。後軍隨即起動。史籍記載：「舳艫相接，二百餘里，照耀川陸。」場景何等恢弘！氣勢何等磅礴！為了確保巡遊船隊暢通，沿運河郡縣官府負責「禁河」：所有漕運船隻停泊於僻靜處回避，違者嚴懲。

楊廣第二次巡遊江都，總人數約二十萬人。仍是運河兩岸五百里內郡縣，負責貢獻飲食。郡縣官吏唯恐再犯上次貢獻飲食顧此失彼的錯誤，乾脆在運河兩岸一二里處搭起帳篷，壘起鍋臺，強徵數萬民婦就地做飯做菜，保證用膳者能隨到隨吃，吃上熱飯熱菜。飯菜大體上分三個檔次。一檔水陸奇珍、美味佳肴，供應皇帝、皇后、妃嬪、公主，及浮景船、漾彩船上的高官及其夫人；二檔有酒有肉有炒菜，供應五樓船、三樓船、二樓船上的官員及鹵簿、前、中、後軍的將士；三檔以米飯、蒸饃為主，菜是醃蘿蔔之類，那是供應下苦力的船工的。楊廣在龍舟上，照樣能吃上御膳標準的六十六道菜，飲上美酒洛陽春，很是滿足與愜意。他每天都召「五貴」議事。議什麼呢？當然是議巡遊。宇文述、裴矩、裴蘊、虞世基阿諛逢迎，天花亂墜地稱頌皇上巡遊至少有三個空前絕後：一是船隊規模空前絕後；二是船工人數空前絕後；三是沿途飲食供應空前絕後。楊廣表示謙遜，說：「這三個方面，空前是肯定的，絕後恐怕未必，後世之事誰能說清？」裴矩說：「皇帝巡遊體現雄才大略和文治武功，講究排場與氣魄。後世皇帝即便巡遊，怎麼可能有吾皇這樣的排場與氣魄？所以絕後也是肯定的。」虞世基說：「臣設想，為了絕後，吾皇可頒一道詔書，規定後世皇帝如果巡遊，必須遵循三條：一、船隻不得超過五千艘；二、船工不得超過八萬人；三、運河兩岸貢獻飲食的郡縣不得超過五百里。這樣，吾皇巡遊的三個空前絕後，就是唯一的。」宇文述、裴蘊趕忙拍手，說：「虞侍郎的設想可行。」蘇威因為直言而多次被罷官，現在學乖了，聽著皇上和四人的談話覺得可笑，但也只能附和，犯不著再講真話實話，空惹皇上生氣。

蕭草乘坐的鳳艦仍是最熱鬧的地方。一品誥命夫人拜訪不說，主要還是皇家女人的聚會。陳嫺、蕭薔、崔翠每天拜見過皇后就留下不走了。蕭薔生的皇子楊杲、崔翠生的皇女楊曜，虛齡四歲，加上南陽公主楊曄的兒子宇文禪師滿艦亂跑，成為眾人關愛的中心。楊曄跟上次一樣搬住到鳳艦上。楊麗華、楊美華、楊豔華三位長公主，每天必到鳳艦上聊天，有時就在鳳艦上用膳。自太子楊昭病薨後，三位長公主認定楊暕必將成為新太子，所以多次登門拜訪表達親情，楊麗華還牽紅線，將一個姓柳的大美女介紹給楊暕納作侍妾。可是時過數年，楊暕並未能成為太子，相反倒是不吃香不走紅了。這是為何？三位長公主詢問蕭草，很想問出個所以然來。然而蕭草對此也是一無所知。夜晚，蕭草和楊曄坐在燈下說話。母女貼心，說話沒有秘密。楊曄也問起二哥楊暕的事。蕭草歎了口氣。說：「唉！你二哥的事，讓人頭疼哪！」她接著講述了關於楊暕的大概情況——

這些年來，楊廣對楊暕一直進行著觀察與考察。楊暕的毛病在於驕恣輕浮、花心好色、昵近小人。楊昭病薨。楊暕以為他是唯一的皇子，太子大位非他莫屬，雄心加上野心急劇地膨脹。前年，楊廣在汾陽宮狩獵看透了楊暕的品行，指派一名內侍進了齊王府當線人，搜求楊暕罪失。線人報告幾件事，可謂怵目驚心。一、楊暕在原王妃韋娣死後，私通韋娣表姐元氏，又納了多個侍妾，她們生有多個兒女。元氏在王府裡稱王妃，曾有術士給她相面，說：「王妃當為皇后。」也就是說，楊暕當為皇帝。二、楊暕親信有喬令則、劉虔安、裴該、皇甫諶、庫狄仲錡、陳智偉等六人，皆為聲色狗馬、無法無天之徒。他們經常外出尋訪美女，矯齊王之命騙進王府恣意姦淫，姦淫後放歸，弄出多條人命。三、楊昭有三個兒子楊倓、楊侗、楊侑，蕭薔又生有皇子楊杲。楊暕視此四人為當太子的障礙，竟陰挾左道命作巫蠱，詛咒他們全該早死。楊廣接到報告赫然震怒，派出甲士千餘人大索齊王府，窮治其事，將喬令則等斬首，將元氏賜死。楊暕保留齊王爵號與河南尹官職，但不再擁有權力，居家自省，不許在公共場所露面。楊廣曾對近臣說：「楊暕乃皇后親生，不然者，當肆諸市朝以明國憲也。」

楊曄聽了母后的講述，驚得目瞪口呆，說：「我二哥怎麼變成這樣了？」蕭草說：「他是聰明過頭，聰明反被聰明誤！」楊曄說：「我二哥成不了太子，那父皇會不會立楊杲為太子？」蕭草說：「你二哥不爭氣成不了太子，自作自受。楊杲呢？還是個幼兒，且是庶出。若立為太子，就犯了立庶不立嫡、立幼不立長的大忌。唉！你父皇現在也是兩難哪！」楊曄說：「父皇今年四十二歲，那就先別立太子，過幾年再說。」蕭草點頭，說：「我猜想，你父皇可能正是這個意思。對了，我讓士及和你一起參加巡遊，他怎麼沒來？」楊曄撇著嘴說：「他怎麼會來？還是那句話：『那是揮霍民脂民膏之舉，我才不湊那個熱鬧！』他還說我父皇可比秦始皇，好大喜功，追求享樂，胡折騰，非把大隋國折騰亡了不可。」蕭草驚訝，說：「哦？士及是這樣說的？」楊曄說：「可不？就是這樣說的！他還說：『皇上在這六年裡都幹了些什麼？營建東都，開鑿運河，兩次巡狩，一次巡幸，舉行文化商貿大會，上次已巡遊過江都，這次又巡遊江都。花了多少錢？死了多少人？一個皇帝，如此折騰焉有不亡國的？』我說他是烏鴉嘴，一賭氣就帶著禪師前來了。」蕭草聽了「亡國」二字，心中猛地一震。她看著女兒，思忖著，許久才說：「嘩兒！我看士及不是烏鴉嘴，他所說的應當當作忠言和警鐘來聽哪！你父皇這麼個折騰法，怕是，怕是……」她不知該怎樣措詞，只能長長歎了口氣：「唉——」楊嘩理解不了母后的心情，一時無語。

不一日，浩浩蕩蕩的船隊、兵隊、馬隊抵達大梁。通濟渠大梁至清江河段河水逆流，所以八萬名船工大多成為縴夫，戴錦帽、穿錦衣，登上兩岸拉縴，拉動船隻前行。縴繩上繫著絲綢製作的小花，縴繩悠悠，小花悠悠，像是飛舞的蝴蝶。龍舟、鳳艦船體龐大宛若水上宮殿，縴夫多達千人。水上宮殿前行靠縴夫的雙腳，故而縴夫們號稱「殿腳」。船隊過了淮河。清江至江都河段為邗溝，邗溝經過疏浚最為規整，河道筆直，寬四十步，兩岸築有御道遍植楊柳，每隔百里建一座行宮。王世充為討好皇上，別出心裁地徵召了五百名十五歲至十八歲的女子，梳妝打扮穿上絲綢衣裙，各牽一隻白羊，白羊脖上繫一圈紅綢，前來給龍舟、鳳艦拉縴，號稱「殿腳女」。這天，風輕雲淡，陽光明媚。王義最早發現岸上景象，驚叫道：「皇上！快看！」楊廣走近船窗，看左岸看右岸，看右岸看左岸，頓時呆了。只見在千名殿腳中竟有蛾眉結隊，粉黛成行，彩袖勍空，綺羅蕩漾，蘭麝氤氳，香風陣陣。五百名殿腳女人手一羊，肩繫縴繩，拉縴是做樣子，實是在展示女性體態之柔美，供人欣賞。鳳艦上的蕭草、楊嘩，浮景船上的陳娴、蕭薔、崔翠、楊麗華、楊美華、楊豔華，漾彩船上的高官及夫人們都看到了岸上景象，無不驚訝驚奇、歎為觀止。宇文述、裴矩、裴蘊、虞世基未經宣召就來到龍舟上，異口同聲地稱讚王世充頭腦靈活，鬼點子多，想出的這一招，絕！太絕了！楊廣喜不自勝，目不轉睛地專看左岸上一個紅衣綠裙女子，美貌娉婷，不同凡豔，腰肢扭扭，像是風擺楊柳、水蕩漣漪，不覺失聲道：「好個妙人兒！」立命王義乘坐小艇將她召到龍舟上。近前一看，只見是酥胸豐乳，獨具風韻，更有一雙會傳情的媚眼，奪人魂魄。楊廣有點心猿意馬，笑問：「汝是何人？年齡幾何？為何也成殿腳女？」那女子下跪，嬌聲嬌氣地回答：「民女姓吳名絳仙，今年十八歲，嫁一賣油郎為妻，生有一兒一女。官府強徵美貌女子當殿腳女，民女亦在其列。」楊廣見對方已是有夫之婦，且生有兒女，興致大減，收住心猿意馬，怏怏地吩咐王義說：「賞她一枚螺子黛，讓她去吧！」王義奉命，再乘坐小艇將吳絳仙送回岸上。楊廣看著上了岸的妙人兒，自言自語說：「古人言秀色可餐，今見吳絳仙，誠知秀色可療饑矣！」事後，吳絳仙得知皇上賞給她用於畫眉的那枚螺子黛，產自波斯國，價值十兩黃金，不敢相信，差點沒嚇死。

邗溝全長三百多里。楊廣在龍舟上，面窗而坐，或品香茗，或飲美酒，觀賞運河兩岸的秀麗風光，觀賞御道上行進著的千軍萬馬，觀賞拉縴而行花枝招展的殿腳女，龍心大悅。這就是新朝氣象，這就是皇帝威風，只有通過巡遊才能親身感受到與體會到呀！距離江都三十里。王世充率官員士紳前來迎駕。王世充有幸獲准登上龍舟叩拜皇上。楊廣離座，親手將王世充扶起，笑著說：「先別說其他，僅殿腳女這一點就足見王卿之忠心！」王世充受寵若驚，忙說：「忠於皇上，乃臣之本分！」四月丙午日，王世充迎請皇上、皇后、妃嬪、公主等住進江都宮。江都宮佔地不如顯仁宮，但環境之優美、建築之精巧、設施之豪華，則在顯仁宮之上。宮中三百株一模一樣的雪松，排列有序，蓊鬱挺拔，生機勃勃。蕭草、陳媧覺得所見的一切太過奢靡，楊廣、蕭薔、崔翠和三位長公主則是讚不絕口，三議兩論達成共識：王世充這個人其貌不揚，但還真會辦事。其他隨駕人員住在宮外，各項條件都是一流，人人笑顏逐開。王世充設宴為皇上接風。丞相、六部首長、各位大將軍及皇上幸臣出席。皇后、妃嬪、公主、一品誥命夫人也出席，佔用一間小巧的膳室，由王世充夫人接待。小膳室與大膳室之間，懸掛一道白色絲簾。酒菜皆為人間極品，又有江都風味特色。酒香菜香，觥籌交錯。樂隊演奏音樂，歌伎舞女邊歌邊舞，樂、歌、舞仍是軟軟的綿綿的，淫淫的蜜蜜的，且香且豔。編有一樂一歌一舞，獨特，清新，爽朗，雄健中透著浪漫氣息。歌云：

洛陽城裡清夜矣，見碧雲散盡，涼天如水，須臾山川生色，河漢無聲，一輪金鏡飛起，照瓊樓玉宇，銀殿瑤臺，清虛澄澈真無比，良夜情不已。數千萬乘騎縱遊西苑，天街御道平如砥，馬上樂竹媚嬌絲，輿中宴金甘玉旨。試憑三吊五，能幾人不愧聖德窮華靡，須記取隋家瀟灑王妃，風流天子。

楊廣聽樂聽歌觀舞，樂得眉開眼笑。原來這是他在洛陽，某日夜遊西苑所作的一首詞，名叫《清夜遊》。好個王世充，將這首詞配樂編舞，由歌伎舞女表演，樂、歌、舞俱美，很有水準！蕭草、陳娟等是讀過《清夜遊》的，這天欣賞到樂、歌、舞融為一體的《清夜遊》，頗有耳目為之一新的感覺。接著由一個名叫袁寶兒的舞女跳鼓上舞。地上擺放二十餘個大大小小的圓形鼓。袁寶兒身段苗條，腰肢纖細，穿舞衣舞鞋，持一束鮮花，輕盈一跳，跳上鼓面，居然無一點聲響。隨後，她在各個鼓上或單足或雙足，跑步、旋轉、俯仰、跳躍，舞出各種姿態，鼓始終沒發一點聲響，鮮花也沒掉落花瓣。這種舞看似平常，其實極難，全憑一身超強的過硬的輕功。楊廣輕輕鼓掌，心想：大漢美女趙飛燕，據傳身輕若燕能在男人手掌上跳舞，過去不信，今見袁寶兒跳鼓上舞，始信矣！

宴會結束，恰是掌燈時分。皇后、貴人等回寢殿。丞相等回住所。皇上還有更驚豔的活動：夜遊迷樓。迷樓緣起於楊廣第一次巡遊離開江都之時，他將送行的王世充喚至一邊，說：「人主享天下之富，亦欲極當年之樂，自快其意。今天下安富，外內無事，此朕得以遂其樂也。江都，朕還是要來的。卿可再建造一座江都宮，並在宮內建造些幽軒短檻的曲房小室。若得此，則朕期老於其中也。」王世充心領神會，從那以後，把建造江都宮及曲房小室當作大事，找到一個名叫項升的能人，由其繪圖設計，選用上等建材，監造施工。歷時數載，役夫數萬，江都宮及曲房小室竣工。江都宮內一座雙層紅樓，樓體呈方形，樓內樓道彎彎曲曲，人入其中必迷路徑，故號「迷樓」。楊廣只帶王義一人，由王世充陪同步進迷樓，從一層到二層，但見燭炬通明、上下漾彩，凡彎曲處必有曲房小室，幽軒短檻、玉欄朱楯，互相連屬，迴環四合，金虬伏於棟下，玉獸蹲於戶旁，工巧之至難以形容。楊廣大喜，說：「即便神仙至此亦當自迷，迷樓之稱名副其實也。」說話間，所有曲房小室畫門開啟，無數妙齡美女笑容燦爛，熱切地叫著：「皇上！皇上！」人人俊俏，個個媚麗，如花似玉，芳香浮溢。一個美女柳眉大眼、桃腮朱唇，伸出纖纖玉手把皇上拉進房裡。王世充、王義緊隨其後。房是精巧的套房，楊廣進入裡間，嚇了一跳。只見一張大床四周牆上，皆鑲一面高三尺闊五尺的鏡子，鏡子分外光滑明亮，每面鏡子裡都映出多個自己，多個美女，多個王世充和多個王義。王世充解釋說：「這是從海外購得的寶物烏銅鏡，照人照物纖毫畢現。」楊廣疑惑地說：「那你在床的四周鑲上這種鏡子，是……」王世充諂媚一笑，說：「此中之妙，片刻便知。」他示意美女，說：「用心侍奉皇上！」又對王義說：「小兄弟，你可在外間休息。」說罷，他朝皇上拱了拱手含笑離去。套房裡間，僅剩楊廣和美女兩人，楊廣還對著烏銅鏡發怔。美女羞答答地先自脫衣裙，肌膚雪白、酥乳高聳，再替皇上寬衣解帶。立時，烏銅鏡裡映出一對赤裸裸的男女，男的將女的壓在身下，其形象其姿態其動作，果然纖毫畢現。男的施展雄風，女的縱情任性，真是鶯顛燕狂，酣暢淋漓。王世充在奏書裡說：「迷樓迷人勝過香窟百倍。」楊廣光臨領略，證明此言不虛。從這一天起，他沉醉於迷樓，又夜不歸宿了。蕭皇后、陳貴人、蕭嬪、崔嬪對此早有心理準備，皇上急急巡遊江都，意圖不就在於此嗎？她們也聽說迷樓裡有一種烏銅鏡，但未親身經歷，絕對想像不出，在那種鏡子的映照下張狂，到底是個什麼樣子……

楊廣在江都宮舉行朝會，任命江都丞王世充兼江都宮監。特意提升江都的地位，決定江都太守秩級等同京兆尹。丞是副職。江都沒有太守。所以江都丞、江都宮監王世充，實際上就是江都太守，政治上薪俸上享受京兆尹的待遇。楊廣夜遊迷樓，勞累睏倦，早晨起不來，故將每天一朝改為三天一朝，再改為五天一朝、八天一朝。百官無事可做，樂得遊山玩水，逍遙自在。楊廣在這期間懲治了兩個大臣：薛道衡與張衡。薛道衡是著名才子，詩文俱佳，曾任內史侍郎，改任司隸大夫，上了一篇《高祖頌》，頌揚文皇帝楊堅的功德。裴蘊嫉賢妒能，詆毀這是《魚藻》之寓義。《魚藻》乃《詩經．小雅》篇名，詩序言云「此詩刺周幽王也」。楊廣因此認定薛道衡上《高祖頌》，意在譏刺自己荒淫好比周幽王，故命將其斬首，其妻其子處以流放。張衡是楊廣最早的鐵桿親信，一度最受恩寵，升任御史大夫，自恃驕貴，出為榆林太守，再到江都督役江都宮，他忌恨王世充後來居上。王世充反咬一口，揭發張衡在督役中偷工減料以謀取私利，楊廣立命將其除名為民放歸田里，不久又以心懷怨望，謗訕朝政罪賜死。張衡在仁壽宮凶殺楊堅，隨意處置楊堅遺體，自知罪孽深重，臨死時說：「我為人做何物事，而望久活乎！」這話說得含蓄而隱晦，除了楊廣外，恐怕誰也聽不懂。楊廣又想起被免官的楊約，用為淅陽太守，未幾，楊約病死。這樣，楊廣當年陰謀集團的核心成員——楊素、楊約、張衡、宇文述，就只剩下宇文述了。宇文述是鐵桿中的鐵桿，且是女兒南陽公主的公爹。他要好生恩寵此人，讓此人及其家人沐浴皇恩，長享榮華富貴。

楊廣在江都有迷樓有美女，樂不思蜀，毫無回鑾的意思。王世充暗暗叫苦，皇帝、后妃、公主、高官及誥命夫人的花費，他供應得起。問題在於還有近千名普通官員的花費，十多萬軍隊的花費，八萬船工的花費，這些花費加起來儼若天文數字，他哪承受得了？民部尚書長孫熾承諾說：「皇上有旨：巡遊期間的所有花費統由朝廷支付。」王世充吃了定心丸，暗暗叫苦變成了暗暗歡喜。為何？因為他可以做做手腳，在那天文數字上加個零頭，那將是多大的油水！皇上不回洛陽，陪同人員陪不起了。該遊覽的美景遊覽了，該品嘗的美味品嘗了，還能做什麼？秋末冬初，四位公主、大多數四品及四品以上官員陸續回了洛陽。蕭草、陳娴、蕭薔、崔翠也想回洛陽，可是皇上不發話，她們哪能回？蕭薔身邊有皇子，崔翠身邊有皇女，倒也不甚寂寞。蕭草和陳娴整日閒著沒事，百無聊賴。好在二人都愛讀書，讀書可以打發時光。蕭草讀過很多古詩，甚至想學班昭、蔡文姬也寫出一首什麼詩來。

楊廣在江都辭舊迎新，進入大業七年（西元六一一年）。朝鮮半島上的百濟國、新羅國遣使朝貢。楊廣忽然記起大前年，在突厥磧口對高麗國那個使者說的話：「汝回國可轉告高麗王，宜早來朝。不然者，朕與啟民將赴高麗國巡狩矣！」一時過兩年多，高麗王高元居然不予理睬，這還了得？豈不是蔑視大隋國及本皇帝麼！況且，高麗國還侵佔著大隋國遼西一塊土地哩！因此，楊廣決定征伐高麗，而且是御駕親征，大本營定在涿郡（今河北涿州，臨近北京）。做出決定，百官皆驚。人們不由想起楊堅時代，漢王楊諒三十萬大軍征伐高麗時十死八九的情景，意欲進言勸阻，可是誰也沒那個膽量與勇氣。皇上正在興頭上，你掃他的興，不是找死嗎？二月，王世充又給皇上安排一項活動：去長江邊的揚子津釣臺垂釣。楊廣面對長江，靈機一動，發布詔令：命江南各郡徵發民工，開鑿自京口至餘杭的運河，以備日後巡遊江南。蕭草、陳婀、蕭薔、崔翠陪同皇上垂釣。蕭薔、崔翠第一次見到壯闊的長江，又多次驚呼：「呀！呀！」蕭草見到長江，思緒紛亂：這洶湧的奔騰的江水，曾吞噬了她的生母張雅和舅父張軻，還有方姑！陳婀見到長江，同樣思緒紛亂：大江對岸，西南方向，那裡的建康城曾是陳國國都，自己的出生之地呀！

二月乙亥日，楊廣在江都住了十個月，且把迷樓、美女暫時放下，乘坐龍舟前往涿郡，親征高麗。這時，運河裡的船隻約有五千艘，船工約有六萬人。龍舟、鳳艦船體龐大，仍靠殿腳拉縴前行。沒有再徵召殿腳女，少了一道粉黛粥粥，花枝搖曳的風景。鹵簿、前軍、中軍、後軍照舊，運河兩岸五百里內郡縣貢獻飲食照舊。楊廣考慮到這次是去打仗的，不同於巡遊，所以命蕭草、陳婀先回洛陽，蕭、崔二嬪隨去涿郡，鹵簿只保留三千人。蕭草、陳婀求之不得。三月，鑾駕到達大梁。蕭草乘坐的鳳艦、陳婀乘坐的浮景船等從船隊中分離出來，經由通濟渠順利回到洛陽。蕭、陳二人回到家了如釋重負，整個身心輕鬆了許多。

第二十一章 洛神賦圖

從大業六年冬到大業七年春，大隋朝廷多舛，連續死了五位高官與重臣：刑部尚書梁毗、民部尚書長孫熾、吏部尚書牛弘、左武衛大將軍郭衍、左屯衛大將軍姚辯。其中郭衍是楊廣的親信，兼任左、右後衛將軍，封真定侯，其死對楊廣影響最大。他沒奈何將鴻臚卿史祥擢為左驍衛大將軍，兼任左、右後衛將軍。對蕭草而言，新的一年也不順，剛回洛陽，孔姑和劉芙就相繼病故。

蕭草回到昭陽宮，還沒落座，留守的華女官就前來報告，說孔姑新年過後病倒，服了不少湯藥全不見效，近日病情加重，時時在問：「皇后何時回來？」蕭草一聽，剛剛輕鬆的心情又沉重起來，立即領了姚潔去看望孔姑。蕭草大婚那年認識孔姑，二十八年來，孔姑見證她成為晉王妃，見證她當了人母，見證她成為太子妃成為皇后。孔姑作為她的長輩和幫手，教給她許多人生道理，最重要的是要學會糊塗，這成了她的座右銘。她答應過婆母獨孤皇后要奉養孔姑的，所以孔姑你該健康你該長壽呀！蕭草見到孔姑時不敢相信，才分別十個月，怎麼就這樣衰老了？她半靠半躺在病床上，頭髮花白，面黃肌瘦，雙眼緊閉，眼窩深陷，氣息奄奄。蕭草向前，親熱呼喚：「孔姑！孔姑！」孔姑睜眼，見到了她一直稱之為小草的皇后，嘴角揚了揚，額上皺紋微微舒展，算是笑了。姚潔和華女官端過一張圓杌，蕭草坐在圓杌上，握住孔姑一隻手。那隻手乾瘦冰涼，幾乎沒有溫度。姚潔和華女官回避。孔姑看著小草，吃力地說：「小草！我知道你會回來的。這幾天，我提著心氣就是在等你回來，想再看你一眼。」蕭草說：「孔姑！都怪我不好，我若知你生病，該早回來的。」孔姑說：「傻話！你是皇后，諸事哪能由你？」她有許多話要對小草說，但這時只能說最要緊的，聲音微弱，斷斷續續，但還算清晰。她說：「小草啊！外人看你，母儀天下，很高貴很尊崇，羨慕得很。你也曾為此得意過滿足過，是不是？但我知道，你很快就清醒了理智了，不稀罕甚至討厭那種高貴與尊崇了。你想做凡人，過節儉、簡樸、平淡的日子，但不能夠也做不到。這些年，你這個皇后其實當得很苦很累，是不是？原因有二：一是當今皇上變了，變化太大，不是原先那個晉王了。二是兒女的事偏離正軌，超出預想。楊昭早逝，楊暕不爭氣，對你都是致命的打擊。你心苦心累卻又不能對他人說，獨自悶在心裡，還得裝出高貴與尊崇的樣子，這就更苦更累。唉！真難為你了！」蕭草眼中有了淚花，說：「孔姑！你是我的長輩，也是唯一知我懂我內心的人哪！」孔姑輕輕咳嗽幾聲，又說：「我要跟你說說今後，記著，是今後！我預計你今後的處境會更艱難。原因還在於皇上，皇上今後的變化會更大。照他現在這個樣子下去，要不了多久大隋國的前景可想而知，他本人的前景也可想而知。我見過三個皇孫，想到面相學術語：『耳垂短命短，耳垂薄命薄。』這不能不信哪！皇孫為何短命薄命？那是因為大隋國和當今皇上的前景殃及他們哪！當然也會殃及到你。小草，我要跟你說的是：今後，今後不論出現什麼情況，哪怕天坍了地陷了，你都要堅強地活著，莫做傻事，莫做他人的殉葬品，懂嗎？」蕭草感動，淚水簌簌，將孔姑的手貼在自己臉上，難過得說不出話來。孔姑說：「我要你親口答應我：任何時候，都要堅強地活著！」蕭草不想讓孔姑失望，鄭重地點頭說：「好孔姑！我答應你一定堅強地活著！」孔姑像是了卻一樁心願，長長吐了口氣。她的心氣耗盡，心力也耗盡，閉上眼睛昏昏沉沉地睡去，這一睡去再也沒有醒來。

孔姑死了。蕭草強忍悲痛，召來留守皇宮的宦者令許廷輔，命按女官之禮，購置壽衣與棺木辦理喪事。孔姑任尚宮二十多年，官秩從九品，每月薪俸五十石，但她從未支取過薪俸，薪俸帳號上積累的薪俸折合黃金約五十兩。她說那點錢在她死後可捐獻給地方官府，用於救濟那些失去父母，流落街頭的女童。蕭草覺得孔姑的錢應該花在孔姑身上，所以命許廷輔將錢取出，在邙山下為孔姑購了一小塊墓地。出殯之日，蕭草和陳娴扮作貴婦，率女官、宮監、宮女百餘人為孔姑送葬，焚燒了很多冥錢。孔姑若地下有知，也該含笑安息了吧？

蕭草尚未從孔姑之死的悲痛中緩過勁來，太子妃韋婕派人前來報告：大劉良娣劉芙病重日久，生命垂危。蕭草牽掛這個兒媳也牽掛三個皇孫，很想去大興城走一趟，怎奈精神不濟無法成行，只好由姚潔代勞。姚潔趕到大興城時，劉芙已經咽氣，忙又派人報告皇后。蕭草聞報，雙眼含淚，久久無語。她接受不了這一事實，楊昭英年早逝，劉芙怎麼也就跟著去了呢？劉芙生的皇長孫楊倓，虛齡九歲，可就成無父無母的孤兒了呀！宗正卿楊順奉命去大興城，協助觀王（楊雄上年改封觀王）、京兆尹楊雄辦理了劉芙的喪事。頭七過罷，姚潔陪同小劉良娣劉蓉攜領楊侗及楊倓到了洛陽。劉蓉見到婆母皇后放聲痛哭，哭訴姐姐病死的情景。蕭草將楊倓擁在懷裡也淚流不止，反而勸劉蓉節哀。劉蓉是楊倓的姨母，理所當然擔負起撫養楊倓的責任，從此劉蓉和楊侗、楊倓就住在宮城的一個院落裡，蕭草倒是能經常見到兩個皇孫了。她特刻注意看兩個皇孫的耳垂，想起孔姑的遺言及面相學術語，想起女婿宇文士及的「亡國」之論。大隋國和皇上的前景，決定著皇家所有人的命運，這一因果關係是天道是定律，誰也改變不了啊！

楊廣的龍舟船隊取道通濟渠的大溝、鴻溝河段，進入黃河，進入永濟渠。永濟渠是大前年徵發百餘萬民工開鑿的，利用黃河支流沁水河道，拓寬拓深，貫通了黃河、海河水系，北達涿郡。途中，楊廣頒發第一道詔令，宣稱：「武有七德，先之以安民；政有六本，興之以教義。高麗高元虧失藩禮，將欲問罪遼左，恢宣勝略。」此後每天都會頒一道或多道詔令，均加「急」字，內容全是徵兵、調兵、打造兵器、徵糧、徵民夫、徵騾馬、徵車輛。任務是：問罪遼左，征伐高麗。當時，隋國與高麗大體上以鴨綠水（今鴨綠江）、遼河為界河，故隋國又稱高麗為遼左或遼東。四月庚午日，楊廣抵達涿郡，入住於臨朔宮。涿郡頓時成了大隋的心臟，舉國都隨它的跳動而騷動。涿郡與洛陽之間有驛使往來傳遞訊息，所以楊廣知道孔姑、劉芙死訊；蕭草也知道阿英有蕭薔、崔翠和王義照料，飲食起居正常。這天，蕭草忽然記起一事：三月在大梁，她向阿英辭行，阿英交給她一個錦盒，說裡面裝有一幅古畫，是王世充花重金在建康購得的，屬稀世珍寶，務要妥加保管與收藏。蕭草命姚潔找出那個錦盒，取出那幅古畫，展開，原來是一長卷，裝裱在精美的淺黃色絹上，縱約一尺，橫約一丈七尺，畫的是人物與山水，設色瑰麗難以名狀。蕭草不懂繪畫，命一宮女告知通曉琴棋書畫的陳貴人前來觀賞。陳嫺前來，一見古畫兩眼放光，驚呼道：「呀！《洛神賦圖》！」蕭草問：「妹妹認識此畫？」陳嫺答：「認識。我小時候在陳國皇宮裡見過，當時，它歸我父皇收藏。」古畫末端蓋有許多收藏家印章，蕭草辨認出其中一枚是陳嫺父皇陳叔寶的璽印。應蕭草的詢問，陳嫺興致勃勃地講述了她所知道的《洛神賦圖》——

神話傳說，三皇之一的伏羲氏有女兒宓妃，溺於洛水而死，死後化作洛水之神，稱洛神。東漢末年，曹操打敗袁紹，曹操之子曹丕搶佔了袁紹兒媳——姿容美豔的甄宓為妻，很是寵愛。曹丕禪漢稱帝建魏，是為魏文帝。魏文帝另立皇后，將已失寵的甄宓賜死。曹丕之弟曹植，對美豔的嫂子甄宓也有感情，一次見到甄宓遺物有感而生夢，夢醒，遂作一篇《感甄賦》，想像甄宓就是洛神，洛神就是甄宓，用最華麗的詞語描繪其美貌：

其形也，翩若驚鴻，婉若游龍。榮曜秋菊，華茂春松。彷彿兮若輕雲之蔽月，飄搖兮若流風之回雪。遠而望之，皎若太陽升朝霞；迫而察之，灼若芙蕖出綠波。穠纖得衷，修短合度。肩若削成，腰如約素。延頸秀項，皓質呈露。芳澤無加，鉛華弗御。雲髻峨峨，修眉聯娟。丹脣外朗，皓齒內鮮。明眸善睞，靨輔成權。瓌姿豔逸，儀靜體閒。柔情綽態，媚於語言。奇服曠世，骨象應圖。披羅衣之璀璨兮，珥瑤碧之華琚。戴金翠之首飾，綴明珠以耀軀。踐遠遊之文履，曳霧綃之輕裾。微幽蘭之芳藹兮，步踟躇於山隅。於是忽焉縱體，以遨以嬉。左倚彩旄，右蔭桂旗。攘皓腕於神滸兮，采湍瀨之玄芝。……

魏文帝駕崩，甄宓生的兒子曹睿繼承皇位，是為魏明帝。魏明帝追謚生母為文明皇后，並將《感甄賦》改名為《洛神賦》。東晉畫家顧愷之取材於《洛神賦》，以曹植和洛神為主人公，用畫筆畫出一個人與神相戀卻不能結合，纏綿淒惻的愛情故事。這就是名畫《洛神賦圖》，畫作問世已有二百多年。陳嫺具有繪畫鑒賞能力，手指平展在長案上的古畫，說：「這幅畫的構思布局很奇特。姐姐請看：畫面開端，是曹植佇立在翠柳叢石旁邊癡情地望著遠方。遠方，洛水之上，美麗的洛神飄飄而來，欲去還留，顧盼之間情意無限。曹植下意識地用手輕按侍從肩頭，目光專注，神態驚訝，傳達出喜悅、激動而又不敢相信的心情。其下，曹植和洛神在一個完整的畫面裡多次出現，展現有頭有尾的情節發展進程，像是連環畫幅卻又看不出連環畫幅的分段痕跡。畫面末段，洛神駕著六龍雲車漸漸消失在雲端。曹植深情凝視，欲前又止，嚮往中有失望，失望中有嚮往，主要是失望、悵惘與無奈。這幅畫景物描繪，畫雲突出畫雲勢雲態雲性，畫水突出畫水勢水態水性，剛勁古樸，細膩多變。姐姐請看：這裡畫了多種奇禽異獸，實際上是並不存在的視覺形象。如海龍，長著羚羊的軀體、鹿的角、馬形臉、蛇形頸；怪魚，長著豹子一樣的頭。它們奔馳在水面上，卻沒有濺起水花，就像騰飛在空中一般。這種高古的繪畫技法烘托出畫面的浪漫氣氛，並增強了傳奇性與神秘感。線條準確流暢，設色豔麗明快，富於動感和詩意之美。」

蕭草看畫，能夠看出畫面很美，但說不出美的門道。她想，曹植的《洛神賦》把洛神之美寫到了極致，顧愷之的《洛神賦圖》把洛神之美畫到了極致，洛神是神，美到極致，同時又融進了甄宓之美的。她想更全面更深入了解甄宓，所以問陳娴，可有關於甄宓的資料？陳娴回答：「有啊！我有一套傳抄本《三國志》，該書的《魏書》部分就有《甄妃列傳》，甄妃就是甄宓。」蕭草當天就讀到了晉人陳壽撰的《甄妃列傳》，從而了解到甄宓天生麗質，姿貌美豔，受過良好教育，品德賢淑。她從袁紹的兒媳變成曹丕的妻子，生了一兒一女。曹操封魏王後，圍繞王位繼承人問題，曹丕和曹植之間展開了激烈的鬥爭。在這場鬥爭中，甄宓態度中立，沒有全力支持丈夫。加之，她年長曹丕五歲，且是再婚，因此曹丕逐漸冷落了她，另有所愛。曹丕終於成為王太子，甄宓名義上是王太子妃，但並不享有王太子妃的待遇。甄宓失寵，異常痛苦。雖然怨恨丈夫，但眷愛之情如故。為此，她寫了一首《塘上行》詩以抒情懷。詩云：

蒲生我池中，其葉何離離。傍能行仁義，莫若妾自知。眾口鑠黃金，使君生別離。念君去我時，獨愁常苦悲。想見君顏色，感結傷心脾。念君常苦悲，夜夜不能寐。莫以豪賢故，棄捐素所愛。莫以魚肉賤，棄捐蔥與薤。莫以麻枲賤，棄捐菅與蒯。出亦復苦愁，入亦復苦愁。邊地多悲風，樹木何修修。從君致獨樂，延年壽千秋。

詩中的「蒽」、「薤」、「麻」、「枲」、「菅」、「蒯」，均為蔬菜和草名。甄宓假託在池塘邊所見，運用一系列比喻描寫了自己遭「棄捐」的「苦悲」心境，抒發了自己熱愛丈夫的忠貞感情，流露出強烈的深沉的身世慨歎。曹丕坐上皇帝大位，立新寵郭女王為皇后，以《塘上行》「有怨言」的罪名將甄宓賜死。郭皇后心腸歹毒，不按禮儀，命用「披髮覆面，以糠塞口」的羞辱方式「鎮邪」，草草殮葬。

蕭草了解到一個歷史的真實的甄宓，認識到甄宓也是個苦命的不幸的女人，其結局正應了那句老話：紅顏薄命。她拿自己和甄宓相比，覺得自己幸運得多。自己從西梁國到大隋國，從晉王妃到太子妃到皇后，可以說是順風順水，波瀾不驚。皇上阿英儘管花心好色，儘管逞欲無厭，但對自己還是敬愛的，至少到目前為止並未冷落與疏遠。蕭草了解到甄宓的事蹟，忽然有了寫詩的衝動。苦命的不幸的甄宓寫有《塘上行》，那麼自己為何就不能也寫一首詩呢？古人云：詩言志。「言志」就是表達、抒發思想感情。自己也是有「志」要「言」的，那就是崇尚節儉、簡樸、平淡，而當下的社會風氣卻是鋪張虛華與奢侈奢靡。所以自己應當仿效甄宓把該「言」的「志」寫出來，於己於人或許都有警示意義。蕭草閱讀古詩，喜歡句式比較自由的文體「賦」，故決定把要寫的詩定名為《述志賦》。嚴格地說，賦屬於散文範疇，但蕭草認為賦也是詩，賦就是詩。事非經過不知難。蕭草捉筆寫詩，方知寫詩不易，寫成一首短短的詩竟花了她大半年的時間。

這期間，大隋國處在騷動喧囂之中。各郡縣官員奉令徵兵、徵糧、徵民夫、徵騾馬、徵車輛，星夜送往涿郡等指定地點，若違令或誤期必受懲處，有多人已丟了性命。蕭草聽說過高麗，面積相當於大隋一個郡，五六十萬人口，四五萬軍隊，皇上征伐高麗，犯得著御駕親征，而且大張旗鼓地舉國動員麼？這年秋天，黃河、淮河氾濫，大水淹沒三十多個郡，一片汪洋。大量災民逃荒，多有賣兒賣女者。納言楊達留守洛陽，既要應對皇上詔令，又要救災賑民，焦頭爛額，疲於奔命。此前，楊廣曾命楊達致書突厥始畢可汗，問其願不願意隨大隋皇帝一起共同征伐高麗？始畢對楊廣抱有成見，且正暗暗發展實力謀取獨立，因而回書婉言拒絕。回書中附有一封私人信件，那是突厥可敦寫給大隋皇后的。楊達拜見皇后，轉呈信件。蕭草趁機詢問楊達：「楊大人！皇上征伐高麗，到底要徵多少兵馬？」楊達答：「據悉：皇上御駕親征，擬用一百多萬軍隊，十五萬匹戰馬。為保證軍隊與戰馬的後勤供應，還擬徵二百五十萬民夫、二十萬頭牲口、三十萬輛小車，運輸糧食、飼草、軍械等物。」幾個數字大得驚人，蕭草聽得瞠目結舌。她又問：「楊大人！皇上這次如此大動干戈地征伐高麗，到底為了什麼？」楊達想了想，回答：「皇后！恕臣直言：征伐高麗，本該像前年征伐吐谷渾那樣，任用一兩位將帥統領一支勁旅出征即可。而皇上這次大動干戈，究其意實是為了誇示軍威，誇示皇上麾下的大隋國軍隊，無往不勝，無敵於天下！」蕭草愕然，心想：這種誇示，除了騷擾郡縣，勞民傷財外，又有什麼意義？楊達素知皇后善良謙和，又說：「皇后！還有一事，臣當據實報告：齊地鄒平（今山東鄒平）農民王薄，利用皇上徵兵徵糧，當地遭災的機會舉旗造反了。此人自稱知世郎，作《毋向遼東浪死歌》，唱什麼『忽聞官軍至，提刀向前蕩。比如遼東死，斬頭何所傷』，號召災民隨他造反，響應者甚眾。這可是一粒危險的星火啊！」蕭草立刻想到陳勝、吳廣，想到綠林、赤眉，驚問：「此事報告皇上沒有？」楊達答：「這等大事，豈敢隱瞞？臣早就報告皇上了。」蕭草沒經過這等大事，只能說：「那就好！」

楊達告退。蕭草憂心忡忡，始讀楊嵐信件。楊嵐在信中說，她有娠了，預產期在明年年初，她希望能生個女孩。蕭草不由大喜，大喜沖淡了憂心。她記得自己有娠時，遠在江陵的母后、舅母等人連夜縫製了上百套小孩衣服，派人專程送至太原的往事。她當仿效，遂約來陳娴，加上姚潔等女官也縫製了上百套小孩衣服，裝了兩隻木箱，還寫了信，請楊達派人專程送至磧口交給楊嵐。她把楊嵐當作親人，她對遠在異國他鄉的親人表達了想念、關愛的深情厚意。

一場暴風雪迎來了大業八年（西元六一二年）。新年元旦，洛陽冷冷清清，涿郡熱火朝天。楊廣舉行朝會接受百官朝賀，然後祭祀天地、祭祀祖先，於壬午日頒出長篇詔令，宣布興兵，問罪遼左，征伐高麗。大軍分左、右兩翼，共二十四軍，絡繹登程，總集平壤。軍隊總數為一百一十三萬三千八百人，號稱二百萬；饋運餉糈民夫倍之，約二百五十萬人。為作戰需要，二十四軍分成四十個戰團，每個戰團步、騎兵約三萬人，運輸軍需的民夫約五萬人。皇上總統全軍，親授節度。癸未日，第一戰團出發，此後每日出發一個戰團，戰團與戰團間相距四十里，旗各一色。發軍時間就用了四十日。楊廣鑾駕最後起程，乘坐駕六馬的金根車。鹵簿三千人裝飾羽毛，異常華麗。高官與幸臣或騎馬或乘車隨駕出征。蕭嬪、崔嬪、皇子楊杲、皇女楊曜留住於臨朔宮，王義等數十名近侍照料皇上日常生活。左驍衛大將軍史祥，兼任左、右備身衛將軍，統領驃悍而驍勇的中軍精銳一萬人護衛皇上。將士、民夫、驛馬、車輛隊伍，首尾銜接，鼓角相聞，旌旗綿亙千餘里。史載：「近古出師之盛，未之有也。」皇上御駕親征高麗的消息傳到洛陽。包括蕭草在內，人人相信這是一場牛刀殺雞的戰爭，力量懸殊太大，隋軍必勝無疑。且看皇上詔令用語：陸軍部分，「莫非如豺如貔之勇，百戰百勝之雄，顧眄則山岳傾頽，叱吒則風雲騰鬱」；水師部分，「舟艫千里，高帆電逝，巨艦雲飛，橫斷浿江」。這樣一支大軍對付小小的高麗，怎能不攻無不克，戰無不勝！怎能不一往無前，所向披靡！

陽春二月，突厥可敦楊嵐指派女官珠瑪隨一個貿易商團到洛陽，向大隋皇后蕭姨報告喜訊：她真生了個女兒，取名雪鶯。蕭草歡喜。姚潔說，皇上皇后那年訪問突厥，她就和珠瑪認識，二人以姐妹相稱。蕭草命珠瑪就住在昭陽宮，由姚潔陪同遊覽與購物。半月後，珠瑪將回磧口，蕭草贈給小雪鶯三件禮物：一是富貴項圈，金製，配金鎖，金鎖上鑄「富貴」二字；二是吉祥項圈，銀製，配銀鎖，銀鎖上鑄「吉祥」二字；三是刺繡《梅花雪鶯圖》：在長六尺縱三尺的錦緞上刺繡幾支梅花，梅花上積雪，梅花紅豔，積雪晶瑩，還刺繡有六隻大、小黃鶯，或飛翔，或跳躍，或撲展著雙翅，想落又不敢落在積雪的梅花上，形象可愛，栩栩如生。蕭草讓珠瑪轉告楊嵐：六隻黃鶯寓義多兒多女，祝願可敦再生幾個兒女。蕭草還送給珠瑪一個首飾盒，盒裡的首飾價值二十兩黃金。珠瑪回磧口後。蕭草的心思回到《述志賦》上。她每天都看《洛神賦圖》，都讀《甄妃列傳》，從中獲取靈感，斟酌詩句，寫了改，改了寫，直到滿意為止。仲夏五月，《述志賦》完成初稿。再修改再潤色，六月最終定稿。賦云：

承積善之餘慶，備箕帚於皇庭。恐修名之不立，將負累於先靈。乃夙夜而匪懈，實寅懼於玄冥。雖自強而不息，亮愚朦之多滯。思竭節於天衢，才追心而弗逮。實庸薄之多幸，荷隆寵之嘉惠。賴天高而地厚，屬王道之升平。均二儀之覆載，與日月而齊明。乃春生而夏長，等品物而同榮。願立志於恭儉，私自兢於誡盈。孰有念於知足，苟無希於濫名。唯至德之弘深，情弗邇於聲色。感懷舊之餘恩，求故劍於宸極。叨不世之殊眄，謬非才而奉職。何寵祿之逾分，撫胸襟而未識。雖沐浴於恩光，內慚惶而累息。顧微躬之寡昧，思令淑之良難。實不遑於啟處，將有情而自安！若臨深而履薄，心戰慄其如寒。夫居高而必危，每處滿而防溢。知恣誇之非道，乃攝生於衝謐。嗟寵辱之易驚，尚無為而抱一。履謙光而守志，且願守乎容膝。珠簾玉箔之奇，金屋瑤臺之美，雖時俗之崇麗，蓋哲人之所鄙。愧絺綌之不工，豈絲竹之喧耳。知道德之可尊，明善惡之由己。蕩囂煩之俗慮，乃伏膺於經史。綜箴誡以訓心，觀女圖而作軌。遵古賢之令範，冀福祿之能綏。時循躬而三省，覺今是而昨非。嗤黃老之損思，信為善之可歸。慕周姒（周文王之母）之遺風，美虞妃（舜帝之妃）之聖則。仰先哲之高才，貴至人之休德。質菲薄而難蹤，心恬愉而去惑。乃平生之耿介，實禮義之所遵。雖生知之不敏，庶積行以成仁。懼達人之蓋寡，謂何求而自陳。誠素志之難寫，同絕筆於獲麟。

述志就是「言志」。蕭草的《述志賦》表達了抒發了她的志趣、修養、信念等，主旨在於規勸皇上，崇尚「恭儉」與「誡盈」，反對「恣誇」與「崇麗」，還闡述了一些哲理。就思想內容的高度與深度而言，蕭草的《述志賦》是勝過甄宓的《塘上行》的。蕭草寫作《述志賦》，同時關心著御駕親征的皇上，關心著前方戰事。她得到的消息是，隋軍進軍相當順利，但跟高麗軍交戰卻是敗多勝少。一路敗到七月，忽然傳來消息，說隋軍大敗慘敗，皇上不得不下令班師。蕭草以及全洛陽人全國人，頓時懵了：一百多萬大隋軍隊，舉世天雙，天下無敵，怎會敗了呢？天哪！這是怎麼回事啊！

第二十二章 蕭牆禍亂

楊廣御駕親征高麗幾乎是傾全國之兵，然而卻打了敗仗，敗得一踏糊塗，撤軍了，班師了。這到底是怎麼回事呢？起初人們發懵，知情者漸漸地梳理出三條原因。

第一，老天爺不幫楊廣。這年正月到五月，大隋朝廷又連續死了五位高官與重臣：內史令元壽，納言楊文思，觀王、京兆尹楊雄，兵部尚書段文振，納言楊達。其中，段文振剛被擢為左候衛大將軍，協助皇上節制全軍；楊達留守東都，代皇上管理著半個國家。這二人的死，對楊廣是個沉重打擊，也直接影響了戰事進程。

第二，楊廣決策失誤。高麗只有兩座重要城市：國都平壤和重鎮遼東（今遼寧遼陽）。段文振遺言，隋軍應當水陸並進，首先要集中優勢兵力攻取平壤。而楊廣不以為然，偏以陸軍主力進攻遼東，讓右翊衛大將軍來護兒統領的水師，駐東萊（今山東掖縣）待命。隋軍東渡遼河大費周折。右屯衛大將軍麥鐵杖等強行渡河，登岸後即陣亡。隋軍總算渡過河包圍了遼東城，但遭遇頑強抵抗，久攻不克。楊廣這才命水師出擊進攻平壤。來護兒統領四百艘戰船、四萬精甲，浮黃海東進，登陸，直逼平壤城下，因見城門大開貿然麾軍入城遭到伏擊，死傷千餘人，狼狽退回東萊。兩個月裡，隋軍戰事毫無進展。六月，楊廣亦東渡遼河，怒責諸將畏死怯戰，還命一夜之間在遼東城西側搭建起周回八里的六合城。高麗軍立在遼東城頭遙看驚駭不已，以為神助。六合城和遼東城對峙，一時難分勝負。楊廣改而命宇文述、于仲文兩位大將軍率九個戰團三十萬五千兵馬長途奔襲平壤，只有攻克平壤才能為他挽回些臉面。

第三，後勤補給出了大問題。大隋遠征軍的後勤補給，是靠二百五十萬民夫、二十萬頭牲口、三十萬輛小車予以保障的。戰線太長，路途太遠，補給量太大，這個保障相當困難。尤其是糧食，主要靠雙人手推小車運輸，每車載糧三百斤，除了民夫自身消費，更有大量民夫因勞累而死亡或逃亡，最終運到目的地的糧食非常有限。民夫回程，督糧官督促他們速回涿郡，再次運糧。民夫嘴上答應，一轉身便不知去向。遠征軍缺糧，而且面臨著後勤補給斷絕的危險。宇文述、于仲文率軍奔襲平壤，但後勤補給得自行解決。戰團士兵背負口糧加上槍械、營帳等物，每人負重超過三百斤，無法承受。兩位將軍只好將十萬騎兵改作步兵，用戰馬馱運糧食。儘管這樣，士兵每人負重仍在百斤以上。為利於行軍，每每挖坑埋掉部分糧食，因此在進軍途中糧食就已短缺，待渡過鴨綠水（今鴨綠江）時，糧食基本耗盡。高麗軍佯用羸兵迎戰隋軍，遇戰輒走。一日七戰，隋軍居然七捷。宇文述、于仲文因勝而驕，麾軍渡過薩水（今朝鮮清川江），因山為營，距平壤城僅三十里。高麗軍統帥乙支文德實施詭道，詣營詐降，聲稱「貴軍若能回師，高麗王自當入朝大隋皇帝並謝罪」。宇文述、于仲文考慮軍中糧盡無法再戰，也就借驢下坡同意撤軍。七月壬寅日，隋軍回渡薩水。回渡之際，乙支文德指揮高麗軍從後面突襲。隋軍因疲憊早無鬥志，驚潰逃命，溺死無數。活著的奔還鴨綠水，一日一夜奔了四百五十里，大多累死餓死，只有二千七百名長官因為騎馬才得以生還。

長途奔襲平壤的九個戰團，可以說是全軍覆沒。楊廣大怒，將宇文述、于仲文，命將兩位大將軍打入囚車。全軍糧盡，仗是沒法打了，急急班師。班師的隋軍約六十多萬人，也就是說隋軍已死五十萬人。皇上鑾駕也不張揚了，鹵簿取消。大軍出發時是正月，將士穿的是棉衣；班師時是七月，將士早將棉衣裡的棉絮掏出扔掉，棉衣變成單衣，襤褸拖拉，樣子怪異。所有將士穿的都是草鞋，甚至有赤腳的。消息傳至涿郡，傳至洛陽，無人相信這一事實，更接受不了這一事實。皇上統領一百多萬兵馬御駕親征，怎麼會落得個這樣的結果？鑾駕八月回到涿郡，九月回到洛陽。蕭草見到分別了一年半的阿英，第一次見他沒有修剪髫鬚，第一次見他神色暗淡，有點心疼。她絕口不提戰事，只說家事。陳婀來見皇上，劉芙來見父皇，楊倓、楊侗來見皇爺爺，也只說些雞毛蒜皮小事。楊廣知道他們純是為使自己避免難堪呀！就在他回到洛陽的次月，又一位高官病故：工部尚書宇文愷。此後再無人為皇上建造觀風行宮和六合城了。楊廣追究宇文述、于仲文的罪責按律當斬，但念其是親信故從輕發落，除名為民。他又懷念起江都來，密詔王世充派人赴江南選美，但有姿質端麗者可選進迷樓教授歌舞，他在不久的將來還是要巡遊江都的。

楊廣在洛陽度過大業九年（西元六一三年）元旦。元旦剛過，就又下令徵兵徵糧，擬再次親征高麗。百官心中充滿疑慮，但誰也不敢直言。這天，蕭草應召侍寢，她已快兩年沒有侍寢了。事畢，她放大膽子問阿英說：「皇上回來才數月，怎麼又要出征？」楊廣說：「上次出征的本意是要誇示軍威，結果事與願違，反讓朕丟了臉面。這次出征，就是要征服高麗挽回臉面，揚眉吐氣。」蕭草說：「征服高麗，任用一兩位將帥即可，皇上何必親征？」楊廣說：「上次已經親征，這次仍得親征，不然別人會笑話，以為朕是怯懦懼它高麗。」蕭草說：「可現在好多地方都有人造反，臣妾怕……」楊廣說：「沒有什麼可怕的。朕牢牢掌控著國家，誰造反就鎮壓誰，幾個毛毛賊成不了大氣候。」蕭草又說：「楊雄病故，皇孫侑兒鎮守大興城無人輔佐，怎麼辦？」楊廣說：「這，朕有安排：衛玄剛任刑部尚書，再給個京兆內史職銜，由他輔佐侑兒並充當老師。另外，朕已決定由皇孫侗兒代替病故的楊達留守東都，由新任民部尚書樊子蓋輔佐。」蕭草心驚：皇孫楊侑、楊侗還是少年，就得擔當起鎮守大興城、留守東都的重任，好比趕著鴨子上架，未免太難了吧？

朝廷每天都收到各地民眾造反的警報。楊廣不予理會，詔令封皇子楊杲為趙王，趙王取代齊王楊暕任河南尹；封皇女楊曜為藍田公主。他又想起兩位除名為民的大將軍，于仲文除名後憂死，只能重新起用宇文述，恢復原官原爵。二月，楊廣再次起程赴涿郡，統兵親征高麗。這次親征，不重排場重實效，有意精兵簡政。將士四十萬人，戰馬十萬匹，民夫一百二十萬人，牲口十萬頭，小車三十萬輛，隨駕高官與幸臣壓縮至百人以下。不帶后妃，不用鹵簿，只由王義等內侍照料日常生活。這樣一來，部隊精幹了，進軍快捷了，四月就又東渡遼河，在上年的六合城附近紮下大營。宇文述率陸軍精兵五萬駐於鴨綠水畔，來護兒率水師精兵四萬仍駐東萊。兩軍備足軍需，嚴陣待命，隨時準備攻取平壤。

楊廣第二次親征，發現遼東城雖然堅固，但城垣不高，僅一丈有餘，立刻有了攻城的新法：命將士緊急編織百餘萬隻布囊與草袋，並裝滿土石，夜間運至護城河邊堆積形成掩體。掩體越堆積越高，到五月底竟壘成牆體，高過遼東城垣五尺。隋軍弓弩手二千人登上牆體，向城中放箭。高麗軍受到壓制，傷亡慘重。隋軍趁機發動攻勢猛烈攻城。城中危蹙萬狀，城破就在旦夕。不料六月初，忽然傳來警報：禮部尚書楊玄感在黎陽（今河南浚縣）造反了！楊廣大驚。他不怕民眾造反，但怕高官造反。因為高官是國家機器的一個部件，這個部件損壞或脫落勢必影響整個機器運轉。再則，高官造反是國家最高權力中心的內訌，危害最大。不是說堡壘最容易從內部攻破嗎？楊玄感正是企圖從內部攻破堡壘的人，其目的是要奪取皇權皇位的。楊廣接著讀到楊玄感的造反檄文，檄文開頭寫道：「當今皇帝楊廣，靠弒父、淫母、殺兄登上皇位……」這像晴空一聲炸雷，炸得楊廣心驚肉跳幾乎暈厥。三款罪名，他最怕「弒父」、「淫母」兩款。隨著楊素、張衡、楊約和宣華、容華夫人相繼死去，他以為仁壽宮變中的醜事已成了永恆的秘密，不曾想楊玄感竟將它們抖落出來，這？

這？他心慌意亂、手足無措。對他而言，當務之急已不再是征伐高麗，而是要對付楊玄感以捍衛皇權皇位，於是慌忙下令班師，宇文述、來護兒兩軍亦回師，速到涿郡會合。兵部侍郎斛斯政是隨駕高官中的一員趁亂投降了高麗。原來此人是楊玄感的心腹，全程參與了造反的謀劃活動。

楊廣猜想「弒父」、「淫母」之語肯定是楊素在死前洩露給楊玄感的。好在幾個當事人已死，「弒」、「淫」死無對證，天下皆知也奈何他不得。值得慶幸的是，檄文沒提先帝遺體與梓宮事，天下若知那是彌天謊言，可以開挖泰陵驗證，看先帝梓宮裡到底有沒有先帝遺體，那他楊廣的麻煩可就大了！檄文為何沒提這事？大概是楊素在死前疏忽了或忘記了吧？檄文以下是歷數楊廣罪惡，好大喜功，追求享樂，營建東都，開鑿運河，巡狩巡幸巡遊，征伐高麗，花錢無數，死人無數等等。楊廣不在乎這些內容，他是皇帝，擁有天下，花錢死人算得了什麼？檄文末尾寫道：「楊廣無道，神人胥怒。玄感興兵，欲行天誅！檄文到日，望磨礪以待，高舉義旗，共討昏君，共圖大業！」楊廣冷笑一聲。蘇威是隨駕高官中年齡最長、資歷最深者，已封房國公，還掛了個右禦衛大將軍的軍職。一天，楊廣面露憂色地問蘇威，說：「楊玄感這小兒聰明，得不為患乎？」蘇威答：「夫識是非，審成敗者，乃所謂聰明。楊玄感粗疏，非聰明者，必無所慮。但恐浸成亂階耳。」這話是說，楊玄感並不聰明，造反不足為慮，但他的造反將造成連鎖反應，會引發更多的農民起義，浸成天下大亂才是最可怕的。楊廣的心思只在楊玄感身上，全然掂量不出「浸成亂階」的深意。

楊玄感聰明嗎？楊玄感乃楊素長子，這年三十五六歲，體貌雄偉，膂力強勁，精於騎射，喜愛結交賓客。早在楊堅時代，楊素滿門榮寵，楊玄感及其弟楊玄挺、楊玄縱、楊玄奬、楊萬碩、楊仁行、楊積善等皆任官封爵。楊廣成為皇太子成為皇帝全賴楊素之力。而楊廣坐穩皇位後猜忌功臣，猜忌的第一人就是楊素。楊素生病，楊廣竊喜。楊素病薨，楊廣說：「若楊素不死，當滅他九族！」楊廣對楊素的態度，楊玄感恨在心裡。楊玄感辦完老爹的喪事，就曾想舉家族勢力生事鬧事。楊廣予以安撫，任用楊文思為納言，楊玄感為禮部尚書。楊玄感列位六部首長，目睹皇上的荒淫便萌生野心，以為完全可以取而代之。他有三個心腹：兵部侍郎斛斯政、虎賁郎將王仲伯、汲郡贊治趙懷義。四人時時密議，謀劃舉兵造反的時機與地點。這年正月，楊廣決定再征高麗。斛斯政向楊玄感獻計，楊玄感特向皇上建議供應前方的糧草不必運至涿郡，可在黎陽設中轉站，糧草運至梨陽經海河水運至薊州（今天津一帶），改由民夫用小車運往遼東，將會節省大量時間與人力。楊廣讚賞這一建議，當即命楊玄感兼任督運糧草總監常住黎陽，總管全軍後勤補給事項。這正是斛斯政所預料的，也正是楊玄感最想得到的差事，掌管此差事等於捏住了大隋遠征軍的命門。三月四月，楊玄感給前線發送了一些糧草。進入五月，則一斤糧草也沒發送。斛斯政密遞情報：遼東戰事正緊，皇上暫時不會回鑾。楊玄感覺得時機到了，遂在六月乙巳日（三日）打出造反大旗，發布檄文討伐楊廣，其主力是集中在黎陽的民夫和船工共一萬多人。楊玄感莫逆好友李密，任朝廷小吏，足智多謀，應請到了黎陽當了叛軍的軍師。李密提出三計：上計，北上薊州，扼住咽喉，阻擊楊廣回鑾；中計，西進關中，據險攻守，可進可退；下計，南渡黃河，攻取洛陽，若不能速克，延誤時日，待官軍聚集，那將陷入被動，大勢去矣。楊玄感急功近利，說：「不然。公之下計，乃上策矣。吾當攻拔洛陽，先聲奪人，威震天下，號令四方。」於是引兵南向，攻取洛陽。

楊玄感造反。洛陽日日數警，人心惶惶，所有眼睛都盯著民部尚書樊子蓋。樊子蓋字華宗，廬江人，時年已七十歲，老當益壯，處事果斷，忙將邙山軍營的五萬駐軍調至洛陽各城門附近，重點放在東北方向嚴密布防。同時查封楊玄感諸兄弟府第，府第裡的青壯年俱去了黎陽，只剩下一些老弱婦孺。樊子蓋需向越王請示彙報軍政事務，楊侗虛齡十歲，不諳世事。其母劉蓉只是個良娣，無知無識。此時蕭草蕭皇后不得不拋頭露面，領著皇孫在景陽宮景陽殿聽取請示彙報，並參與決斷大事。蕭皇后無形中成了洛陽官民的主心骨，不過她是有自知之明的，自知一不懂政二不懂軍，所以賦予樊尚書最大的權力，凡要務急務均可自行決斷，不必請示彙報。涿郡與洛陽之間驛使中斷，蕭草、陳娴、蕭薔、崔翠失去皇上的音信心急如焚。樊子蓋派人經由太原，星夜到涿郡探明皇上已從遼東班師，鑾駕正在途中，蕭草等這才略略心安。楊玄感叛軍渡過黃河，兵分三路圍攻洛陽。楊玄感、楊玄挺各率一軍，屯於上春門外和喜寧門外。楊玄感召集民眾，煽動說：「我楊某尊為禮部尚書，拜上柱國大將軍，家累巨萬金，至於富貴，無所求也。今不顧破家滅族興兵至此者，但為天下解倒懸之急，救黎元之命耳。」民眾苦於朝廷沉重的徭役兵役負擔，相從如市，報名投軍，叛軍數日間增至五六萬人。樊子蓋見叛軍來勢洶洶，為守城確定一條原則：只守不攻，等待救援。河南贊務裴弘策自傲自狂，擅領三千兵馬迎戰楊玄感，結果慘敗，傷亡千餘人。樊子蓋執行軍法將裴弘策處斬，重申禁令，威懾全軍。楊玄感異想天開，致信樊子蓋，勸樊「以黔黎在念，社稷為心，勿拘小禮」，獻城投降。樊子蓋嗤之以鼻，殺了送信之人。洛陽城裡包括顯仁宮，驚慌驚恐，誰也不知明日會怎樣。蕭草深知自己是皇后，別人可以驚慌驚恐，但她絕不可以，反而要鎮靜、沉穩，要顯示定力，任爾東西南北風，我自巋然不動！她是個弱勢皇后，但在非常時刻也得發號施令。她命許廷輔將健壯宮監三千人組織起來，一千人守衛宮城大門，兩千人交由樊尚書指揮，參加守衛洛陽城門。她命西苑的女官、宮女撤回宮城，由西苑令馬守忠率宮監看護各處景點。宮內流傳著楊玄感的造反檄文。蕭草早有覺察公爹楊堅死得不明不白，阿英和兩位庶母的關係可能曖昧，但她此時此刻要維護皇上的聲譽，故命姚潔將檄文收繳燒毀，嚴禁議論「弒」與「淫」之類的傳聞。

樊子蓋報告蕭皇后和越王：刑部尚書、京兆內史衛玄，經代王許可親率大興城灞上軍營的五萬兵馬救援洛陽。衛玄經過華陰，出於對楊玄感造反的憎恨，掘楊素墓，焚其骸骨，夷其塋域。兵馬出函谷關，迎戰叛軍，三戰皆敗，又退回函谷關去了。楊玄感兵威大振，趨附益眾，叛軍發展至十萬人。蕭草暗暗吃驚，心想這樣下去怎麼得了？萬一叛軍攻破城池，攻進皇宮，那，那……她不敢想像那樣的情景，雙手捂住面頰痛苦地閉上眼睛。楊玄感兵威振了，野心更大，想稱尊號，徵求李密的意見，說不稱皇帝稱個王也行。李密勸止，說：「楊公自黎陽起兵一月有餘，圍攻洛陽不克，且未定一郡，未服一縣，急欲自尊，徒惹天下人恥笑耳。」楊玄感沒能自尊，心甚不快，由此疏遠李密。李密認識到楊玄感粗疏淺薄、鼠目寸光，豎子不足與謀，不辭而別，悄然離去。

涿郡的驛使到了洛陽，報告兩條重要消息：一、皇上班師，鑾駕已回到涿郡；二、皇上命武賁郎將陳稜率領一軍進攻楊玄感大本營黎陽，同時命大將軍宇文述、來護兒和左候衛將軍屈突通，各率精兵三萬解洛陽之圍。兵貴神速。七月下旬，宇文述、來護兒、屈突通的九萬精兵在洛陽週邊對楊玄感叛軍形成反包圍。雙方交戰，叛軍一敗再敗，潰散過半。形勢驟變，楊玄感驚慌了，始信李密「下計」之論，改而尋求「中計」引領叛軍向西，企圖攻取關中。

洛陽之圍終於解除了。官民歡呼雀躍，由衷感激蕭皇后，感激越王，感激樊尚書。蕭草緊繃了一個多月的神經突然鬆弛，覺得睏累至極，蒙頭睡了整整一天一夜。在此後的日子裡，樊子蓋每天都向蕭皇后和越王報告喜訊，所有喜訊都浸有濃濃的血腥氣味。樊子蓋報告：楊玄感叛軍萬餘人西向至閿鄉（今河南靈寶西北），遭到衛玄兵馬的阻擊。八月壬寅日（一日），宇文述、來護兒、屈突通的大軍追上叛軍，交戰結果叛軍覆沒，楊玄感與楊積善僅率十餘騎逃跑。在一處林木間，楊玄感走投無路，命楊積善將自己殺死。官軍生擒楊積善，連同楊玄感屍體送至涿郡。楊廣命將楊玄感再斬首，首級懸街示眾，將其無頭屍運至洛陽街頭磔之，越三日，臠割付火燒成灰燼。樊子蓋報告：皇上鑾駕繞道到達大興城，命將楊積善及隨從十餘人處以車裂極刑，火焚其屍而揚灰。楊玄感諸兄弟及其家屬坐罪皆死。樊子蓋報告：皇上對御史大夫裴蘊說：「楊玄感一呼而從者十萬，益知天下人不欲多，多即相聚為盜耳。不盡加誅，後必為患。」裴蘊由是清查楊玄感黨羽，凡加入叛軍者，不論官民，不分首從，一概梟首，所殺至四五萬人，皆籍沒其家。

蕭草聽了喜訊固然欣喜，同時毛骨悚然。《大隋律》是廢止凌遲、車裂等極刑的，而皇上阿英為報復為洩恨又使用上了。蕭牆禍亂，生死相搏，有你無我。試想，楊玄感造反若獲勝，那又會怎樣呢？無疑，他會當皇帝，他會用最殘酷最血腥的手段殺人，首先是殺皇上，次是殺皇子皇孫，當然也包括自己在內的皇家所有的人。這不足為怪，這就是圍繞皇權皇位進行的宮廷鬥爭！亂時思亂定，亂定思至親。蕭草在亂定之後更加想念阿英，阿英離開洛陽已很久，為何還不回來呢？

楊廣此時正在大興城。他所見到的大興城，剛剛構築了郭城城垣，顯得更加恢弘與壯美。郭城城垣周長近四十里，四向各開三座城門，城門上建有巍峨的城樓。城垣外側是護城河，寬五丈，深三丈，河水盈盈。這要歸功於刑部尚書、京兆內史衛玄。衛玄字文升，洛陽人，受命輔佐代王鎮守大興城時已七十二歲。他到任後的第一件事，就是徵發民工十餘萬人構築大興城郭城城垣，就地取土，因而也就有了與城垣相配套的護城河。至此，大興城營建歷時三十二年，宮城、皇城、郭城三城一體，完全竣工。衛玄率兵馬救援洛陽，平定楊玄感造反。楊廣接見衛玄，說：「衛公乃社稷之臣也！使朕無西顧之憂。」又說：「關右之任，一委於公。公安，社稷乃安；公危，社稷亦危。」命進位光祿大夫，賜以良田、甲第，資物巨萬。楊廣還見到了兒媳、太子妃韋婕和嫡皇孫楊侑，以及女兒南陽公主楊嘩、駙馬都尉宇文士及及外孫宇文禪師。家人見面說家事，話題集中在楊侑、宇文禪師身上。宇文士及又發高論，說：「皇上！蕭牆禍亂，古今不絕。臣敢說，大業年間，楊玄感造反絕非最後一例，楊玄感也絕非最後一人！」楊廣大笑，說：「此話朕信。蕭牆蕭牆防不勝防，天知道下一個楊玄感，又再下一個楊玄感，又會是誰呢？」

臘月二十三日，家家祭灶，祈求灶王爺上天言好事，下界保平安。楊廣鑾駕回到洛陽，因為鎮壓了楊玄感造反心情特好，乘坐金根車入建國門，經由端門大街，英雄凱旋一般風風光光地進了顯仁宮。蕭皇后、陳貴人、蕭嬪、崔嬪等跪地迎駕，有一種大難不死、劫後重逢的感慨，眼中都閃著淚光。楊廣下車，哈哈大笑地說：「朕不是毫髮無損回來了嗎？平身平身！」他一眼看到皇子楊杲、皇女楊曜，很是開心，俯身一手抱一人，起立轉了個圈，高聲說：「父皇回來囉！父皇回來囉！」次日，楊廣接見樊子蓋，稱讚他輔佐越王守住洛陽的功勞，將他比作漢高祖劉邦的重臣蕭何，光武帝劉秀的重臣寇恂，命進位光祿大夫，加河南內史職銜，封建安侯，賞賜甚豐。

一場蕭牆禍亂，湧現出樊子蓋和衛玄兩位老年功臣。北風呼嘯，大雪紛飛。蕭草及洛陽官民親身經歷了禍亂，驚魂餘悸，在迷迷朦朦的風雪中告別大業九年，進入大業十年（西元六一四年）。新的一年又將如何？那是個不確定不可知的問題，誰也回答不了。

第二十三章

雁門險情

自從鄒縣農民王薄造反之後，各地民眾群起效尤。楊玄感造反雖然失敗，但正如蘇威所言，「浸成亂階」——引發連鎖反應，民眾造反更成為一種大勢。警報像雪片一樣飛向東都，堆積在楊廣面前。楊廣一如既往地不予理會。他的觀點仍是：朕牢牢掌控著國家機器，誰造反就鎮壓誰，幾個毛毛賊成不了大氣候。他稱農民造反義軍為「盜」為「賊」，派遣軍隊鎮壓兩處盜賊收效不錯，因此他的心思又放到那個燙手山芋高麗上。兩次親征，一次慘敗而歸，一次半途而廢，如果就此作罷，臉面丟盡，豈不讓世人笑掉大牙！故而，新年伊始又重提親征高麗之事。文武百官呢？史載「數日無敢言者」。楊廣於是連發兩道詔令強命徵兵徵糧，第三次親征高麗。蕭草叫苦不迭。皇上親征高麗，再出個楊玄感要怎麼應對？姚潔悄悄告訴皇后：這些年兵役徭役負擔太重，死人太多，民間有人砍掉一隻手或一隻腳，還把砍掉的手或腳稱作「福手」、「福腳」，為何？因為他們已是殘疾人，再不用服兵役徭役，至少能活著，能和家人團聚。真是駭人聽聞！蕭草不敢相信泱泱大隋怎會出現這樣有違常情常理的怪事！縱覽歷史，歷史上可從沒出現過這種社會現象啊！

三月，楊廣鑾駕起程，從洛陽到了涿郡入住臨渝宮。這次親征更加精兵簡政，隨駕高官主要是「五貴」。由於兵部侍郎斛斯政叛降高麗，所以由裴矩兼掌兵部事務。仍是不帶后妃，不用鹵簿，王義等內侍隨駕服務。兵者，詭道也。楊廣這次親征是實施了詭道的。他自統二十萬大軍號稱四十萬，沿著上兩次進軍的路線大張旗鼓地向東北進軍，宣稱目標仍是高麗遼東城。另外還有一支大軍秘而不宣，就是大將軍來護兒統領的水師，五百艘戰船，五萬兵馬，駐紮在東萊。高麗王高元為詭道所惑，將全國百分之八十的兵力調至遼東城，只留百分之二十的兵力守衛平壤。楊廣自統的大軍不緊不慢，七月進軍至懷遠（今遼寧懷遠），吸引了高麗軍的全部注意力。來護兒的水師突然出動，浮海登陸，斬殺高麗軍兩千多人，直趨平壤。高元萬沒料到隋軍會來這一手，平壤若失陷，那就等於高麗滅亡。危急時刻，高元驚懼萬狀，慌忙寫了降書派遣使者赴懷遠進呈大隋皇帝。降書上寫了兩點內容：一、高麗國請降，高元將入朝大隋皇帝請罪；二、歸還大隋國叛臣斛斯政。楊廣讀後大喜，總算挽回一些臉面，出了一口惡氣，見好就收，答應對方投降，並派欽差持節命來護兒停止進攻平壤，回師。來護兒氣得跺腳，說：「三度出兵，未能平賊，此回師，不可重來。今高麗困弊，以我眾戰，不日克之。吾欲進兵，攻佔平壤，取其偽主，獻捷而歸。」他不肯奉詔。怎奈欽差代表皇上，他不敢抗命，只能望著平壤城長歎幾聲下令回師。大將軍李景奉命，率兵千人去遼東城外接收了高麗歸還的斛斯政。八月，楊廣以親征高麗大獲全勝的姿態，命用囚車押解著斛斯政，奏凱班師。十月回到洛陽，接著往大興城，獻告太廟。開皇九年（西元五八九年）四月，楊堅在太廟舉行獻俘大典，由統兵滅陳的統帥楊廣等獻俘，所獻之俘是陳後主陳叔寶。二十五年後，楊廣在太廟舉行的是獻告儀式──「獻」上高麗國王的降書，報「告」先祖攻伐高麗取得了勝利。凡是賣國賊叛國賊都是最遭人憎恨的。宇文述奏稱：「斛斯政有大罪，天地不容，人神同憤，若徒照國法處死，怎得懲戒亂賊？請變例處置！」楊廣准奏，命將斛斯政押至大興城含光門外，縛於柱上當作箭的，百官輪番射箭將其射殺，再支解其屍，放進鑊裡烹煮，煮成肉湯餵狗。

蕭草因想念嫡皇孫楊侑，陪同阿英回到大興城。太子妃韋婕這年二十九歲，已守了八年多的寡，真不容易。楊侑虛齡九歲，又長高了些。他是代王，第一個放箭射殺斛斯政，嚇得雙手發抖，放出去的箭飛出三四尺遠就落在地上。他見皇爺爺身邊老有個矮人跟隨，那矮人比自己還矮以為是個小孩。他問皇奶奶，那小孩是誰？蕭草笑著說：「那人叫王義，可不是小孩，三十五六歲了，是個宦官，皇爺爺的貼身內侍。」楊侑問：「宦官是個什麼官？王義這樣矮，他的兒子也會這樣矮嗎？」蕭草不知該怎樣回答，說：「這？」韋婕向前解圍，說：「宦官就是不能娶妻的官。王義不能娶妻也就不會有兒子。這中間的道理，你再長大些自會懂得的。」楊侑不懂，為什麼許多事情，要等長大了才能懂得呢？

南陽公主楊曄、駙馬都尉宇文士及領了兒子宇文禪師來看望母后。禪師虛齡六歲，身材快和娘一般高了。楊曄告訴母后，小禪師在自己的教授下已認識近百個字，還能講《守株待免》、《揠苗助長》、《畫蛇添足》等故事。蕭草把外孫攬在懷裡親他的小臉，誇道：「我們家小禪師真聰明！」楊侑呼喚禪師玩耍去了。楊曄又說：「母后！士及改變主意想要從政了。」蕭草說：「哦？好啊！《孝經》講：『夫孝，始於事親，中於事君，終於立身。』好男兒應當事君，然後立身。」宇文士及說：「我長這麼大從沒掙過錢，主要靠父母養活，從現在起我要從政掙固定薪俸來養活自己及妻子兒子，同時也注《漢書》，做到從政與治學兩不誤。」蕭草說：「你是駙馬都尉，從政掙錢是次要的，重要的是通過事君而立身。」皇帝皇后的女婿想從政，這有何難？三天後，宇文士及接到通知：出任尚輦奉御，職掌皇帝出行時的車馬，官秩四品，薪俸一千五百石。皇帝皇后的女婿一進官場就是四品，令那些寒窗苦讀，參加科考，好不容易才當上縣令的七品芝麻官眼紅、羨慕得不得了。楊廣專程回大興城獻告太廟功德圓滿，特許嫡皇孫楊侑和兒媳韋婕移住一直閒置著的大興宮，於臘月回鑾。蕭草和楊侑、韋婕告別時，異常傷感而落下淚來。她不知為何會覺得這是一次訣別，從今往後風雲變幻，阿英和自己怕是再也回不了大興城，再也見不到這個嫡皇孫和兒媳了。楊曄、宇文士及領著禪師及幾名傭僕，跟隨父皇母后到了東都洛陽，安了新家。

大業十一年（西元六一五年）元旦，楊廣心情舒暢，龍顏大悅。兩年來，他鎮壓了多地的農民義軍，平定了楊玄感造反，征服了高麗，證明他的雄才大略和文治武功卓越超群，可比秦皇漢武。宇文述、裴矩、虞世基等熱心張羅，促使突厥始畢可汗及四十多個國家派遣使者前來出席元旦朝會，向大隋皇帝行禮致敬，貢獻方物。這景象是空前的，勝過開皇之治。楊廣最看重始畢六年來第一次入朝，格外開心，恩禮尤甚。殊不知這位可汗入朝是別有目的，主要是偵察大隋的虛實，在洛陽停留五天就回了突厥。

各國使團五六百人住在驛館。來者都是客。史祥重新出任鴻臚卿，宇文士及出仕鴻臚少卿，負責接待事項。鴻臚少卿官秩三品，薪俸二千石。就是說，宇文士及進入官場不足一月，官秩就提升一品，薪俸就增加五百石。果真是朝中有人好做官！由於農民義軍風起雲湧，這年元宵節朝廷沒打算舉辦燈會。可是各國使團提出要求，說燈會最能體現大隋的強盛與富庶，我等此行多半是衝著觀燈賞燈來的，燈會怎可不辦呢？楊廣因此詔令：燈會照辦！由於時間過於倉促，「五貴」緊急商量決定縮小規模，僅以天津橋為中心，在端門大街二里地段以內舉辦燈會，設魚龍蔓延之樂。此時洛陽街頭貼出許多匿名露布，聲稱某某皇某某帝某某王，義軍十萬或二十萬擇日進攻東都，殺他個人仰馬翻，血流成河。宮城裡的人聽說露布內容將信將疑，洛陽民眾則是信的多疑的少，人心惶怖。「五貴」好生作難：皇上詔令燈會照辦，萬一露布所言成真怎麼得了？五人商量來商量去決定燈會還是照辦，但禁止民眾觀賞，由李景、來護兒兩位大將軍各率五萬兵馬駐防各個城門，並在城內巡邏以確保安全。緊趕慢趕，比元宵節晚了七天，乙卯日（二十二日）燈會開張。楊廣在端門城樓舉辦國宴，宴請各國使團。宴會後主賓在城樓觀燈，在天津橋觀燈，在端門大街觀燈，觀賞魚龍蔓延。魚龍蔓延是雜技、幻術兩大藝術門類的合稱，以驚險刺激與變化無窮著稱。由於燈會沒有民眾而顯得冷清，但各國使團還是滿意的，讚不絕口。因為他們都是首次觀賞這樣盛大的燈會和精彩的魚龍蔓延，此生恐怕不會再有第二次。燈會舉辦三天匆匆收場。各國使團歡天喜地地攜帶大隋皇帝賞賜的大量金銀珍寶與綾羅綢緞等物各歸各國。「五貴」鬆了口氣，露布上所說的義軍沒有什麼動作，他們只是虛驚了一場。

新年期間，楊廣也有不順心不如意處。高麗王高元在降書裡寫得明白將入朝大隋皇帝請罪，可是時過半年，高元何曾入朝何曾請罪？元旦朝會，突厥可汗及四十多國使團前來出席，偏偏不見高麗王，連個問候請安的口信都不曾有。楊廣氣惱、憤恨，極想再次御駕親征，興師問罪，將高麗滅了，把高元殺了。然而此時非彼時，到處都是盜賊，徵不到兵，徵不到糧，他要如何御駕親征？如何興師問罪？高麗王高元著著實實耍弄了大隋皇帝一回，儘管大隋皇帝氣惱憤恨卻毫無辦法。接下來的日子，楊廣面對的是紛紛揚揚的警報，盜賊越來越多，稱皇稱帝建國號建年號的越來越多，郡縣失陷的越來越多。他焦躁、心煩意亂，以荒唐的理由殺了個右驍衛大將軍李渾，又殺了個將作大監李敏，族滅其家。警報警報，討厭的警報，該死的警報！他不想看到警報，也就不想待在洛陽，所以才五月就突然決定駕幸太原，前往汾陽宮避暑。既是避暑，屬休閒性質，蕭皇后、陳貴人、蕭嬪、崔嬪、皇子趙王楊杲、皇女藍田公主楊曜等都去。目前朝廷高官奇缺。丞相只有蘇威一人，六部首長只有樊子蓋掛名民部尚書，衛玄掛名刑部尚書。因此隨駕避暑的只能是蘇威，加上其他「四貴」，再加上樊子蓋。隨駕護駕的軍隊共十五萬人，由大將軍宇文述、李景、來護兒及幾位二流將軍統領。那個久未露面的齊王楊暕又露面了。楊暕最近找過母后，痛哭流涕地哭訴他這些年居家自省，認識到自己品行惡劣，枉為人子，懇求父皇母后再給他一個痛改前非、重新做人的機會。蕭草心軟，把暕兒的話轉告阿英。楊廣畢竟是父皇，決定對楊暕再進行一次觀察與考察，乃命其以齊王身分率二萬兵馬仍作為後軍的一部分，尾隨大軍三四十里，聽從調遣。楊暕驟然晦氣一掃又神氣起來。他這年三十一歲，要身材有身材，要相貌有相貌，兜鍪鎧甲，駿馬雕鞍，風流瀟洒，器宇軒昂，儼然像是呂布轉世。蕭草總為這個兒子擔心，但願他記取教訓別再出狀況了。

鑾駕出發之前，先任命弘化留守李淵為山西河東慰撫大使，負責「清道」。李淵不負聖望，擊潰龍門盜賊母端兒、絳州盜賊柴保昌，肅清道路了。於是楊廣乘坐金根車，蕭草乘坐鳳輦，其他人或乘車或騎馬，李景統前軍，來護兒統後軍，宇文述仍統中軍，北渡黃河，經由太原，平安地到達汾陽宮。汾陽宮是新建的行宮，位於汾水北岸，雖然精巧華麗，但受地理局限不甚閎敞，周圍也無甚特別景致。夏天不太炎熱。盜賊等事由「五貴」處理，楊廣難得能這樣心靜，整天和皇后、貴人、二嬪、楊杲、楊曜等在一起，度過兩個月的悠閒時光。八月，秋高氣爽，天氣轉涼。楊廣本該啟蹕回鑾，偏他興猶未盡還要北巡，居然從雁門關出了長城，逕往塞外。這一出一往太過冒失，惹出了險些不堪收拾的天大禍事。

楊廣當年訪問突厥，像長輩對待晚輩一樣對待啟民可汗。啟民長子咄吉世持勒暗暗發狠，要讓楊廣為高傲無禮付出代價。咄吉世繼承汗位稱始畢可汗。子妻其母，仍以義成公主楊嵐為可敦。始畢頗有勇略，注重國內團結，發展生產，勵精圖治，數年裡幾乎征服了整個大漠地區，人口數和牲畜數翻了幾番，僅十八至五十歲的丁男就有五六十萬人。這些人好格鬥善騎射，拉上戰場都是勇猛驃悍的軍人。始畢雖然臣服於楊廣，但已不那麼恭順了，進貢逐年減少，還派出奸細搜集大隋的情報。大隋方面也意識到突厥的強盛與始畢的不恭，裴矩出了個餿計策，奏請封始畢之弟咄吉設為南面可汗，以分化突厥勢力。誰知咄吉設畏懼長兄始畢不敢受封，裴矩再施詭計，誘殺始畢的第一謀臣史蜀胡。大隋的做法惹怒了始畢，他更要讓楊廣付出代價。他年初入朝，看到大隋表面上似乎還強盛富庶，而骨子裡已是千瘡百孔。秋涼時節，奸細報告大隋皇帝在汾陽宮避暑，擬出長城巡幸塞外。始畢忙看沙盤地圖，發現從汾陽宮出塞必經雁門關，不禁大喜，立即部署調集四十萬鐵騎，親自統領馳往雁門截住楊廣的歸路，最好能將其生擒，讓大隋臣服於突厥，大隋皇帝臣服於突厥可汗。哈哈！真乃天賜良機也！

楊嵐聞訊嚇壞了，在楊嵐心目中突厥是婆家，大隋是娘家；突厥可汗是親人，大隋皇帝和皇后同樣是親人。尤其是蕭姨，從自己受封公主之日起就百般地關愛她勝過生母。她不願看到任何一個親人受到傷害。她無力阻止可汗的軍事行動，所能做的只能是把這消息報告大隋，讓他們有所防備，把所受傷害降到最低程度。可是，磧口距雁門七八百里，時間又很緊迫，這消息根本就送不到雁門哪！楊嵐急得團團亂轉。珠瑪是最了解可敦心思的女官，說：「奴婢願去一趟雁門！」楊嵐睜大眼睛，說：「你？你一個女子，怎麼去雁門？」珠瑪說：「我去過洛陽熟悉路途，可以女扮男裝，騎上快馬先到榆林郡聯繫上大隋的驛站，請派驛使護送，便可到太原到雁門。」楊嵐思忖，別無他法，也只能這樣了。她匆匆寫一便條，蓋上突厥可汗和可敦的大印，證明珠瑪是突厥使者奉命出使大隋；再匆匆寫下數語，交給珠瑪，叮嚀囑咐要多帶些路費，當天動身。

并州有幾個郡在長城以北。楊廣北巡，就是要巡幸那幾個郡。八月上旬，鑾駕抵達雁門，住於行宮。雁門，既是郡名又是城名，雁門郡郡治就在雁門。雁門城緊挨長城，雁門關是長城的重要關隘，又是雁門城的北向正門。雁門城中原有居民約二萬人，皇上到來，帶來官、兵十三萬人，還有五萬匹戰馬。城中人口猛增至十五萬，一時人滿為患。癸酉日，楊廣鑾駕出塞。辰正，前軍先行，出了雁門關。巳正，中軍、後軍跟進，亦出雁門關。午初，一位英俊男子由兩名驛使陪同，策馬如飛到了雁門。英俊男子因是突厥使者，由鴻臚少卿宇文士及出面接待。男子稱必須立刻見到蕭皇后，有急事要事相告。宇文士及確定了男子的使者身分後，忙和使者驅馬出雁門關，前行約莫十五里追上了正在行進中的鳳輦。鳳輦停下，突厥使者向蕭皇后行禮。蕭草見使者是一英俊男子，很是驚愕。使者一笑，摘去頭戴的方巾把頭甩了甩，甩出滿頭烏黑的長髮。姚潔也在鳳輦上，驚呼：「呀！珠瑪小妹！怎麼是你！」蕭草也認出了使者是楊嵐的女官珠瑪。宇文士及略顯尷尬，他竟沒發覺使者是女扮男裝。珠瑪急切地說：「皇后！快快回駕！突厥大軍來襲雁門！」說著，從衣領裡取出一個細小紙卷遞給皇后。蕭草展開紙卷，只見上面寫有兩行小字：「嵐兒報告蕭姨：可汗親率四十萬大軍，往襲雁門。急急急！險險險！」蕭草大驚失色，急將紙卷交給宇文士及，說：「快！送呈皇上！」宇文士及立即上馬去追趕皇上乘坐的金根車。楊廣看了紙卷，那「四十萬大軍」五字分外刺眼，感到事態嚴重，立命北巡大軍停止前進，金根車順原路返回。楊廣見到珠瑪問明情況，驚出一身冷汗，再立命傳詔：北巡取消！速回雁門！北巡大軍頓時亂了套，後軍變作前軍，前軍變作後軍。宇文述指揮中軍，護衛著金根車、鳳輦等車馬率先回程，進了雁門關。下午申正，李景所統的前軍最後進入雁門關，封閉了關門。申末酉初，西北方向塵土飛揚，突厥騎兵如潮水一般湧至雁門關外。珠瑪送信，比突厥騎兵到達雁門快了兩個半時辰，正是這可貴的兩個半時辰，使楊廣鑾駕及其北巡大軍避免了一場滅頂之災。

始畢已知楊廣出了塞又回了塞，沒能截住其歸路，有點懊惱，命大軍在雁門關外十里處紮營包圍雁門。入夜，隋軍從雁門關關樓上看去，但見穹廬連著穹廬，篝火連著篝火，鼓角聲胡哨聲人聲馬聲響徹，說不清有多少兵馬。翌日，雁門關外的突厥軍只是包圍並未攻城。這是為何？數日後才明白，始畢採用群犬困虎戰術，先攻佔了雁門郡四十一座城邑中的三十九座，尚未攻佔的只有雁門和崞縣二城。崞縣位於雁門郡南端，恰是齊王楊暕二萬兵馬的駐地。楊廣心驚，意識到雁門已是一座孤城，命幾名軍士攜帶詔書，試圖去附近郡縣搬取勤王兵馬，結果無一人能突圍，全都喪生。雁門被圍，十五萬人吃喝拉撒睡成了大問題。最要命的是糧食問題，若得不到外界救援，兩旬過後，全城人將會餓死。從第十天起，開始糧食限量，每天人均限一斤，再減為半斤。進入九月，糧食將盡，戰馬飼料將盡。楊廣大懼，意欲率輕騎潰圍，蘇威進言：「城守則我有餘力，輕騎則彼之所長。陛下萬乘之主，何宜輕易冒險！」樊子蓋也進言：「陛下萬乘之主，豈宜輕易冒險，一朝狼狽，雖悔不及。再則，皇上潰圍，皇后、貴人、二嬪和趙王、公主怎麼辦？」楊廣也確實不敢冒刀刃劍鋒之險，打消了潰圍的念頭。虎落平陽，龍擱淺灘。他很後悔，為何就沒看清始畢的蛇蠍心腸呢？他還後悔，避暑就避暑，為何偏要北巡呢？這天，他見虛齡九歲的楊杲和楊曜無精打采的樣子，不禁悲從中來攬著皇子皇女痛哭流淚，把雙眼都哭腫了。皇上痛哭流淚的事傳遍行宮。蕭草聽說後心如刀絞，始知至高無上、叱吒風雲的阿英也有性格脆弱的時候。她覺得阿英本不該到汾陽宮避暑，更不該出塞北巡，否則怎會困在雁門？然而事已至此，抱怨又有何用，而應想辦法擺脫困境。蕭草聽孔姑講過一段史事：大漢高祖劉邦，曾被匈奴冒頓單于四十萬大軍包圍在平城（今山西大同東）白登山上，饑寒交迫，陷入絕境。謀臣陳平設計賄賂單于閼氏珍寶，還送去一幅美女圖，閼氏出面干預促使單于撤圍，劉邦得以脫險。眼下，阿英的困境與劉邦當年的困境十分相似。她立刻想到楊嵐，嵐兒若能出面干預，始畢或許也會撤圍。好在珠瑪仍在雁門，珠瑪勇敢機智，不妨讓她速回磧口轉達她的想法。蕭草於是見了阿英，說了自己的想法，特別強調：讓珠瑪回磧口請嵐兒出面干預，無須賄賂珍寶，無須送什麼美女圖，靠的只是親人間的愛心與真情。楊廣一聽一想覺得可行，臉上有了喜色，忙召蘇威、宇文述、樊子蓋、裴矩商議。四人臉上也有了喜色，贊同皇后的設想，於是蕭草把設想告訴珠瑪，珠瑪欣然答應。這位女官一身義氣與俠氣，視蕭皇后和楊可敦為同一個人。她為了這個人是會赴湯蹈火的。

精心而周密的準備。九月乙未日子初時分，風高雲重，月黑星稀。宇文述、李景、來護兒三位大將軍和武賁郎將陳稜，率專門挑選的千名精銳騎兵，全副武裝聚集在雁門南城門內待命。過了子正，已是丙申日。楊廣、蕭草和女扮男裝的珠瑪到來，蕭草和珠瑪緊緊擁抱。珠瑪加入騎兵行列，騎上她那匹高頭大馬。騎兵皆上馬。楊廣輕輕揮手。宇文述命令：「出發！」城門開啟。隊伍魚貫而出，隨即風馳電掣消失在茫茫夜色中。雁門西南三十里有一座城邑叫麻池，已被突厥軍攻佔。由於是深夜，守衛與巡邏不甚嚴密。大隋騎兵隊伍，李景率四百八十騎開道，來護兒率五百騎殿後，宇文述和陳稜率二十騎護衛珠瑪，快捷如閃電般馳過麻池北側的官道。宇文述等一股氣馳出六十里，進入太原郡地界，那裡尚無突厥軍，於是就地休息警戒。隨後陳稜遵從皇上皇后的囑託，率二十騎護衛珠瑪從太原到榆林，直到她安全進入突厥境為止。寅正，三位大將軍率騎兵返回，改走麻池南側的官道，又是快捷如閃電般馳過，順利回到雁門。

楊廣對付不了突厥可汗的四十萬鐵騎，只能採納皇后的建議，把希望寄託在突厥可敦身上。這中間，珠瑪是個關鍵人物，她必須火速、安全地回到磧口見到可敦哪！蕭草心急火燎，每天都和姚潔扳著手指數日子。若無意外，珠瑪丙申日離開雁門，應在第四天即己亥日回到磧口。嵐兒知道事態險急，定會徹夜不眠地想干預之法。假如她能想出辦法，便會立即派遣信使趕赴雁門通知始畢的。信使最遲應在壬寅日到達雁門，始畢也應在這日做出是否撤圍的決定。那麼，嵐兒會想出何法讓始畢撤圍呢？蕭草和姚潔思啊想啊，怎麼也思不出想不出個頭緒。

且說珠瑪，確實在己亥日回到磧口，報告雁門險情及自己回歸的使命。楊嵐急得團團亂轉，連聲說：「這可怎麼好？這可怎麼好？」如何才能使可汗撤雁門之圍？珠瑪提出裝病，謊稱可敦生病或雪鶯生病，病得很重。楊嵐搖頭，說：「恐怕不行。裝病，可汗有可能回來探視，但不見得會撤回四十萬大軍。」珠瑪一想也是，急急地說：「那怎麼辦？」楊嵐冷靜下來沉思了一會兒，突然靈光一閃有辦法了，忙取一紙寫下四個大字，蓋上可敦大印。午夜過後，楊嵐召來兩名信使，命騎快馬立即馳往雁門，將一封密函送呈可汗親啟。

雁門形勢急速惡化。突厥軍圍城，原先只圍北門，改而圍東、西、南、北四門。雁門成了一隻大甕，城中人皆成甕中之鱉。雁門民眾捐獻糧食，加上樹葉煮成綠色的苦澀的「樹葉粥」。軍人若能吃上一碗，已屬奢侈的幸事。馬匹餓死，正好宰殺吃肉。行宮裡，糧食限量減為每人三兩。人人饑腸轆轆，全部瘦了一圈。蕭草、陳姛、蕭薔、崔翠盡量少吃再少吃，力保能讓楊杲、楊曜吃飽。楊廣吃不上御膳了。幸虧王義竭力打點保證了皇上的飲食，才使他沒嘗到饑餓的滋味。一天十二個時辰比一年十二個月還要漫長啊！好不容易挨到壬寅日，再挨到癸卯日。圍城的突厥軍沒有一絲一毫撤圍的跡象。蕭草絕望了，所有人都絕望了。分析原因，大約有三：一是珠瑪沒能回到磧口；二是珠瑪回到磧口，楊嵐想不出干預始畢的辦法；三是楊嵐想出干預的辦法，但不足以改變始畢的意志，故而圍城依舊。癸卯日之夜，行宮裡充滿死亡氣息和悲愴氣氛。蕭皇后、陳貴人、蕭嬪、崔嬪及一些女官，人人懷揣一把匕首或剪刀，突厥軍破城之時，她們會自盡殉節絕不受辱。

甲辰日姍姍到來。太陽升起，穿過雲彩，漸漸放射出光華。辰時，全城騷動，說突厥軍向四城門瘋狂射箭，開始攻城了。不一會兒，又說突厥軍沒有攻城，撤圍了。蕭草聽到這一消息喜極而泣。顯然是嵐兒出面干預起了作用。感謝嵐兒！也感謝珠瑪！嵐兒是怎樣干預讓始畢撤圍的？蕭草四年後才聽嵐兒說起：她的密函只寫了四字：北邊有急。「北邊」係指突厥北方邊陲，那裡比鄰一個新崛起的契丹國。「有急」係指契丹國又入侵了。始畢在壬寅日收到密函，權衡利害之後，癸卯日決定撤雁門之圍。因為當時的大隋對突厥不構成威脅，而契丹入侵對突厥的危害極大。

楊廣登上雁門關闕樓察看。突厥軍的兵馬及穹廬不見了，只有焚燒雜物冒起的股股黑煙。楊廣接到報告，東、西、南門外的突厥軍也撤走了；再接到報告，攻佔雁門郡三十九座城邑的突厥軍全部撤走，掠去了大量錢物及一些女人。全雁門、全行宮的人都知道了這個消息，想大聲歡笑與歡呼，可是很難做到。因為從八月癸酉日到九月甲辰日，突厥軍從圍城到撤圍共三十二天。這是天昏地黑、心懸膽吊的三十二天，驚恐猶存，哪有心情大聲歡笑與歡呼啊！雁門民眾傾其所有，供官們兵們吃了一頓飽飯，權當是歡慶劫後餘生的勝利。楊廣擔心始畢會反悔重來，次日便命移駕太原，住進晉陽宮。晉陽宮比起雁門行宮來，真是天堂啊！雁門郡得到皇上的特別恩惠：死罪以下的囚犯大赦回家，民眾免除一年徭役和兩年賦稅。齊王楊暕亦到太原看望父皇母后。楊廣問起崞縣之事。楊暕回答，說突厥軍也來攻城，是他率領軍民英勇抗擊擊退敵人的多次進攻，保住了崞縣城。楊暕告退。楊廣問皇后：「暕兒的話，你信嗎？」蕭草說：「臣妾素知暕兒驕恣輕浮、華而不實，說話總帶水分。這次，他……」楊廣派人調查，真相大白，獲知這個兒子的重要訊息：一、突厥軍高官曾到崞縣會見楊暕，雙方密談達成了某種默契；二、突厥軍遵守默契，從未進攻過崞縣城，楊暕說他率領軍民英勇抗擊純是假話；三、楊暕培養了新親信，發話說：突厥軍進攻雁門，雁門肯定陷落。本王的兵馬不必救援，而應迅速開赴洛陽。開赴洛陽做什麼？顯然是要取代越王，佔有洛陽。四、崞縣、太原乃至洛陽，近日同時流傳民謠，云：「召日落山，柬日燦燦。柬日正位，天下大安。」「召日落山」指楊昭已死，「柬日燦燦」指楊暕風華正茂，「正位」指登上皇帝大位。

民謠是否出自楊暕之手沒有確切證據，但可以推斷出楊暕跟民謠的出爐必有關係。楊廣把這些訊息告訴皇后。蕭草驚駭得說不出話來。楊廣說：「看來，燦燦柬日是要裡通突厥，佔領洛陽，急於當皇上啊！」蕭草難以想像，說：「暕兒怎會這樣？怎敢這樣？」楊廣大笑，說：「他也有男人的頂級夢想嘛！只是心氣太高太野，自不量力，白做黃粱夢罷了。」在楊廣內心深知楊暕的長相和稟性最像自己，楊暕如果得勢，一定也會像自己對待先帝那樣搶班奪權的。十月，楊廣回到洛陽立即宣布：齊王楊暕居家自省，食邑減至三百戶，府中人員限為十人，皆以老弱、備員而已。這意味著，剛過而立之年的楊暕已被打入另冊（古時的人口統計，良民記入正冊、非良民記入另冊），不可能再有什麼出頭之日了。

楊暕形同幽禁。蕭草心痛心酸。蕭草從晉王妃到太子妃到皇后，曾為兩個兒子感到驕傲和自豪。然而兩個兒子，長子英年早逝已九年多，次子又落得個這般結果。她感慨、歎息，自問自答：「唉！我這個娘是怎麼當的？不稱職，不合格，真是有愧呀！」

第二十四章

江都迷樓

楊廣回到洛陽驚魂未定，又要面對煩人的警報，身心俱疲。蕭草見到兒媳劉蓉、皇孫楊侗和楊倓，說起那飽受煎熬，度日如年的雁門險情，簡直是一場噩夢。南陽公主楊曄來看母后。蕭草見到女兒悲喜交集，感慨九死一生。楊曄問起二哥的事，蕭草直搖頭，說：「你二哥這次又通敵又謀逆，若是旁人必是死罪！但你父皇念在父子分上又饒他一命，還保留了齊王爵號，也算是仁至義盡了。」楊曄說：「父皇現在只有趙王楊杲一個皇子，若立太子，只能立楊杲了。」蕭草心想：是啊！阿英若立太子，不立楊杲，又能立誰呢？

警報，警報，紛紛揚揚、無休無止的警報。楊廣最不能忍受的是，不少地方官吏領取朝廷俸祿，統兵鎮壓盜賊，一經交戰非死即降，降者亦成盜賊倒戈抗擊官軍，豈有此理！樊子蓋掌管民部偏偏也湊熱鬧，報告朝廷——實是皇上——日用開支浩大，庫藏多年只出不進，儲存的錢物等快耗盡了。楊廣說：「那就快徵賦稅呀！」樊子蓋說：「現在處處都有盜賊，哪還徵得來賦稅？偶爾有郡縣徵了賦稅也運不到洛陽，半路上都被盜賊劫了去。」楊廣啞然。他是知道這一情況的。遠的不說，單說近的。洛陽東北二百里外，有個瓦崗寨（今河南滑縣境），盜賊翟讓糾集同夥數萬人，稱瓦崗軍，專幹攻掠官府、打家劫舍的勾當。聽說那個李密新近也上了瓦崗寨，瓦崗軍實力大增，活動地域已達汜水（今河南滎陽附近），距洛陽不過百里。楊廣用手輕拍腦門，怏怏自語道：「朕的大隋，朕的天下，怎麼變成這樣了？」

儘管天下大亂，但楊廣負其富強之資、思逞無厭之欲的初心不改，好大喜功、追求享樂的習性依舊。恰好江都通守王世充發來密書，報告奉旨擴建迷樓，迷樓更加迷人，選得江南美女千人，美女住在迷樓望眼欲穿，亟盼聖駕光臨哩！楊廣心喜，頓時來了精神，決定再次巡遊江都。誰知宇文述等奏稱皇上暫時去不了江都，因為楊玄感造反，將停泊在洛水上的龍舟、鳳艦等船隻悉數焚毀，皇上去江都得走陸路，而陸路盜賊多無法保證安全。楊廣氣惱大罵楊玄感，立命王弘等再往江南建造各類船隻，時限定為半年。蕭草聽說此事叫苦不迭，當下急務是對付盜賊，哪是什麼巡遊？

楊廣在風雪嚴寒、百無聊賴中迎來大業十二年（西元六一六年）。元旦朝會，他問群臣一個始終混亂的問題：「現在到底有多少盜賊？」宇文述歷來隱瞞實情，回答：「盜賊甚少，不足為慮。」裴蘊附和，回答：「大約七八十萬。」裴矩兼掌軍事，回答：「可能在百萬之上吧！」蘇威有意隱身到殿柱後面。楊廣偏偏點名要他回答。蘇威只好向前，說：「臣未主軍旅，不知盜賊多少，但慮盜賊漸近。」楊廣說：「何謂也？」蘇威再說：「前者盜賊據長白山，今者已在汜水，豈不是漸近麼？且往日服徭役的丁男今皆無著，豈不是都變作盜賊了麼？」楊廣無語，許久才說：「區區毛賊，尚不足慮。唯高麗王高元至今不見來朝，實屬可恨，當再征伐之！」蘇威再次說：「高麗在外，盜賊在內。臣以為外不足恨，內實可憂。陛下若執意再征高麗，其實朝廷無須發兵，但赦免各地盜賊便可得數百萬人，飭令征討，許其立功贖罪，高麗不難平服矣！」蘇威換一種說法，巧妙地說出盜賊多達「數百萬人」的真相。楊廣驚愕，群臣同樣驚愕。事後，宇文述、裴蘊進讒說：「蘇威大不遜，天下何處有許多盜賊？」楊廣只愛聽報喜不報憂的話，亦說：「此人多奸，虛張賊勢，意欲脅朕。」宇文述、裴蘊摸清了皇上的態度，私下唆使黨羽上書彈劾蘇威，其罪有通敵的、賣官的、受賄的、誹謗聖上的，依律當處斬。楊廣念其年近八旬不忍加誅，改為罷免官爵，除名為民。蘇威上書感謝聖恩，並請求將其子、通議大夫蘇夔也除名為民。楊廣恩准。這年五月，蘇威、蘇夔父子無官一身輕，告別醜惡官場，歡天喜地的回了老家。姚潔將蘇威除名為民的事報告皇后，蕭草又是叫苦，怎麼會是這樣？蘇威在朝廷為官大起大落多次，養成了世故圓滑的性格，但敢說真話實話。阿英容不得此人，心胸何其狹窄！樊子蓋也算是敢說真話實話的，然而統兵鎮壓盜賊光打敗仗，古稀之年病死。這樣，阿英身邊只剩下「四貴」——宇文述、裴矩、裴蘊、虞世基了。這四人只會說假話謊話來蒙蔽與欺騙皇上，長久下去怎麼得了？

楊廣百無聊賴閒得難受。這天晚上，他見兩名內侍陪同皇子楊杲捉螢火蟲玩耍，靈機一動，想入非非，竟命宮苑的宮監和宮女每人都捉百隻螢火蟲，十天內完成。此事交由宦者令許廷輔、西苑令馬守忠經辦。許、馬二人恰有辦法，規定無法完成任務者罰一月薪俸。一時間，宮監和宮女皆製作工具，用紗布縫一小網拴在竹竿上，高舉著去捉螢火蟲。趙王楊杲、越王楊侗、燕王楊倓也興高采烈地加入捉蟲的行列。宮監捉蟲不甚費力，宮女捉蟲可不容易。宮女也有辦法，就是去大街上花錢買蟲，一文錢十隻，花十文錢便可買百隻。一時間，洛陽少年爭先恐後地捉蟲賣錢。十天後，許廷輔、馬守忠報告皇上任務已完成，宮城和西苑的宮監、宮女約四千人，所捉螢火蟲總數約四十萬隻，共數百斛，貯存在特製的紗囊裡。楊廣大喜，選擇在五月壬午日之夜，遊覽西苑海上三神山，命將紗囊裡的螢火蟲一齊放飛。霎那間，天空水面，螢火流動，繁繁密密，光遍岩谷。洛陽民眾遠遠望見以為是奇異天象，還有人以為是失了火哩！楊杲、楊侗、楊倓在三神山現場看到那種景象，回宮後繪聲繪色地講述。蕭薔、崔翠、劉蓉聽得入神，而蕭草和陳嫻則陷入沉思，默不吭聲。二人同時想起那年，萬餘名馴鷹師聚集洛陽，放鷹獵捕獵物的場景，而今又放飛四十萬隻螢火蟲。皇上這樣變本加厲地逞無厭之欲，置他的大隋於何地？現在正是非常時期，到處都是盜賊，他就不怕荒淫昏庸而誤國亡國麼？當然蕭草、陳嫻也懂得忌諱，「荒淫昏庸」、「誤國亡國」之類詞語是只能想而不能說的。

六月，王弘督領在江南建造的龍舟、鳳艦等船隻回到洛陽，共二千五百艘。船工是王世充在江都徵召的，共四萬人。船隻數與船工數皆不如楊廣第二次巡遊，減少了一半。這情有可原。目前盜賊多如牛毛，皇上巡遊能夠成行就不錯了，哪還能講往日的排場與威風？楊廣迅速安排：一、皇孫越王楊侗留守洛陽，其母劉蓉陪同留在洛陽。光祿大夫段達、太府卿元文都、檢校民部尚書韋津、右武衛將軍皇甫無逸、右司郎盧楚等留守輔佐。邙山軍營駐軍增至十萬人，由越王調遣，守衛洛陽。二、蕭皇后、陳貴人、蕭嬪、崔嬪、楊杲、楊曜、楊倓，年輕的宮監、宮女等同赴江都。三、丞相、六部尚書皆缺，隨駕高官僅有「四貴」及一些侍郎、御史，外加四品及四品以上官員，連同他們的家屬。朝廷各官署在江都均設同樣的官署。四、原蜀王、庶人楊秀及其家人，原漢王楊諒長子華陽王、庶人楊楷及其家人，一直幽禁在大興城，著押解至江都繼續幽禁。另外，齊王楊暕，皇侄楊浩和楊湛也隨去江都。楊浩嗣封秦王，曾任河陽都尉；楊湛封濟北侯，曾任滎陽太守。楊玄感造反之際，這二人征討不力故被罷官。蕭草根據皇上的安排，隱約覺察到，阿英這次巡遊江都，怕是再也不會回洛陽了。姚潔也有同感，擬將一隻木箱攜帶著赴江都。木箱是孔姑臨終前交給她保管的，裡面裝了三件寶物：蕭草受冊封皇太子妃的冊書及皇太子妃之璽金印，蕭草受冊立皇后的冊書及皇后之璽金印，蕭草穿過的鳳袍戴過的鳳冠。蕭草耿懷往事，說：「這個木箱就留在昭陽宮吧！我的皇太子妃、皇后的名號其實得來不乾不淨，這冊書金印、鳳袍鳳冠好像還有血腥味，哪是什麼寶物？可把古畫《洛神賦圖》帶上，那才是真正的寶物。」姚潔照辦。姚潔覺得蕭草的《述志賦》也是寶物，遂將其原稿也帶上了。

楊廣鑾駕將行。崔嬪接到喪報：生母崔黃氏在大興城病故。崔翠孝敬母親，請求攜帶皇女藍田公主楊曜回大興城奔喪，待喪事結束再赴江都。楊廣沒有理由反對，派出一隊衛士護送崔嬪母女去大興城。七月甲子日，鑾駕起程。虞世基、王弘調度，眾人登船。午正，楊廣乘坐金根車，蕭草乘坐鳳輦來到天津橋頭。留守人員楊侗等提前到達為皇上皇后送行，蕭草先登鳳艦，楊廣將登龍舟。忽有三名小官跪地進諫，大意是說今百姓疲苦，庫藏空竭，盜賊四起，禁令不行，皇上應留在洛陽安撫兆庶，為何反要巡遊江都一走了之？三名小官乃建節尉任宗，奉信郎崔民象和王愛仁。楊廣盼望巡遊已半年有餘，哪能聽進諫言？勃然大怒，命將三人斬首示眾。這一斬首，送行的場面變得凝重起來。楊廣若無其事地走向龍舟，忽又有一人俯伏在地，口稱「奴才送別皇上」，聲音嗚咽。楊廣認識他是西苑令馬守忠，便說：「許廷輔和你都是宮中老人。廷輔已留在宮城侍奉越王。汝當留在西苑替朕看護好山水園林。」馬守忠說：「是！皇上建造西苑花費無數，始有五湖四海三神山十六院美景，奴才定當好生看護，盼著皇上早日回鑾。」說罷淚如雨下。楊廣聽了「回鑾」二字，心中微微一震，神情悵然，半晌才說：「朕這次只是巡遊，自會回鑾的。」隨即回視端門，遙望西苑，口占一詩，云：

> 我慕江都好，征遼亦偶然。
> 但存顏色在，離別只今年。

楊廣命王義將這首小詩寫在一頁紙上贈與馬守忠，留別所有宮人。蕭草通過王義獲知小詩的內容，反覆斟酌後覺得後兩句乃假設語，透著悲情。「但存顏色在」是指人活著、健在，如果人活著、健在，「離別只今年」；如果人死了不在了，那麼離別就是永遠的了。蕭草皺眉：這，這可是不祥的兆示啊！

楊廣剛剛殺了三個小官，又因馬守忠送別而心情抑鬱，登上龍舟便睡覺，也不知睡了多長時間，朦朦朧朧，似醒非醒，隱隱聽到遠處傳來歌聲，歌云：

我兄征遼東，餓死青山下。今我挽龍舟，又困隋堤道。方今天下饑，路糧無些少。前去三千程，此身安可保？暴骨枕荒沙，幽魂泣煙草。悲損門內妻，望斷吾家老。安得義男兒？焚此無主屍，引其孤魂回，負其白骨歸。

歌聲哀怨、淒惻而悲涼，如訴如泣。楊廣猛地驚醒坐起，問：「現在何時？」靠在床前踏板上小憩的王義，趕忙起身答：「亥初，龍舟駛離洛陽已數十里。」楊廣問：「你可聽到有人唱歌？」王義莫名其妙，答：「沒有呀！深更半夜誰還唱歌？」楊廣吩咐：「龍舟停泊，命人緝捕歌者。」王義立即傳命。龍舟一停，整個船隊皆停。岸上士兵奉命緝捕歌者，鬧鬧嚷嚷地直到天明，回報說夜間根本沒人唱歌，所以無從緝捕。楊廣疑惑，自己明明聽到歌聲而且記得歌詞，怎麼會是沒人唱歌呢？難道是自己的錯覺與幻覺？真假實虛無法說清只好作罷，龍舟繼續前行。蕭草登上龍舟向皇上請安，楊廣說起夜間之事，還重複了歌詞。蕭草陪著小心說自己也沒聽到有人唱歌，皇上肯定是做夢了。其實她是相信確有那樣一名歌者的，通過歌聲傾訴痛苦、不幸與怨恨：哥哥服兵役已死在遼東，自己又服徭役充當縴夫肯定也會死的，撇下家中老人和妻子，拋屍荒野成為幽魂與孤魂。

楊廣召「四貴」議事，大將軍李景、來護兒和武賁郎將陳稜參加議事。李景仍統前軍。宇文述近來身體有恙。楊廣改用來護兒統中軍，並大膽任用陳稜為右御衛將軍，統後軍。前、中、後三軍共二十萬兵馬，十萬內軍，十萬外軍。這是大隋的正規軍，是楊廣維護皇權、坐穩皇位的核心力量，全部隨駕護駕開赴江都。由於天下大亂，楊廣最看重自身的安全，故又決定加強警衛力量，將左、右屯衛羽林軍從外軍改作內軍，規定左、右屯衛將軍兼任左、右備身衛將軍和左、右監門衛將軍。一直統領外軍的右屯衛將軍獨孤盛突然統領內軍，尤其是還要統領左、右備身衛驍果（衛士）和左、右監門衛驍果，一時很不適應。楊廣上次巡遊的情況是「舳艫相接，二百餘里，照耀川陸」，這次巡遊相形見絀，舳艫相接最多不過五六十里。這是因為船隊規模小了，船工人數少了，更是因為盜賊太多，船隻必須相對集中緩行才利於三軍護衛。裴矩提出一種「遞進式前行法」：前軍在運河兩岸開道，開道限五十里一停，確定附近不會有盜賊來襲，以龍舟、鳳艦為首的船隊方可前行，前行五十里後再是下一個五十里。這樣速度是慢了些，但絕對保險與安全。前兩次巡遊，運河兩岸五百里內郡縣負責貢獻飲食。這次不行了，五百里內郡縣都有盜賊，怎麼貢獻飲食？好在運河兩岸每隔百里建有一座行宮，行宮臨時改作膳房，由所在地官府徵召廚師烹飪飯菜，供應船上人員及船工食用。至於三軍只能採用征戰時模式，飲食問題自行解決。船隊、兵隊、馬隊途經汜水一帶，從皇帝皇后到宮監宮女到船工都提心吊膽，生怕遭到瓦崗軍的劫掠。謝天謝地，這種情況沒有發生。前兩次巡遊，蕭草乘坐的鳳艦最為熱鬧。這次巡遊冷清了，一是因為沒有幾位一品誥命夫人前來拜訪；二是因為少了四個重量級女人：樂平長公主楊麗華、清河長公主楊美華前年病故。廣平長公主楊豔華臥病在床。崔嬪攜領皇女楊曜回大興城奔喪。南陽公主楊曄沒有搬到鳳艦上住，而是和丈夫宇文士及、兒子宇文禪師同住在一艘浮景船上。陳貴人、蕭嬪每天拜見皇后，這三個女人想熱鬧也熱鬧不起來。倒是有四個少年，忽兒在龍舟上，忽兒在鳳艦上跑來跑去、說笑喊叫，顯得生氣勃勃。他們是：皇子趙王楊杲，皇孫燕王楊倓，楊廣和蕭草的外孫宇文禪師、外甥宇文晶（楊豔華幼子）。四人長相清秀，好玩好動，深得楊廣喜愛。皇上鑾駕沿著通濟渠，經大梁，過淮河，抵清江，進入邗溝河段。上次巡遊，邗溝御道上有五百名美貌殿腳女，人手一羊拉縴，成為一道亮麗風景。這次因兵荒馬亂，那道風景不見了。八月下旬，鑾駕到達江都，王世充盛情迎接。皇帝、皇后、妃嬪、皇子等住進江都宮，官員住進官署，軍隊住進軍營。人人都鬆了口氣，感歎：這一路走來真是不易啊！

王世充設宴為皇上及百官接風，楊廣想著迷樓急不可待。王世充看出皇上的心思，命副官陪同百官飲宴，自己則陪著皇上逕往迷樓，王義隨往伺候。此迷樓是在原迷樓基礎上擴建的，樓高由兩層增至四層。遠看，只見樓閣參差、軒窗掩映、朱欄繡帷、燈光璀璨，隱隱傳來琴聲與歌聲。進樓，一層中央是一座正殿，名迷迷殿，是皇上會見高官之處，畫棟雕梁、鑲金飾玉，甚是靡麗。東、西端各有一閣，東名迷神閣，俗稱東閣；西名迷仙閣，俗稱西閣。閣裡各有精巧的天井與花園，畫廊拱門通向深深小院，另有洞天。樓上二層，幽房密室錯雜相間，折折迴迴，前遮後襯，步步引入勝境。最精彩的是樓上三層和四層，朱廊玉欄互相連屬，重門複戶巧合迴環。明明是在前軒，幾個轉彎竟在後院；明明是在外廂，約略環繞已在內房。這邊是金虯繞棟，那邊是銅獸衛門；左一穿是鎖窗銜月，右一拐是珠牖迎風。前面，看似水窮山盡，不知怎麼一曲一拐竟露出一條窄道，從窄道走過去豁然開朗又有好多瑤階瓊室，彷彿是神仙洞府。楊廣有點目眩神迷。王世充輕輕拍手，所有瓊室彩門打開也不知湧出多少美女，個個都是水靈靈的，如花團錦簇、彩霞麗天，全身散發著芳香，嬌嬌羞羞甜甜蜜蜜地叫著：「皇上！皇上！」楊廣眼花撩亂，不知所措。早有兩個絕色美女笑意盈盈地一左一右將皇上擁進瓊室，瓊室裡的設施可比后妃寢宮，牆上鑲著的烏銅鏡分外醒目。王世充叮囑美女好生侍奉皇上，及時告退。

迷樓迷人。大隋皇帝楊廣再次沉迷其中，忘記了蕭皇后、陳貴人和蕭嬪，又夜不歸宿。這早在意料之中，蕭皇后、陳貴人和蕭嬪見怪不怪，懶得去想去管去問。至高無上的皇帝尋歡作樂，那是特權，誰敢管誰敢問？誰又管得了問得了？王世充私下告訴皇上，說：「臣從江南選了千名美女，全是妙齡處女，分五組，每晚一組，二百人住進迷樓侍奉皇上。皇上每夜臨幸兩位美女，將千名美女臨幸一輪大約得花一年半時間。一年半以後，臣為皇上再選千名美女。」楊廣樂得心花怒放，卻又惺惺作態地說：「朕已年近半百，精力有限呀。」王世充說：「皇上是天子，天子自有龍馬精神，每夜臨幸兩位美女，那是小菜一碟。」楊廣大笑，說：「王愛卿真會說話。」他接著提前向王愛卿通報一事：皇子、趙王楊杲將被任命為江都太守，但楊杲才十歲，哪能當太守？所以任命只是形式，做個樣子，愛卿你——江都通守、江都宮監才是真正的太守，享受京兆尹的待遇。楊廣還有意透露，目前三省六部皆無首長，愛卿你將是三省首長最合適的人選。王世充見皇上這樣寵信自己也樂得心花怒放，恨不得再為皇上建造兩座迷樓。

迷樓迷人。楊廣沉迷其中，只恨時間短促不夠支配。夜間他得臨幸兩位美女，早晨起不來，因而取消朝會。上午主要是睡覺，養精蓄銳。用罷午膳得欣賞音樂歌舞。迷樓的二、三、四層各有一處大房，分別名醉我榭、酣香軒、銷魂堂。每天都有二百名美女，打扮得像花蝴蝶似的，在這三處演奏靡靡音樂，表演靡靡歌舞。楊廣喜愛這種靡靡風格的音樂歌舞，邊飲酒邊欣賞，樂此不疲。楊廣迷醉在迷樓，根本不見家人，只見裴矩、裴蘊、虞世基三個幸臣，問問盜賊情況。三個幸臣總是回答：形勢大好。楊廣深信不疑，樂不可支。蕭草到江都後只見過阿英一次，發現他縱欲過度，面色灰暗，精、氣、神大不如前，很是擔心但又不敢直言，只能說：「皇上當保重龍體。」蕭草也多日沒見到女兒楊曄了，一問，方知是大將軍宇文述病重，曄兒正在大將軍府照料公爹。

宇文述是楊廣的鐵桿親信，為楊廣當太子當皇帝立下汗馬功勞。楊廣坐穩皇位後，猜忌舊日功臣，唯獨不猜忌宇文述，而是極度寵信，前後賞賜無數。宇文述在大興城、洛陽、江都都有豪華府第，府中金寶累積，妻妾成群，傭僕多達千餘人。他的嫡妻早已亡故，五十多歲時納了個小妾，小妾還為他生了個女兒，取名宇文巧蘭。宇文述一到江都，病情就加重。他的家屬多在大興城，所以只能由宇文士及和楊曄擔負起問醫用藥的責任。楊曄貴為公主，但公爹的飲食與湯藥必親手奉上，孝婦品格廣受好評。宇文士及徵得父親同意，派人通知遠在大興城的大哥化及、二哥智及速赴江都，否則父子恐怕就見不上最後一面了。十月，宇文述病危。楊廣特地親臨其府第探視慰問。他問宇文述：「卿必有不諱，欲何所言？」宇文述氣息奄奄地說：「臣之長子化及，早預藩邸，獲罪居家多年，望陛下哀憐之。」楊廣泫然說：「吾不忘也。」己丑日，宇文述病薨。楊廣痛惜，命贈司徒、尚書令、十郡太守，賜班劍四十人、轀京車、前後部鼓吹，謚曰恭，由鴻臚寺主持治喪。兩天後，宇文化及、宇文智及趕到江都。宇文氏三兄弟，加上化及之子宇文承基、宇文承趾，士及之子宇文禪師披麻戴孝，將逝者安葬在江都城外一座小山旁。

楊廣在迷樓迷迷殿會見宇文化及、宇文智及。宇文化及獲罪被罷官，罰作其父之奴，閒居在家已經十年，再次見到皇上異常激動，竟然熱淚盈眶。楊廣一開金口，就任命宇文化及為右屯衛將軍，名列原右屯衛將車獨孤盛之前，實際上就是左屯衛將軍——左、右屯衛羽林軍第一首長，同時兼任左、右備身衛將軍和左、右監門衛將軍，嗣封許國公，官秩二品。宇文化及簡直不敢相信，待回過神來趕忙匍匐叩頭，說：「臣為皇上效命，願肝腦塗地！」楊廣笑著說：「朕不要汝效命，只要汝效力。汝父一生忠心耿耿地效力於朕，算是肝腦塗地了。汝當子承父業好好當差，朕不會虧待汝的。」宇文智及無從政從軍經歷。楊廣任用他為工部下屬的中級官員將作少監，官秩四品。

宇文化及十年前的官職是太僕少卿，而今出任右屯衛將軍，可謂一步登天，萬眾矚目。他往日的酒肉朋友司馬德戡、裴虔通、元禮等歡呼雀躍，登門祝賀。這幾人混了這麼多年，數司馬德戡混得最好，也不過是個武賁郎將。宇文化及時年四十四五歲，生性凶險，長相倒很俊朗，身材偉岸、濃眉大眼、不善言談，好像還有點靦腆。一個好漢三個幫。宇文化及重新出山，且身居高位、手握重權，需要很多幫手，因而他將往日的酒肉朋友，凡親近者全部吸收進左、右屯衛，左、右備身衛和左、右監門衛中擔任要職，統領驍果。楊廣以為鐵桿親信的兒子也必然是鐵桿親信，這才破格擢用宇文化及。殊不知他擢用的卻是一匹惡狼。很快地這匹惡狼及其同夥就會發難，將他送上黃泉路，送去鬼門關。

第二十五章 烈火燎原

宇文化及出任右屯衛將軍，身穿軍服，頭戴兜鍪，腰懸佩劍，由數名親兵護衛著察看江都宮門戶，指示要加強警衛以確保宮城安全。江都宮也是半為朝區，半為寢區。蕭皇后住寢區主殿懿德殿，陳貴人、蕭嬪分別住左、右側的弘德殿與廣德殿。宇文化及出於警衛需要禮節性地拜訪蕭皇后，宇文智及隨同拜訪。蕭草對宇文化及的印象還算不錯，對宇文智及的印象則很差。宇文智及身材中等，又黑又瘦，圓腦袋小眼睛，看人時好像總是瞇著眼睛窺視，眼神游移，顯得詭譎陰森。

大業十三年（西元六一七年）元旦，楊廣難得出了迷樓，在朝區主殿鴻業殿舉行朝會，接受百宮朝拜，慶賀新年。他詢問盜賊情況。裴蘊、虞世基仍奏稱盜賊充其量只有百萬，皆為烏合之眾，不堪一擊。裴矩兼掌軍事，不敢再隱瞞實情，奏稱盜賊有數百萬之多，而且府兵制已不起作用，缺兵少將，軍需供應也存在斷絕的危險。楊廣聽著聽著，臉色陰沉下來，說：「汝，怎麼也學蘇威虛張賊勢，意欲脅朕？既然如此，汝就別兼掌軍事了，仍去管大隋和西域各國通好通商之事吧！」裴矩樂得告病休養，獲得恩准。楊廣再對百官說：「朕之大隋地大物博，還對付不了區區毛賊？朝廷和地方官府全力鎮壓就是。兵馬不足，強行徵派！錢糧不足，增加賦稅！」他說到這裡，打了個大大的哈欠，宣布退朝，急急回迷樓睡覺。因為午睡後，還要欣賞音樂歌舞哩！

楊曄一家三口到懿德殿看望母后。宇文士及說起當天朝會的情景。蕭草覺得不可思議。裴矩說了幾句真話實話，就被踢出「貴」的行列，現在皇上寵信的高官，就只剩下裴蘊、虞世基「二貴」了。從「五貴」到「四貴」到「三貴」到「二貴」，皇上真正快成孤家寡人了！蕭草知道眼前天下大亂，外國無一使者入朝大隋，女婿官任鴻臚少卿整日閒著，特別關注起政事來。她問女婿說：「士及！你告訴我，當下到底有多少盜賊？」宇文士及說：「據我所知，東西南北中各郡各縣幾乎都有盜賊。不算萬人以下的小股盜賊，光跨郡連縣的大股盜賊就有百餘支，總人數約四五百萬。」蕭草和楊曄同聲說：「這麼多？」宇文士及說：「可不是！五年前，王薄起義是星星之火，如今已是烈火燎原。盜賊為對抗朝廷鎮壓，懂得抱團取暖的道理，逐漸由分散走向聯合，形成了三支力量可觀的義軍。」蕭草問：「哪三支？」宇文士及說：「一是竇建德領導的河北義軍，控制著黃河下游以北地區。二是翟讓、李密領導的瓦崗義軍。這支義軍的創始人是翟讓，足智多謀的李密加入後，隊伍迅速發展壯大，年前攻佔滎陽，從而控制了滎陽及其以東以南地區。」蕭草驚呼說：「哎呀！滎陽可是洛陽的東方門戶啊！」宇文士及說：「是的。我估計瓦崗軍很快將對洛陽發起進攻。」蕭草立刻想到皇孫楊侗留守洛陽，守得住嗎？宇文士及繼續說：「三是杜伏威、輔公祏領導的江淮義軍。杜、輔原在齊郡起義，隨後南下匯聚了眾多義軍，年前攻佔高郵（今江蘇高郵）、曆陽（今安徽和縣）等地，控制了長江、淮河間的大片區域。」楊曄說：「高郵在江都東面，離江都也就是一百多里吧？」宇文士及說：「是的，只有一百多里。另外，大隋國內烽火遍地，北鄰突厥則趁火打劫，那個始畢可汗出動鐵騎幾乎攻佔了大隋塞外的所有郡縣，燒殺搶掠，可惡可恨！」蕭草不由想起突厥可敦楊嵐，她的祖國大隋正遭磨難，她一定很痛苦很揪心又很無奈吧？蕭草還跟女兒女婿說起宇文化及、宇文智及拜訪懿德殿的事。宇文士及說：「那年在大興城，我說皇上寵信我爹，也就會偏愛我大哥二哥，過不了多久定會重新起用的。這不？應驗了不是？要叫我說，我大哥二哥都不是省油的燈，相比之下二哥更壞，歪門邪道，唯恐天下不亂。」蕭草憑自己對宇文化及、宇文智及的印象，心想：看來，士及是熟知兩個哥哥的稟性的，那個智及確實招人厭惡。

蕭草也關注起政事來。這年正月，竇建德和杜伏威、輔公祏均建立了農民政權。二月至四月，朔方（今內蒙古杭錦旗北）梁師都造反，自稱大丞相。馬邑（今山西馬邑）劉武周造反，自稱定楊可汗。金城（今甘肅蘭州）薛舉造反，自稱西秦霸王。武威李軌造反，自稱涼王。梁、劉、薛、李造反皆得到突厥的大力支持，自尊後皆臣服於始畢可汗。蕭草格外關注楊侗留守的洛陽。那個李密果然厲害，說服了翟讓，發兵進攻洛陽東面的洛口倉，那裡儲存糧食二百萬石，對於洛陽留守至關重要。李密很快就將洛口倉攻陷，一半的糧食運往瓦崗寨，一半任由窮苦農民自取。農民得到糧食歡喜若狂，踴躍報名參軍，瓦崗軍驟然又增加二十萬人。翟讓佩服李密智勇雙全而主動讓賢。李密遂建立政權魏，自稱魏公、大元帥，且以洛口為中心構築城垣，周回四十里，為瓦崗軍創建了又一個根據地。李密再派兵潛進洛陽，攻陷洛東倉，焚燒豐都市，還在天津橋縱兵大掠，整個洛陽人心惶怖。洛陽留守人員驚恐萬狀，段達等用楊侗名義指派太常丞元善達赴江都求救。元善達突破瓦崗軍的重重封鎖，好不容易到達江都，好不容易見到皇上，哭訴李密擁兵百萬圍攻東都，陛下若不速還，東都難保，越王也將難保。楊廣聽著聽著，臉色大變。虞世基又進讒言，說：「越王年少，此輩誑之。若如所言，他元善達何能到此？」楊廣一想也是，轉而勃然怒斥，道：「善達小人，竟敢欺朕！朕不殺汝，汝且回去，告訴越王等自救就是。」元善達告急求救不成，在返回途中被瓦崗軍殺死。蕭草聽說這些情形心如針刺，痛苦自語，道：「皇孫侗兒！可憐的侗兒呀！」

瓦崗軍軍威大振。四月，李密發布檄文，義正詞嚴聲討楊廣：「魏公大元帥李密，謹以大義布告天下：隋帝楊廣以詐謀入承大統，罪惡滔天，不可勝數。弒父自立，罪之一也；迫姦父妃，罪之二也；偽詔殺兄，罪之三也……」檄文連數楊廣十款大罪，進而寫道：「如此十罪，可謂罄南山之竹，書罪無窮，決東海之波，流惡難盡，何以君臨天下？密今不敢自專，願擇有德者以為天下主，故望共興仁義之師，共討獨夫民賊，拯救生靈於水火之中。檄文到日，速為奉行！」各地義軍紛紛響應，烈火燎原之勢更猛更烈。瓦崗軍在江都也有奸細，一夜間，街巷民眾及江都宮、官署、軍營裡的人都看到或聽說檄文。楊廣在迷樓已見檄文。他最介意的是「罪之一」與「罪之二」兩罪，顯然是化用了楊玄感檄文中「弒父」、「淫母」說，其中「淫母」限定為「迫姦父妃」更具體化了。他想，楊玄感造反，李密曾任軍師，楊玄感肯定把當年仁壽宮變的諸多秘密洩露給李密，故而李密在檄文中揭露自己的惡事與醜事也不足為怪。李密檄文中同樣沒提先帝遺體與梓宮事，這就好啊！他還想，自己稱造反者為盜賊，李密稱自己為獨夫民賊，「盜賊」對「民賊」。哈哈！豈不是扯平了！蕭草也見到了檄文，懶得過問也沒讓姚潔收繳與銷毀流傳到宮中的檄文。先有楊玄感檄文，又有李密檄文，皇上的醜惡名聲天下皆知，收繳與銷毀幾紙檄文又有何意義？

楊曄、宇文士及入宮看望母后，要說的自然也是李密檄文。蕭草直接了當詢問，說：「士及！你說李密檄文發布後，天下局勢將會怎樣？」宇文士及說：「將會有更多的義軍攻城掠地，稱皇稱帝稱王。」蕭草再問：「然後呢？」宇文士及略略考慮，說：「然後是大隋分崩離析，走向滅亡。」楊曄反應激烈，說：「你胡說什麼？大隋怎能滅亡？」宇文士及說：「且看歷史：大秦國是怎樣滅亡的？滅亡於陳勝、吳廣起義。王莽新國是怎樣滅亡的？滅亡於綠林、赤眉軍起義。而今的農民起義，加上地方官吏起義，規模之大、人數之多都是空前的。這些起義既是熊熊烈火，更是汪洋洪水，威力無窮，大隋焉能不亡？問題還在於，皇上至今仍執迷不悟，沉迷在迷樓，仍視國事如兒戲，視民命如草菅。這，這只能加速大隋滅亡的進程。」

宇文士及所說直白透徹，一針見血。大隋滅亡牽涉到皇上的生死，果真到了那一天，皇上將會怎樣？蕭草不敢問，楊曄也不敢問。那一天尚未到來，一切皆尚未可知啊！這個話題過於沉重。楊曄換了個話題，告訴母后她日前去看了二哥楊暕。蕭草忙問：「暕兒怎樣？」楊曄說：「又能怎樣？自到江都後，他和楊浩、楊湛同住一個庭院，不像幽禁卻等同幽禁。他原先的女人都棄他而去，將兩個七八歲的男孩丟給他，一叫楊飛，一叫楊翔。幾名老弱傭僕伺候二哥父子，一名宋姓傭僕的女兒叫宋小月，不嫌二哥落魄成了他的女人。二哥現在是既消沉萎靡，又心猶不甘，仍說他是齊王，會東山再起當皇帝，安定天下的。瞧他那樣子，有點神經質，你想同情他可憐他也同情可憐不起來，真是！」蕭草滿心痛苦，沉默良久，說：「我這輩子最不明白的一件事，就是為何會生出暕兒這麼個兒子！」她停了停，又說：「那兩個名叫楊飛、楊翔的男孩，如果真是暕兒的兒子，那麼也算是皇孫，若有可能我倒想見上一見。」說罷，重重歎了口氣：「唉！」

江都的人、洛陽的人、全大隋的人都在談論李密檄文。冷不防地五月突然又冒出個炸雷式的消息：太原留守李淵高舉義旗造反了！所有人都驚呆了，驚呆的第一人當數楊廣。蕭草聽說過李淵這個人，聽宇文士及介紹方知老李家和老楊家還是親戚哩！

李淵字叔德，隴西成紀（今甘肅秦安）人。出身於貴族世家。祖父李虎，西魏時官至太尉，封唐國公。父親李昞，北周時任安州總管，嗣封唐國公。李昞嫡妻即李淵生母獨孤氏，恰是隋文帝楊堅皇后獨孤伽羅的堂姐。因此，李昞與楊堅是連襟關係，李淵與楊廣則是姨表兄弟關係。楊堅時代，李淵歷任刺史、殿內少監、衛尉少卿等職，嗣封唐國公。楊廣時代，李淵任弘化留守，節制關隴諸軍。楊廣猜忌功臣也猜忌李淵，李淵多次進獻駿馬、鷹狗等物以表忠心，因而平安無恙，還獲得寵信，曾任山西河東慰撫大使。這年年初，太原周邊郡縣也有盜賊造反，揚言要攻取太原。太原在楊廣心目中是他基業的發祥地，其地位與大興城、洛陽、江都同等重要，不容有失，所以千挑萬選地挑中李淵出任太原留守。李淵是他的表兄，自家親戚任此要職最為保險。孰料正是這個表兄突然也舉旗造反了。楊廣不怕民眾造反，單怕高官造反，而李淵身為封疆大吏，造反的危害極大。他氣急敗壞地命虞世基發出一道又一道詔令，命山西河東郡縣鎮壓，務要將李淵反賊殲滅。然而天下早已大亂，驛站系統遭到破壞只有為數不多的驛使傳送文書，很難將詔令傳送到地方官府，即便傳送到了，地方官府自顧不暇，又怎會理會那些看似嚴厲，實是不切實際不著邊際的詔令呢？

李淵是年五十二歲，擁有兵馬三萬多人。李淵造反也要靠突厥支持，故派心腹赴突厥會見始畢可汗。雙方約定：突厥支援李淵五百名騎兵，贈予兩千匹戰馬，將來所得土地歸李淵，所得金帛歸突厥。李淵為人精明，三個兒子建成、世民、元吉年輕英武，更非等閒之輩。李家父子先在太原周邊征服其他義軍，擴展實力，鞏固後防，然後由李元吉留守太原，李建成、李世民分統左、右軍，一在河東，一在河西，揮師南下，齊頭並進攻取關中及大興城。蕭草聞訊相當緊張，鎮守大興城的嫡皇孫楊侑年僅十二歲，輔佐楊侑的京兆內史衛玄已七十五歲，小的小，老的老，灞上駐軍只有五萬，焉能抗衡李家父子？還有，太子妃韋婕，崔嬪崔翠及藍田公主楊曜都在大興城哪！

這期間，魏公李密麾兵進攻洛陽。邙山軍營的十萬官軍，由段達等調度抗擊李密，一次戰鬥竟將瓦崗軍擊敗。李密中了流矢受傷，匆匆退回洛口城。江都方面，楊廣幾乎每天都接到兩三份以越王名義發送的奏書，內容歸結為四字：告急求援。裴矩告病，朝廷無人職掌軍事，楊廣無奈只得重新起用。裴矩說：太原已歸李淵，大興城很難保全；洛陽如果丟失，後果不堪設想，因此洛陽必須救援。楊廣也覺得洛陽非救援不可，可是由誰統兵救援呢？大將軍李景、來護兒年老臥病，武賁郎將陳稜得守衛江都，思來想去想到了王世充。王世充鎮壓過盜賊，統兵訣竅是鼓勵士兵搶掠，搶掠的錢物歸己。楊廣認為他有將帥才略，於是任用為帥，統領八萬外軍救援洛陽，承諾只要消滅李密，保住洛陽，王愛卿凱旋之日即為丞相。王世充垂涎丞相職位，欣然受命，掛帥出征。

王世充率八萬官軍氣勢洶洶，知會了越王楊侗進攻洛口城，志在必得。李密又接納數十支投奔的義軍，軍隊人數猛增，號稱百萬。瓦崗軍抗擊官軍相持百餘日，互有勝負。李密忙中抽閒，還分兵攻陷黎陽倉獲得了百餘萬石軍糧。相比之下，官軍沒有地方官府支援，軍需供應成了問題，向江都催索軍糧軍餉，朝廷回覆要自行解決。王世充這才意識到這個帥掛得憋屈，於是縱兵搶掠百姓，搶掠不了多少糧餉，反而激起百姓的切齒痛恨。這年十一月，瓦崗軍發生內訌，李密殺死翟讓及其弟翟寬等人。王世充覺得這是個好時機，於是麾軍夜襲洛口城，誰知李密早有防備，重創官軍。官軍移營洛水北岸又遭李密攻擊，自相陷溺，死者數萬；官軍奔赴河陽（今河南河陽），其夜雨雪尺餘，凍死餓死者又數萬，活著的大多逃亡，最後只剩千餘人。王世充無臉也不敢再回江都，致書越王楊侗請罪。段達考慮王世充是皇上的寵臣，遂以越王名義赦之，給了個左武衛大將軍的頭銜，召還洛陽含嘉倉安置。楊廣收到越王的奏書驚愕萬分，又痛惜萬分。他痛惜的不是王世充，而是八萬大軍。那是他維護皇權、坐穩皇位的核心力量的一部分，怎麼數月間就灰飛煙滅了呢？

楊廣正痛惜著，忽又收到多份奏書，內容甚過炸雷千倍，驚天動地：十一月丙辰日，李淵兵馬攻克大興城；癸亥日，李淵立代王楊侑為皇帝，遙尊楊廣為太上皇，大赦天下，改元義寧。也就是一兩個時辰，全江都的人都知道了大興城發生的事情，無不驚得目瞪口呆。怎麼？大隋皇帝換人了？江都的皇上成太上皇了？楊廣不能接受這一事實，在迷樓迷迷殿暴跳如雷，吼叫著說：「李淵奸惡，大奸大惡！朕，朕是大隋皇帝，永遠都是，絕不是什麼太，太上皇！」裴蘊、虞世基在場，讒笑著說：「是！是！臣等只奉陛下為大隋皇帝！」

懿德殿裡，蕭皇后、陳貴人、蕭嬪相對無語。蕭草、陳娴早料到這一天會到來，面色平靜。蕭薔眼中有淚光，她的兒子楊杲尚未成為太子，皇上怎麼就成太上皇了？楊杲是皇子，楊侑是皇孫，楊侑怎麼先於楊杲當上皇帝了？楊曄和宇文士及為大興城的事而來。蕭草開門見山地問女婿：「士及！你說今後的形勢會怎樣發展？」宇文士及落座，略一思索，說：「李淵立楊侑為皇帝只是權宜之舉。不久，李淵就會威逼楊侑禪位，自稱皇帝。李淵已封唐王，稱帝後可能會改國號為唐。」蕭薔驚呼說：「你是說大隋會滅亡？」宇文士及點頭，說：「是的！」楊曄大聲說：「不！江都有父皇在，洛陽有楊侗在，大隋不會滅亡，不會！」蕭草和陳娴心底透亮：看楊廣這些年的德性與作為，大隋怎能不亡？至於楊侗，面對李密的瓦崗軍，洛陽早晚必失，他又怎能保住大隋不亡？

大興城的消息傳到洛陽。越王楊侗還不諳世事，於是問母親劉蓉。劉蓉也說不出個所以然來，轉而問段達。段達所說的他大多聽不懂，既然聽不懂就不問了，乾脆找幾名內侍學騎馬去。大興城的消息傳到洛口城。魏公李密暗暗懊悔，謀士柴孝和曾建議步劉邦後塵，西取關中，創千年基業。他當時因急功近利沒有採納，沒想到倒讓李淵佔了先機，攻克大興城，立了個小皇帝，尊了個太上皇。這一招實在是高！看來論目光與韜略，還是遜上李淵一籌啊！

楊廣清點他的核心力量與基本盤，從洛陽帶到江都的二十萬正規軍，十萬外軍所剩無幾，十萬內軍還算齊整。這十萬內軍皆是驍果。要守衛江都城、警衛江都宮、保護皇帝及皇家成員，等同命根子，萬萬不可再有什麼損失。偏偏驍果將士或是關中人，或是家屬在關中，李淵攻克大興城給了他們強烈的刺激。他們想念家鄉，想念父母、妻兒，未婚的還想回老家去娶妻生子。可是他們看皇上根本就沒有西返關中以及北返洛陽的意思。聽說皇上已派人赴丹陽，擬建一座丹陽宮，然後就偏安江南當皇帝。聽說皇上還打算乘坐龍舟，經由江南運河巡遊餘杭哩！家鄉情結促使關中籍將士結成一個關中幫，他們客居異鄉太久，只想及早西返關中，回故土去，回老家去。關中幫的頭目有兩人：一是武賁郎將司馬德戡，扶風（今陝西扶風）人；一是直閣將軍裴虔通，家屬在大興城。成員除驍果外，還有武賁郎將元禮、武勇郎將趙行樞、鷹揚郎將孟秉等。宇文化及、宇文智及及其亡父的家屬均在大興城，宇文家的家產加起來足有數十萬金，所以宇文化及、宇文智及也成了關中幫成員。宇文化及位高權重，還被推選為首領，稱大帥。關中幫起初還是擁護皇上的，擁護皇上率領兄弟們打回關中去殺死或驅逐李淵，關中仍是他們的家園。宇文智及進入關中幫，很快成為骨幹成員。此人貪財好利，唯恐天下不亂，串連遊說，鼓吹犯上與暴力，從而使關中幫的性質發生變化，變成一個謀逆集團。這個集團就在皇帝身邊，經常聚在一起密議謀逆之事。而楊廣自以為仍是大隋皇帝，沉迷在迷樓，沉迷於酒色，醉生夢死，渾然不覺。就連服役的宮女都覺察到了。一名宮女報告蕭皇后說：「外間傳言，很多人意欲謀反。」蕭草說：「汝可奏告皇上。」宮女果真去奏告皇上。楊廣一聽大怒，斥道：「汝是何等人，乃來妄言？」立命將宮女斬首。蕭草為此深感痛心，是她多了一句嘴致使一名宮女白白喪生。此後，又有人報告說：「驍果們交頭接耳，密議的都是謀反之事。」蕭草說：「天下事已成這樣，不可救了。汝等也不必奏告皇上，免得枉送性命。」這時的蕭草異常冷靜，像一個冷靜的看客靜觀時局發展。她比所有人都清楚：皇上阿英種下的是罪孽，收穫的只能是罪孽，亡國喪身勢在必然，不可救了。

第二十六章 丙辰兵變

這年臘月，江都特別寒冷。西北風凜冽，連下兩場大雪，河渠和湖泊水面都結了厚厚的冰。天氣放晴，房上積雪融化，在房簷下懸掛叢叢冰淩，一二尺長，上粗下尖，晶亮晶亮的像是惡魔的獠牙，怪異而猙獰。大業十四年（西元六一八年）元旦，楊廣仍以大隋皇帝身分在鴻業殿舉行朝會，接受百官朝賀。出席朝會的文武官員僅一百多人，行跪拜禮，言不由衷地稱頌：「吾皇萬歲萬歲萬萬歲！」楊廣感覺得到這頌詞遠不像從前那樣鏗鏘有力、悅耳動聽。為什麼？因為許多官員已不再認為他是「吾皇」，也不再希望他「萬歲萬歲萬萬歲」了。楊廣詢問時局，得到的回答幾乎都是盜賊盜賊、大亂大亂。他聽到耳朵都長老繭了，不愛聽不想聽也不願聽，遂問虞世基、裴蘊說：「建造丹陽宮事，巡遊餘杭事，可有眉目？」虞、裴「二貴」一貫只用假話蒙混皇上，這天說了實話：「回皇上話：現時江南盜賊比江北只多不少，所以丹陽宮無法建造，餘杭也巡遊不了。」楊廣皺眉。大興城和洛陽回不去，丹陽宮無法建造，餘杭巡遊不了，自己困在江都跟大前年困在雁門有何區別？他心火突突地直想罵人，話到嘴邊變成了氣哼哼兩個字：「退朝！」

楊廣步出鴻業殿，忽然想起好像好久沒見過蕭皇后、陳貴人、蕭嬪了，故而信步走向寢區懿德殿。幾名備身驍果遠遠跟隨。蕭草發現皇上疑是天外來客，慌忙跪地迎駕，楊廣命「平身」，逕直在御榻上落座。蕭草走近御榻，只見阿英因縱情酒色瘦了許多，金冠顯得大了，龍袍顯得肥了，精神萎靡、情緒低落，昔日風采蕩然無存。她忙親手給阿英斟上熱茶，且命姚潔取來皇上平日穿戴的衣帽，在一面碩大的銅鏡前幫阿英卸去金冠。楊廣對鏡自照，看到自己的頭髮還很完美，嘿然而笑，說：「好頭顱，誰當砍之？」蕭草驚詫，說：「新年元旦，皇上怎說這樣不吉利的話？」她忙給阿英戴上軟帽，再幫阿英脫去龍袍，穿上黃色絲棉長袍。楊廣仍對鏡自照，嘿然而笑，改用江都方言沒頭沒腦地說：「外間大有人圖儂，儂雖失天下，當不失為長城公，卿亦不失為沈后。」「長城公」即長城縣公，是陳後主陳叔寶死後，楊廣贈予的封號；「沈后」指陳叔寶皇后沈婺華，數年前也死了。蕭草聽了這話，淚水奪眶而出，直視皇上，說：「阿英！你，你……」

蕭草徵得阿英同意，決定在懿德殿舉行家宴慶賀新年，命姚潔通知膳房及皇家成員。不一時，陳婤、蕭薔、楊杲、楊倓、宇文晶、楊曄、宇文士及、宇文禪師陸續到來，皆向皇帝行跪拜禮，分別稱其為皇上、父皇、皇爺爺、舅舅皇上、外祖父皇上，無一人稱太上皇的。這是蕭草特意叮囑的，不許稱皇上為太上皇，也不許提說大興城的事。楊暕是皇子，還封齊王，但蕭草沒讓通知他參加家宴。因為阿英和楊暕如同仇敵，見面若發生衝突會大煞風景的。午正，司膳女官安排眾人入席，家宴開始。楊廣、蕭草有些恍惚，上次家宴是什麼時候？楊廣忘記了。蕭草還記得，那是大業二年五月，太子楊昭率太子妃、嫡皇孫等從大興城到洛陽向父皇母后請安，自己曾以皇上名義舉行過家宴，為太子一家人接風。那年夏天奇熱，楊昭於七月病薨。而今已是大業十四年，人、事、地、物都變了，變化之大宛若滄海桑田，此後，此後還會有家宴麼？從阿英剛才說的不吉利話看，恐怕不會再有了。宮女斟酒。楊曄催促說：「母后！今天你是主角，該你致詞了。」蕭草反應過來，忙說：「不！你父皇才是主角，你父皇在座，哪輪得到我致什麼詞？」她朝阿英笑了笑，說：「皇上！還是你說吧！」楊廣也笑了笑，說：「行！朕只說兩願：一，願大隋常在；二，願爾等平安。來！為這兩願乾杯！」他端起酒杯，等候眾人都端起酒杯。未及乾杯。殿外急急進來一名備身驍果，走近皇上，單腿跪地，將兩頁紙舉過頭頂，說：「臣奉右屯衛將軍宇文化及之命，將內侍王義遺書送呈皇上。」王義遺書？人人驚駭，將端起的酒杯又放回桌上。楊廣接過那兩頁紙飛快看過，臉色變得相當難看，對蕭草說：「王義自殺身亡，朕得回迷樓去！」他也不等蕭草答話便起身離座，出了懿德殿，回了迷樓。這天的家宴異常奇特，剛剛開始，斟下的酒尚未乾杯，便告結束。那兩頁紙還留在桌上。蕭草取過觀看，但見云：

臣本南楚卑薄之民，逢聖明為治之時，不惜此身，自宮入侍左右，積有歲華，深受恩私，皆逾素望。臣雖至鄙，頗好窮經，略知善惡之本源，少識興亡之所以。自陛下嗣守元符，體臨大器，聖神獨斷，諫議莫從。大興土木，三征遼東，龍舟逾餘萬艘，宮闕遍於天下，兵甲常役百萬，士民窮乎山谷。征遼者百不存十，沒葬者十未有一。帑藏全虛，穀粟湧貴，乘輿竟往，行幸無時，遂令四方失望，天下為墟。方今有家之村，存者可數，子弟死兵役，老弱困蓬蒿，餓莩盈郊，屍骸如岳，膏血草野，狐犬盡肥。陰風無人之墟，鬼哭寒草之下。目斷平野，千里無煙，萬民剝落，莫保朝昏。父遺幼子，妻號故夫，孤若何多？饑荒尤甚，亂離方始，生死孰知？人主愛人，一何如此？陛下恆性毅然，孰敢上諫？或有鯁言，又令賜死。臣下相顧，箝結自全。龍逢復生，安敢議奏？左右近臣，阿諛順旨，迎合帝意，造作拒諫，皆出此途，乃蒙富貴。陛下過惡，從何得聞？方今滯留東土，社稷危於春雪，干戈遍於四方，生民已入塗炭，官吏猶未敢言。陛下自維，若何為計？陛下欲幸丹陽，坐延歲月，神武威嚴，一何銷鑠？陛下欲興師，則兵吏不順，欲行幸則侍衛莫從，適當此時，如何自處？陛下雖欲發憤修德，加意愛民，然大勢已去，時不再來。巨廈之傾，一木不能支，洪河已決，掬壤不能救。臣本遠人，不知忌諱，事已至此，安敢不言？臣今不死，後必死於兵禍。故獻此書，延頸待盡，竊不勝惶切待命之至。

蕭草、陳娴、宇文士及看罷遺書，都暗暗稱奇又暗暗佩服。萬沒想到侏儒內侍王義竟然這樣洞察皇上、洞察時事，而且有勇氣針砭人與事，金聲玉振，直言無諱。蕭草說：「王義是一位真正的忠臣！他的死諫旨在用生命警示皇上與世人：大勢去矣，回天無術，大隋亡國，不可避免。」楊曄、蕭薔最聽不得亡國的話，說：「大隋亡國？不！不會的不會的！」陳娴說：「這樣一篇慷慨激憤的文字出自一位內侍之手，實屬難得。」宇文士及說：「王義雖是侏儒是內侍，然其見識與氣節堪稱頂天立地之巨人！」遺書裡有兩句話：「臣今不死，後必死於兵禍。」表明王義已意識到皇上身邊正有一個謀逆集團在活動，這個集團謀逆將會死很多人。蕭草、陳娴、宇文士及三人都疏忽了這兩句話，尤其是「兵禍」一詞的潛在含義。

楊廣回到迷樓。宇文化及報告：「王義是午夜前後，在其住處寫完遺書飲鴆自殺的。遺體現已移至東閣天井裡。」楊廣耳畔彷彿響起數天前他和王義的一番對話。楊廣問：「王義！近年來造反的盜賊是不是很多？」王義答：「陛下讓奴才說真話還是說假話。」楊廣說：「當然是說真話。」王義說：「那好，奴才就直言。其實盜賊早就多如牛毛了，現已佔據了大隋差不多一半的郡縣。」楊廣說：「這麼多？汝何不早言？」王義說：「奴才服役深宮不敢預政，如或越俎早言，那今天還會站在這裡回答皇上問話嗎？」楊廣默然。是啊！這幾年來，凡是報告盜賊多的宮監宮女均遭自己殺害，哪有一個活著的？他略一停頓，又說：「王義！朕不罪汝，汝可把所知之事之情從實奏來。」王義說：「是！待奴才具牘奏明。」結果，王義具牘奏明——寫下一篇遺書，並用死諫離開了人世，離開了自己。楊廣對王義是有一定感情的，特地去東閣天井察看了那具小得可憐的遺體，吩咐具禮厚葬，然後回西閣休息。

王義的自殺及遺書惹得楊廣心情煩悶、思緒大亂，他隱約感到他早不是當初那個至尊至上、叱吒風雲、英明睿哲的皇帝了，而是成了眾矢之的的昏君，全國民眾和地方官吏都憎恨他反對他，想著盼著要將他推翻，甚或要他的性命，改朝換代。為什麼？因為他登基十多年來，好大喜功，只顧追求享樂，已把先帝留下的雄厚家底折騰光了。王義遺書所寫的社會現實和民眾生治狀況，看來是真實的，不然又怎會有那樣多的盜賊造反呢？事已至此，又有何法？王義說：「大勢已去，時不再來。巨廈之傾，一木不能支，洪河已決，掬壤不能救。」他深有同感。可不是麼？天下亂成馬蜂窩，自己「一木」是「支」不起已傾的「巨廈」的，自己「掬壤」是「救」不了已決的「洪河」的。那就算了，就破罐子破摔吧！有道是：人生苦短，人生如夢，及時行樂，不枉此生！自己目前還是皇帝。那就別懊惱別憂傷，抓緊時光盡情地享用美酒美色吧！從此以後，楊廣再未舉行過朝會，再未關注過政事，再未會見過家人，沉迷在迷樓，昏天黑地，醉生夢死。事實上，他的精、氣、神早被淘空，床笫功能喪失殆盡，楊廣心有餘而力不足，所以這時所謂的行樂只重在享用美酒，至於享用美色，更多的是在意念上和視覺上。史籍這樣記載：「（楊廣）東西行幸，靡有定居。所至，唯於後宮流連沉湎，惟日不足。招迎老嫗，朝夕共肆醜言；又引少年，令與宮人穢亂。不軌不遜，以為娛樂。」文中的「少年」係指楊廣的皇長孫燕王楊倓、外甥宇文皛，以及一個名叫蕭鉅的小帥哥。蕭鉅是梁明帝蕭巋的孫子，已故兄弟蕭瑒的兒子，即她的侄兒。這三個十四五歲的少年初解風情，獲准可進迷樓，恣意與宮人淫亂。身為皇上和長輩的楊廣見了，撫掌大笑，樂不可支。

皇上不理不問政事，朝廷官署多半關門，大街小巷行人稀少，處處可見驍果的身影，江都的氣氛顯得詭異。三月初一天傍晚，蕭草正和姚潔說話，楊曄突然到了懿德殿，還領了一名侍女模樣的女子。蕭草正想詢問，那女子已跪地叩頭，說：「奴婢向皇后請安。」蕭草見女子，十七八歲，體態嬌小，粗布衣裙，頭髮梳髻，髻上插一支銅簪，無甚特別之處。楊曄介紹說：「她就是宋小月。」蕭草先是一怔，隨即想起楊曄跟自己說過，楊暕現在的女人叫宋小月。楊曄接著說明領宋小月前來的原因。楊暕和楊浩、楊湛同住一個小院形同幽禁。近日形勢緊張，每天都有幾撥驍果到小院檢查，明令楊暕及兒子楊飛、楊翔必須安分，不許隨意外出。楊暕預感到自己和兒子將有殺身之禍，特別放心不下宋小月，因為宋小月已懷有三個月的身孕。楊暕思量，只能把她託付給妹妹楊曄，只要她活著，日後臨盆或生男或生女也算是給自己留下一縷骨血，於是宋小月就住到了楊曄府中。楊曄只是個公主，焉能保護宋小月？故而把她送來懿德殿交給母后。蕭草再看宋小月，仍跪在地上，滿臉是淚，淒淒楚楚。說起來，這個宋小月也應是自己的兒媳，宋小月所懷的孩子也應是皇孫或皇孫女。她的心一熱一軟，便決定把宋小月收養在懿德殿，其身分是宮女，真實情況必須保密，除了她、楊曄、姚潔外，對他人不得洩露一個字。宋小月感激不盡，又給皇后叩了頭，由姚潔領下去安置。

兩天後發生一件事：關中籍郎將竇賢率關中籍驍果百餘人不辭而去，西返關中。楊廣認為這是背叛，急遣右屯衛將軍獨孤盛率兵追趕將竇賢等殺死在途中。此事說大不大，說小不小，無形中成了一場兵變的導火線。

虎賁郎將司馬德戡最早和直閣將軍裴虔通、虎賁郎將元禮密商，本意是要鼓動驍果脅迫皇上西返關中。將作少監宇文智及參加密商，說：「不然。當今天實喪隋，英雄並起，同心叛者已數萬人，因行大事，此帝王業也。」這話極具誘惑力與煽動性。司馬德戡和裴虔通、元禮再作商量，決定放棄本意改成發動兵變，應行造反大事，創建帝王之業。兵變非同小可，必須報告大帥宇文化及。宇文化及先是猶豫，接著點頭贊同。他也有男人的頂級夢想，他要藉助酒肉朋友之力實現自己的夢想。兵變時間定在三月丙辰日（十一日）子正，司馬德戡任總指揮。為了煽動驍果情緒，司馬德戡讓醫正張愷出面編造一則謊言，謊稱皇上已釀造大量毒酒擬將關中籍驍果將士全部鴆殺。此謊言猶若火上澆油，群情激憤。兵變時刻到來，司馬德戡在江都宮東側的東城集合兵馬數萬人宣布兵變方案，進行分工。眾將士皆說：「唯將軍命！」丑時舉火，通知城外兵馬入城，布防在城內重要地段。楊廣夜宿迷樓，看到火光，聽到聲響，命內侍詢問出了何事？裴虔通當夜在宮中當值，撒謊說：「草坊失火，眾人救之，故而喧嚷。」楊廣深信不疑。蕭草、陳嫻、蕭薔也看到火光，聽到聲響，驚懼萬分，聚集在懿德殿不敢休息。寅時，裴虔通命打開江都宮北門玄武門，司馬德戡、元禮指揮叛軍一擁而入佔領宮城。獨孤盛率十餘名親兵在成象殿附近巡邏，一隊叛軍騎兵衝向前去將他殺死。懿德殿距玄武門很近，蕭草等人判斷已經發生兵變，更加驚懼，擔心皇上的安全。司馬德戡坐鎮鴻業殿，一面命裴虔通率驍果捉拿皇上；一面命孟秉迎請大帥宇文化及入宮。楊廣在迷樓也意識到發生了兵變，只穿一件米黃色長袍，戴一頂絳紫色軟帽，軟帽上繫一條白色絲質練巾，倉皇地藏身到迷樓一層西閣的密室裡。裴虔通進入迷樓，經宮女指點便輕易地將楊廣抓獲。宇文化及已到鴻業殿，司馬德戡稱其為丞相，彙報兵變相當順利。宇文化及有點膽怯，說：「罪過！罪過！」裴虔通在三十多年前曾任并州總管府家令，也算是楊廣的親信，念其舊情沒有殺害皇上，而是讓他騎上一匹馬，自己牽馬提刀押往鴻業殿。宇文化及出任右屯衛將軍時曾表忠心，說：「臣為皇上效命，願肝腦塗地！」而這時卻凶神惡煞地厲聲說：「哪能讓那傢伙出來？快弄回去，結果了！」宇文智及在場，附和說：「對！結果了！結果了！」因此，楊廣又被押回迷樓西閣。

東方泛白，天色大亮。蕭草、陳嫺、蕭薔待在懿德殿徹夜未眠。趙王楊杲隨同母親也在懿德殿想著父皇，不顧眾人阻攔跑出殿去，跑向迷樓，恰好看到父皇騎在馬上由裴虔通等押解著，忙大聲呼叫：「父皇！父皇！」楊廣見是楊杲，暗暗叫苦，命他回去。楊杲不知輕重就是不回，跟隨在馬後也到了迷樓西閣。天井裡立有數百名手執兵器的驍果虎視眈眈。司馬德戡、元禮、趙行樞、孟秉等身著戎裝大步走來，任務是要執行宇文化及的命令：「結果」皇上。楊廣坐在一條長凳上，感覺到情勢不妙，硬著頭皮說：「朕有何罪，汝等如此待朕？」驍果小尉馬文舉向前，說：「李密檄文不是寫了嗎？陛下罪款有十，可謂罄南山之竹，書罪無窮，決東海之波，流惡難盡，何以君臨天下？」楊廣面向司馬德戡，說：「朕確實對不起百姓，可對汝等不薄呀！今天這事誰是主謀？」司馬德戡說：「普天下人皆恨陛下，因而普天下人皆是主謀。」楊廣說：「不！主謀必是宇文化及，他在哪裡？命他來見朕！」司馬德戡見楊廣這時還用命令口氣說話，覺得好笑，說：「宇文大帥公務繁忙，無暇見太上皇！」楊廣第一次聽到有人當面稱他太上皇，絕望而無助。皇子楊杲哪見過這種場面？嚇得嚎啕大哭。司馬德戡示意，一名驍果小尉向前舉劍刺進楊杲胸膛。楊杲慘叫一聲倒地，鮮血濺到楊廣長袍上。楊廣全身戰慄，嘴脣哆嗦，說：「趙王還是個孩子，汝等，汝等……」那名驍果小尉說：「天下千百萬民眾的孩子，因你的荒淫而喪父喪母成為孤兒，死於饑寒與戰亂，你過問過他們嗎？關心過他們嗎？」楊廣無語。司馬德戡再次示意，驍果小衛令狐行達持刀向前。楊廣自知在劫難逃，說：「慢！天子自有天子的死法，死也得留個全屍，可取鴆酒來！」司馬德戡詢問左右，左右回答當天沒有預備鴆酒。司馬德戡做了個無奈的手勢，楊廣面如死灰，雙手顫抖地解下繫在軟帽上的練巾，說：「就用這個吧！」令狐行達接過練巾，拽了拽，挺結實。他就用這條練巾在迷樓西閣天井裡縊殺了楊廣。楊廣沉迷迷樓，最終死在迷樓，死時除了先他而死的皇子楊杲外，身邊別無親人。死年五十歲。

丙辰兵變是楊廣一手促成的。且不說他登基十多年來，負其富強之資，思逞無厭之欲，好大喜功，迫求享樂，視國事如兒戲，視民命如草菅，花錢無數，死人無數，弄得國不國，君不君，臣不臣，天怒人怨，烈火燎原。單說他寵信、擢用宇文化及就是個絕大的錯誤。宇文化及原本就不是什麼好鳥，生性凶險，走私獲罪後在家閒居十年，無德無才無功無人緣，只因是鐵桿親信宇文述之子，楊廣就愛屋及烏地寵信他擢用他，使之任六衛首長，統領十萬內軍驍果。楊廣實際上是把自己的性命和國家的命運交給了宇文化及，宇文化及大權在握，野心膨脹，惡性顯現。楊廣焉能不死？大隋焉能不亡？

第二十七章
腥風血雨

懿德殿裡，蕭草、陳娴、蕭薔如坐針氈，既擔心皇上又擔心楊杲。不一時，有驍果前來通知說可去迷樓西閣看看皇上和趙王。「看看」是什麼意思？三人立即喚了幾名女官和宮女急急地前往迷樓，到了西閣，一眼看到橫陳在地上的兩具屍體：皇上脖頸還繞著練巾，楊杲則是滿身血污。蕭草兩眼發黑，身體搖晃。姚潔趕忙伸手將她扶住。蕭薔早撲到楊杲屍身上放聲痛哭，呼喊著：「杲兒呀！杲兒呀！剛才還好端端的，怎麼片刻間就這樣了呀！」那聲音驚天動地、撕心裂肺。天井裡有看守屍體的驍果，取來三個圓杌供皇后等坐。蕭草和陳娴落座，沒有哭泣，沒有流淚，因為這一天的到來早在預料之中，只是沒想到年僅十二歲的楊杲也慘遭殺害。蕭草神色冷峻，問驍果說：「你等逆弒皇上和趙王，打算怎樣處置遺體？」一名驍果小尉答：「上面尚未發話。」所謂上面，係指發動兵變的宇文化及、司馬德戡、裴虔通、元禮等人。蕭草認識裴虔通，說：「有勞你把裴虔通請到這裡來，可以嗎？」驍果小尉見皇后儀態端嚴，態度謙和，忙去報告裴虔通。裴虔通到來向皇后行拱手禮，想解釋兵變之事，蕭草伸手止住，說：「現在只說如何處置皇上和趙王遺體，總不能就這樣晾著吧？」裴虔通說：「那是！那是！」裴虔通遂命手下拆卸密室的漆木床板，製作大、小兩口簡易棺材，同時給皇上和趙王整容。姚潔取來皇上冠冕，廣德殿女官取來趙王禮服。未時，小殮與大殮一併進行。仵匠將要封棺，蕭草和陳娴起身，走近棺材看皇上最後一眼。楊廣因經過整容，身著冠冕，容貌若生。蕭薔專看兒子楊杲最後一眼，雙手拍打棺沿，哭得呼天搶地，暈厥而死。陳娴和女宮忙將她扶至一側，又是撫胸口，又是掐人中。許久，她才甦醒過來，面無血色，呆呆坐著，癡癡傻傻地像是失了魂魄。陳娴見蕭薔這個樣子，心中酸楚，眼角也有淚光。皇帝死後是要安葬在陵寢的，可是楊廣荒淫享樂一生，從沒想過為自己建造陵寢。蕭草決定，且在宮內一角的流珠堂挖坑將皇上靈柩先埋在那裡，入土為安，至於日後怎麼辦，那就待日後再說吧！約莫酉時，流珠堂附近就有了個新土墓塚，那是大隋皇帝楊廣的墓塚；墓塚北面又有個小墓塚，那是趙王楊杲的墓塚。姚潔和幾名宮女在兩個墓塚前陳放幾樣供品，焚燒了一些冥錢。一陣風起，冥錢的黑灰隨風打著旋兒，旋兒就在蕭草等人腳邊旋轉，像是留連與不捨……

蕭草回到懿德殿，身心俱疲。昏昏懨懨的蕭薔回廣德殿。陳娴自請留下陪伴皇后。蕭草喝了一杯熱茶，吃了一塊點心，身上好像有了點力氣，見姚潔有話想說卻欲言又止，便說：「說吧！今天還發生了哪些事？」姚潔說：「奴婢如實報告，皇后可要挺住。」蕭草說：「我能挺住。」姚潔遂說：「那奴婢就直說了。彙總各方面的訊息，今天還發生了三件事：一、皇孫燕王楊倓住在宮外，寅時左右發覺叛軍行動，約了皇后外甥宇文皛、侄兒蕭鉅，以患急病將死為由請求進玄武門訣別皇上，實是為了報信。叛軍不許，先將三人關押，隨即殺害。」蕭草痛苦地閉上眼睛。楊倓，十六歲，自幼失去父母，是由姨母劉蓉撫養大的。宇文皛，十五歲，是孀居的廣平長公主楊豔華的幼子。蕭鉅，也是十五歲，是胞兄蕭珣唯一的兒子。三人均到了大婚年齡，然而尚未大婚就遭橫禍，命喪黃泉！姚潔再說：二、「原蜀王、庶人楊秀及七個兒子，原華陽王、庶人楊楷及兩個兒子，今日被叛軍全部殺死。」蕭草心中一顫。楊秀是楊廣的四弟，楊楷是楊廣的侄兒，從大興城幽禁到江都，最終還是難逃一死，還殃及了他們的兒子！姚潔又說：「第三件事是齊王楊暕……」蕭草輕輕說：「說吧！」姚潔說：「今日早晨，叛軍闖至齊王住所將齊王及其子楊飛、楊翔殺死。齊王不知殺他的人是叛軍，還以為是皇上派去的使者，說：『詔使且慢動手，兒子不負國家也！』」蕭草面色煞白，像有千萬把生了鏽的鈍刀子一刀一刀地割她的五臟六腑，刀刀都淋著血帶著肉！楊暕這年三十四歲。她十月懷胎生下他，看著他一天天長大，看著他封王當官納妃。她曾為他而驕傲而自豪。楊暕成人後品行不端，驕恣任性，花心好色，想當太子想當皇帝，沒想到竟也死於叛軍之手！楊飛、楊翔兩個皇孫，她還沒來得及見上一面竟也喪命！這一天，除皇上慘死，楊杲慘死外，還有楊秀慘死，楊暕慘死，皇孫，外甥及多個皇侄慘死，死後無法收屍，連個薄薄的棺材都沒有。天哪！這作的是什麼孽呀！又是誰作的孽呀！蕭草心痛心碎，精神近乎崩潰，像是跌進萬丈深淵，想呼喊想哭泣卻發不出聲來，只是窒息窒息，大口大口喘氣。這時有一雙手握住了她的雙手，握得很緊很緊。她憑感覺知道那是陳婀的雙手。陳婀沒有出聲，千言萬語全在這緊緊一握中：國亡家破，親人死亡，古今都是如此。作為女人尤其是皇家女人，心再痛再碎也得承受啊！

戌時左右，蕭草心情略略平緩。楊曄來到懿德殿，憤憤地說：「氣死我了！氣死我了！」原來，當天早晨，宇文士及還在睡夢中，莫名其妙地就被宇文智及家僮莊桃樹抓走。接著，她聽說發生兵變，父皇和楊杲及楊氏宗室很多人遭殺害，她急壞了急瘋了，領了兩名侍女乘坐馬車要進宮看望母后。可是有無數驍果把守宮城大門，聲稱戒嚴了不許進宮。她亮出自己的公主身分，驍果不予理睬，還取笑說：「別說是公主，就是母主也不許進宮！」楊曄氣得直想罵娘，只好打道回府，見宇文士及被抓走又獲釋了，心中稍安，就又進宮，仍被阻擋在宮門外。她就坐在馬車上等待，等待了三四個時辰直到戒嚴解除才得以進宮。蕭草見到女兒，再也控制不住感情，淚如泉湧，說：「曄兒！你父皇，你二哥等都，都……」姚潔簡要敘說遭殺害的人，楊曄恨得咬牙切齒，大聲說：「兵變的頭頭是宇文化及，殺我父皇、二哥的也是宇文化及！老楊家和宇文家是生死仇家，不共戴天！」她停了停又說：「母后！我在宮門外等待的時候，看到一夥驍果把楊浩、楊湛接進宮了。」

蕭草立刻想起，楊氏宗室在江都的還有楊浩和楊湛兄弟。他倆為何沒被殺害？為何被接進宮中？她把目光轉向陳娴，露出詢問之色。陳娴說：「我猜想，他們可能會立楊浩、楊湛中的一人為皇帝。」楊曄懷疑地說：「不會吧？」陳娴說：「這只是暫時的。宇文化及等發動兵變殺害皇上，性質是叛逆，不得人心。叛軍頭頭目前不敢自立為帝，需要立楊氏宗室中的一人為帝，就跟李淵立代王楊侑為帝一樣，用以欺騙世人。過不了多久，他們必會自立為帝，取而代之的。」蕭草點頭，說：「嗯！很有可能。」

丙辰兵變的頭頭是宇文化及，實際發動者是司馬德戡、裴虔通、元禮。宇文智及在兵變前、中、後期都是個重要角色，起到了關鍵的惡劣作用，故史載：「江都殺逆之事，智及之謀也。」當天早晨，裴虔通抓獲楊廣。宇文智及立即指派家僮莊桃樹去殺害宇文士及，原因是他的胞弟是駙馬都尉，其妻是楊廣的女兒南陽公主。莊桃樹善良忠厚，不忍殺害無辜，宇文士及得免一死。楊廣遭縊殺，宇文化及本想自己稱帝。宇文智及認為不可。當務之急是要將兵變的形象由「叛」改作「義」，可仿效李淵先立個楊氏宗室為皇帝，過些時日再將所立皇帝踢開由自己稱帝。宇文化及同意，提出可先立楊秀為皇帝，宇文智及仍認為不可。楊秀任過益州總管，心比天高，桀傲不馴，難以駕馭。宇文化及問擬立何人？宇文智及答：「可立楊浩。此人是楊廣之侄，嗣封秦王，長期受壓，膽小平庸，是個軟柿子，諸事得由大哥說了算。」宇文化及大笑，說：「好個二弟！你的智謀可比諸葛亮啊！」於是他命驍果將楊浩、楊湛兄弟接到成象殿。宇文智及則派出驍果，將楊秀父子、楊暕父子、楊楷父子等，凡在江都的老楊家男人全部殺死。

腥風血雨。丙辰日遭殺害的還有楊廣的幸臣與功臣，包括：內史侍郎虞世基、御史大夫裴蘊、大將軍李景和來護兒以及他們的兒子。還有秘書監袁充、給事郎許善心、右翊衛將軍宇文協（廣平長公主楊豔華之子）等。黃門侍郎裴矩世故圓滑，遇見宇文化及假意參拜，因而保住了性命。那一夜，蕭草心痛心碎，輾轉反側無法成眠。次日早晨發現，烏黑的長髮白了一半。

宇文化及造訪懿德殿，不稱蕭草為皇后而稱夫人，宣稱他們發動兵變是不得已而為之，實是為了大隋國能長治久安。他呈上一篇文告請夫人過目，蕭草看那文告，但見寫道：「經與蕭氏夫人會商，同意：立秦王楊浩為皇帝；宇文化及任大丞相，總掌百揆；宇文智及任尚書左僕射，領十六衛大將軍；宇文士及任內史令；司馬德戡、裴虔通、元禮進位光祿大夫，分別封溫國公、莒國公、宏國公。」文告沒有主語沒有落款，誰與蕭氏夫人「會商」，就「同意」了立皇帝這樣的大事？就「同意」了任用丞相、封賜爵號這樣的大事？驢脣馬嘴，不倫不類。蕭草見有立楊浩為皇帝的內容，退還文告，什麼話也沒有說，等於默認了。這樣，江都就又有了個姓楊名浩的皇帝，而這個皇帝當得既可笑又可憐：不許舉行朝會，不許會見官員，不許與家人見面，唯一能做的事是在別人擬定的文書上簽個名，如此而已。他活動的範圍只限於成象殿，身邊只有楊湛陪伴，兄弟二人淒淒惶惶地相對而泣。蕭草對姚潔等人說，她從這一天起不再是皇后，不許再叫她皇后。不叫皇后叫什麼呢？姚潔等商量，決定仿照宇文化及改叫夫人。宇文化及成了江都宮的主宰，自然也成了迷樓的主人。迷樓原有千名美女，楊廣沒能臨幸一輪就一命嗚呼，美女們得到解脫，一晝夜間散去九百人。剩下的一百人無處可去，改歸宇文化及、宇文智及享用。宇文兩兄弟也學楊廣，吃住在迷樓，豔福淫淫，其樂悠悠。

江都發生的事情，消息迅速傳遍全國。大興城已用義寧年號紀年，時為義寧二年（西元六一八年）三月，皇帝楊侑及其生母韋婕聞此消息，不知是福是禍。崔翠奔喪後一直滯留在大興城，領著女兒藍田公主楊曜找到了楊侑，提出應發兵討伐宇文化及。唐王李淵心中竊喜，一面用楊侑名義給楊廣上謚號曰明；一面和兒子、心腹等密商開國稱帝事項。洛陽越王楊侗和生母劉蓉聞此消息，流了幾回眼淚。段達、元文都、王世充等積極謀劃，擬立越王為皇帝。河北義軍竇建德、瓦崗義軍李密等歡欣鼓舞，抓緊時機攻城掠地，招兵買馬，又大大擴展了地盤與實力。

宇文化及的日子很不好過。他所領導的是一支叛軍，道義上為千夫所指，遭人唾罵。司馬德戡、裴虔通、元禮是兵變的真正功臣，但分贓時卻遠不及宇文智及，憤恨不平。宇文智及不僅任尚書左僕射，還領十六衛大將軍。此人對軍事一竅不通，還硬要擺出大將軍的架勢，驍果嗤之以鼻。原先的官署大多關門，官員大多逃亡，朝廷已不成朝廷。裴矩被指定為「侍內」，負責朝廷事務，樂得清閒，有意和大丞相、大將軍保持一定距離。最致命的是糧食殆盡，補給斷絕。杜伏威、輔公祏的江淮義軍已攻佔六合，距江都不足百里，關中籍將士異口同聲地嚷嚷著應火速西返關中，不然將會困死在江都。宇文化及權衡利害也覺得江都不可久留，遂決定採納眾意西返關中。預想的路線是江都——彭城（今江蘇徐州）——洛陽——大興城。這時，叛軍兵馬尚有七八萬人，如果順利的話，還是有可能回到關中跟李淵一決高下的。

形勢危迫，說走就走。也就是兵變十多天後，宇文化及命劫掠江都一帶商旅船隻五六百艘，裝載江都宮所有珍寶，並供皇帝楊浩等乘坐，水陸並進，經由邗溝及兩岸大堤，北向彭城。楊廣死後，遺孀有蕭草、陳娟、蕭薔三人。宇文智及嫌是累贅，主張殺掉。宇文士及和裴矩說服宇文化及切莫濫殺無辜。宇文化及表示同意，實際上是將蕭夫人等當作人質劫持著同往彭城。楊浩乘坐的不是龍舟，僅是一艘普通船隻。蕭草、陳娟、蕭薔共同乘坐一艘大船。前後數艘船隻，乘坐的是宮監宮女，其中一艘乘坐的是老楊家的多位寡婦及未成年的女孩。蕭草堅持，要把她們都帶回老家去。寡婦當中本應有原華陽王、庶人楊楷妻子元晶的，可歎元晶已經死了。宇文智及指派驍果殺死楊楷，命將年輕美貌的元晶賜予其黨徒元武達為妾。元晶曾是王妃，看重貞節誓死不從。元武達企圖強暴。元晶說：「我不能早死，致令將見侵辱，我之罪也。」遂用剪刀刺喉結束了生命。宇文士及任內史令，恥於和兩個哥哥同流合污，仍稱蕭草為母后，利用內史令身分，暗中保護母后等人的安全，還使楊廣的靈柩得以安葬。宇文化及離開江都時，將僅有的外軍三千多人撥付給右御衛將軍陳稜，命其留守江都。宇文士及假託母后之名，希望陳稜能將皇上的靈柩重新安葬。陳稜歷來尊重蕭皇后，立命打造一口楠木棺槨，再命全軍縞素為皇上發喪，備儀衛，將皇上大殮進楠木棺槨，然後衰杖送喪，安葬在江都城北吳公臺下，築了個墓塚。宇文士及將此事告訴母后，蕭草感動地說：「陳稜將軍，義士也！」不久，江淮義軍攻佔江都，陳稜遭殺害。

宇文化及到達彭城已無水路，劫掠農家牛車二千輛裝載輜重，走陸路西行至東郡（今河南濮陽），前面遍布瓦崗軍，西行不成了。叛軍高層鬧起內訌。司馬德戡、元禮因分贓不公，聯合趙行樞等密謀襲殺宇文化及。宇文化及覺察密謀，搶先下手，殺死了司馬德戡、元禮、趙行樞等數百人，裴虔通留守彭城得以安然無恙。蕭草、楊浩在宇文化及、宇文智及的嚴密控制下，惶惶惴惴，提心吊膽。五月，宇文士及悄悄告訴母后：河北義軍竇建德依靠突厥的支持建立了夏國，自稱夏王，奠都樂壽。唐王李淵於甲子日即了皇帝位，改國號為唐，改義寧二年為武德元年，奠都大興城，大興城改名長安，將楊廣的謚號由明改曰煬。蕭草驚問：「煬？煬是何意？」宇文士及說：

「《謚法解》云：『好內遠禮曰煬，去禮遠眾曰煬。』陳後主陳叔寶死後，皇上定其謚號曰煬，而今他的謚號也曰煬，真是一大諷刺。」蕭草再問：「那侑兒怎樣了？」宇文士及說：「李淵封他為酅國公，他和韋婕得住到酅邑（今山東東阿南）去，但酅邑尚未歸唐暫時去不了，還得留住長安。」蕭草進而問：「那大隋是不是滅亡了？」宇文士及說：「是的，大隋是滅亡了，天下已經李不再姓楊。但大隋還有餘音：洛陽方面，段達、元文都、王世充等立了越王楊侗為皇帝，改元皇泰，尊其母劉蓉為皇太后，段、元、王三人同任丞相、大將軍，共掌朝政。這三人皆非善類，所以我估計楊侗這個皇帝當不長，結局也不會好。」蕭草痛心，蕭草感傷，只能長長歎氣：「唉！」李淵奪了大隋的江山，楊曄接受不了，憤憤地說：「老楊家和老李家也是仇家，不共戴天！」

宇文化及兵馬到了東郡，洛陽楊侗等且驚且懼。元文都獻計，遣使拉籠李密結盟，借李密之力抗擊宇文化及。李密與洛陽使者接觸表示願意歸順。於是楊侗拜李密為太尉、尚書令、魏國公，承諾由其節度洛陽兵馬。瓦崗軍歷來被稱作盜賊，驟然變成堂堂官軍。李密大喜，抗擊宇文化及，捷報頻傳。宇文化及軍中糧盡，一敗再敗，驍果大量逃亡或投降，東郡也歸了李密。八月，叛軍只剩下兩萬人，北渡黃河，到了魏縣（今河北魏縣），那裡已是夏王竇建德的地盤。老楊家女人及宮監宮女等跟隨蕭草流離，從二百人減至不足百人，缺衣少食，面黃肌瘦，心力憔悴，苦不堪言。蕭薔一直念叨著慘死的兒子楊杲，幸虧女官發現得早，兩度尋死未遂。宇文化及、宇文智及兩兄弟整日飲酒，醉酒後就互相指責與埋怨。老大說：「我初不知，由汝為計強來立我。今所向無成，士馬日散，負殺主之名，天下所不納。今者滅族，豈不由汝乎？」老二說：「事捷之日不見謝我，及其將敗乃欲歸罪。何不殺我以降竇建德乎？」八月辛未日，宇文化及一陣心血來潮，說：「人生故當死，豈不一日為帝乎？」於是他鴆殺了楊浩、楊湛以及他倆的兒子，自己稱起皇帝來，定國號為許，建元天壽。封宇文智及為齊王，任用裴矩為尚書右僕射。楊浩和楊湛之死又給了蕭草重重的一擊。公爹楊堅五個兒子，三十多個孫子。阿英三個兒子，至少有五個孫子。自家人殘殺，外姓人殘殺，如今只剩楊侑、楊侗兩株苗了。而這兩株苗又小又弱，別人輕輕一拔就會拔掉，輕輕一踩就會踩死。老楊家將會斷子絕孫、斷門絕戶啊！蕭草悲痛而憂傷，不由想到混雜在宮女中的宋小月。宋小月懷孕，穿一身寬大的粗布衣裙跟隨自己流離，從不說話，像個啞巴。宋小月的真實身分只有自己、楊曄、姚潔三人知情，她所懷的可是已死皇子楊暕的骨血。如果她能生個男孩，那麼老楊家的香火就還能傳承！蕭草這樣一想，猛然有了一種莊嚴的責任感和使命感，不論怎樣艱難拼著命也要保護宋小月，讓她平安生下孩子，但願是個男孩。

且說李密，已是洛陽朝廷的太尉、尚書令、魏國公，擊敗宇文化及後趾高氣滿、興沖沖地回師，準備到洛陽接受皇帝的封賞，不曾想洛陽卻發生了大變故。王世充和李密是生死仇敵，而李密的歸順與得勢靠的是元文都，所以王世充仇恨李密，首先仇恨元文都。元文都因此畏懼，與親信密謀，決定在王世充出席朝會時埋伏甲兵將其擒殺。段達與王世充相好，獲此情報派女婿密告王世充，王世充怒火百丈，星夜勒兵包圍皇宮，扣門呼喊：「元文都等欲執皇帝降於李密。臣非敢謀反，欲誅反者耳！」隨即破門而入，捉住元文都及其親信二十餘人當場斬殺。楊侗嚇得魂不附體。王世充說：「元文都等無狀，謀相屠害，事急為此，不敢背國。」楊侗懦懦弱弱，只好拜其為尚書左僕射，總督內外諸軍事。王世充總攬大權，率兵阻擊李密。李密打敗過王世充，上下皆有輕敵之心。結果一經交戰，李密軍慘敗，非死即降，連洛口城也丟失了。李密僅以數十騎逃逸，走投無路，姑且西赴長安投降了大唐李淵。李淵任用他為光祿卿，封邢國公。兩個月後，李密又密謀反唐，李淵毫不留情將其斬首。不久，大唐秦王李世民鎮壓瓦崗軍，收編了程咬金等將領。

蕭草從宇文士及口中得知洛陽發生的變故，一顆心懸了起來：皇孫楊侗落到王世充手中，他的皇位還能坐長麼？宇文士及還告訴母后兩件事：一是母后的同父異母弟、河池郡守蕭瑀已投奔大唐，官吏部尚書，封宋國公。二是母后的侄兒、羅川令蕭銑造反，日前在巴陵（今湖南岳陽）即了皇帝位，重建梁國。蕭草聽後目瞪口呆又心驚肉跳。她熟悉的蕭瑀為人正派、德才出眾，投奔大唐受到重用是必然的。她沒見過也不認識蕭銑，只是聽蕭薔說起過，好像有這麼一個侄兒，怎麼？這個蕭銑也當了皇帝？還重建了梁國？蕭草思緒紛亂，不敢想啊！宇文化及、宇文智及若將自己跟蕭瑀、蕭銑扯上關係，那麼自己縱然有一百條性命也保不住啊！

蕭草面臨著更急切更棘手的事是：宋小月懷胎已滿十個月，分娩在即。而她們住的是一個商棧庫房，多人同住一間要如何分娩？如果分娩，看守她們的驍果報告上去，宇文化及、宇文智及追查，怎麼得了？蕭草急呀愁呀，無計可施。姚潔為夫人解憂，去魏縣縣城偏僻處找到一戶人家，這戶人家姓魏，老兩口，六十多歲，三間草房，無兒無女，靠編織草鞋草墊謀生。姚潔登門，聲稱自己是夏王竇建德的親戚，攜帶懷了身孕的侄女赴樂壽分娩，怎奈在魏縣遭遇叛軍行程受阻，已滯留了兩個月。侄女眼看就要臨盆，故懇請老人家行個方便，能收留侄女在此生下孩子。姚潔帶去一支金簪一斗小米作為酬勞，還說：「待侄女生下孩子，我就去找夏王，那時來接侄女將會給更多的酬勞。」魏老漢夫婦見來人是夏王的親戚不敢怠慢，又見金簪和小米，日後還有更多的酬勞，暗暗歡喜，滿口答應。這樣，挺著大肚子的宋小月就住到了魏老漢家，三天後臨盆，由魏老太接生，生了個男孩。姚潔將此喜訊報告夫人，蕭草緊繃著的心弦一鬆，流下淚來，說：「感謝上蒼！老楊家的香火總算沒斷哪！」

一場大風雪，新的一年到來。新的一年於長安李淵大唐是武德二年（西元六一九年）。李淵已立李建成為皇太子，封李世民為秦王，李元吉為齊王，四方人才匯聚，國運昌盛，欣欣向榮。新的一年於洛陽楊侗是皇泰二年，王世充自稱太尉、相國、鄭王，緊鑼密鼓為取楊侗而代之做著準備。新的一年於魏縣宇文化及是天壽二年，宇文化及雖也自稱皇帝，但沒有地盤，沒有朝廷，叛軍還剩五六千人，全靠搶劫維持生計。魏縣搶劫光了，新年間就轉移到聊城（今山東聊城）繼續搶劫。蕭草等也被劫持到聊城，處境更加艱辛。夏王竇建德怒不可遏：你宇文化及的叛軍在我夏國境內猖獗橫行，怎麼可以？此時突厥始畢可汗下達指令要殲滅宇文化及，解救大隋蕭皇后。於是二月辛丑日，竇建德親率五萬兵馬圍攻聊城，一陣廝殺便全殲叛軍，生擒宇文化及、宇文智及和宇文化及之子宇文承基、宇文承趾，及其黨徒十多人皆梟首暴屍，並將首級傳送至突厥王庭。

蕭草等住在一個大雜院裡聽到兵聲馬聲，不知發生何事，人人驚懼。看守她們的驍果全撤了，更令她們恐慌。蕭草端坐，神色淡定，認定當日就是死日，以為死了也好，一死就解脫了。但她又放心不下還在魏縣的宋小月及那個孫子，她還沒來得及給孫子取個名字呢！蕭草正想著，忽見一隊士兵簇擁著一個大漢進入院內。大漢五十歲左右，中等身材，兜鍪鎧甲，粗眉環眼，膚色黧黑，走近自己，行拱手禮，說：「竇建德參見蕭后！蕭后受驚了也受苦了！」竇建德？這人就是竇建德？他可是夏王啊！蕭草驚異，所有人都驚異。蕭草定一定神，說：「夏王來此是……」竇建德說：「竇某統兵，剛才已全殲宇文化及叛軍，叛軍頭領等全部梟首。突厥可汗和可敦義成公主有令，命我解救蕭后，故而來此迎接蕭后等赴樂壽居住。可敦義成公主叮囑，她會到樂壽來和蕭后見面。」竇建德說到突厥可敦義成公主。蕭草心頭一熱：好個楊嵐，虧你又這樣關心我幫助我啊！她默想片刻，遂說：「那好，我等就隨夏王去樂壽，我也想見見可敦義成公主哩！」姚潔在蕭草耳邊低語。蕭草又說：「還有一事需夏王幫忙。我有一個宮女在魏縣生孩子，夏王能否派人將她接來聊城與我同去樂壽？」竇建德說：「這事容易！竇某這就安排。」他立命一名小尉負責，由姚潔引領去魏縣接那個宮女。

竇建德告辭。不一時，士兵送來許多大米、細麵、牛羊肉和蔬菜。這天晚上，蕭草等吃上了自流離以來最豐盛最美味的飯菜。南陽公主楊曄領著宇文禪師來到大院。蕭草多日沒見到女兒和外孫了，今日一見，分外歡喜，問：「士及怎麼沒來？」楊曄吞吞吐吐地說自己和丈夫鬧矛盾，士及數日前出走了。蕭草大驚，說：「怎麼會這樣？」三追兩問，楊曄說出實情：宇文化及逆弒楊廣，楊曄宣布老楊家和宇文家是不共戴天的生死仇家，反對丈夫任內史令，還要丈夫和兩個哥哥斷絕關係、劃清界限。宇文士及說，我二哥陰險狠毒早想殺我，我若這樣做，他就有了殺我的藉口，我肯定活不到明天。楊曄說，我是老楊家人是公主，你大哥二哥跟我有殺父之仇，你若不跟他倆劃清界限，我又怎能和你同床共枕？夫妻倆為此從江都吵到聊城，宇文士及賭氣離家出走去向不明。蕭草搖頭，說：「曄兒！這麼多年了，你怎麼完全不了解士及呀！」

姚潔聲稱自己是夏王的親戚，這天果真引領夏王派出的一隊士兵和一輛馬車到魏縣魏老漢家接回宋小月母子。那名小尉向魏縣令傳達夏王口諭：給魏老漢夫婦建三間瓦房，每月供應錢糧，保證老人家安度晚年。魏老漢夫婦跪地叩頭，感謝夏王恩典，也感謝姚夫人——他們一直稱姚潔為夫人——言而有信。蕭草見到宋小月和襁褓裡的孫子喜極而泣，特別注意看孫子的耳垂，耳垂肯定不短不薄，連聲說：「蒼天保佑！蒼天保佑！」接著，蕭草等由竇建德的兵馬護衛到了樂壽，住進一個很像樣的庭院，楊曄和兒子也住到這個庭院。自從上年三月以來，蕭草等經歷丙辰兵變被當作人質劫持，長途流離將近一年，受了無數驚嚇與屈辱。過去總說農民義軍是盜賊，而今卻到了大盜賊——夏王竇建德的國都享受禮遇，豈不滑稽！

第二十八章

驚魂時刻

樂壽，原先只是一個集鎮。竇建德造反，在這裡稱長樂王，繼建立夏國稱夏王，樂壽成為國都，發展成為一座小城。王宮是城中最高大最顯眼的建築。王宮東南角的一個庭院，成了蕭草等人的住所。她們擔驚受怕地流離了將近一年，突然有個落腳之地心理踏實了許多。下一步怎麼辦？蕭草得等待楊嵐前來，商量後才能決定。可是竇建德告訴蕭草，可敦傳話說始畢可汗生病脫不開身，所以暫時還來不了樂壽。蕭草只能等待，等待期間又發生了一系列刻骨銘心的大事。

竇建德一天見到南陽公主楊嘩，公主因隋國破家亡，不能報仇雪恥而淚下盈襟，情理至切。竇建德為之動容，肅然敬之。一個男孩來找母親，竇建德始知男孩是宇文士及和公主的兒子。事後，竇建德派降於夏國的隋將于士澄來見公主，說：「宇文化及躬行弒逆，人神不容，當族滅其家。公主之子，宇文化及之侄也，法當從坐。公主若不能割愛，亦聽留之，如何？」楊嘩硬著心腸說：「于將軍既是大隋貴臣，此事何須見問！」這話等於同意「割愛」，讓兒子「從坐」。竇建德遂命將宇文禪師殺死。蕭草又失去外孫，悲痛欲絕近乎瘋狂，既恨竇建德，更恨楊嘩，大罵女兒：「我說你還是女人嗎？竇建德只是徵求意見，並非非殺禪師不可。而你一句話就將兒子置於死地。小小禪師今年才十歲呀！」楊嘩辯白說：「宇文化及殺死我父皇，老楊家和宇文家是不共戴天的生死仇家。宇文禪師姓宇文，是宇文家的種，殺了他也是為父皇報仇！」蕭草氣得全身哆嗦、臉色發青，掄手抽了女兒一個耳光，罵道：「你混蛋！大人做壞事，小孩子無辜，更何況宇文士及沒做壞事，是個好人！禪師雖姓宇文，但也是你的兒子，身上也流著你的血。而你這個做娘的竟這樣狠心，枉為人母，也枉為女人！滾！狼心狗肺的東西，我，我不想再見到你！」

這是蕭草一生中第二次發火動怒。第一次大隋國攻滅陳國那年，江陵劫難罪魁蕭岩、蕭瓛被抓獲將處斬，致信晉王妃蕭草請求說情保全他倆性命。蕭草發火動怒，斷然拒絕，二蕭伏法。這次因女兒太不近情理，故又發火動怒，至於罵人打人則是唯一的一次。楊曄挨了一個耳光，又羞又窘地哭泣著跑回自己的房間。姚潔嚇壞了，手足無措，宋小月則不聲不響地將懷抱的襁褓遞到蕭草手中。蕭草見孫子，出生四個月，五冠端正、眉目清秀，白白的小臉，晶亮的黑眸，活像楊暕剛出生時的模樣。她流淚了，心如刀割。楊暕生性荒唐以致慘死，卻留下個名不正言不順的妻子和遺腹子，現在她得承擔起保護這個遺腹子的責任。宋小月也把蕭草叫夫人，輕聲說：「夫人！你的孫子還沒個名字呢！」蕭草拭去眼淚，說：「是啊！我的孫子應該有個名字了，叫什麼呢？」她想了想，說：「他爹在世，走的多是歪門邪道。我希望我的孫子別學他爹，要走正道走大道，大名就叫正道，小名可叫道兒吧！」宋小月說：「是！大名叫正道，小名叫道兒。」此後，蕭草心情不佳時，總會從宋小月懷中抱過道兒端詳、親吻，自言自語地和小孩說話，這時她就是一位慈愛慈祥、溫和可親的祖母。史籍中記載楊正道，有時也記作楊政道。

陳娴、蕭薔對宇文禪師之死也很悲痛。蕭草依然憤恨，說：「做娘的不愛自己的兒女，那她就不配做娘！」蕭薔又想起兒子楊杲，淚流不止。陳娴沒生過兒女，看人看事比較理性，說：「南陽公主還是年輕，閱歷尚淺，總認為大隋不該滅亡，天下應當永遠姓楊。這怎麼可能？國家更替是社會發展規律，大隋又何能例外？公主不明白這個道理，光想著為父皇報仇報仇，因而痛恨整個宇文氏，包括親生的兒子，致使小禪師死於非命。這是一個悲劇，由無知與偏激而釀成的悲劇，讓人痛惜。」蕭草說：「楊曄這樣不明事理、不近情理，歸根到底是我這個做娘的失職。」她又重重歎了口氣：「唉！」

蕭草等待楊嵐，通過竇建德的管道獲知外界訊息。四月，竇建德告訴她洛陽情報：王世充在段達等人支持下，於乙巳日廢皇泰皇帝楊侗，降封為潞國公，自稱皇帝，定國號為鄭，建元開通。五月，竇建德告訴她長安情報：酅國公楊侑日前在長安遭鴆殺，謚曰恭，其母韋婕懸梁自盡。六月，竇建德又告訴她剛剛得到的洛陽情報：潞國公楊侗遭殺害。小吏奉王世充之命給楊侗送去鴆酒，楊侗請與母親訣別不獲允許，遂布席焚香禮佛，詛咒說：「從今以去，願不生帝王尊貴之家！」隨即飲鴆，一時卻未斷氣，小吏更用帛帶縊殺之。劉蓉亦懸梁自盡。蕭草麻木了，沒有痛心疾首，雙眼蓄滿淚氷，心中只有怨恨。怨恨誰？怨恨死鬼楊廣，說：「死鬼楊廣啊楊廣！你一人失德，一死了之，罪孽累及國人家人。閻王爺若秉公執法，定會將你打進十八層地獄的！」

蕭草等待楊嵐。楊秀的侍妾，宇文協的妻子和楊湛的妻子不願再等待了，領著未成年的女兒走了。一些年輕的宮監宮女也走了，蕭草身邊只剩下二十多人，包括陳娴、蕭薔、楊曄、楊浩的妻子韓氏、宋小月和道兒、姚潔，以及十多名年長的宮監宮女。姚潔時年三十多歲，侍奉蕭草，其忠誠與幹練一如孔姑。蕭草關心她的未來，提出要她嫁人。姚潔拒絕，說她自小流落街頭，是孔姑將她收養並把她培養成女官的；孔姑臨終前叮囑，要她侍奉皇后保護皇后，不論出現什麼情況都不得離開，要和皇后同甘苦共生死。蕭草異常感動，緊握姚潔雙手，說：「我感謝你，也感謝孔姑。你既然願和我同甘苦共生死，那就留下吧！大隋滅亡，我已不是皇后，你也不是女官。所以從現在起，你不許叫我皇后，也不許自稱奴婢。我見到你就像見到孔姑，乾脆我就把你叫作姚姑吧！」姚潔急急地說：「這怎麼可以？」蕭草輕拍姚潔手背，說：「可以的。這事就這樣定了！」

蕭草住在夏國王宮一住就是數月，引起一個女人的不安與不快。誰？竇建德的妻子曹氏。曹氏年齡和蕭草相仿，發跡前就是個農婦，洗衣做飯生孩子，還得幹莊稼活，突然間成了王后像是做夢。她身體矮胖、滿臉皺紋，長期勞作手粗腳大，突然穿綾著緞，也佩金飾玉，還塗脂抹粉，臨鏡一照，連她自己都覺得怪。大隋的蕭皇后到來，她和人家一比更是自慚形穢。瞧那個蕭后，普通衣飾，平淡無奇，但舉手投足，那風度那氣質與生俱來，很難用言語形容。還有那個陳貴人跟蕭嬪都還年輕，姿貌綽約，美得迷人。曹氏的不安與不快，原因更在於竇建德。竇建德只要在宮中，幾乎每天都去見蕭后。堂堂夏王跟一個亡國皇后有什麼好說的？世上沒有不吃腥的貓。蕭后、陳貴人，或者蕭嬪，只要故作嬌嗔狀，有意飛一個媚眼，他夏王能不上鉤能不神魂顛倒嗎？夏王若另有所愛，那自己這個王后位子可就……曹氏想到這裡不由打了個寒戰，接著咬著牙說：「不行！這王后的位子只能老娘坐，別的女人的屁股休想碰它！」

曹氏苦思冥想，想出了對付蕭后等人的辦法。蕭后是突厥可汗和可敦看重的女人，後臺很硬，一殺害不得，二驅趕不得。怎麼辦？可讓她及那個貴人那個嬪削髮為尼住到寺院去。只要她們當了尼姑，又怎會來搶來奪自己的王后位子？樂壽城外的普賢寺就是一座女尼寺院，年近花甲的靈惠大師任住持，手下有百餘名女尼。這天，竇建德去了聊城。曹氏便將靈惠大師請進王宮，聲稱有幾個女人看破紅塵願削髮為尼，特請大師為之削髮，行受戒禮，收為弟子。大師求之不得，滿口應承。於是曹氏親率二十多個體格強壯的女婢，領著大師來到蕭草的住處，把人集合到庭院裡。蕭草覺得來者不善，特別叮嚀宋小月待在房裡看護好道兒，切莫露面。曹氏面向眾人，宣布靈惠大師來為你等削髮，行受戒禮。削髮？受戒？這從何說起？姚姑向前質問：「誰說要削髮為尼了？」曹氏說：「我說了。你等一群女人從江都到樂壽，既無國又無家，吃飯穿衣都沒個著落，這樣生活還有什麼意思？總不能在這王宮待一輩子吧？所以我以慈悲為懷，給你等尋了個好去處：削髮為尼。樂壽的普賢寺遠近聞名，住持靈惠大師德高望重，你等能進普賢寺為尼，那可是造化是福氣哦！」姚姑手指曹氏氣憤地說：「你！你！」蕭草端坐在一張繡榻上，沉靜地說：「請問曹氏，你讓我等削髮為尼，夏王知情麼？請夏王前來親口說句話，我等自當從命。」曹氏見蕭后根本沒把她放在眼裡，不稱王后，只稱曹氏，勃然大怒，說：「這等小事，還用夏王說嗎？我是王后，當著夏國半個家，我的話就是夏王的話！」她略一停頓，直接面向蕭草說：「姓蕭的！你別敬酒不吃吃罰酒！削髮為尼，你是第一人！如果違抗，我的這些女婢可要來硬的了！庭院外還有三十名衛士，他們更不是吃素的！」曹氏帶來的女婢摩拳擦掌躍躍欲試。蕭草身邊的十多名宮監宮女忙挺身而出站到蕭草前面，怒目攥拳要保護皇后。雙方對峙，氣氛緊張。忽然，南陽公主楊嬅跨前一步，說：「我願為尼，請給我削髮。」蕭草驚呼：「嬅兒！」姚姑和宮監宮女等同聲驚呼：「公主！」楊嬅淡淡地說：「我削髮為尼，就當是贖罪吧！」曹氏本想讓姓蕭的第一個削髮，見姓蕭的女兒第一個站出來自請削髮也就同意了。靈惠帶來一名女尼助手，女尼在香爐裡焚起一炷香，讓楊嬅坐在一個圓杌上，替她圍上披巾，卸下首飾，散開長髮。靈惠手持剪刀向前，手上一使勁，剪下一縷長髮。楊嬅心中一顫。蕭草、姚姑等痛苦閉上了眼睛。曹氏得意，咧嘴而笑。剪刀飛快，發出「嚓嚓」聲響，片刻間，楊嬅一頭烏黑的長髮不見了。女尼用溫熱毛巾擦濕公主頭部。靈惠再用剃刀刮剃髮根，又是片刻間，髮根刮剃乾淨了。公主雪白的頭皮盡現，那種白是一種生生的別樣的白，分外乍眼。靈惠放下剃刀，再給摩頂，伸手輕摩公主頭頂，口中念念有詞：「世界紛紛，紅塵擾擾，空門向佛，一了百了。汝之法號為靜空，靜空靜空，萬事皆空。阿彌陀佛！」隨著一聲「阿彌陀佛」，受戒禮結束。一側地上放有蒲團。公主已是法號叫作靜空的尼姑，盤腿坐在蒲團上，雙眼緊閉，雙手在胸前合什，進入忘我境界。她曾是天之驕女，接受不了大隋滅亡的事實，結果丈夫離家出走，親生兒子因她殘忍「割愛」，年少喪命。母后給她一個耳光，她似有所悟，有了一種負罪感，耳畔老響著兩句話：「枉為人母，也枉為女人！」今日，空門向佛，是贖罪也是解脫。阿彌陀佛！

曹氏坐在一邊，得意非凡。天氣炎熱，還有兩個女婢給她打扇。她要親眼看姓蕭的削髮，不料第二個自請削髮的，是楊浩的妻子韓氏。韓氏曾是秦王妃，卻沒有享受過王妃的榮耀。楊浩被宇文化及立為皇帝，她並沒有成為皇后，連和丈夫見面的機會也沒有。楊浩遭殺害，她的兩個兒子也遭殺害。天道不公，人心險惡，空門向佛，也罷也罷！她的法號叫靜善。蕭薔蕭嬪第三個自請削髮。蕭薔是蕭草的堂妹，嫁給太子楊廣純屬意外。楊廣登基，她能晉封為嬪更是幸運。她生了皇子楊杲，楊杲是她生命的全部，然而丙辰兵變，楊杲慘死，皇上遭縊殺，她的生命事實上也就終止。現在空門向佛，正好誦念經文超度兒子，願他早日投胎再生。她的法號叫靜清。陳婀陳貴人第四個自請削髮。陳婀是陳後主陳叔寶的女兒，曾是陳國公主。她經歷了陳國、大隋兩次亡國之痛，早就看透世事人事，所以不要兒女，孤身一人，做到榮辱不驚、苦樂不驚、生死不驚。空門向佛也是一種人生，親身去體驗、領略，又何嘗不可？她的法號叫靜悟。

靜空、靜善、靜清、靜悟四名新受戒的尼姑，頭皮同樣的白，坐在蒲團上，均進入忘我境界。從此，宮廷鬥爭、血腥殺戮、親情愛情、顛沛流離全部了結，一了百了。世界儘管紛紛，紅塵儘管擾擾，但跟她們已沒有什麼關係了。

靈惠為四人削髮。蕭草心中翻江倒海。她聽說過，自北魏以來有很多皇家女人包括皇后、妃嬪和公主，由於各種原因都自請或被逼削髮為尼。已故樂平長公主楊麗華是北周宣帝宇文贇的皇后，宇文贇同時立了五位皇后，北周滅亡，除楊麗華外，其他四位皇后均遁入空門當了尼姑。沒料想，這種命運也會降臨到自己頭上。陳貴人等四人已經削髮，而她即將被削髮。她想，她曾是大隋國的皇后，尊為國母，削髮為尼無疑是一種凌辱，一種羞恥！她低聲吩咐姚姑去房裡取一把剪刀來，暗暗藏在衣袖裡。繼又低聲吩咐：「姚姑！我信佛教，但無心為尼，寧死也不削髮。你別管我，要盡力保護宋小月母子，尤要盡力保護道兒。保住道兒就是保住老楊家一脈香火。切記！」姚姑說：「不！我答應過孔姑，寧可我死也要保證皇后活著的。」急切中，她又把蕭草稱作皇后。蕭草說：「好姚姑！聽話！今日這陣勢，你是無力保證我活著的。」這時曹氏起身，皮笑肉不笑地說：「姓蕭的！怎麼樣？該你削髮了，請吧！」冷不防，姚姑一個箭步衝出，她手中也攥有一把剪刀，她要刺殺曹氏與之同歸於盡以保護皇后。曹氏的兩個女婢眼尖手快，迎向姚姑奪下剪刀，一邊一個反翦了她的雙臂。曹氏獰笑，說：「你敢對老娘行凶？哼！那好，看老娘怎樣把你剁成肉泥！」

驚魂時刻，蕭草嚇得面色煞白。猛地，有人通報：「突厥可敦義成公主駕到！」二十名氣勢洶洶的突厥衛士湧進庭院，人人手執兵器。隨之，一位三十多歲的女子，突厥髮式，緊身衣褲，披一件猩紅色絲氅，英姿颯爽地進入庭院。緊隨其後的是一名英俊青年，姚姑一眼認出是女扮男裝的珠瑪，高聲叫道：「珠瑪小妹！保護蕭皇后！」珠瑪也認出被兩個女婢反翦著的是姚潔姐姐，忙取出腰間佩戴的匕首，左一刺，右一刺，刺向兩個女婢肩頭。女婢慘叫倒地，血流如注。可敦快步走向蕭草，叫道：「蕭姨！蕭姨！」蕭草見是楊嵐，心中一熱淚水滂沱，手握的剪刀落在地上，也叫道：「嵐兒！嵐兒！」二人隨即緊緊抱在一起，蕭草的淚水將楊嵐的絲氅浸濕了一大片。

曹氏傻眼了。她萬沒想到突厥可敦會突然出現，更沒想到那個姓蕭的和突厥可敦居然這樣親熱。她預感到情況不妙，雙腿發軟。楊嵐緊挨蕭姨坐在繡榻上，見一側蒲團上的四個光頭女人，立刻明白了是怎麼回事。姚姑立在可敦身後簡要敘說削髮原委，楊嵐聽著聽著，心火突突地沉下臉來，威嚴地說：「來人！將那個悍婦拿下！」兩名突厥衛士向前，一左一右，將曹氏拖至可敦前方一丈開外處，用腳一踢，曹氏跪地前趴跌了個嘴啃泥。曹氏知道眼前這位可敦得罪不起，因為丈夫竇建德建立夏國全仗突厥支持。她雙手撐地，跪正，臉上露出諂媚的笑，說：「可敦！臣婦……」楊嵐怒聲道：「住口！你在本可敦面前不配稱臣婦，也沒資格說話！」曹氏討了個沒趣，面紅耳赤。挨了匕首的兩個女婢倒在地上呻吟，其他女婢，還有靈惠大師和那個女尼助手，嚇得一齊匐匐在地，莫敢仰視。楊嵐手指靈惠說：「你，什麼大師，剛才為四人行了受戒禮，你可知她們的身分？」靈惠說：「老身不知。」楊嵐說：「告訴你，能把你嚇死。她們是：大隋的陳貴人，大隋的蕭嬪，大隋的南陽公主，大隋的秦王妃！」靈惠嚇得像是五雷轟頂只顧叩頭，說：「老身不知，死罪死罪！」楊嵐說：「你的死罪待後再說。現在需你修理修理那個悍婦。如何修理？一，將其長髮剪成短髮；二，再剃成陰陽頭。」

對女人而言，頭髮和臉面同等重要。曹氏聽到要剃了她的頭髮，嚇得雙手護頭，說：「不要啊不要啊！」兩名衛士用長劍頂著她的後背，嚇得她不敢吭聲。靈惠遵命，起立，取了剪刀，走近曹氏，散開頭髮，「嚓嚓」幾聲響，她的長髮成了短髮，短得遮不住脖頸；又將她的頭髮剃得只剩下一半，左邊有右邊無，是為「陰陽頭」。曹氏摸了摸陰陽頭，拖著哭腔說：「天哪！我這樣子還怎麼當王后啊？」珠瑪暗笑：這個悍婦，此時還想著當王后。她來了個惡作劇，手中晃著明晃晃的匕首，去曹氏右耳根處自上而下一割，但不割斷。曹氏的右耳立刻耷拉著，鮮血直流，倒掛在耳垂上。曹氏慘叫數聲，倒地暈死。不一時又醒來，癱在地上哼哼，看去像個怪物，讓人噁心。

又有人通報：「夏王駕到！」竇建德身穿淺黃色衣褲，滿頭大汗，進入庭院，跪在突厥可敦面前叩頭，自稱臣下，說：「臣下竇建德拜見可敦！臣下今日去聊城，途中得知可敦駕臨樂壽，故立即返回，未能親迎鳳駕，失禮失禮！」楊嵐說：「夏王回來得正好。平身！看座！」竇建德說：「謝可敦！」起身，落座於一個圓杌上。一落座，看到四個光頭女人，看到怪物似的曹氏，看到跪地的女婢和靈惠大師。他明白了，曹氏這天闖下大禍了。楊嵐看著竇建德，說：「夏王！你怎麼立了這麼個悍婦王后？她今日大發淫威，強逼本可敦的親人親戚削髮為尼，她說她當著夏國半個家，她的話就是夏王的話，是這樣嗎？」竇建德說：「她放屁！自臣下起事以來，從不允許她插手政事軍事！」楊嵐說：「實話跟你說，可汗對你並不怎麼放心，所以命俟利弗設特勒率一萬鐵騎隨我來樂壽。鐵騎就紮營在北門外。只要本可敦一聲令下，他們在半個時辰內就會攻佔樂壽城，你信不信？」竇建德拱手說：「臣下信，信！」楊嵐說：「你信就好。你現在讓女婢把那個怪物弄走，然後去拜訪俟利弗設特勒，多說些好話。」竇建德說：「臣下遵命！」他起身，讓那些女婢起來，拖拉抬拽地把滿身血污的曹氏弄出了庭院。靈惠大師也想要離去。楊嵐說：「你這個什麼大師得留一步。你為大隋的陳貴人等行了受戒禮，她們就是佛門中人。你且領了四人先在普賢寺安頓，好生款待，若有怠慢，本可敦就燒了普賢寺！」靈惠答應：「是！是！」女尼一一扶起四人，四人隨即跟著靈惠出了庭院。她們果真萬事皆空了，離去時沒和蕭草、楊嵐告別，甚至連看也沒看上一眼。

庭院裡安靜下來。蕭草這才淚水嘩嘩地傾訴這一年多來的痛苦與屈辱，句句血，聲聲淚，好幾次說不下去，泣不成聲。楊嵐一直緊握蕭姨雙手，淚光瑩瑩。她能感受到蕭姨的亡國之痛，失去眾多親人的喪親之痛，那是痛徹肺腑、痛徹骨髓，終生無法忘懷、無法抹平的巨痛啊！姚姑取來溫濕毛巾，讓蕭草擦了擦臉。蕭草忙說：「姚姑！快叫宋小月前來拜見公主。」宋小月懷抱道兒應召前來，跪地叩頭，輕聲說：「宋小月拜見公主。」楊嵐疑惑，說：「這是？」蕭草說：「她叫宋小月。齊王楊暕遇難，她懷了楊暕的孩子隨我流離，上年分娩，生了個男孩，小名叫道兒。大名叫正道。」楊嵐臉上露出喜色，說：「這麼說，道兒是暕哥哥的遺腹子，姓楊？」蕭草說：「正是。」楊嵐忙從宋小月懷中抱過道兒端詳著，大笑說：「好啊！大隋國老楊家沒有絕後，這就叫留得青山在，不怕沒柴燒！」她當即決定，蕭姨等一行人隨自己住到突厥軍營去，那裡最為安全。

突厥軍營由密集的穹廬組成。楊嵐讓蕭姨、宋小月、道兒、姚姑和自己、珠瑪同住一個大穹廬。俟利弗設特勒來看望蕭草。蕭草當年在磧口見過他，他是始畢可汗的二弟，身高體壯，一表人材。入夜，蕭草和楊嵐坐在燈下說了大半夜的話。楊嵐說，她本應四月就來見蕭姨的，怎奈可汗生病無法脫身，直到可汗病情好轉，她才和俟利弗設特勒同來樂壽。可汗有話：大隋已亡，蕭姨可到突厥定襄居住。楊嵐說她以及她的女兒雪鶯也是這個意思。蕭草趕忙問起雪鶯，知道雪鶯已經八歲，長得俏麗，聰明可愛。蕭草默想許久，她已無國無家，基本上也無親人，除了流亡突厥，又能去哪裡呢？為了自己，更為了道兒，就去定襄吧！楊嵐大喜，說：「好！我們明天去一趟普賢寺，後天就動身去定襄！」

次日，蕭草、楊嵐乘坐馬車由姚姑、珠瑪陪同，由一隊突厥衛士護衛來到普賢寺。靜空楊曄、靜善蕭薔、靜清韓氏、靜悟陳嫻四名新受戒的女尼，換穿上了尼姑服，素衣素面，端坐在蒲團上，閉目默誦經文。蕭草、楊嵐前來。四人睜眼看了看，並未答話與起身，臉上無任何表情。蕭草心中感到悲涼。這四人都是她的親人，空門向佛，驟然間變得好像沒有七情六欲，成了木偶人與泥塑人。最後，蕭草、楊嵐和四人告別，逐一擁抱。蕭草明顯感到楊曄全身在戰慄，眼角閃著淚光。她聲音哽咽，輕喚一聲「曄兒」，雙眼含淚，痛苦離去，不敢回頭。她知道這一離去就成流亡之人，她和曄兒的母女愛母女情也就到頭了。

第二十九章 流亡突厥

蕭草隨楊嵐、俟利弗設特勒前往定襄，竇建德率主要官員恭敬地為一行人送行。裴矩歸於竇建德，任吏部尚書、尚書右僕射。特意走近蕭草，行抱拳禮，悄聲說：「夫人之婿已投奔大唐。」蕭草會意，感謝裴矩裴大人在她流亡之際告訴她這樣一個她並不怎麼驚訝的訊息。隋失天下，群雄逐鹿。李淵及其兒子們是雄中之雄，天下最終會是姓李的。識時務者為俊傑。她的同父異母弟蕭瑀和女婿宇文士及相繼投奔大唐，無疑是正確的選擇，表明他們正是有遠見識時務的俊傑。

突厥一萬鐵騎，五千居前，五千居後，護衛著十多輛馬車逶迤前行。蕭草、楊嵐、姚姑、珠瑪共乘一輛寬敞豪華的馬車，馬車車廂如同一間舒適的小房。兩三天來，蕭草深刻感受到認識到楊嵐的變化。她不再是以前那個嬌弱的嵐兒，而是尊崇的強勢的可敦，連竇建德都得聽她的，好不威風。令蕭草驚異的是，楊嵐還能策馬疾馳，身上的絲氅隨風飄起，馬和人像是在飛翔，雄豪且浪漫。楊嵐棄馬登車，嬌喘吁吁，香汗涔涔。蕭草說：「嵐兒！真沒想到你還能騎馬！」楊嵐笑著說：「我是到突厥後學的。突厥女人沒有不騎馬的。」珠瑪說：「小雪鶯六歲時就學騎馬，現在的騎技快趕上我了。」蕭草說：「是嗎？等我見到小雪鶯定要看看她騎馬的樣子。」珠瑪說：「姚姑！你到定襄也得學會騎馬。」姚姑嚇得直搖手，說：「我可不敢！」說到騎馬，蕭草特別感激珠瑪。四年前，珠瑪女扮男裝，俠肝義膽，從磧口到雁門，從雁門回磧口，騎馬送信，才使大隋皇帝避免了一場滅頂之災。楊嵐說：「當時，可汗率四十萬大軍開往雁門可把我嚇壞了。是珠瑪提出赴雁門報信的，我只能同意。珠瑪返回磧口，敘說雁門險情又把我急壞了。靈機一動，硬冒出個謊報軍情的法子，寫了『北邊有急』四字密函，派人送呈可汗。可汗擔心北邊契丹入侵，所以才撤了雁門之圍。」蕭草百般感慨，說：「原來是這樣！可汗沒責怪吧？」楊嵐說：「還好。可汗知我心裡向著娘家人，尤其是向著蕭姨，故而把大事化小，小事化了了。」蕭草說：「你和珠瑪的大智大勇救了大隋皇帝，而他卻不知珍惜，弄得天下大亂，最終死在江都。真是！」楊嵐出於禮貌，稱大隋皇帝為姨父皇帝，說：「姨父皇帝荒淫無度，遭奸人逆弒，也是罪有應得。我痛恨的是，李淵建唐殺死楊侑，王世充建鄭殺死楊侗，導致大隋滅亡。所以我跟可汗說了，突厥要替大隋報仇！」蕭草聽了這話，心中一驚。報仇？向誰報仇？報得了嗎？她有意轉變話題，說：「嵐兒！你父母在華陰老家，還好吧？」楊嵐紅了眼圈，說：「我父母在雪鶯出生那年雙雙病故了。」蕭草忙說：「對不起！我不該問這個問題。」楊嵐說：「問有何妨？沒事的！我無兄無弟，是堂弟楊善經出面安葬了二老，事後才到磧口報喪。我深感大不孝，哭了好多回。我讓楊善經留在突厥，還讓可汗任用他為居屯。居屯相當於縣令。說來也巧，他就是定襄居屯，我已讓他給安排好住所，迎接蕭姨到定襄居住。」蕭草歡喜，說：「好啊！我等尚未到定襄，那裡就有個親戚在等著了。」

蕭草這一路行來始知天下大亂，并州塞外地區已是支離破碎。出北齊長城，劉武周據馬邑稱定楊可汗，梁師都據朔方稱大丞相。五原、定襄原是大隋國土，現在歸了突厥。定襄民眾約五六千人，漢族人和突厥人混居，前者多住草房，後者多住穹廬。定襄居屯楊善經也稱蕭草為蕭姨，早為蕭姨等準備好了住所。那是一個獨立的庭院，綠樹環抱、花草繁茂，除草房外，還有十多間磚瓦房，設施齊全，吃的用的應有盡有。蕭草由衷地感謝楊居屯。楊善經說：「自家親戚應當的！」他接著告訴楊嵐，可汗有旨，近期將要率兵征戰，命她和特勒速回磧口。征戰是大事，楊嵐不敢耽擱，把安頓蕭姨的任務交給堂弟，當即告別蕭姨，和俟利弗設特勒率一萬鐵騎匆匆趕回王庭。

跟隨蕭草流亡到定襄的年長宮監宮女尚有十五人，加上蕭草、姚姑、宋小月和道兒，共十九人，組成一個特殊家庭。蕭草發話，這個家庭所有成員都是平等的，沒有高低貴賤之分。姚姑是家庭的「家長」，眾人的言行都得聽家長的。注意，我等這是流亡，任何時候都要切記流亡者的身分。楊善經為蕭姨一行提供了充足的生活供應，所以這個家庭很快就井然有序。暮秋九月，磧口突然傳來消息：始畢可汗病薨，俟利弗設特勒嗣位為可汗，稱處羅可汗，遵從弟妻其嫂的習俗，楊嵐成為處羅的可敦。楊善經將此消息告訴蕭姨。蕭草驚得目瞪口呆，許久沒說出話來。

始畢可汗獨具才略，在位十年，重用一位名叫高德言的漢族文人，勵精圖治，從而使突厥疆域擴大，國力超強，雄師軍旅號稱百萬。始畢支持李淵造反雙方有約：所得土地歸李淵，所得金帛歸突厥。然而李淵建立大唐，給予突厥的金帛只是象徵性的，少得可憐。始畢大怒，遂聯合梁師都、劉武周興兵進攻太原。始畢年初生過一場大病，秋日征戰，舊病復發慌忙回師，回到磧口便一命嗚呼。處羅可汗繼位，受可敦楊嵐鼓動派出使者赴定襄，宣布立楊正道為隋王，設置官署，沿用大業年號紀年。蕭草一聽，驚慌失措。她攜領唯一的孫子流亡突厥是逃難來的，保命來的，不是為建立流亡政權來的；道兒若稱隋王，很可能會招來殺身之禍。流亡中的蕭草只想保住孫子，將孫子撫養成人傳承老楊家的香火，此外一切的一切皆是虛幻！使者帶來一個鑄有「隋王府」三字的金屬門牌，命人鑲在庭院大門門楣上。使者離去。蕭草立命將門牌摘下毀掉，鄭重而嚴厲地說：「道兒只是個尚在吃奶的嬰兒，絕不是什麼隋王！即便日後長大也絕不當什麼隋王！所謂設置官署，沿用大業年號紀年，那是無稽之論，切莫理會！」

定襄一帶十月就下雪，到了臘月，積雪有二三尺厚。蕭草在定襄度過第一個風雪瀰漫的寒冬，度過五十歲生日。新年過罷，三四月份冰雪融化。處羅又受可敦鼓動，調集兵馬準備攻取太原，用來安置隋王楊正道。出征在即，偏偏患了嚴重的疽瘡，服用五石丹藥竟至中毒身亡。突厥可汗再次變更，始畢和處羅的三弟，年近四十歲的莫賀咄設嗣位為可汗，稱頡利可汗，楊嵐再成為頡利的可敦。蕭草聞此消息，更是驚得目瞪口呆。第一，她驚突厥可汗變更太快；第二，她驚楊嵐仍是可敦。楊嵐十四歲赴突厥和親，漢家女子，二十年裡先後成為啟民和始畢、處羅、頡利父子兩代四位可汗的可敦，真是太不可思議了！始畢、處羅、頡利都是有突厥妻子、突厥兒女的，三人不立突厥妻子為可敦，均立父可汗的可敦為可敦，足見楊嵐具備了成為可敦的人格魅力。

仲夏時節，楊嵐領著女兒雪鶯、女官珠瑪到定襄看望蕭姨。楊嵐姿貌富態，眉眼皆笑，更顯尊貴與風情。雪鶯長得漂亮，嬌巧玲瓏，兼有突厥女孩的爽朗之美與漢族女孩的羞怯之美。雪鶯甜甜叫了一聲姨奶奶。蕭草答應，雙手把她攬在懷裡，喜呀愛呀，喜愛得流下淚來。蕭草堅持楊嵐母女住自己房間，楊嵐和自己同睡土炕，另給雪鶯支了一張小床。入夜，雪鶯睡熟了。蕭草和楊嵐悄聲說話，主要說要不要立楊正道為隋王？楊嵐說要。因為天下本姓楊，偏被外姓人奪了去，她不甘心，說什麼也要報仇，所以要立個隋王，依靠突厥的支持定能復辟大隋。蕭草說不要，堅決不要，苦口婆心解釋不要的理由。她說：「國家更迭是社會發展規律，不是人的主觀意志所能改變的。從夏商周到秦漢，到魏晉南北朝，天下多次改姓，國家多次更迭，誰也阻擋不了。老楊家的大隋從何而來？是奪了宇文氏北周而創建的。現在大隋滅亡，天下極有可能歸於李淵的大唐，改而姓李。這很正常，不存在報仇不報仇的問題。大隋老楊家還有個道兒在，知此事者極少。他若被立為隋王，等於敲鑼打鼓告訴天下人大隋老楊家還有個男兒正在定襄活著，且是隋王，志在復辟大隋。這樣一來，你說道兒在這裡還待得下去嗎？李淵開國建唐，已把楊侑降封為酅國公，可沒多久就將他殺害。為什麼？因為楊侑活著就有可能復辟大隋，必須斬草除根。李淵能殺楊侑，同樣能殺道兒，只需派一兩名刺客前來行刺，道兒的小命就會不保啊！所以道兒在定襄萬不可聲張與招搖，能隱姓埋名，無聲無息最好。只有這樣，他才是安全的，老楊家的香火才不致斷絕！這個道理你該懂啊！」蕭草的解釋入情入理。楊嵐有點不好意思，說：「我光想著報仇，沒考慮過各方面的利害。」蕭草說：「等你到了我這個年齡，你也會考慮的。」

蕭草說過要看雪鴛騎馬的。這天風和雲淡，陽光明媚。楊善經安排蕭草等乘坐馬車來到定襄城北，那裡是廣袤的草原。雪鴛打扮得像一隻花蝴蝶，騎一匹棗紅色大馬馳上草原。楊嵐騎一匹金黃色大馬，珠瑪騎一匹銀灰色大馬亦馳上草原。三匹大馬先是慢跑，隨後便四蹄騰空，縱橫馳騁。雪鴛真是膽大。她雙手緊握韁索，身體幾乎貼在馬背上，她仍時時騰出右手揮動馬鞭，驅馬跑得更快些。蕭草的心提到嗓子眼，擔心她萬一從馬背上摔下來，怎麼得了？楊嵐、珠瑪有意讓著雪鴛，一左一右，總是讓棗紅色大馬跑在最前面。倏忽，上百名突厥女子，衣飾鮮豔，五彩繽紛，也各騎一匹大馬馳上草原。百馬奔馳，人嬌馬健。那場面，花團錦簇，流光飛彩，好美呀！百馬奔馳的速度放慢，漸漸變成信步，將可敦、雪鴛、珠瑪三匹大馬簇擁在中間。有人起了個頭，所有突厥女子放聲高唱起民歌來。先用突厥語唱，再用漢語唱。蕭草聽清了，她們唱的是著名的《敕勒歌》：

敕勒川，陰山下
天似穹廬，籠罩四野
天蒼蒼，野茫茫

風吹草低見牛羊

這是北朝東魏時期的一首民歌，原為鮮卑語，描繪北方草原天高野曠，牛羊遍布，粗獷而奇麗的風光。今日由百名突厥女子騎在馬上放聲高唱，尤見情韻。蕭草、姚姑、宋小月等看騎馬看得眼花撩亂，聽唱歌聽得心情歡暢，恍然領悟到：女人原來也可以這樣活著的！半個月後，楊嵐返回磧口，承諾每年春夏間都會到定襄來看望蕭姨。雪鶯說，以後再來要隨姨奶奶學認字學寫字學讀古詩。蕭草說：「行！行！小雪鶯聰明，肯定會勝過你娘。」

這一年於大唐為武德三年（西元六二〇年）。此後數年間，蕭草把全部心思與精力都放在道兒身上，努力做到不聲張不招搖，隱姓埋名。無聲無息。儘管如此，楊正道曾被立為隋王的事仍有傳播，一些大隋遺民前來投奔誰也沒見過的隋王，以致定襄人口增至上萬人。大唐李淵父子雄才大略，立志實現天下一統，開始消滅各地割據政權的艱苦戰爭。步驟是先消滅薛舉、李軌、梁師都、劉武周等政權，鞏固以長安為中心的關中根據地。然後，秦王李世民東征，消滅王世充、竇建德、劉黑闥、徐圓朗等政權；大將李孝恭、李靖南征，消滅蕭銑、沈法興、林士弘、輔公祏等政權。李世民在戰爭中表現出非凡的才幹，功勳顯赫，麾下有一大批忠誠的傑出的文武英才。突厥頡利可汗在三兄弟中，長相最像生父啟民，然生性驃悍，尚武好戰，看到一個個臣服於突厥的割據政權被消滅，滿懷仇恨與報復心理，年年統兵入侵大唐，使大唐北方邊地一刻也不得安寧。最嚴重的一次是統十五萬鐵騎入雁門關，圍攻太原，劫掠并州各縣，劫掠走的百姓多達五六千人。李淵為避突厥鋒芒，曾想放棄長安遷都。李世民豪壯地說：「夷狄自古就是中國的邊患，沒聽說過前朝有因畏懼而遷都的。請給我數年時間，我一定打敗突厥，生擒其可汗！」

可敦楊嵐兌現承諾，每年春夏間必領著雪鶯到定襄看望蕭姨，同時帶來許多重要訊息。楊嵐說：「蕭瑀和宇文士及投奔大唐皆受重用，一人任內史令，一人任尚書侍郎。」又說：「唐帝納了宇文士及之妹宇文巧蘭為妃，封作昭儀；秦王納了崔翠之女藍田公楊曜為侍妾，他也就成了煬皇帝的女婿。」還說：「那個李世民真個厲害，統兵東征就消滅了王世充、竇建德數十萬兵馬。生擒竇建德，獻俘長安，斬於鬧市；王世充投降，死於仇家獨孤修德之手。」蕭草驚問：「那陳嫺、楊暕等人怎樣了？」楊嵐說：「我派人去樂壽打聽過，韓氏因為憂傷，鬱悶而死；蕭薔無法忘懷楊杲，割腕自殺而死；楊暕轉移到洛陽興善寺了；陳嫺空門向佛，心無旁鶩，在靈惠大師病故後，接任了普賢寺的住持。」蕭草心潮起伏，難以名狀。她為侄媳韓氏、堂妹蕭薔之死泫然落淚。她不明白楊暕為何轉移到洛陽興善寺去。她理解陳嫺潛心向佛是最虔誠的，一個女人看破紅塵，萬事皆空，還有什麼值得留戀與牽掛的呢？楊嵐再說：「唐軍平定江南，特將姨父皇帝墓遷至雷塘，以禮安葬，墓改稱陵。」蕭草無限感慨，說：「你姨父皇帝生前光顧縱欲享樂，不為自己建造陵寢，反倒是大唐遷葬他的墓，墓改稱陵，真是……」

大唐消滅各地割據政權的戰爭進行得威武雄壯。到了武德八年（西元六二五年），黃河流域、長江流域、西北、嶺南的割據政權所剩無幾，天下基本歸於一統。這年，楊嵐的女兒雪鶯長大成人，十五歲，到了婚嫁的年齡。她隨姨奶奶蕭草學認字學寫字學讀古詩，接受了漢文化教育和儒學教育，認定自己是漢族人而非突厥人。她不喜歡突厥人的生活習俗，選擇夫婿堅持要嫁個漢族人。她是突厥的公主，哪有漢族青年能與之般配？千挑萬挑挑中一人——高德言之子高崇義。高德言乃大隋五原人，飽讀詩書，胸有韜略，擅長規劃與調度。始畢可汗入侵大隋劫掠到此人，意外發現其才幹，遂留在身邊充當謀士，大加寵信。突厥的強盛，高德言是立了大功的。處羅、頡利可汗亦寵信高德言，軍政大事皆由他說了算，史籍記載：「漸掌國政」。高德言在突厥的地位與作用相當於丞相，但他做人低調，一不貪官爵，二不貪錢財。大隋與大唐是他的祖國，他對祖國並無敵意，之所以為突厥效力只是為了證明他有才學。突厥朝野都尊敬他，尊稱其為高公。高公幼子高崇義，時年十七歲，長相英俊，風流倜儻，也有才學。經人說合，高崇義和雪鶯喜結連理成了夫妻。磧口漢族人較少，雪鶯婚後便和丈夫一起住到定襄，這樣更利於她隨姨奶奶學認字學寫字學讀古詩。蕭草平生最想有個孫女，可惜未能如願。現在她把雪鶯當作孫女般疼愛關愛，愛得真誠與深沉。

雪鶯和丈夫住到定襄的次月——武德九年（西元六二六年）六月，楊嵐亦到定襄，向蕭姨報告一個驚人消息：大唐皇家剛剛發生內訌，秦王李世民發動玄武門之變，殺死皇太子李建成和齊王李元吉及其黨羽，自己成了皇太子。蕭草驚愕，立刻想到不論是大隋還是大唐，圍繞太子大位，總是有殘酷而血腥的爭奪。楊嵐興奮於色，說：「頡利可汗分析，大唐內訌，消耗實力，正是舉兵入侵的大好機會，所以親率鐵騎十萬，取道隴東，突入關中了。可汗打算，如有可能，就進攻長安為大隋報仇。如能攻克長安，那麼楊正道就仍為隋王，將安置到太原去。」蕭草更加驚愕，一時心亂如麻，沒有附和楊嵐的「報仇」說。她想，大唐儘管內訌，實力有所消耗，但長安豈是能輕易攻克的？所謂報仇，所謂楊正道仍為隋王，這一陳詞濫調，還是千萬千萬莫提為好！有一情況，楊嵐沒有提說，就是高公高德言極力反對這次軍事行動，認為此舉太過魯莽，注定一無所獲。頡利執意孤行，撇開高公，自己規劃與調度就貿然出征了。高德言為突厥三任可汗效力多年，對祖國對漢族有一種負罪感，所以趁著和頡利政見相左之時毅然決然地選擇了隱退。

蕭姨在定襄，女兒女婿也在定襄。楊嵐決定也留在定襄等候可汗歸來，等候勝利消息。等到八月底，頡利歸來了，到了定襄，果真是一無所獲。原來七月，頡利突入關中，指揮兵馬攻襲武功、涇陽、高陵等地。長安戒嚴，人心惶怖。八月甲子日，大唐皇太子李世民突然即了皇帝位，尊父皇李淵為太上皇。大唐皇帝換人。頡利大喜，統領鐵騎聚集於渭河北岸，僅隔一座便橋，南望可見巍峨的長安城。頡利極想跨越便橋進攻長安，但又顧慮大唐有所防備，猶豫不定。癸未日，頡利正在便橋北端徘徊，猛見得便橋南端出現六人六騎，為首者金盔金甲，英武軒昂，正是大唐新皇帝李世民。李世民約會頡利，隔河對話，義正詞嚴地責備頡利多次背約入侵大唐，並曉以利害，聲稱今日是戰是和完全取決於頡利，可速作決斷。頡利懾於李世民的威儀與膽量，又見遠處旌旗隱約，兵甲閃耀，不敢冒險只能笑臉請和。於是乙酉日，李世民和頡利在便橋上殺白馬盟誓，簽訂和約。然後，頡利引領兵馬退回突厥，避免了一場箭在弦上的戰爭。

這一結果令楊嵐懊惱、掃興、沮喪。頡利說：「我的十萬鐵騎列陣在渭河北岸，李世民僅率六人六騎約我隔河對話，單憑這一點就說明此人絕非常人。今後突厥將跟這位唐帝對壘，怕是很難佔到便宜了！」楊嵐問：「李世民多大年齡？」頡利答：「今年二十八歲。」楊嵐驚呼：「這樣年輕！」蕭草略略感到欣慰。大唐取代大隋，大唐已是她的祖國。祖國出了個年輕有為的皇帝，實是大唐之福，國人之福，也是她蕭草之福啊！

頡利和楊嵐回了磧口。蕭草等在定襄又度過一個寒冬，迎來大唐貞觀元年（西元六二七年），進入中國又一個「治世」——貞觀之治時代。

第三十章

回國回家

李世民未動一兵一卒就避免一場戰爭。大唐官民歡呼雀躍，稱頌和擁戴這位新任皇帝。李世民吸取隋帝楊廣亡國喪身的教訓，注重個人品德修養，實行仁愛的治國方略，大力發展經濟，從而使國家與社會迅速地由大亂走向大治，各方面皆呈現出嶄新氣象。他高瞻遠矚、雄視天下，認識到突厥仍是大唐最危險的敵人，不僅霸佔著中國大片國土，而且年年入侵使北方民眾深受其害。他得到情報，知道了大隋皇后蕭草攜領唯一的孫子楊正道流亡在定襄。說來有緣，大唐老李家和大隋老楊家本來為親戚。他該把楊廣稱表姨父，蕭草就是表姨母；現在他的愛妃楊曜是楊廣和崔翠的女兒，那麼他又該把楊廣稱岳父，把崔翠稱岳母，蕭草自然就是庶岳母。聽聞既是表姨母又是庶岳母的蕭草，待人以善以誠，崇尚節儉，人格高尚，有口皆碑。她之所以流亡只是因為國亡家破，為了能保住大隋老楊家一脈香火，別無他求。可恨的是那個楊嵐，大隋封的公主赴突厥和親成為四任可汗的可敦，卻仇恨大唐，喊叫著要為大隋報仇，鼓動立楊正道為隋王妄圖復辟大隋。這絕對不能容忍！李世民曾經說過：一定要打敗突厥，生擒其可汗。鑒於此，他決心強國強軍盡快實現這一諾言。

頡利和楊嵐回到磧口，發現高公高德言攜帶家人不見了蹤影。高德言在消失前做的最後一件事是，將定襄居屯楊經善調至磧口任職，改用突厥一名酋長康蘇蜜任定襄居屯。十多年來，突厥的國政皆由高公規劃與調度，井然有序；如今高公突然消失，頡利得親自過問與斷決政事軍事。他沒有這方面的經驗與能力，全憑想當然發號施令，驢脣馬嘴，不切實際，弄得怨聲四起、人心離散。原臣服於頡利的薛延陀、回紇、拔野古等部族趁機反叛，宣告獨立。就連分管東部地域的突利可汗（始畢可汗之子什缽苾）也起了歹心，暗中與大唐來往圖謀獨立。頡利顧此失彼，焦頭爛額。楊嵐則是心浮氣躁動輒發火，常自問：「怎麼會這樣？」

蕭草流亡，受到楊嵐的特別關照，一行人衣食無憂，生活不成問題。然蕭草心中一直很不踏實很不安寧，總有一種寄人籬下之感。隨她流亡突厥的十五名宮監宮女，陸續死去十二人。突厥習俗，人死後火焚，不留形跡。蕭草堅持給死者置辦棺材與壽衣，小殮大殮等程序，皆按漢禮進行。棺材放進墓穴，大頭朝北，寓義死者在陰間也要遙望南方的祖國和家鄉。因為有道兒，她認可了宋小月的兒媳身分。宋小月原是傭僕的女兒，出身微賤，大字不識一個，從江都到定襄跟在蕭草身邊，耳濡目染蕭草的言行舉止，在磨難中受到了薰陶。蕭草教授道兒學認字學寫字學讀古詩，她也跟著學，她也快變成一個知書識禮的女性了。道兒一年年長大。男孩是要進庠序，系統學習六藝，接受正規教育的。可是在定襄，哪來的庠序？有一位老者是大隋遺民，粗通文史，愛講故事。道兒曾去聽講，回家告訴祖母說老者講的是吳越爭霸，越王勾踐被吳王夫差打敗，臥薪嘗膽，最終復興越國，成了一代霸主與英雄。蕭草聽後緊皺雙眉。要知道勾踐是勾踐，道兒是道兒，道兒若受影響也萌生出復興大隋國，當霸主當英雄的志向，那怎麼行？那會斷送他的小命哪！為保險起見，她和宋小月商量再不許道兒去聽老者講故事了。古代女人年過五十就算老年。蕭草這年五十七歲，不由經常思量起葉落歸根問題。她的根在哪裡？最早在西梁，繼而在隋國，隋國滅亡，就該在唐國。可是這些年來，她遠離了根，對於唐國僅僅是可望而不可及呀！她這片葉子枯萎了，快要凋落了，到底會凋落在哪裡？她說不清，很迷茫。如果凋落在定襄，葉落不能歸根，那就太……怎麼著？她無法用一個恰當的詞語來形容，只能重重地歎氣：「唉！」

貞觀二年（西元六二八年）冬，突厥大雪，天寒地凍將近半年，牲畜大多凍死，人亦凍死很多，元氣大傷。頡利和楊嵐無力應對這種局面，整日借酒澆愁，軍政事務完全荒廢。貞觀三年（西元六二九年）秋，李世民審時度勢，決定抓住時機根除外患，任命兵部尚書李靖為定襄道行軍大總管，指揮和節制柴紹等五位行軍總管，共六路大軍十五萬精銳同時出擊，三十萬民夫和十萬頭牲畜、十萬輛小車，保證軍需供應，目標很明確，就是要畢其功於一役，攻滅突厥。突利可汗及許多部族聞風喪膽，不戰而降。頡利的驃悍鐵騎所剩無幾，且無戰鬥力，連戰連敗。貞觀四年（西元六三〇年）初，李靖大軍攻克磧口。頡利孤身獨騎逃奔沙缽羅，醉酒不省人事的楊嵐和堂弟楊經善被唐軍斬殺。珠瑪再次女扮男裝，騎馬馳往定襄通報。蕭草、雪鶯得知磧口發生的事情，驚駭萬分。蕭草對楊嵐的死感到異常悲痛，戰爭一般是不殺害女人的，楊嵐是因為極度忠於大隋，仇恨大唐，並妄言要復辟大隋才遭殺害的。雪鶯對楊嵐之死倒是並不怎麼悲痛，雪鶯認為生母一生四嫁，嫁了突厥父子兩代四位可汗，雖然尊為可敦，其實很不光彩。雖然這是胡俗，但一個漢族女人這樣做，失了貞節，忘了廉恥，到頭來丟了性命，有什麼可悲痛的？三月，唐軍迫趕頡利將其擒獲，獻俘長安。突厥最後一個部族沙缽羅投降大唐，標誌著突厥滅亡。一天，定襄出現了唐軍兵馬，原來唐軍將定襄收復了。蕭草不明白唐軍對自己的態度，從容鎮定地端坐於正房，集合家人靜靜等候唐軍前來給個說法。約莫午時，庭院裡響起通報聲：「李大總管到！」一位四十多歲，身材魁偉，威風威嚴的將軍，由十多名衛士護衛來到庭院，大步進入正房，向著頭髮花白，神色凜然的蕭草行抱拳禮，說：「大唐兵部尚書、定襄道行軍大總管李靖，拜見蕭夫人！」蕭草見來者恭敬有禮，且稱自己為夫人，欠身還禮，說：「大總管來此是……」李靖說：「李某是奉聖命來此，並帶來大唐皇帝信函，請夫人過目。」他從懷中取出一方黃綾。姚姑向前接過遞給蕭草。蕭草展開，但見黃綾上寫著：「歡迎蕭夫人及其孫楊正道等，回國回家。」左下方蓋有鮮紅的四方大印，印文為：「皇帝之璽」。另有一個四方小印，印文為：「李世民之印」。就是說，這是大唐皇帝李世民的信函，等同詔令！蕭草連看數遍，「回國回家」一語觸動心弦，頓時熱淚盈眶，雙手顫抖地高舉黃綾跪地，命楊正道、宋小月、姚姑、三名宮監宮女也跪地，面向長安方向叩頭，激動地說：「感謝大唐皇帝恩典，歡迎流亡之人回國回家，回國回家！」

蕭草禮請李靖落座用茶。李靖告訴蕭夫人：這次戰爭，唐軍攻克了突厥王庭，斬殺煬嵐可敦，生擒頡利可汗，突厥軍隊及各部族皆降，突厥已經滅亡。蕭草立刻想到雪鶯、高崇義和珠瑪，詢問可不可以帶他們一起回國回家？李靖回答：「當然可以。現在大唐北方邊境已至大漠，境內各族人包括突厥人，同國同家，同為大唐國人。」蕭草心中湧動激情，說：「好啊！這才是真正的天下一統，四海一家！」李靖還告訴蕭夫人：他已命一名姓包的尉官率二十名軍士及車馬護送蕭夫人等回國回家，日期自定，隨時可以起程。雪鶯、高崇義和珠瑪恰好到來。蕭草告訴三人，他們也可隨自己回長安去。三人歡喜地向李靖跪拜表示感謝。珠瑪是突厥人，這時意識到她也是大唐國人了。

《隋書》記述蕭草：「暨乎國破家亡，竄身無地，飄流異域，良足悲矣！」這年四月中旬，風和日麗，蕭草在「良足悲矣」十一年後踏上回國回家的路程。康蘇蜜為之送行，悄聲告訴蕭草：高公高德言早有預見，預見到突厥必亡於大唐，預見到蕭夫人必回歸祖國；高公在任用自己為定襄居屯時叮囑，務要不動聲色地保護蕭夫人和楊正道的安全，同時要看到他的兒子高崇義能隨蕭夫人回歸大唐；高公說他為突厥效力，愧對祖國，無顏回歸，只能由崇義代父回歸，告慰列祖列宗。蕭草聽後感歎不已，說：「高公見識高遠，真是個有心人哪！」

包尉官率軍士及車馬護送蕭草一行入雁門關，經太原，在蒲津關西渡黃河，進入關中地境，蕭草看到熟悉的山水備感親切。五月，蕭草抵達長安。李世民已賜予一個精巧的庭院作為她的新家。新家位於興道里——皇城南向中門朱雀門外，朱雀大街北端東側第一個居民區，一稱興道坊，環境幽靜，設施齊全。蕭草住進新家，見到的第一人是宇文士及，急切詢問可有女兒楊曄的消息？宇文士及仍稱蕭草為母后，說他投奔大唐後曾派人去樂壽，打算把公主和禪師接到長安，但沒能如願。因為公主割愛，致使禪師丟了小命，自請削髮為尼，進了普賢寺，轉移到洛陽興善寺；武德四年（西元六二一年），他隨秦王東征王世充，專門找到了公主，希望她能還俗，二人仍為夫妻；公主堅持認為老楊家和宇文家之仇不共戴天，斷然拒絕，聲稱若再相逼就尋死；他見公主意堅言切，和好無望，只得作罷；不久，王世充投降秦王，投降前放火燒了興善寺，包括公主在內的女尼全部喪生。蕭草此時始知曄兒已死多年，痛苦落淚，說：「我那女兒，既無知又偏激，親仇不分，把丈夫和兒子都當作仇家，真是愚蠢至極。」宇文士及還說：他的胞妹宇文巧蘭是唐帝李淵的昭儀，生有兩位皇子——李元嘉封韓王，李靈夔封魯王。李淵見他孑然一身，命將李氏一宗室女嫁他為妻。他現在官殿中監，從三品，又有一兒一女了。蕭草欣慰點頭，說：「這就好，這就好啊！」

蕭瑀前來拜訪蕭草。姐弟倆分別二十多年再次見面，世、時、人、物皆非，感慨萬千。蕭瑀敘說投奔大唐的緣由，敘說在大唐曾任第一丞相尚書左僕射，當今皇上用「疾風知勁草，板蕩識誠臣」的詩句稱讚他的品格，目前任御史大夫，封宋國公；夫人陳氏，生有三兒一女；長子蕭銳，娶皇上之女襄城公主，官太常少卿。他生活優越，兒孫滿堂，很滿足了。蕭草講述丙辰兵變及流亡突厥，慶幸自己在花甲之年又回國回家了。她扳著手指歷數死去的親人親戚，其中包括老蕭家兩人：堂妹蕭薔和侄兒蕭矩。說到老蕭家人，她想起胞姐蕭金鳳，詢問金鳳姐的情況。蕭瑀搖頭，沉痛地說：「開皇年間，姐夫王袞去任城任職，金鳳姐封任城郡夫人。大業末年天下大亂，任城一帶盜賊最多，盜賊攻破城池專殺官吏及其家屬，姐夫和金鳳姐連同兒孫等皆遭殺害。」蕭草淒然淚下，說：「我和金鳳姐在江陵在大興城，相處的時間不足兩個月。她既過世，我嫡胞兄弟姐妹四人，就只有我還活著了。」她還問起老蕭家另一人蕭銑，她對此人的底細一無所知。蕭瑀說：「蕭銑是叔父蕭岩的孫子，算是你我的侄兒。當年，蕭岩和蕭瓛製造江陵劫難投降陳國，大隋滅陳後伏誅。蕭岩之子蕭璿流落江南，窮愁潦倒。蕭銑就是蕭璿之子，發奮努力當上了羅川令，天下大亂時在巴陵造反稱帝，重建梁國，一度擁兵四十萬，佔據嶺南地區，稱帝兩年失敗降唐，被押解長安處斬，死年三十九歲。」蕭草說：「原來是這樣。蕭銑造反稱帝，重建梁國，毫無意義，敗死在情理之中。老蕭家蕭岩、蕭瓛、蕭銑三個男人均在長安伏法，或許是天意。」她停了停又說：「我這輩子遭遇兩次亡國之痛。第一次梁國滅亡，我沒親身經歷；第二次我親身經歷了隋國滅亡，痛不欲生，九死一生，一度無國無家才流亡突厥。聊以欣慰的是我為大隋老楊家保住了一脈香火。」她簡約敘述孫子道兒的由來，隨即喚出宋小月和道兒拜見蕭瑀。蕭瑀見道兒長得眉清目秀、俊朗陽光，高興地說：「好個美少年！天不絕楊也！」

崔翠和楊曜前來拜訪蕭草。崔翠和蕭薔同歲，楊曜和楊杲同歲。時過十多年，蕭草再見到崔翠母女，說起丙辰兵變，說起死去的那麼多親人，聲音哽咽，直抹眼淚。崔翠和楊曜陪同流淚，往事不堪回首。說來，崔翠應是幸運的，滯留長安，安享榮華富貴，避免了一系列難以想像的傷痛與苦難。楊曜更是幸運的，滯留長安，從大隋進入大唐，遇到李世民成為侍妾，進而成為皇妃，生有兩個皇子：一叫李恪封蜀王，一叫李愔封梁王。老楊家人，就數她是掉進蜂糖罐裡了。崔翠和楊曜也見了宋小月和道兒。大隋滅亡，經過一番腥風血雨，老楊家香火居然沒有斷絕。這一奇蹟得歸功於蕭草，當然也得歸功於宋小月和姚姑。

蕭草回到長安，最想見的人是表哥張槐。姚姑去了一趟韋曲鄉，了解到張槐在兩年前已經病故。蕭草心痛，久久無語。次日，她決定去給表哥掃墓，並看望小菊，遂和姚姑一起乘坐雇用的馬車逕直到了韋曲鄉張槐家。張槐家所在的村子叫韋東里，共有四五十戶農家。蕭草和小菊見面，認出對方，恍若隔世，緊緊擁抱，臉與臉相貼，淚水滂沱。二人分別已四十一年，再次見面已是滄桑巨變，大隋變成大唐，她倆則從青春少婦變成年滿花甲的孀居老婦人。蕭草介紹姚姑。小菊一大家人向前迎接客人。蕭草只知其中一人是張槐和小菊的長女，名叫苦妹，出生在江南，這年也已四十二歲了。

小菊仍把蕭草叫小草，右手握著小草左手，步入正房，步入臥室，落座說話。苦妹和姚姑作陪。苦妹取來溫熱毛巾請蕭姑姑擦了臉，又斟了三杯茶來。蕭草和小菊要說的話太多了。蕭草說她一直關心著槐哥和小菊，曾扮作農婦模樣到韋曲鄉暗訪過兩次。大隋滅亡，她流亡突厥十一年，十日前才回到長安。昨日聽姚姑講槐哥已病故兩年，她傷心悲痛，所以就急急趕來了。兒媳和孫子明日也會前來來給槐哥掃墓。小菊說，槐哥——小菊把張槐也叫槐哥——和自己也是一直關心著小草的，小草從晉王妃到皇太子妃，又當了皇后，母儀天下，他倆高興。皇帝楊廣縱欲享樂、坑害百姓，他倆擔心。後來，大隋滅亡，老楊家遭難，小草生死不明，他倆難過、焦灼、憂慮又一籌莫展。有傳言講，小草也死在江都。槐哥不信，堅決不信，說了無數次：「小草不會死！」直到咽氣的那一天，他還說：「小草不會死的。」小草感動得流下淚來，說：「槐哥是希望我祝福我活著啊！」

小菊兒媳做了豐盛的飯菜招待客人。飯後，蕭草和小菊繼續說話，一直說到深夜。蕭草說起刻骨銘心的亡國之痛、喪親之痛、流亡之痛，盡量輕描淡寫，以免引起小菊過度悲傷。小菊說起家事，說初到韋東里那些年，槐哥種地日子好過，她又生了兒子張韋、張曲和次女張鄉。苦妹十五歲出嫁，婆家姓聶。大業年間，賦稅、徭役、兵役負擔太重，日子不好過了。槐哥和女婿同時被征去洛陽服徭役，槐哥落下一身疾病。張韋被強行徵兵，征討什麼高麗，死了都不知去哪裡收屍。官府又徵女婿去服徭役，女婿學別人的樣子硬是砍了左腳變成殘疾人，無法再服徭役和兵役。張曲成婚，娶妻華娟。官府又要徵兵，槐哥嚇得讓張曲和華娟鑽進南山藏匿了三年。天下大亂之時，張曲有意參加造反，槐哥把兒子罵了一頓，說：「天下人都造反，我張槐的兒子也不許造反！」張鄉出嫁，有了兒女。不久，大隋變成大唐，日子又好過了，張曲和華娟兩口子當家，新建了房，買了牲口，置了馬車。現在已是一大家人，包括兒子兒媳，三個孫子一個孫女，以及住得很近的兩個女兒兩個女婿，四個外孫三個外孫女，也算是兒孫滿堂，只可惜槐哥沒享受幾天天倫之樂，就，就……小菊說著愴然落淚。蕭草安慰小菊，說：「你和槐哥算是有福的，不像我，孤老太婆，只有一個兒媳一個孫子。」她說了宋小月和楊正道的情況。小菊反過來安慰小草，說：「你為老楊家保住一脈香火，不容易啊！正道成人大婚，定會給你生一群重孫重孫女的。」蕭草勉強笑了笑，說：「但願如此吧！。」

小菊忽然想起一事，去木箱裡取出一個小盒，從中取出折疊著的兩頁紙遞給小草，說：「你看看這個。」蕭草接過，展開一頁，見是一份地契，上面蓋有長安縣官府大印。展開另一頁，但見寫道：「賣主韋寬自願將十畝旱地五畝水地，及六間草房，賣給買主張小草。買賣無悔，立字為憑。賣主中人：韋光；買主中人：薛善。大隋開皇九年五月。」韋寬、張小草、韋光、薛善四個名字下面，均摁有大拇指指印。蕭草不解，說：「這是？」小菊說：「這是地契和買賣土地、房屋的文書呀！四十一年前那年五月，我們一家三口到了大興城，身無分文。槐哥不願當官只願種莊稼。你讓晉王府塚令薛善，領了槐哥到這韋東里買了十五畝地和幾間房。錢都是你讓薛善出的。所以在立文書時，槐哥堅持買主寫『張小草』這個名字，張小草就是你呀！在槐哥心目中一直把你當作親妹妹，認為你姓張而不姓蕭。他代你摁了指印，實是代你買了地和房啊！他一輩子都在告誡兒女，說：『小草是你等的姑姑，親姑姑！她尊崇的時候，誰也不許打攏她；萬一有一天，她落難了，不是皇后了，務要把她接到韋東里來住，這裡有她的地她的房，這裡是她的家！你等要像孝敬娘一樣孝敬她，懂嗎？』槐哥還說：『我張槐及兒孫，日後那怕窮死餓死，也不許賣張小草名下的十五畝地，切記切記！』」小草聽到這裡，又是淚水滂沱，說：「槐哥！我從小到大到老，總有你在關愛與呵護著啊！」小菊要把地契和文書交給小草。小草哪會答應？她也不承認她名下有那十五畝地。二人推來推去，最後地契和文書還是由小菊保管。

次日巳時，宋小月和楊正道攜帶供品等物到來。兩家人見面像是一家人，親親熱熱。一行人去給張槐掃墓。宋小月、楊正道、姚姑在墓前放置供品，焚香酹酒，焚燒冥錢，叩頭祭奠。蕭草也叩頭，回想往事大悲大痛，哭泣失聲。她好長時間沒有這樣哭泣了，今日在槐哥墓前真情哭泣，酣暢淋漓。小菊、張曲將她勸住。墓塚四周栽了松樹柏樹，松樹柏樹已經高過墓塚了。小菊引著小草向南走了四五十步，指點著說：「你看，這地方高敞、開闊、朝陽，多好啊！東，倚偎少陵原；西，面向樊川；南，遙望秦嶺；北，就是長安城。你我腳下就是十畝旱地，五畝水地在樊川的皂河邊上。槐哥墓已在這裡，他的墓就是我的墓。所以建議你及早考慮，最好把日後的墓地也定在這裡。這樣，你、我和槐哥，在陰間就能天天見面呀！」蕭草心中一動，輕輕點頭。她從定襄回國回家，只是葉落歸根的第一步，其後還有第二步，就是死後墓地問題。小菊所言，無疑是個可行方案。人死後講究有葬身之地。她承認也好，不承認也好，反正在這少陵原畔，有地契和文書在，有十五畝地是記在「張小草」名下的。「張小草」就是她蕭草。她確實該把墓地定在這裡，死後葬在這裡，也算是葬在自家地裡，那才是真正的葉落歸根哪！

中午，又是一頓豐盛的飯菜。申時，張曲堅持用自家馬車送蕭草、姚姑、宋小月、楊正道四人回城。蕭草和小菊擁抱告別，約定以後每年春天，蕭草到東韋里住些日子；秋天，小菊到興道里住些日子。年事已高的老姐妹，應當抓緊時日多多相聚，相聚一次就少一次啊！

蕭草新家的生活步上正軌。雪鶯、高崇義、珠瑪也是新家成員。三人初到長安，跑遍大街小巷，逛過東市西市，眼界大開，驚歎長安之宏大之壯美之繁華之熱鬧，所謂的天堂與仙境大概也就是這個樣子吧！姚姑仍是「家長」，任勞任怨。新家以節儉為家風，衣食住行能節省就節省，能儉約就儉約，力戒鋪張與奢華。為此，蕭草還在庭院的一角種了兩畦蔬菜，養了二十隻雞。興道里的居民見拜訪蕭草的都是顯赫的高貴人物，知道蕭草也是高貴人物，但不知其高貴的程度，稱她為蕭老太。蕭老太所住的庭院就被稱作是蕭老太家。在其後的日子裡，蕭草最滿意兩件事：一是經宇文士及打點道兒上了太學。蕭草教育道兒歷來嚴格，教育內容歸結到一點就是要道兒徹底放下大隋皇帝之孫的包袱，安安生生做凡人，做大唐國的國民。二是雪鶯懷孕分娩，生了個男孩，取名高明。蕭草把雪鶯當作孫女，高明就是重孫，她覺得自己已是四世同堂了。蕭草還關心宋小月和珠瑪的婚姻，有心讓她倆嫁人。可是兩人都回答不嫁。宋小月說：「我是婆母的兒媳和道兒的娘，今生今世只能是老楊家人。」珠瑪說：「我要學姚潔姐姐做單身女人，無牽無掛，可敦死了，就陪伴雪鶯幫她照看高明，以及高明的弟弟妹妹們。」蕭草深受感動，說：「你倆光為他人著想難能可貴，我都不知該怎樣說才好呀！」蕭草也滿意高崇義。高崇義決意經商，打算在長安和定襄建立貨棧，在兩地間開展商品貿易。他說：「現在天下太平，經商沒有什麼風險，只要以誠信為本，定能有所作為。」

大唐，長安，興道里。國是自己的國，家是自己的家，不用漂泊流離，不用擔驚受怕，睡覺安心，吃飯香甜。蕭草的心情比以往任何一個時候都踏實，她好像又變得年輕了，身體硬朗，精神矍鑠。她欣喜地想，好時代好光景，我要多活幾年，怎麼也要活到道兒大婚，道兒媳婦給我生幾個姓楊的重孫的那一天！

第三十一章

孤魂遊魂

蕭草的生活安逸而悠閒。宇文士及和蕭瑀時時前來拜訪，所說話題離不開皇上李世民。蕭草從二人的講述中，知其重民愛民，納諫如流，擢用賢才，四夷賓服。她常會從李世民聯想到阿英。阿英在位近十四年，恣意窮奢極欲，輕民刻民，剛愎自用，寵信奸佞，以致亡國喪身。同樣是皇帝，但思想、品格和作為差別之大，猶若天壤。

好日子總是過得很快。倏忽到了貞觀八年（西元六三四年）。道兒十七歲，太學畢業。太學姜老師看中長相英俊、品學兼優的學生楊正道，託人說媒，進行六禮程序，楊正道和姜老師孫女姜婉締結婚約，確定來年春天大婚。蕭草歡喜。雪鶯生了第二個男孩高亮，高崇義經商順風順水，每月都有利潤進帳。蕭草舒心開心，萬沒想到大唐皇帝李世民登門看望她來了！

那是夏末一天下午，宇文士及匆匆通知皇帝陛下前來看望母后，片刻便到。蕭草大感意外，手足失措。也就是半盞茶工夫，十餘名宮廷衛士來到蕭老太家庭院，隨後三輛馬車馳進庭院。馬車上下來三人——李世民和兩位大臣。蕭草領了道兒跪地迎駕，自稱臣婦，說：「臣婦攜孫子楊正道恭迎皇上！」李世民笑著說：「平身！」蕭草謝恩平身，注視皇上。皇上這年三十五歲，中等身材，日角龍庭，風度翩翩。李世民注視蕭夫人。蕭夫人衣飾樸素，頭髮白了多半，儀態端莊、舉止嫻雅，是一位和靄可親的老婦人。宇文士及介紹兩位大臣，原來兩位大臣大名鼎鼎：一位是尚書左僕射房玄齡，一位是侍中魏徵（侍中由門下省首長納言改稱而來，為副丞相）。蕭草禮請皇上和房相、魏相步入正房，姚姑已在正房擺放好坐榻。李世民面南，坐首座。右側，房玄齡、魏徵、宇文士及面東坐；左側，蕭草面西坐。楊正道和姚姑給皇上等斟茶，然後恭立在蕭草身後。李世民環視正房，正房裡窗明几淨，陳設簡潔，有百合花雪白晶瑩，有茉莉花芳香襲人。李世民說：「朕今日來此看望夫人，算是親戚走動，晚輩看望長輩。」蕭草說：「皇上恩典，臣婦惶恐。臣婦一度無國無家，不得不攜領孫兒流亡突厥。流亡之人像離群的羔羊和沒娘的孩子，孤苦，迷茫，落寞。感謝皇上聖恩，親致信函歡迎臣婦等回國回家，並賜予這個庭院作為新家。臣婦回國回家已經四年，事事順心如意，每每感歎：人哪，有國有家真好！」李世民說：「國以民為本，民以國為根。國家國家，國前家後；家國情懷，家則在國前。鑒於此，朕治國的目標之一，就是要保證所有國民都有國有家。」房玄齡時年五十五歲，溫文爾雅，說：「這一目標，吾皇剛即位時就付諸實施，專門派出使者赴突厥，將大業年間逃亡突厥的二十多萬國民接回國內，又出金帛將被突厥劫掠淪為奴隸的八萬多國民贖回，由地方官府分給土地妥善安置。」魏徵比房玄齡小一歲，相貌端嚴，說：「貞觀元年（西元六二七年），吾皇頒發的第一道詔令內容，不是軍國大事，而是青年男女婚嫁問題，明令：男二十歲女十五歲以上尚未成家者，當按禮婚嫁；因家貧而無力婚嫁者，由鄉里富戶和親戚資助婚嫁。繼而推行均田制、租庸調制和府兵制，輕徭薄賦，寬刑減法，努力減輕國民負擔。」蕭草說：「皇上如此重民愛民，民眾自會擁戴。臣婦不由想到隋煬皇帝，只顧自己縱欲享樂，何曾想過民眾？」李世民說：「這正是煬帝亡國喪身的原因所在。君依於國，國依於民。刻民以奉君，猶割肉以充腹，腹飽而身斃。故人君之患，不自外來，常由身出。欲盛則費廣，費廣則賦重，賦重則民怨，民怨則國危，國危則君喪矣。古人說民與君是水與舟的關係，水可載舟，水亦可覆舟。故而朕常思之，不敢縱欲。」房玄齡說：「吾皇若縱欲，臣等不答應，都會犯顏直諫的。」魏徵說：「臣當是直諫的第一人！」李世民笑著說：「瞧瞧！朕有這樣的大臣，哪敢縱欲刻民？」蕭草也笑著說：「這叫君賢臣忠，君明臣直啊！」

李世民喝了口茶，說：「朕今日來此，還想說說《隋書》修撰之事。大唐實行官府修史制度。房相和魏相分任《晉書》和《隋書》的總修撰官。據魏相講，《隋書》修撰任務大約過半，本紀部分共有三篇，即《高祖紀》、《煬帝紀》、《恭帝紀》，分別記述文帝、煬帝、恭帝的史事，篇末用『史臣曰』方式，評價其是非功過。朕讀過三篇本紀文稿，覺得評價中肯，褒貶得當。這裡，當著夫人的面，魏相不妨把《煬帝紀．史臣曰》讀來聽聽。」魏徵答應「是」，取出攜帶的文稿放在几案上，朗聲讀道：

煬帝愛在弱齡，早有令聞，南平吳會（陳國），北卻匈奴（突厥），昆弟之中，獨著聲績。於是矯情飾貌，肆厥姦回，故得獻后（獨孤伽羅）鍾心，文皇（楊堅）革慮，天方肇亂，遂登儲兩，踐峻極之崇基，承丕顯之休命。地廣三代，威振八紘，單于（可汗）頓顙，越裳（南方）重譯。赤仄之泉，流溢於都內，紅腐之粟，委積於塞下。負其富強之資，思逞無厭之欲，狹殷周之制度，尚秦漢之規摹。恃才矜己，傲狠明德，內懷險躁，外示凝簡，盛冠服以飾其姦，除諫官以掩其過。淫荒無度，法令滋章，教絕四維，刑參五虐，鋤誅骨肉，屠剿忠良，受賞者莫見其功，為戮者不知其罪。驕怒之兵屢動，土木之功不息。頻出朔方，三駕遼左，旌旗萬里，徵稅百端，猾吏侵漁，人不堪命。乃急令暴條以擾之，嚴刑峻法以臨之，甲兵威武以董之，自是海內騷然，無聊生矣。俄而玄感（楊玄感）肇黎陽之亂，匈奴（突厥）有雁門之圍，天子方棄中土，遠之揚越（揚州）。姦宄乘釁，強弱相陵（凌），關梁閉而不通，皇輿往而不反（返）。加之以師旅，因之以饑饉，流離道路，轉死溝壑，十八九焉。於是相聚萑蒲，蜎毛而起，大則跨州連郡，稱帝稱王，小則千百為群，攻城剽邑，流血成川澤，死人如亂麻，炊者不及析骸，食者不遑易子。茫茫九土，並為麋鹿之場，慄慄黔黎，俱充蛇豕之餌。四方萬里，簡書相續，猶謂鼠竊狗盜，不足為虞，上下相蒙，莫肯念亂，振蜉蝣之羽，窮長夜之樂。土崩魚爛，貫盈惡稔，普天之下，莫匪（非）仇讎，左右之人，皆為敵國。終然不悟，同彼望夷，遂以萬乘之尊，死於一夫之手。億兆靡感恩之士，九牧無勤王之師。子弟同就誅夷，骸骨棄而莫掩，社稷顛隕，本枝殄絕，自肇有書契以迄於茲，宇宙崩離，生靈塗炭，喪身滅國，未有若斯之甚也。

這段文字緊扣隋煬帝一生，從政治、經濟、軍事、外交、奪取最高權力、治國方略、個人品格等各個方面，全面評價其是非功過，大筆如椽，縱橫捭闔，字字句句犀利鋒銳。李世民面向蕭草，笑問：「夫人以為這個評價如何？」蕭草只能回答：「誠如皇上所言：評價中肯，褒貶得當。」李世民說：「『負其富強之資，思逞無厭之欲』，這兩句話精準概括了煬帝的皇帝生涯，朕最欣賞。煬帝依仗開皇之治的家底，濫逞無厭之欲，草菅民命，八九百萬民眾約占全國人口總數的五分之一，死於徭役、兵役及天下大亂中，導致亡國喪身。但朕要說，煬帝也是有功勞的，功勞至少有三：其一，大業之初耀武邊陲深入突厥，兵馬之強可比大漢武皇帝劉徹。其二，征服吐谷渾，設西海、河源、鄯善、且末四郡，拓展了中國西部疆域。其三，開鑿運河，貫通長江、黃河等五大水系，中國南北交通運輸、物資交流有了一條便捷的大動脈。煬帝開鑿運河，主觀上是為巡遊，客觀上成為一大偉業，功在當代，利在千秋。此外，煬帝還是一位詩人，文化藝術修養堪稱一流。」李世民接著說到丙辰兵變，從皇帝角度嚴厲譴責宇文化及謀逆集團，逆弒煬帝的罪行，說：「那夥人任重一時，包藏凶慝，罔思忠義，遂行弒逆，釁深梟獍。犯上之惡，古今同棄，宜置重典，以勵臣節。」他提到那個裴虔通，他投降大唐，但大唐絕不寬貸將其處以流放，聽說已死在嶺南了。唐帝李世民高度評價煬帝的功勞，嚴厲譴責宇文化及謀逆集團，蕭草始料未及。她真誠地說：「煬帝若地下有知，聽了皇上今日這番話定會羞慚並感激的。臣婦要代他感激的是，大唐平定江南，特將其墓遷葬至雷塘，墓改稱陵。」大唐遷葬楊廣墓，墓改稱陵，分明是假仁假義的政治手腕，李世民卻說：「這是應當的。煬帝風光一生，死後應當有一座陵寢。」

李世民看望蕭草，見到一個俊朗少年，知他就是煬帝的孫子楊正道。蕭草簡要敘說自己平常對孫子的教育，關鍵之點是要他莫背身世包袱，安安生生做大唐國的國民。李世民說：「這很好嘛！」他轉臉對房玄齡說：「房相！在不違反原則的前提下，可給楊正道多一點關照。」房玄齡說：「太學報告，楊正道太學畢業，考試第三名。按例，前三名皆可到吏部當見習生，一年後考核，若合格便可授予七品官職。」李世民點頭，對楊正道說：「這個機會你可要把握住哦！」楊正道恭敬地說：「臣謹記皇上的教誨與鼓勵！」

李世民看看天色，招呼房、魏二相和宇文士及起身告辭。蕭草也起身，忽然想起一事，說要獻給皇上一件寶物。什麼寶物？就是古畫《洛神賦圖》。當姚姑去內室取來錦盒，蕭草從中取出畫軸，姚姑和楊正道配合將畫軸徐徐展開時，李世民兩眼放光，驚喜叫道：「呀！《洛神賦圖》！」房玄齡、魏徵、宇文士及皆知這幅名畫，作者是東晉畫家顧愷之，畫幅是長卷，設色，取材於《洛神賦》，連環畫式，畫了山水、雲彩、人物和神仙，氣象瑰麗，美輪美奐，今日得見真是大飽眼福，嘖嘖稱讚。李世民仔細鑒別，只見畫上有顧愷之的署名及印章，且有眾多收藏名家的印章，陳後主陳叔寶的璽印分外醒目，據此可以斷定名畫是真跡而非贋品。李世民興高彩烈地說：「東晉偏安江南文化興盛，出了王羲之、王獻之、顧愷之等書畫大家。王羲之的《蘭亭集序》、顧愷之的《洛神賦圖》，分別為書法、繪畫作品之冠。《洛神賦圖》乃稀世珍寶，夫人意欲獻給朕，朕可不敢奪人所愛。」蕭草說：「正因為《洛神賦圖》是稀世珍寶也是國寶，所以才要獻給皇上。」她略略講述名畫是怎樣到了自己手中的，講述名畫隨自己飄流到異域，幸虧姚姑精心保管才完好無損至今。她說：「臣婦身邊有此國寶總是提心吊膽，唯恐損壞或遺失，如果那樣，臣婦就是罪人。所以將名畫獻給皇上，國寶安全了，臣婦也安心了。」李世民心動，猶豫猶疑。房玄齡、魏徵說：「夫人盛情，皇上收下便是。」李世民也就坦然了說：「那好，朕就收下！前年，朕已得《蘭亭集序》；今日，又得《洛神賦圖》。書與畫雙璧皆歸朕所有，大幸也！」他轉而對宇文士及說：「士及！你記著經辦：蕭夫人獻畫有功，著賞賜黃金百兩，白銀千兩，錦緞三百匹。」蕭草慌忙推辭，說：「臣婦獻畫不為邀功邀賞。」李世民大笑，說：「《洛神賦圖》其價無比，朕還嫌賞賜少了呢！」宇文士及答應，說：「臣遵旨！」

李世民看望蕭草，意外得到國寶，滿心歡喜地登車回宮。房玄齡、魏徵、宇文士及亦登車離去。蕭草、楊正道送別貴客仍站立在庭院裡。剛才回避的宋小月、雪鶯、高崇義、珠瑪等也到了庭院裡。蕭草像是自言自語，又像是對眾人說：「至尊皇上外出，輕車簡從，只乘坐普通馬車，只帶了十多名衛士。真是古今罕有啊！」

數天後，楊正道接到吏部通知：八月一日到吏部報到當見習生。次年春天，楊正道大婚，迎娶姜琬過門，婚禮喜慶但不鋪張。姜琬時年十四歲，有教養有知學，孝敬祖母和婆母，禮敬全家人，眾人都喜歡她。不久，大唐國喪，太上皇李淵駕崩，葬於獻陵（今陝西三原境），廟號高祖，史稱唐高祖。秋天，楊正道考核合格，由吏部授予門下省屬官——員外散騎侍郎，官秩七品。蕭草更加嚴格教育孫子要他堂堂正正做人，做忠臣莫做佞臣，做清官莫做貪官。一年後，姜琬懷孕分娩，生了個男孩。蕭草有了姓楊的重孫，喜極而泣，取名叫一凡。「凡」，寓義平凡。深夜，蕭草讓姚姑關嚴房門，焚起三炷香，跪地叩頭，默默告慰公爹楊堅、婆母獨孤伽羅、煬帝阿英：楊暕有個遺腹子叫楊正道，楊正道有了兒子叫楊一凡，大隋老楊家香火沒有斷絕！深夜焚香，叩頭告慰之事絕密，知者只有姚姑一人。

楊一凡出生，蕭草了卻多年的心願，從此不再過問家事。年過半百的姚姑光榮「致仕」，任務只是陪伴夫人。每年春天，蕭草和姚姑到韋東里住些日子；秋天，小菊到興道里住些日子。兩家人來往，親密無間。蕭草正式表態：自己葉落歸根，就埋葬在「張小草」名下的地裡，選定「根」就在槐哥墓的南側。楊正道任員外散騎侍郎，白天去衙署當差，晚上回家，必先見祖母請安，有時還說些朝廷發生的大事。此後七八年裡，蕭草從道兒口中了解到——

貞觀十年（西元六三六年），李世民皇后長孫氏辭世，謚曰文德，葬於昭陵（李世民陵寢，今陝西禮泉境）。長孫氏是一位賢明皇后，生有三位皇子：長子李承乾立為皇太子，第四子李泰封魏王，第九子李治封晉王。

貞觀十一年（西元六三七年），李世民選納十四歲美女武則天入宮，封為才人，賜號武媚，人稱媚娘。這位媚娘五十多年後當了皇帝——中國歷史上唯一的女皇帝。

貞觀十五年（西元六四一年），李世民將一宗室女封作文成公主，嫁給吐蕃（今西藏）松贊干布，書寫了漢、藏民族友好交往的光輝篇章。

貞觀十七年（西元六四三年），魏徵病故。李世民說：「魏徵逝，朕失一鏡矣！」同年，大唐暴發尖銳的宮廷鬥爭。李世民共有十四個兒子。皇太子李承乾荒淫好色，不務正業，孌幸小人，曾說：「我做天子，當肆吾欲；有諫者，我殺之，殺五百人，豈不定！」整個東宮烏煙瘴氣。陰妃生的皇子、齊王李祐，得到叔父、漢王李元昌的支持，興兵造反。李承乾鬼迷心竅，居然與之呼應，謀劃發動政變進攻大內，結果被廢為庶人，流放黔州（今貴州）致死。李祐、李元昌伏誅。李泰結黨謀逆，降封東萊郡王。生性敦厚的李治成為皇太子。

蕭草了解到這些大事，或一笑或一歎，風輕雲淡，波瀾不驚。她只是偶爾會想到大隋和大唐的四位皇太子：楊勇、楊昭、李建成、李承乾。楊昭英年病薨算是幸運的，楊勇、李建成、李承乾可都是死於殘酷而血腥的宮廷鬥爭哪！這期間，珠瑪和宋小月擔負起「家長」的職責，管理家事井井有條。楊正道當差敬業，升任殿中少丞，官秩六品。姜琬又生了兒子楊二凡和女兒楊三凡。雪鶯又生了兒子高光和女兒高燦。蕭草這個曾祖母，已有五個姓楊姓高的重孫和兩個姓楊姓高的重孫女，心情歡暢，如沐春風。唯一令她歎息的是，宇文士及於貞觀十六年（西元六四二年）病逝。李世民和宇文士及既是君臣，又是兒女親家，李世民第十三子、趙王李福，娶了宇文士及繼室生的女兒宇文修多羅為王妃。所以，宇文士及追贈左衛大將軍、涼州都督，謚曰縱，陪葬昭陵。貞觀年間的大臣陪葬昭陵，那是一種崇高而神聖的榮譽。

蕭草親身經歷了見證了大隋開皇之治，晚年又經歷了見證了大唐貞觀之治：貞觀之治的整體水準高於開皇之治。轉眼到了貞觀二十年（西元六四六年）。秋天，小菊卻沒能如約到興道里小住，因為她病了。到了九月九日重陽節，病重轉為病危。蕭草聞訊立即和姚姑趕到韋東里。小菊已進入彌留之際。蕭草向前，緊握小菊一隻手，說：「小菊！你我自小是小姐妹，繼是姑嫂，老了是老姐妹，你可不能獨自先走，撇下我啊！」小菊似乎聽出是小草的聲音，微微睜眼，嘴唇蠕動，說了最後兩句含混不清的話。張苦妹解釋說：「我娘說：『小草！我先去槐哥那裡，我和槐哥等著你。』」小菊咽氣。蕭草淚飛如雨，說：「小菊！你和槐哥等著，我會去的！」

人生七十古來稀。小菊死年七十六歲，按照紅白喜事的習俗，喪事當作喜事辦理。出殯之日，蕭草和姚姑，珠瑪和宋小月，楊正道和姜琬攜兩兒一女，高崇義和雪鶯攜三兒一女，老少四代共十五口人，參加送喪。小菊靈柩合葬於張槐墓中。蕭草精神有些恍惚，抬眼看向槐哥和小菊墓的南側，那裡是她的「根」。

蕭草因小菊去世，身心遭受沉重打擊，返回興道里就病倒了，整個冬天幾乎都在臥床。貞觀二十一年（西元六四七年），楊正道升任殿中丞，官秩五品。蕭草仍像先前一樣嚴格教育孫子，加了一條：不許納妾。這一條，同樣適用於高崇義。五個重孫兩個重孫女，成了蕭草治病養病的良藥。她每天都要見到他們，見到他們總會很開心，滿臉皺紋綻放成慈愛的花朵。九月，就在小菊去世一周年，蕭草病情加重，全家人都緊張起來，姚姑陪伴夫人寸步不離。蕭瑀前來探視姐姐，蕭瑀時任太子太保，老態龍鍾，顫顫巍巍。蕭草說：「瑀弟呀！老蕭家男人就數你功德圓滿。年歲不饒人，你也該致仕，享享老福了！」蕭瑀唏噓，說：「我聽老姐的，明日就申請致仕！」蕭草趁著神志清醒之時，交代後事：一、自己是平民是凡人，喪事從簡，普通衣飾，普通棺材，咽氣當日小殮，不必哭喪，次日大殮，第三日出殯；葬於韋東里；墓塚壘得小些，不立墓碑。二、宋小月和正道夫婦、雪鶯夫婦要奉養姚姑和珠瑪，務要孝敬，養老送終；姚姑和珠瑪日後的墓地，可定在自己墓的旁邊。三、正道和崇義要盡到男人的責任，從政經商要知風險，低調戒貪，見好就收，平平安安始終要擺在第一位。蕭草還把貼胸佩戴了六十多年的鳳凰玉佩傳給宋小月，叮囑日後可傳給姜琬或楊三凡。宋小月聽婆母講過鳳凰玉佩的來歷，雙手捧著，激動得熱淚盈眶。恰恰也是重陽節這一天，下午申時，蕭草平躺在內室床上進入彌留狀態，雙眼緊閉，氣若遊絲，右手伸展著手心向上，還動了動。姚姑明白夫人的意思，讓聚集在病床前的家人，包括傭僕，還有蕭瑀、蕭銳、崔翠、楊曜、張苦妹、張曲等人，逐一把手放在她的手心上停留片刻，作最後告別。當楊三凡、高燦兩個重孫女的小手放在她手心時，她好像感覺到了，手指微微一動，嘴角也微微一動，隨即呼吸停止，悄無聲息離開了人世。

蕭瑀手拄拐杖端坐在一旁，黯然神傷。其他人皆跪地叩頭，嗚咽垂淚。宋小月取出早就預備好的孝服孝帽，各人按禮穿戴。楊正道主辦喪事，分派諸多事項。忽然，庭院裡響起一聲長腔：「殿中丞楊正道接旨！」楊正道嚇了一跳，跑出正房，見是皇上內侍萬公公，由兩名挎刀衛士護衛前來宣旨，慌忙匍匐在地，說：「臣楊正道接旨！」萬公公展開手中的黃綾，扯著長腔宣道：「皇詔：適聞大隋煬帝夫人蕭氏病卒，謹致哀悼。著恢復皇后身分，諡曰愍，禮部依禮治喪，其靈柩運去揚州雷塘，與大隋煬帝合葬。欽此。」詔令來得突然，內容更是超出想像。楊正道送走萬公公，站立在庭院裡茫然無措。禮部尚書于志寧到來，楊正道忙又跪地迎接。于志寧五十歲左右，儒雅斯文，扶起楊正道，說他是奉詔而來為蕭后治喪。楊正道恭請于大人進入一間廂房落座，親自斟茶，敘說

祖母的遺囑。于志寧說：「皇上下詔，蕭后已是愍皇后，喪事變成喪禮就從簡不得了。」楊正道面有疑難之色。于志寧說：「公子不必疑難，且隨禮部治喪就是。」

禮部治喪等於國家治喪，規格高效率也高。于志寧坐鎮指揮，禮部官員和一幫仵匠到來。不一時，庭院內外掛出黑、白兩色喪帳，正房變成靈堂，靈堂正面牆上黑帳白字，字是一個斗大的「愍」字。謚法中的「愍」，意為悲苦哀怨。蕭草的一生固然高貴尊崇，同時又是悲苦哀怨的，悲苦哀怨遠甚過高貴尊崇，所以謚曰愍是貼切和準確的。皇宮一名女官和兩名老年宮女到來。女官送來壽衣，宮女給蕭后淨身。仵匠小殮，給蕭后穿壽衣：內衣五套，外罩藍緞鳳袍，頭戴金玉鳳冠，腳蹬繡花鳳鞋，口中銜玉，雙手握玉。蕭后遺體移放到靈堂中央屍床上。一副碩大的楠木棺槨抬進庭院。入夜，楊正道等在屍床前守靈，焚燒冥錢。蕭草像是一位老壽星熟睡了，安靜安詳。鳳冠璀璨，鳳袍古典，鳳鞋精美，樣式和光澤透著莊嚴與華貴。姚姑是最了解蕭草的，心想：夫人死後的榮耀及禮遇皆背離夫人本意，她這身穿戴走在黃泉路上，怕是很不安很不快又很無奈吧！此後兩日是百官弔唁，弔唁者約三四百人。興道里的民眾獲知他們的鄰居蕭老太，竟是前朝的皇后，無不驚訝，也紛紛前來弔唁。第四日大殮。蕭草有言，棺內明器不放金銀珍寶，只放她生前喜愛的幾本書籍，及《述志賦》原稿。當仵匠準備封棺的時候，宋小月、姜琬、雪鶯、姚姑和珠瑪五個女人手扶棺沿，看婆母、祖母、夫人最後一眼，悲情湧動，痛哭近乎擗踊。楊正道、高崇義也是淚流滿面。靈柩停靈一日，定於十四日經水路運往揚州。禮部一名侍郎率幾名官員護送。楊正道、宋小月、姚姑、高崇義，重孫輩代表高明，楊一凡，加上張曲等，孝服孝帽，同往揚州。

大唐開國，大隋開鑿的大運河功利顯現。蕭草死後亦得其利，其靈柩由禮部官船運載，備鹵簿儀衛三百人，從長安出發，經廣通渠、通濟渠、邗溝，於十月上旬順利抵達揚州雷塘。雷塘位於揚州城北二十里處（今揚州邗溝區境），是一個三面環水的半島。煬帝陵寢在半島偏北部位，其實就是一座五六尺高的普通墓塚，沒有墓碑、牌樓之類的標識，當地人稱其為隋帝陵。墓塚上長滿雜草，顯得孤寂、清冷而荒涼。墓塚周圍坑坑窪窪的數畝土地劃在陵寢名下，稱作官田。揚州官府接到禮部文書，派人在墓塚右側開挖一個墓穴，供安葬蕭草的靈柩。禮部官員和鹵簿儀衛肅穆佇立，蕭草的家人和張曲跪地焚燒冥錢，約莫兩個時辰地面隆起一個五六尺高的墓塚。這樣，愍皇后蕭草和煬皇帝楊廣就算是合葬了，實際上是緊挨著的雙墓雙穴。

禮成。仵匠離去。禮部官員和鹵簿儀衛回到船上用膳。楊正道、宋小月、姚姑等仍在墓塚前徘徊，淚流不止。他們深知蕭草生前十分看重葉落歸根，將她最終的「根」選定在韋曲鄉韋東里「張小草」名下的自家地裡。偏偏皇帝詔令，她被安葬在揚州雷塘。揚州是她的傷心之地，雷塘和她毫無關係，合葬也只是象徵性的。所以嚴格地講，她葉落並未完全歸「根」，而是歸到了雷塘，那麼其魂只能是孤魂是遊魂！

次日，楊正道、宋小月、姚姑等隨著官船返回長安。姚姑覺得好像是一家人出行，偏偏把夫人一人丟在陌生的荒涼的雷塘不管不問了，心裡很酸楚。此後在長安，只能遙祭遠在雷塘的孤魂遊魂了。喪期滿三年。楊正道攜領兒子楊一凡、楊二凡，專程到雷塘行禫禮除喪，跪地告訴祖母說：蕭瑀於貞觀二十二年（西元六四八年）病故，享年七十四歲，追贈司空、荊州都督，謚曰貞褊，陪葬獻陵。李世民於貞觀二十三年（西元六四九年）駕崩，享年五十歲，葬於昭陵，廟號太宗，史稱唐太宗。皇太子李治即了皇帝位，越年改元永徽。

日出日落，花開花謝。從那以後，楊正道及其兒孫的事蹟史無記載，大隋老楊家一脈香火到底傳了多久不得而知。大唐時代的揚州人不敬隋煬帝，位於雷塘的隋帝陵逐漸荒蕪，兩個緊挨著的墓塚，風雨浸蝕快成了平地，湮沒在荊棘荒草叢中。晚唐詩人羅隱遊覽揚州，乘船到雷塘尋遺訪古，寫下一首《隋帝陵》詩：

入郭登橋出郭船，紅樓日日柳年年。
君王忍把平陳業，只換雷塘數畝田。

「郭」指揚州城，「紅樓」指當年迷樓的遺址，「君王」指隋煬帝，「平陳業」指隋煬帝年輕時統兵攻滅陳國的功業，「田」指隋帝陵周圍的數畝官田。隋煬帝生前擁有天下，擁有一切，功業、聲名也顯赫。結果呢？結果在末句，調侃式的嘲諷與批判，立意嚴正，用語冷峻，力透紙背。詩中沒提合葬於隋帝陵的煬愍皇后蕭草。蕭草之孤魂遊魂若讀到此詩，又會怎樣想怎樣說呢？

蕭草外傳 / 張雲風作. -- 一版. – 臺北市 : 大地出版社有限公司, 2023.08
面；　公分. --（歷史小說 ; 37）
ISBN 978-986-402-376-9(平裝)

857.7.　　　112011136

蕭草外傳

歷史小說 037

作　　者	張雲風
發 行 人	吳錫清
主　　編	陳玟玟
出 版 者	大地出版社
社　　址	114台北市內湖區瑞光路358巷38弄36號4樓之2
劃撥帳號	50031946（戶名：大地出版社有限公司）
電　　話	02-26277749
傳　　真	02-26270895
E-mail	support@vastplain.com.tw
網　　址	www.vastplain.com.tw
美術設計	王志強
印 刷 者	博客斯彩藝有限公司
一版一刷	2023年08月

大地

定　價：350元